方舟

杨三春 / 著

陕西新华出版
太白文艺出版社·西安

图书在版编目（CIP）数据

方舟 / 杨三春著. -- 西安：太白文艺出版社，2023.8
ISBN 978-7-5513-2409-0

Ⅰ.①方… Ⅱ.①杨… Ⅲ.①幻想小说－中国－当代 Ⅳ.①I247.5

中国国家版本馆CIP数据核字（2023）第113983号

方舟
FANGZHOU

作　　者	杨三春
责任编辑	何音旋
封面设计	周　波
版式设计	新纪元文化传播
出版发行	太白文艺出版社
经　　销	新华书店
印　　刷	西安金鼎包装设计制作印务有限公司
开　　本	787mm×1092mm　1/16
字　　数	380千字
印　　张	27
版　　次	2023年8月第1版
印　　次	2023年8月第1次印刷
书　　号	ISBN 978-7-5513-2409-0
定　　价	78.00元

版权所有　翻印必究
如有印装质量问题，可寄出版社印制部调换
联系电话：029-81206800
出版社地址：西安市曲江新区登高路1388号（邮编：710061）
营销中心电话：029-87277748　029-87217872

前言

PREFACE

写完初稿时，正值詹姆斯·韦布空间望远镜升空，这架有史以来最强大的太空望远镜引起了世人的极大关注。过去十年，全球的技术进步未曾减速，其间的科技创举还包括：重复使用运载火箭的发展、脑机接口运用、自我复制的活体机器人诞生、人工智能（AI）破解蛋白质结构预测难题、机器学习（ML）发现了拓扑学的新定理和表示论的新猜想……然而，科技仍体现出局限性：核聚变仍然未实现"点火"[1]；基因编辑婴儿的出现挑战了人类的既有伦理；人工智能和大数据也被用来监测和区隔人群。

人们关注太空探索的原因各不相同，对很大一部分人来说，大概是渴望突破束缚，至少是思想束缚。

世界各国在竞相开展宇宙空间探索，然而太空探索的真正进步仍需基础理论的突破。为统一引力理论和量子力学，科学界发展了弦理论、隐变量理论、圈量子理论等，尚且没有一个被证明是完备的下一代理论，难怪李·斯莫林对过去几十年物理学的进展感到失望。我希望真的存在多个世界，在本书中，我将其他几个理论说成是多世界诠释（MWI）的

---

[1] 本文写于2021年。在2022年12月，美国能源部劳伦斯利弗莫尔国家实验室宣布实现惯性约束聚变点火。

不同侧面。虽然我不相信量子永生，但喜欢彭罗斯的量子意识构想。我相信个人意识是宇宙中最神奇、最尊贵的存在，它不应被禁锢，也不能为技术或机器所代替。

我想要的是一个非典型的科幻故事：有科学依据而且逻辑合理，有充分的想象力，并在此基础上叙事；同时，反映世界面临的共同挑战和人类的共情。我也希望能在本书中表达个人意识和选择权的珍贵。

本书不会很娱乐化。我力图在书里展现一个好故事，涉及未来的科技、文学和艺术以及社会和人性，希望其中某个元素能让一些读者喜欢、产生共鸣。我不知道最终是这些元素各自的爱好者的并集还是交集构成了本书的阅读者，我相信更有可能是交集，它让哪怕很小一部分人觉得有趣。

有多少人能看到这本书不仅取决于阅读者的口味和书的内容，还取决于传播手段。目前，我更多专注于书本身，只是将我想说的表达出来。有可能，最终的读者是上述读者群体的交集与我朋友圈的交集，一个懂我的小众群体。

如果您看了这本书，却没有看到书里的故事在这个世界发生，也请不要质疑我。我想，它一定在另外的世界发生了。

目录 CONTENTS

引子
来自另一个世界的回信

第一章
探路者

1. 白日迷梦 / 004

2. 火星基地 / 006

3. "净土" / 010

4. 地球联合政府 / 019

5. 回家 / 025

6. 微管 / 031

7. 磁变 / 039

8. 暗流 / 043

9. 田园公社 / 050

10. 微澜 / 057

11. 再失田园 / 064

第二章
聚散莫非天注定

12. 人生若只如初见 / 070

13. 泰勒、麦卡锡和北大西洋
自由联盟 / 075

14. 丹·贝克易主 / 079

15. 博物馆里的前世今生 / 083

16. "净土"倍增计划 / 089

17. 激流 / 092

18. 覆巢 / 100

19. 高墙以内 / 107

20. 暴风雪 / 117

21. 重生 / 126

01

第三章
发射基地的多维世界

- 22. 逃离世界中心 / 133
- 23. 发射基地 / 141
- 24. 另类现实 / 150
- 25. 麦卡锡和亨特 / 158
- 26. 众里寻他千百度 / 163
- 27. 人生何处再相逢 / 175
- 28. 旧年心事 / 186

第四章
突围

- 29. "方舟"号星洲 / 195
- 30. 分裂 / 202
- 31. 撤离地球 / 209
- 32. 梦想和现实的抉择 / 217
- 33. 对称和 MWI / 224
- 34. 我是谁？/ 229
- 35. 试航 / 236

第五章
漫漫不归路

- 36. 启航 / 245
- 37. 向深渊进发 / 258
- 38. 暗度陈仓 / 267
- 39. 机器人和人 / 278
- 40. 路途中的"方舟"和"新天际线" / 288
- 41. 长眠 / 297
- 42. 唯有前进 / 303

第六章
碰撞

- 43. 宏管 / 309
- 44. 追逐 / 317
- 45. 孤独 / 325
- 46. 消失的天际线 / 334
- 47. 第一次接触 / 344
- 48. 新盖亚 / 352
- 49. 和新盖亚人的对话 / 359
- 50. 重归孤独 / 363
- 51. 机器觉醒 / 369
- 52. 升生 / 377

第七章
根世界

53. 皮囊缘何成身躯 / 386

54. 移居根世界 / 389

55. 与自己相遇 / 394

56. 聚会 / 398

57. 第二次融叠 / 409

58. 亦真亦幻不亦空 / 410

59. 新接引者 / 418

后记 / 421

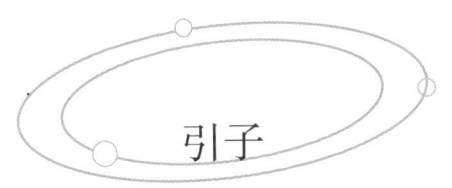

引子
来自另一个世界的回信

詹姆斯·韦布空间望远镜提前退休了。在最初的 10 多年里，它曾被一再推迟发射，如今并未衰老，却因为多种原因被废弃，成了一颗在第二拉格朗日点附近漂浮的太空垃圾。虽然服役时间不长，它依然为人类提供了大量关于地球近邻和宇宙深空的信息。

虽然它的设计寿命仅为 10 年，但一直以来的远程维护和升级大大延长了它的运行寿命。当然这样也产生了高昂的成本，全球联合政府因此拒绝了对其控制系统进行继续维护的预算申请。然而，这却不是它被迫退休的唯一原因。望远镜曾隶属全球割据时代的少数欧美国家，并以其中一国宇航局的某一任局长的名字命名，对于新成立的联合政府来说，这本身就是一个不受欢迎的遗产。虽然新政府的核心位于英格兰境内，新伦蒂尼姆却不代表原英国，也不是任何前割据国家的属地，而是全人类的首都。刚刚成立 10 年的联合政府有太多紧要事情要做，不愿为他们所说的"对民生没有实际价值"的宇宙探索所拖累。因此在 21 世纪上半叶结束之际，联合政府停止了望远镜的运行，并解散了相关的机构，资料则因无人管理被封存了。

为生计所困的世人们对此毫不在意。在新伦蒂尼姆郊外的小楼里，

12岁的穆睿·瓦尔登·欧文却很失望，因为他再也看不到从那个太空望远镜发出的图片了，它的官网也关闭了。他郁闷地关掉电脑，来到天台上。天已经黑了，有几颗星星在雾霾的遮掩下发出暗淡的微光，空气里弥漫着一股呛人的味道。穆睿从小阁楼里搬出望远镜。那是几年前父亲送给他的生日礼物，他十分钟爱，现在却因为空气污染，越来越难派上用场了。他装好望远镜，调整好位置，将镜头对准天上的火星。那颗原应该光芒四射的亮星，此刻一点都不清晰，他又多次调整焦距，但在云雾的笼罩下，它始终很模糊。

穆睿很沮丧。他坐在天台的地上，徒劳地等待雾气散去，却只等来了母亲。她走上天台，将一封信交给了穆睿："穆睿，你的信。"

穆睿不认识任何外地的人，他的老师和同学天天见他，不会给他写信。他奇怪道："我的信？"母亲也很纳闷："信封纸都发黄了，看起来很旧了。可是，信封上的收信人确实是你的名字，邮差还叮嘱我一定要把信交到你手上呢。"

穆睿回到房内，在灯下拆开了信。信纸上的字迹有些潦草，他大致认了出来：

亲爱的穆睿·瓦尔登·欧文先生：

你的公开信让我对故乡世界不至于完全绝望。在那个世界里，科学探索还未被当权者完全扼杀，这简直是一个奇迹。你给自己提出了一个极为困难的问题，也将为世界回答它。珍惜你的想象力和好奇心，它们能让你继续下去，即使独自一人。

我无须在信里说太多，思想者自会去追寻自然的秘密。也不要把我的话当圣经，因为不假思索地尊重权威是真理的最大敌人。如果这封信没有在恰当的时间被送到你手里，你也不应该大惊小怪——老头子的信使总是有些粗心大意。

另一世界的，A.E.

引 子

　　父亲回来了,穆睿将信给他看。父亲仔细地看了信,还看了信封,没有发现寄信人的地址,他也不知道是怎么回事。在这个神秘的寄信人的口中,小穆睿被当成了一个成年人,可是信又明明很陈旧了。"这人的口吻很像那个有史以来最伟大的物理学家,可他已经逝世快100年了,而且他也从来不这样签名。"父亲十分不解地说。

第一章
探路者

1. 白日迷梦

灰黑色的云雾在泛白的太阳前流动。远处高高低低的烟囱冒出各种颜色的烟，被电力线乱切成片。更远的天际，是和地平线融为一体的长长的墙和几座高楼，在复色的纱雾后面失去了细节，那是联合政府所在。十几艘飞行器在其间穿梭，若隐若现，好像贴着氤氲着水汽的湖面疾速飞行的蜻蜓。在近处废弃的高架路桥下，横七竖八地摆放着几个被改造的集装箱，挂着的几条绳子上晾着衣服，在微风下摇摆。旁边的河上，高脚屋挤挤挨挨地沿着小河一直蜿蜒延伸开去。河水已经不流动了，一块块分散的油黑水面映出高脚屋的影子。毗邻小河的是废弃的厂房和荒芜的空地，在边缘，一圈篱笆围着架上的一片紫藤和其间浅黄色的木房子，那是穆睿·瓦尔登·欧文一家住的地方。

空气中混杂着复杂的气味。下午时有时无的阳光照在紫藤架上，一条紫藤竖直地垂在窗前，几只蜜蜂围绕着紫藤花，或起或伏，在花瓣和枝叶的狭小空隙中忙碌穿梭，仿佛在空中跳着轻盈的舞蹈。斜斜的阳光穿过花叶和蝴蝶，在窗下的桌子上留下了拉长的、变幻的光影。穆睿的女儿李梓坐在椅子上，看着光影出神。

突然，她看到窗外一个瘦高的男子远远地在篱笆外的树下向她招手，

第一章　探路者

示意她出去。李梓起身想要看清楚，那人却转身离去。李梓忙起身出门，跟着那身影追了出去。风飒然而起，树被吹得倾斜摇摆，似乎想摆脱地面的束缚；树叶、纸屑和不知是什么的残渣被卷得漫天飞舞。太阳突然不见了，又低又重的云笼罩在四方，留下天边一小片空隙发出亮白的光芒。那个身影在那光芒下转身朝她吃力地大喊，却愈加模糊，她怎么也听不见喊了什么。四方黑气弥漫，混杂着涌动的暗黄色块。大地波动起伏，和天空混为一体。李梓急欲上前，却脚下受阻，仿佛千万根藤条缠住她的双腿。天空、云雾、建筑、光影，周围的一切越来越模糊，混杂在一起旋转。那人越来越远。远处影影绰绰的高楼似乎是风暴中摇摆的船舶，在天边那片亮光刺开的小小缺口前投下了长长的、颤动的影子，那人成了船头桅杆上一个时明时暗的黑点。天边橙色、黄色的光幕扩展变幻，直达中天。那个声音还在呼喊，她却依然无法听清。终于，声音破空而来：

"李梓！你在干什么？！快过来！"

一连好几声。李梓定睛一看，那人没了踪影，妈妈李彤站在楼顶的出口处继续朝她大喊：

"李梓！宝贝快过来，到妈妈这儿来！"

李梓低头一看，自己站在废弃的印刷品仓库的屋顶边缘，楼下是一堆堆零乱的机车和碎石。李梓有些头晕。李彤从屋顶出口慢慢走过来，声调轻了很多：

"宝贝，和妈妈回家去。"

李梓一怔。黑云不见了，空气中依然是熟悉的味道，太阳已经偏西，却照得自己身上一身汗水。李梓定了定神，一边走向李彤一边说："妈妈别担心，我没事。"

李彤牵着女儿的手，二人努力地穿过一片片废墟回了家。

"感觉怎么样？需要在床上躺会儿吗？"李彤问道。

"我好像走了很远，才刚回来一样，感觉很怪。但没有任何不舒服

的地方。"

"真可怕！我一不留神，一会儿工夫你就走了这么远了，以前从没这么远。"李彤背过身去倒了两杯水，趁机擦了擦眼角的泪水，又对女儿说，"刚才多危险啊，都怪我疏忽。有什么想吃的吗？如果有任何想说的话，也都可以告诉妈妈。"李彤不自觉地连续咳嗽了一阵。

"别担心，妈妈，"李梓说，"我知道我没事。每次都是这种奇特的感觉，好像发生的一切都很熟悉。我看见一个人在叫我、要带我走。好像很真实，又有些虚幻，我总觉得以前去过那里，经历过那些事。"

"还说没事！不要再想了，刚才只是你的幻觉。听妈妈的话，明天我们一起去找心理诊疗师看看。"

"我不去！我没病！我一点也不难受。"李梓急忙说。

二人沉默了一会儿。李彤告诉女儿："别多想了。妈妈始终都在你身边。"天色已经暗了下来，李彤将窗帘拉得更开，她决定换一个开心的话题："我们说说高兴的事——你看那里，火星已经升起来了。"李彤看了看东方的天边说："今天星期天，等会儿又可以和爸爸视频了。"

"今天爸爸距离我们很近，我们每次说话四分钟后他就能听到了[①]。"李梓说。

2. 火星基地

火星试验基地坐落在一片低矮山丘前的地里，它的外表面贴着一片片亮蓝色的太阳能板，和几片银灰色墙拼装成一个巨大的半椭球形建筑，远远看去却显得比真实的厚实结构单薄了许多，像一个巨蛋嵌在地里，给人脆弱的错觉。

---

① 火星和地球最近相距5500万千米，信息传递需要至少3分钟。

第一章 探路者

穆睿·瓦尔登·欧文已驻守火星基地两年了。他开始喜欢上了在火星上轻飘飘的感觉，虽然不像年轻同事一般享受疾驰如风，他也偶尔和同事们一起竞赛，创造火星上的跳高和跳远世界纪录——那远远超过地球上的纪录。当然，没有人炫耀他们在火星上变轻了，事实上，基地的人都长胖了，他们不会因为在这里更轻快就认为自己是运动健将。火星上的两年还给他们身体留下了多处疤痕。尤其在头一年，他们总是用力过猛，身边的东西总在意料之外的位置以比在地球上更快的速度运动。他们还常常不小心将宝贵的水泼洒出来。如今两年过去，虽然同事们对火星重力加速度的适应快慢各不相同，但从身体角度来说，大家都习惯了这里。

心理上的挑战更大。基地的空间并不狭小，大家也时不时外出执行任务，但能去的地方很有限，长期远离家人更是极大的考验。虽然如此，基地同事们依旧怀着满腔热情，付出了巨大的牺牲，坚守在这里。志存高远的人都是孤独的。

穆睿在餐厅里和基地的同事随意地坐着，那里也是他们早餐后进行"头脑风暴"的地方。

"后院的松树长得真快，比在地球上快多了。水塘边的灌木也郁郁葱葱，花开得很茂盛。这可都是从地球上带来的种子和苗栽培的啊。水里边还长了大量的绿藻。我们每隔一个月采集一次样本做基因分析，目前进展完全符合预期。植物长势很好，猴子们也比两年前刚被带上来的时候活泼多了。上个星期，母猴实现了优生受孕，新一代猴子的基因将更强大。这里不只可以移植地球的温带生态圈，也可以移植热带生态圈。"基地的生物学家丹·贝克说，"看看，我们根据火星气候和地质做了基因改造的多肉仙人掌，更耐旱了。做成蔬菜沙拉后，味道还不错吧？"他指了指桌上一碟没吃完的菜说。

"我喜欢去后院，那可是我们在火星上的园林，那里的一花一草

都意义非凡。火星将远不止是未来的花园，还是田园和家园。"穆睿说。他右手扶着桌子的一角站了起来。桌子的边角都是弧形的，还包上了柔软的塑胶。他转向伊万·巴切夫问道："这一星期火星磁场变化如何？"

"自从50年前开始观测到火星磁场增强，强度现在已达到地球的13%。基地建立后我们就开始密切监测，目前磁场仍在缓慢增强，虽然以一星期为观测周期很难看出变化。"巴切夫说。他的大胡子遮住了下半张脸，让中年的他看起来比实际更老一些。

"方向有变化吗？"穆睿问。

"在过去两年里变化不明显。"

"可以预测火星磁场未来的变化吗？"

"综合过去两年采集的数据，例如火星固体内核直径的最大可能值，以及中圈液体的金属构成和厚度，还有火星自转速度，甚至对火星磁场影响极小的木星、地球及小行星带的引力影响，我们做了模拟。火星磁场的理论峰值为目前地球磁场的40%。不过我们还无法做出更准确的预测。"

"足够的磁场才可留住大气。另外的关键是大气和水的补充。有了足够的大气和水，生态系统自会产生。不过，火星磁场曾有几十亿年没有显著变化，是什么导致火星磁场增强？也许这是帮助我们做出预测的一个关键问题。"穆睿说。

"我们的传感器数量太少。我们采集了一些数据，还需要采集更多，然后再分析原因。"巴切夫说，"不过，我相信火星磁场增强是好事，大家知道，地球磁场在历史上也曾发生过巨大的变化，才变成了今天的样子。"

穆睿的腕表发出提示音。"抱歉，各位，家里快星期天下午6点了，"穆睿说，"我等不及了，我要去见我的妻子、女儿了。等会儿我们接着

第一章 探路者

讨论。"

穆睿走出餐厅，穿过走廊。初升的太阳嵌在视线尽头奥林匹斯山斜缓的半山腰上，仿佛要滚落下来。阳光洒在粗糙的红色大地上，映得舱内红彤彤的。离太阳不远处，天上仅有的一颗星星依然在发着光芒，那是地球。穆睿回到房间，看了看表。他展开显示屏，眼睛注视着镜头："我的两个宝贝，这周好吗？我在这里很好。一转眼离开家两年了，我在这儿也经历了一个春夏秋冬[①]，我和同事们这周庆祝了节日，在火星上的复活节。"他将镜头转了一圈，屏幕上出现了他小小的房间、桌上的几粒彩蛋和挂在窗户边的公仔兔："我的邻居'净土'从地球带了装饰送给我们，我们还吃了大餐——好吧，是合成羊肉大餐，还有面包、火腿。现在，我们的项目进入了关键期，我比以前更喜欢这里了。感谢两个宝贝支持我到这么远的地方。告诉我，你们怎么样？"穆睿在屏幕上按了"发送"，刚好显示有李彤的信息。

点开后，李彤和李梓出现在屏幕上。"爸爸，我每天都能看见你呢！"李梓转头看了看窗外，她脸上立即被太阳的余晖镀上了一层淡淡的金黄色光泽，"这几天火星可真亮，"她又把镜头对着窗口，"看见了吗？紫薇花刚刚开了，那是你出发前才栽的呢。爸爸，让我们也看看你的窗外吧，让我们看看奥林匹斯山顶。"李彤凑近说："木头哥哥，你这周感冒好了吗？在那儿太远了，要照顾好自己，不要不分昼夜地工作。我们都挺好的。另外，上次我们说的女儿升学的事情，学校周五就要开说明会了。"李梓挤进来做了个鬼脸说："我可不想去精英学校。可不是因为考不上啊！"李彤说："咱女儿说不想变成木偶人呢！"房间突然暗下来。"停电怎么也不提前通知一声，"李彤抱怨道，"天还没全黑，

[①] 火星的公转周期为 686.97 天，接近地球公转周期的两倍。

你应该还可以看见我们俩吧？"她将视频发送了出去。

"我强壮得可以去参加奥运会，虽然连地球上也很多年没有举办奥运会了，"穆睿说，"我感冒早好了。瞧，朝阳多灿烂，虽然外面已经零下40摄氏度，室内却很暖和。还有，看看奥林匹斯的雪，这是在地球上看不到的，"他将镜头转向玻璃墙的外面，屏幕上立即充满了红色，大地被镶上了金边，远方的奥林匹斯山缓缓隆起，顶端一片银白，"这只是半山腰，你知道吗？在火星上，奥林匹斯山下的任何地方都看不到山顶，只有到山上或者空中才能看见。"他将镜头转回，对准自己说，"学校下星期的说明会应该会提供更多的信息。我们下周日可以讨论，再和女儿一起决定。你们将度过充实的一星期，希望也是快乐的一星期。在看你们这周的最后一条信息前，我要说下星期再见了，我的宝贝们。"

穆睿等了片刻，李彤的信息又进来了。他正看着她们二人在屏幕上向他嘱咐和道别，门口有人敲门说："我们的邻居来访，在前厅说要见你。"穆睿想，一定是"净土"的人。因为在火星上，只有"净土"和火星试验基地孤独地相伴。

3."净土"

那人穿着休闲装，一身清凉，黑色的髯和短须围住有些皱纹的脸，穿短袖没办法完全遮挡住他古铜色的身体。看见穆睿进来，他连忙站起来，说："你不会赶走我这个不速之客吧？看在我们邻居两年的分上。"

"我怎么会赶走使人类首次移居火星的人呢——除非你接下来将给我下逐客令的理由，"穆睿说，"感谢'净土'的复活节礼物。"他看着艾伦·舒华兹，心里想，这伙计在火星上还能坚持锻炼，两年不见，这个商界巨子的身体依然强健如昔。作为"净土"的负责人，做到两不

第一章 探路者

耽误一定不容易。

"我乐于看见火星试验基地取得进展，虽然我并不希望你认为我在打探细节。我今日前来，是为一桩极重要的事。联合政府将在下星期五讨论全面开发火星的可行性，他们更愿意倾听来自非营利性机构的声音，你们的组织'拓荒志愿者'因此为基地争取到了陈述的机会。你作为基地的负责人获邀远程列席并做陈述。"舒华兹看到穆睿有些惊讶，补充道，"以我对联合政府的工作效率的了解，不出意外的话，你今天会收到通知。我也是刚从火星开发商会那里知道的。"

"我当然希望我有机会陈述，'拓荒志愿者'和基地的目的就是要让火星成为人类的第二个家园，而不是有钱人的别院。"穆睿说，"可是你不希望出席做陈述吗？'净土'在火星经营快10年了，你们的航天运载技术独步天下，还在火星上建了几十处'绿岛'，完全应该得到陈述机会。虽然我可能不会赞同你的立场。"

"我们没得到陈述机会。因为"净土"是商业机构，而你们不是。如果不是因为地球法律还没把火星管辖进来，联合政府早把'净土'充公了，他们正在恨自己的手不够长呢。"舒华兹愤愤不平地说，"我们必须靠利润活下去。我无意把地球上120亿的人都移民火星，不切实际的愿景只会让我们一事无成。我知道，在人们看来'净土'并不高尚，联合政府也不愿和我们一起出现在新闻中。但我们确实实现了很多人的梦想——有经济能力的那部分人，甚至有人想在这里长住下来。"

"我看不出能帮上你任何忙，"穆睿说，"我自己都是从你那儿得知这一消息的。"

"'净土'和基地都离家上亿里，相互却是对方火星上唯一的邻居。我们没有看起来那么不同，"舒华兹说，"我们都赔上了一切。'净土'的愿景是让人们实现火星梦，基地也是。但我不做赔本的买卖，我不认为一个缺乏盈利模式的、涉及数以十亿计人的火星移民项目可以成功。

我们不必今天就说服对方,我诚挚邀请你明天上午到'净土'总部,并非常乐意向你展示我们的项目。到时候,我们会发现更多共同点,希望对你而言那是一个合适的时间。"舒华兹递给穆睿一张卡片,上面有穆睿的名字和一个图形码。"带上这张卡片,你可以随时造访'净土'。"舒华兹说。

"虽然方式不同,但我们确实都是火星上的探路者。不过这恐怕是我目前所知的仅有的几个共同点之一了。"穆睿说,"在我参观'净土'之前,你现在就可以随我在基地内看看,我保证那不会占用你太多的时间。"

第二天早餐会后,穆睿戴上头盔,穿上户外防护服,通过出入通道出了基地,然后驾车前往"净土"总部。穆睿喜欢在火星上驾驶的感觉。在这里,大地和天空总是被中间的地平线清晰地分开,而且他只有25千克力。大地上没有固定的线路,火星车总是提供多个路径供他选择。穆睿喜欢选择一些小有起伏的路段间插在路途中,虽然比在地球上更颠簸,但良好的稳定装置和减震系统带给他的轻飘飘的驾驶感觉是在地球上无法体验到的。

他多次去过"净土",但这是他第一次去它的总部"绿岛"。他绕过一片高山就看见巨大的平原上分布着几十个犹如银灰色棋子的"绿岛",虽然平视角度看不出来它们的具体形状,他曾从空中俯瞰,知道"绿岛"是呈正六边形的。其中最大的那"绿岛",无疑就是总部了。穆睿走了一条捷径,虽然由于山丘遮挡,阳光大部分时间都无法照射到车辆的太阳能板,电池的电量却已经足够将他送到目的地,连备用能源都没有启用。车载着他来到总部"绿岛"的出入通道门口,一个穿制服的年轻男子早已候在门外。男子带着矜持的微笑,一丝不苟地问:"请问是穆睿·瓦尔登·欧文先生吗?请出示您的访问卡。"看到穆睿出示的卡片后,他打开外门,带着穆睿进入一个球体。随即外门关闭,球体重新闭合。穆睿感觉到球在旋转，停下来后，门徐徐打开，前方出现了巨大的气闸出入通道。

穆睿进入气闸通道并脱去户外防护服。通道四方吱吱地冒出白烟，那是在给通道补充恒温空气。"很高兴见到你，欢迎你莅临'净土'。"男子弯下他笔挺的身躯，向穆睿微微鞠了一躬，"我是舒华兹先生的助手，你可以叫我罗伯特。我将陪你参观并尽量回答你的问题，然后带你去和舒华兹先生商谈。"他彬彬有礼，说话平缓而清晰。

"有任何关于'净土'的商业机密的限制吗？我无意刺探机密。"穆睿问道。

"舒华兹先生并未就此次你的来访向我设置关于'净土'的商业机密的限制，你无须担心我知而不言。"罗伯特回答得很严谨。

"所有关于'净土'的信息都没有限制吗？"穆睿一边跟随对方穿过隔热玻璃墙的门，一边进一步确认。

"我没有被告知回答问题时需要隐藏信息。当然我并非无所不知，当我没有掌握相关信息时，我会让你知道。"罗伯特说。

一踏进门，映入眼帘的是巨大的富勒烯玻璃拼接成的透明弧形穹顶，阳光和大地反射光透进来，穹顶变成了另一片略带浅橙色的天空。如果用望远镜看穹顶，就能看见它的细微结构——它是由无数小三角形拼接成穹顶的透明曲面的。穹顶下隔着透明的安全罩。穹顶下的地面上，一排排树从眼前一直延伸到视线尽头。近处湖泊碧波荡漾，几只小船在湖上悠悠地前行。棕榈树和高大的阔叶林环绕在湖的四周，远处的岸边是一片沙滩和红树林。树林的后面有一片翠绿色的原野和掩映其间的几丛低矮建筑。几只水鸟见到二人经过，匆匆贴着湖面飞过，很快消失在水汽中。

罗伯特好像知道穆睿最关心如此多的水的来源。"这片湖原本是一个直径2000米的陨石坑，'净土'采集了地层中的水蓄积成湖。每个'绿岛'都有自己的蓄水，并严格循环再利用。"罗伯特说。

也看不起病了。把我们的钱还给我们！"

穆睿叹了口气说："我们一定不是来谈政治的。"

"我没那么龌龊，但也不是理想主义者。能利己而不损人我就满足了。"舒华兹关掉了视频，"可是你认为，联合政府会支持全面开发火星计划，并把大部分政府预算交给你们'拓荒志愿者'和基地？他们都自顾不暇，已经坐在火山口了。"

穆睿厉声说道："众所周知，地球上宜居的陆地越来越少了，超过一半的地表充满了核裂变能源时期泄漏的辐射，再过50年，超过650万亿立方米的冰川将融化，海平面将再上升5米，很多沿海城市和大量地区将被海水淹没。这已不可挽回。地球被糟蹋了，更重要的是，它已经养不了120亿人了，100亿都养不了。人类开发火星刻不容缓。"穆睿平复了一下心情："这是现实问题，整个人类最大的现实问题。而这里却干干净净，环境没有遭到破坏。"

舒华兹却冷静地说道："以目前的情况，火星开发还只能是商业项目或者研究项目，还不能成为为大众服务的民生项目。这里还没有生态环境，空气和水也是问题。即使我们冒着使人类破产的风险，将空气和水从地球输送过来，微弱的火星磁场也还不足以保存。"

"火星上有水。火星上的磁场正在增强。如果故步地球，人类必定灭亡。开发火星或许会让地球破产，但将让人类重生。"

舒华兹注意到穆睿的怒气，默默地喝了口咖啡。"火星运载技术出现后，我们经历了半个世纪的投入期，到了'净土'出现，才实现了投资回报的闭环持续发展。'净土'经过10多年才建了45个'绿岛'，去年接待了超过1万个客户。2000多个普通人成了'净土'的员工，他们在这儿快乐地工作和生活。在建'净土'前，我们的可重复运载技术已经独步天下了，卖掉上海的产业后，我们建了第一个'绿岛'。那是我们在上海的所有产业！你知道我们为什么可以扩大到45个吗？"他自问自答，"因为'净土'开建后第二年，我们就实现了盈利。我们不打算扩建，但会持续优化'净土'。我们的目标人群并不庞大，但很明确。盲目扩大目标只会让'净土'投资回报不佳直至死亡。"

"1万相对于120亿，不值一提。我们凭什么选择那百万分之一，而放弃剩下的大多数？据我所知，你原先在上海的产业已经沉在海里了，那出售时机真是绝佳啊。"穆睿讽刺道。"我不反对'净土'，还非常赞赏'净土'曾做出的伟大开拓，但为什么不能惠及全人类，为什么不推动火星的全面开发呢？"穆睿仍然未能平静下来。

"最愚蠢的行为往往是最崇高的动机驱动的。全面开发火星不会成功，因为没有政客愿意把自己的任期押注于虚无缥缈的未来。退一万步说，即使联合政府批准你的计划，那也将是吞噬金钱和资源的无底洞。没错，我们只服务了1万人，对整个人类来说不值一提。我们的营收相对于任何一个全球性公营公司而言也微不足道——光是世界能源服务公司去年产值就有50万亿世界银行元，但全球有超过60亿人年均收入少于1万世界银行元。有那么多人付得起移居火星的费用吗？如果大家都可以免费移居火星，你猜怎么着？将没有人愿意支付移居火星的成本，全面开发计划就会彻底失败。而且，如果联合政府同意你的计划，他们也会将'净土'收归公营，以全人类共有的名义。毕竟，'净土'积累了最好的运载技术，有最丰富的火星开发经验。见鬼，我可一点也自豪不起来，因为如此一来'净土'也会一起失败。"

穆睿沉默了一会儿。"这就是为什么需要让联合政府知道，全面开发火星将是长期的过程，人类必须具备责任心和耐心，10年不足以承担，那需要几代人。否则，我们的后代在消亡前的最后诅咒对象将是我们。"

"全面开发火星的话，需要多少大气和水才足以适合人类生存？"舒华兹决定转换方向。

"其实并不需要将地球上所有的人都移居火星，10亿人就足够了。

120亿人会让地球毁灭，80亿人的地球就能够继续宜居——80亿是目前的地球允许的最大适宜人口数。按照人口演化周期规律，排除战争因素，100年内地球上人口将减少至约90亿——这依然过多——除非大规模移民火星。另外，我们针对火星改造做了计算。我们将建大量的穹顶，并较长时间生活在穹顶下——这并不至于让人无法接受，看看你这里的'净土'，犹如世外桃源一般。如你所知，火星地层里有大量的水，而且我们可以将地球上的水运到这里来，还能在水分中分离出氧气。大自然不会让拓荒者空手而归，说不定到未来的某个时候，即使揭开穹顶，火星的生态系统也能持续演进并适于人类居住，甚至地球本身也将受惠——大部分沿海城市也会因此避免被海水淹没。关键是，全面开发火星不仅能分担地球的压力，还能给人类以希望。"

"听起来是一个漫长的过程。即使如此，火星演化出适于人类的环境需要多得多的时间，要知道地球演化出适于生命的环境用了数十亿年。人类等得了这么久吗？"舒华兹提醒道。

"在火星完全宜居之前，我们可以通过在火星上扩大基地和'净土'以争取时间。主动干预无疑可以极大地加速火星宜居化过程。如果要精确计算这个过程，还需要更多的数据——关于火星和太阳系的数据，还需要强大的仿真计算，毫无疑问这是有史以来最庞大的仿真计算。但为了宇宙中唯一已知的智慧生命能够延续，这个赌注完全值得。"

"这需要行星级别的运载工具。你打算怎样让联合政府相信这么巨量的太空运输是可行的？"

"你是运载的专家，应该知道即便以'净土'独步天下的现有运载技术也还不够。不过，我们需要的技术突破仅限于运载的规模方面了。我不觉得只用一次就可以完成搬家，我也不打算说服他们明天就开始搬迁。大家合作起来，就可以发展出大规模运载技术。"

"整个全面开发，你打算提出多少预算？他们可不会被激情打动。

这是他们做决定之前一定会问的问题。"舒华兹一副深谋远虑的样子。

"这是一个棘手的问题。我们对成本并不熟悉,虽然我们知道花费肯定是巨大的。"穆睿说。

"那你们的想法必将被他们拒绝。如果你愿意改变计划,向联合政府陈述由'净土'主导的有限度的火星开发商业计划,'净土'就可以与基地合作并承担全部成本。我们用'净土'的利润投入运载技术和火星开发。你觉得怎么样?"

"我坚持全面开发火星,"穆睿干脆地说,"洪水快漫过城市堤岸的时候,造一只小船没有意义。"

"看来我们都没有说服对方。又发现一个我们的共同点,那就是固执己见。"舒华兹并没有显得意外,"罗伯特掌握了大量的关于地球和'净土'的数据。虽然他不能预测未来,但可以协助你核算全面开发火星的成本。他足够可靠,希望你不要拒绝。"

"谢谢你,只要不收费,我当然不会拒绝。"穆睿说。

4. 地球联合政府

穆睿回到基地,通信器提醒有列夫·弗里德曼从地球发来的信。弗里德曼是"拓荒志愿者"的主席,曾和穆睿同在天体物理研究院就职,是穆睿的前辈同事。研究院因经费不足等原因解散后,他经商成了亿万富翁。企业公营化前夕,他拿出自己的财产召集了"拓荒志愿者",组织起一群政商体系外的边缘科学家,对人类移居火星进行研究。火星试验基地是"拓荒志愿者"在火星上的第一个驻扎点,从两年前开始致力于火星磁场监测、火星大气和水的生成方案,以及火星生态系统的可行性研究。

弗里德曼在信里说,相信穆睿已经收到了联合政府的通知。他告诉

穆睿，联合政府周五的跨组织公开辩论会将对地球环境恶化、族群分裂、贫困等问题进行辩论，其中核心议题是地球环境问题。获准参加的除了联合政府官员以及功勋院、公民院、思想院、财政院、民主院和民族院的代表以外，会议还邀请了环境保护协会、民间科学研究机构等非政府组织参与。

人类大一统以后，这是联合政府首次举行如此规模的各方会议，足见地球环境已恶化到极其影响人类生存的地步，联合政府被迫高度重视。

"这是我们全面开发火星计划的最好机会，"弗里德曼在屏幕上望着穆睿说——从信发送时间看，弗里德曼至少在几个小时前就录下了这段信息，"虽然'拓荒志愿者'不隶属政府，我们仍然获得了在辩论会上陈述的机会，我推荐了你——没有人比你更适合代表我们。辩论会之后半年，联合政府还会对各个备选方案进行多次内部讨论，在今年之内，联合政府最高执行官和各院将投票进行决策。我们还有两天的时间准备陈述。你不需要记住这么多政客的名字，专注于陈述即可。我会去政界斡旋。目前看来，功勋院的院长大阪太郎对全面开发火星计划持谨慎的支持态度，公民院、民主院和民族院的态度尚不明朗，预计财政院会反对。我知道这听起来不乐观，但也有好消息，唐纳德·麦卡锡在上月的换届选举中当选了思想院院长。前科学机构的院长从了政，可见世界末日至少不会马上来临。"弗里德曼开起了玩笑。

唐纳德·麦卡锡是天体物理研究院的最后一任行政院长，曾是弗里德曼和穆睿的同事。

"黑洞和政治的旋涡中心都会贪婪地吞噬一切；但在恰当的位置，它们都可以发光。我今天就去拜会这位从黑洞研究机构转投政治机构的旧同事。"弗里德曼在信里说。

看到弗里德曼信心满满的样子，穆睿心里暗想：麦卡锡在天体物理研究院就是一个搞行政的，他和科学从来都不沾边。

第一章 探路者

周五一大早，地球上穆睿家，李彤和李梓驱车去学校。不料刚入城就被密集的人群阻隔。人山人海的游行者举着标语，高唱着"英格兰的荣光"，缓缓地朝着市中心进发。李彤和李梓被迫绕道而行。到联合政府广场时，却又恰逢两波人各从前后而来，将母女二人堵在中间不能动弹。两边的人越聚越多，刚开始还只是高分贝地相互谩骂。逐渐地，警察的分隔已经无济于事，他们的白色制服被人群淹没了，好似一瓶牛奶倒入滚滚河流迅速消失。示威双方开始发生肢体冲突，各种标语和横幅——"反对同权""野蛮的税收就是抢劫""光复美利坚""维护种族平等""平民不再沉默""捍卫人类联合"等掉了一地，满街一片狼藉。

李彤母女二人被阻滞良久。好不容易挤了出来，又一路辗转，到学校门口时已近中午了。校门口却静悄悄的，只有一个看门的保安人员。保安责备二人道："怎么现在才到？升学说明会马上就结束了。"但他很快面露笑容体贴地说："不过没关系，这只是一个社区学校，而且里面的说明会只会说一些套话。我这儿有几所精英学校的入学主考官的联系方式，100世界银行元就可以得到全部电话号码。我只收现金，不收数字货币，你就不用顾虑虹膜支付了。"他见二人不为所动，继续说道："我还有个熟人——我的近亲——是一所公营学校的招生办秘书，那可是公营学校！要知道公营学校一般只招收政府相关家庭的学生，花上个500世界银行元去尝试一下完全值得，亏啥也不能亏教育，不是吗？"李彤说："我们还是进去听一听吧。"他见二人完全无动于衷，才悻悻地打开校门："不信我的话，你就只能上这所学校了。"

而此时在联合政府议事大厅内，穆睿刚刚结束陈述并离线，与会人员正在热烈讨论，现场一片嘈杂。联合政府总执行官金英哲不得不高声维持会场秩序："请大家肃静！正如预期的一样，今天讨论的议题绝不会轻松。请各院按顺序举手发言。"议事厅刚刚静下来，财政院长辛格

就打破顺序迫不及待地站了起来:"这是个骇人听闻的提议!如果我们还要继续讨论这个提议的话,我将会很惊讶。教训还不够吗?割据时代各个大陆建了那么多大型加速器找轴子,挖了那么多深坑找衰变的质子,还发射了塞满轨道空间的卫星找暗物质。割据时代的政府花掉了无数的钱,最后得到的结论仅仅是所有的原有方法都不正确。全面开发火星计划更荒谬,这个预算将超过联合政府成立以来的税收总和。听听外面,抗议加税的动静有多大!这个所谓的全面开发火星计划并不在乎联合政府和人类,而是在乎他们少部分人的野心。我很想知道这些人的真正居心是什么!"辛格激动地说。

公民院长索菲亚·多纳尼站起来说:"放弃地球就是放弃人类。如果舍本逐末去殖民火星,大部分人民将死于贫困。贫困人口比例在联合政府成立前20年开始反弹,到联合政府成立时达到峰值,至今依然居高不下,而人口基数却大大增加了。全面开发火星会让人类的贫困程度雪上加霜。想想120亿地球人口的大多数,他们有多少人付得起移民火星的费用,如果他们撑得到那一天的话?如果所有人都对他人的苦难没有同情,那么地球就是一个动物园。我们应该放弃昂贵的幻想,专注于眼前的问题:贫困问题、环境问题、社会公平问题。人类解决这些问题才能活下去。"

环境资源管理部部长永贝里接过话头:"完全同意多纳尼女士的意见。如果解决了气候变化和全球环境问题,地球仍然宜居。即使是地球上的南极和撒哈拉沙漠这样生存条件最恶劣的地方,也远比火星上的任何地方宜居。我看不出将数以十亿人迁移到亿里之外的荒漠世界有什么意义。割据时代的超级大国撕毁了《巴黎协定》,也葬送了自身。世界联合政府应该避免重蹈覆辙,加快环境治理。我们希望各院在做决定的时候考虑我们的意见。"

"永贝里提出了一个很好的点——加上大首府地区,南极和撒哈拉是地球上为数不多的几个没被辐射污染的地区。正因为如此，目前这两个地区仅面向有卓越贡献和有支付能力的人，还不对普通民众开放。我们知道，在地球上养活上百亿人的同时维护良好的生态环境的尝试从来没有成功过。过去几十年，环境治理和经济发展就像跷跷板，历届政府实施了各种政策，从来没有得到彻底的解决。我提议加大力度改善地球上的生态环境，让大部分人得以留守家园。全面开发火星的预算确实过于惊人，也许应该同时评估一个有限度的火星开发方案。"功勋院长大阪太郎谨慎地说。

民族院的北美区域代表尖声尖气地说："绝对平均是最大的不公。不管什么方案，做贡献的应优先受惠。地球已经容不下这么多人，而全面开发火星太昂贵。北美大陆税率最高，还提供产品和技术供应全球。我们遵守全球贸易协定，放弃了自己的货币，却无力驱赶家园里的有毒气体和社区的核辐射。我们呼吁由联合政府主持渐进式的火星开发计划，并由政府按各区域纳税额统筹分配火星移民的数量，而不是全面开发火星。这是事关公平和人类未来的大事，理应由政府主导，不该因商业机构染指而受制于人。"他的发言也得到了民族院北欧代表和中西欧代表的附议。

不料民族院的英格兰代表纠正说，不能单纯以纳税为标准。为了人类大一统，英格兰放弃了独立性和曾带来成功的政治传统，世界联合政府也占用了大量本区域的资源。英格兰为此做出的牺牲巨大。他的旧时伦敦腔调使得现场反应愈加强烈，议事厅里几乎所有区域都发出了嘘声。

在联合政府总执行官金英哲示意大家安静后，民主院长斯密特才获得发言的机会："我们今天在这里讨论，不为在座的各位，而是为了这间屋子之外的人，那些把我们推选出来而我们又不认识的人。诚然，每个族群、每个社群的诉求都不尽相同，而我们在座的各位正是代表了这些族群和社群。大家不要忘了，整个人类能够求同存异联合在一起，是因为大多数人的选择得到了尊重。我们应该遴选出几个议案，在全球实现公投，让大多数人来选择并决定人类的未来。"斯密特声若洪钟，说完后环视了一圈厅内的人。

现场一片寂静。

总执行官金英哲打破了沉默："全球族群和社群推选了各院代表，而各院又创生了联合政府。今天的政治系统来源于全球最广泛的民主，我们被人民选出来，能为人民所信任，就要为人民的未来做决定。我们的决策过程需要接受监督，决策程序必须透明。这个议题不仅是一个科学问题，更是一个政治问题。须知，重要而复杂的决定从来都不容易，虽然在座各位的意见并不相同，但我们终究需要统一意见，我们不能推卸责任。唐纳德，作为前科学机构的负责人，你有什么看法？"金英哲问刚刚上任的思想院院长唐纳德·麦卡锡。

麦卡锡用手理了理他高耸的金发，不慌不忙地站了起来。"女士们、先生们！我们今天谈的都不是根本性的问题，而是一个根本性问题的诸多后果。"人群中出现一阵骚动，麦卡锡顿了顿，斜着眼睛向下看了看出现骚动的地方，等到骚动平静下来，才微张着嘴继续着他的演讲，"我们今天的最大问题是道德。我们把不同的人拴在一起，让那些做出创造的民族、奉献精神的信奉者和懒汉、偷窃者联合在一起，这是一个错误。看看人类大联合以来我们都做了什么，数据不会说谎。"他扬了扬手里的遥控，议事厅的大屏幕和每个座席桌前的显示器都出现了数据和图表，"过去40年，北美、欧洲的纳税占比快速增加。而联合政府向其他区域的投入占绝对多数，可是这些区域制造了最多的排放、污染和辐射，却依然叫喊'人类同权'。"民族院座席区发出了截然不同的回应。麦卡锡未予理睬，继续说道："唯一的妥协是创造者做出的，贪得无厌的所谓发展中族群在联合的庇护下一再得逞。无偿援助只会助长窃取，事实上正是如此，软弱的妥协不仅使贫困加剧，更重要的是造成道德沦丧。虚伪的人类同权主义使人类共同堕落。如果联合是假惺惺的，那我们就放弃联合。我们应不惜一切为重塑民主自由、为挽救道德和公平而战，是的，哪怕是一场摊牌战。这将不是国家间为土地或其他自私利益而进行的通常战争，而是为捍卫道德免于彻底沦丧的最后的战争。除非我们面对这个事实，否则我们将付出那些等待太久的人必须付出的代价。"

议事厅里的人惊呆了。一阵寂静后，屋子的一角出现了掌声，其余的人在错愕之下，愤怒地起身斥责，部分人竟直接离场。金英哲无奈地宣布择时再议。

更加震惊的是守在政府议事厅外收看实时报道的列夫·弗里德曼。

麦卡锡摆脱了尾随和包围的人群，迅速走出议事厅。弗里德曼一见麦卡锡，立刻上前质问。"我没有说谎。我说过会让你大吃一惊，我没有违背诺言。"麦卡锡说完匆匆离去。

5. 回　家

初冬，气温和喧嚣都渐渐冷却下来。对 12 岁的李梓而言，除了她的学校不一样了，其他什么都没有改变。爸爸还是离家最远的人，妈妈依然细腻而郁郁寡欢。那所学校比之前的学校更近，是一所社区中学。李梓因此有更多的时间沉浸在自己的世界里。她为偶尔出现的蓝天白云开心，还常常发着呆，任凭时间流逝。她也乐于坐在窗前看外面变幻的世界，窗外的小园花开花落，正因为其小，每棵树的变化都让人留意，每株草的荣枯都惹人嗟叹。

有时候，她也会走出小园穿行在废墟里，或者沿着黝黑的泰晤士河

寻找爸爸的那本历史图册上描绘的伦敦金斯顿大学和汉普敦宫的痕迹。她喜欢在空余时间流连其间，想象20世纪前，一片片古旧的低矮建筑延伸到天际，那是一个什么景象啊！可是这一切都难寻踪影了。

在世界人口激增后，不能对生产和生活有直接贡献的建筑被拆除了，联合政府组织人们建了更多的农场、工厂、发电厂和高楼取而代之，以养活日益增多的人。为高效利用资源并有序发展，民间商业机构逐渐为政府所拥有或者掌控，更有甚者被迫转至地下。然而世事难料，大部分人却不能住进那些空空如也的高楼，人们买不起的衣物和食材堆放在紧锁的仓库里。继而，大繁华时期的很多标志物被放弃了，白金汉宫被拆除之后，在同样的位置建了市民中心大厦，却没有那么多人住得起，又成了摆设。这一切在全世界不可避免地发生，还增加了问题——大面积的核污染和再也回不去的山川原野。

这是年少的李梓唯一熟识的世界，大一统之前的痕迹只存在于书本里了。

在学校的时间总是很慢。终于又到了星期五，下午照例是班主任内维尔的社会研究课，本次课题是社会运行的整体效率和社会组织形式的关系。在讲授了社会系统、计划和执行、自由和纪律的要点后，内维尔破天荒地采用了全新的形式，他让大家两两自由组合，每个小组结合现实和历史，从正反两方面对权威管理型社会和自发管理型社会进行比较，然后形成结论，待老师回教室后各小组分别陈述。老师离开教室后，大家分组时才发现总人数不是双数，李梓遂自愿单独成组。

半个小时之后，内维尔老师从办公室回到教室，教室里立即恢复了安静。内维尔环视了一周，严肃地说："刚才我在办公室的时候，教室里面闹哄哄的，有人反映到办公室来了。大家以为这只是一个课堂练习吗？我故意走开，就是要看看你们能不能守纪律。自由组合不是放弃纪

第一章　探路者

律——我们需要从社会学里面学到的最重要的东西就是纪律。看看你们，完全没有秩序，竟然没有一个人坐在自己的位置上！"李梓暗暗地想：全部自由随机组合，没有任何人坐在自己的位置上的可能性并不低，超过了三分之一。①

内维尔吩咐道："等各组陈述完毕，大家再无记名投票推选一个我们班的社会学科的代表。接下来，由各组开始陈述。"

待其他组陈述完毕，内维尔才发现李梓静静地单独坐着发呆。他走过去一看，发现她身前的桌上摆放着一张速写画，画的是苍茫的大地连着波涛滚滚的大海，风雨交加中，一艘桅船倾斜着向天边的一束亮光驶去——正是那个时不时包围她的幻象。内维尔并不知道缘由，他强压怒火问道："这都是些什么东西！和我们今天的课题有什么关系？！你的课题结论是什么？"教室里传出几声笑声。李梓赶紧盖上画说："我对社会和历史都缺乏了解，虽然教科书上提供了一些信息，但我还不足以形成自己的结论。"

"青少年是形成人格和信仰的关键时期。你们接受教育，目的就是要形成正确的人生观，成年后才能成为有用人才并为社会做贡献。这就是为什么你们需要珍惜教育机会，为什么需要理解、吸纳正确的价值观并变成自己的思想的一部分，"内维尔严肃地说，既是对李梓也是对所有的学生，"现在，大家把无记名投票放在讲台上。"他看到身旁的李梓正要交上讲台，说："你给我吧。"随即打开了票。

李梓不由得喊道："老师，你说过无记名的！"

内维尔看了看，一愣。继而终于按捺不住，怒道："我的确要求过无记名，但我总得知道谁被推举了吧。你竟然推选自己，我还是第一次见到这么不谦虚的人！刚才应该陈述的时候，你什么都说不出来，在遵

---
① 足够多的人随机坐在相同数量的座位上，没人刚好坐在自己座位上的可能性约为 e^{-1}。

守组织纪律和道德规范方面也完全不是楷模。"内维尔吸了口气平复了一下情绪。他回到讲台上，逐个打开了票。"还不至于最糟。毕竟，大部分人推选了刘逸思。他才称得上楷模。"他说。

在学校的不快很快就过去了。星期天的通话中，离家两年半的穆睿告诉李梓和李彤，他就要回家了。毕竟，穆睿的提议没有被联合政府采纳，基地的资金难以为继。基地是他忧心之所系和心血的结晶，这一切都崩塌了。回到地球后，他不得不寻找新的工作，一切都要重新开始。但全家从此就能在一起了，母女俩都很开心。

星期一，天刚亮，火星上的穆睿召集了最后一次基地成员会议。会议结束后，他驱车来到"净土"总部。舒华兹已经在等着他了。穆睿顾不上寒暄："我是来向你道别的。虽然列夫·弗里德曼搭上了他的所有财产，'拓荒志愿者'却再也无力支撑基地的费用了。基地将被迫解散，我也将于近期返回地球。在出发前，我有些后续安排需要和你商量。"

"尽管开口，我一定竭尽所能。"舒华兹说。

"主要是基地成员的去向问题。他们大多数都是独身一人，如果能继续从事研究，他们并不一定非要回地球。如果'净土'愿提供支持使他们能留驻基地，基地的管辖权可暂归'净土'。罗伯特原本就属于'净土'——感谢你许可他协助基地工作半年，他为基地提供了大量的信息和分析——相信他回归'净土'更加不是问题。"

"基地成员可全员保留，他们将不受干涉地继续原来的研究工作。'净土'将对基地提供资金支持。另外，如果你没有异议，基地将对客户开放，这将是'净土'的一个绝佳的新景点。"舒华兹以商人特有的豁达心态说。

"只要研究能不受干扰地继续下去，我对此没有意见。还有，基地

第一章 探路者

的研究成果可为'净土'所用，但所有权将继续属于'拓荒志愿者'。"

舒华兹一一承诺了下来。他说："你放心，罗伯特将为基地管理资料。"最后他还提出，基地成员往返地球，包括穆睿这次的回程，由'净土'负责。

几天后，穆睿收拾好个人物品，基地同事巴切夫驾车送他去运载中心。由于地球和火星之间的距离正合适，现在是往返的旺季。车朝着奥林匹斯山方向开去，两旁的红色大地起伏着朝后方飞驰而去，而奥林匹斯山仍然占据了整个视野，在前方屹然不动。逐渐地，一个银灰色的竖线在大山背景前面出现，那是"净土"的"天隼"号往返运载火箭。

穆睿注视着筷子似的火箭，它一副弱不禁风的样子——那已经是有史以来最大、最先进的运载工具了。他再回头看了看隐约可见的基地，它仿佛只是沧海之一粟。他不由得感慨万千。甚至于，他开始怀疑自己起初就是错的，而且简直错得太离谱。人类在地球上建造了超过有史以来所有生物体体积总和的人造物，到头来却无家可归。仅仅不超过百万分之一的人类活动突破了地球表面与其上方 10 千米之间的狭窄空间，人类却并不珍惜自己脆弱的家园。人类在过去一个世纪取得的最大技术进步是控制技术；发明了口袋型量子计算机并实现了全仿真技术的梦想家，最终演变成政治商人或者政府的情报技术供应者。世界权力的拥有者毫无例外地坚信自己的判断，正如他们坚信政治是关于一切专业的专业；当一些毫不起眼的新事物开始变得不可忽略，联合政府就会下意识地以全球民众利益代表人的身份出现并将其纳入掌控。另一方面，基础理论却没有突破，颠覆性技术也鲜有出现，仅存几个像自己这样的理想主义傻瓜还在忧心人类的未来，妄想移民火星。

越来越近的火箭将他从思绪中拉回。筷子变成了巨塔，45 个推进器组成 5 个圆柱体托着正中间直指天空的火箭，稳稳地靠着高高的金属架安放在巨大的发射平台上。火箭旁的气闸通道外，一排车辆有序地排队

进入。穆睿下车后，透过玻璃通道看着旁边的庞然大物，他的呼吸开始急促起来。随着升降机攀升，地面的一切迅速变小，似乎要汇聚在地底深处的一点。穆睿感到一阵眩晕，程度远甚于搭乘摩天大楼的玻璃升降机产生的眩晕感。

好在进入舱体后，乘客舱室比客机的舱室更大，座椅安放更宽松，乘务人员也很友好。广播里通知："欢迎各位乘客搭乘'天隼'号返回地球。此次行程将分为两个阶段，在第一阶段的发射起飞期间，将产生明显而短暂的超重，但最大不超过地球表面重力加速度的两倍，之后我们将以一倍的重力加速度平稳加速，大家将提前体验在地球上的体重感。随后半程以地球重力加速度的一倍减速，然后绕地球飞行并调整速度和位置，直至和地球空间站会合。在加速度反向间隙，会经历座舱翻转和片刻重力感异常。大家无须担心，每次调整都将是渐进的，而且我们都会适时通知大家。到达空间站后将开启第二阶段行程——换乘登陆飞船返回地球。鉴于目前地球和火星的位置关系以及选定的路径，本次旅程将历时10个地球日，整个旅程中，'天隼'号乘务人员将一直在你的身边。"广播通告甚至开起了玩笑："由于我们是目前从火星上起飞的唯一飞行器，'天隼'号不需要排队等地面指挥的通知了。我们还有10分钟就要起飞，请大家系好安全带。祝旅途愉快！"

穆睿百无聊赖地拿起服务指南，那上面标识了餐饮菜单、餐厅、娱乐室，他无奈地把它放回了前方的口袋。他又粗略地计算了一下轨道，还是没有打发掉多少时间。窗户外，两个姿态调整发动机贴着舱体外壁，这些发动机将在着陆时和会合空间站时启动。穆睿目测着两个发动机的距离，估算着围绕舱体的发动机的数量。他甚至画了一个推进系统的草图。他知道，火箭包含惯性约束聚变反应室，几分钟之后，混合了氘氚聚变燃料的球形靶丸将在强激光的照射下点火产生聚变反应，再驱动炽热的等离子流从喷射口以极高的速度喷出。

他努力地克服透过窗户向下看地面的冲动。在地平线上方，地球在朝阳的掩映下成了一个毫不起眼，甚至容易被忽略的小亮点。从地球的这个近邻看去，那个小亮点没有任何细节。但它是人类千百年来生存和繁衍、斗争和发展的地方。在那里，李彤和李梓该是正在仰望着天空，尝试在夜空中寻找火星，想象自己从火星上出发的样子吧。他正想着，机械臂收束了水杯等活动物体。穆睿察觉到自己逐渐深陷在座位里，但不曾听到广播倒数"10，9，8……"。他自言自语道："果然如广播所说，会'适时'通知大家。"他安慰自己，火星上的空气稀薄，颠簸将不如在地球上那么剧烈。提前服下的安眠药开始发挥作用，他很快就沉沉睡去了。

6. 微 管

灰黄的天空镶嵌着一轮白色的太阳，下面是蜿蜒的泰晤士河。初夏的潮湿空气吹过大地，一片麦田微微摇摆，泛起金色的麦浪。穆睿和一群劳动者穿插在麦田中间，趁着好天气进行最后一次浇灌。这是穆睿返回后，照火星上的"绿岛"一般开荒种圃，刚开始还只是他屋外的一小片，一季过去后，人们从周围的高脚屋里、集装箱里、废弃厂房里和高架桥下走出来，加入穆睿的劳作，跟着他学习劳作的方式，一起拓荒，一起耕耘和收获。如今穆睿已回家两年多，这里逐渐成了他们口中的"欧文先生的田园"，成了人们的心灵寄托。

对穆睿而言，这其中有非同寻常的乐趣。在刚刚返回的那段时间里，他经历了巨大的苦闷。虽然和妻女相聚带来了天伦之乐，列夫·弗里德曼也不时造访，和他谈天说地，追忆过去的时光，但数十年的科学生涯戛然而止，从孩提时代就开始追逐的梦想几乎破灭了，那份失意和彷徨

久久未能消散。后来，他想起在火星上的"净土"，虽然那纯粹只是舒华兹的生意，却启发了他。他像若干世纪之前的农人一样，自制了锄头、箩筐，在屋前的篱笆外面用手工劳动开荒稼穑，未承想，附近无所事事的人也随他将那片田园拓展开去。自此人们又有了食物，那一片地球首府郊外的"绿岛"成了茫茫废墟中一个特别的地方。

这在无意中打破了一个悖论：作为高度发展的标志，后工业时代的高度组织化和高效自动化却并没有给人类提供充足的食物，也没有消除贫困，人们甚至忘记了离开机器怎样活下去；不料在抛却现代方式后，一群人重新找到了活下去的希望。穆睿日出而作，日落而息，没有了心怀天下、志在寰宇的宏大情怀，却成了方圆两里的中心，成了被一群散发着汗味的人崇敬的"欧文先生"，这让他重新感到满足。

家里多了一个人照看之后，李彤去谋了一份新闻宣传署的编辑工作。穆睿并不像李彤一样按学校的建议每天接送李梓。李梓乐得自在，虽然她在学校并不总能感到快乐，但她对数学得心应手，最近一学期学校又增设了艺术课。回到家里，她还可以和爸爸一起去篱笆外的田园穿行，或者在小溪旁漫步，经过劳作的人身旁，看着休憩的人对着她微笑，又或者静静地发呆，任由想象在时空中没有任何羁绊地自由驰骋。

又是一个周末。等到夜幕降临，李梓提着小木笼来到水塘边，但闻四处蛙声一片。杨大力拿着手电筒，已经等在那里了。夜色隐藏了他黝黑的面容，也掩盖了他的紧张和局促，只在天边微亮的余晖前投下黑色的身影。他住在高脚屋里，是李梓的同班同学，课余时间常常随父母在田园里劳作。上周班主任内维尔老师宣布全班同学将去科技营参观，因为其中有部分主题是仿生，他问谁可以捕捉两只青蛙，到时候带到科技营与仿生生物进行比较。这是学校两年来第一次组织校外活动，李梓想到自己家外的水塘边有不少青蛙，这又是她感兴趣的课题，就主动应承了下来。随后才想起自己并没有把握抓住青蛙，于是就约邻居杨大力一起去捕捉。杨大力受宠若惊地答应了："你说啥我都听你的。"

杨大力看见李梓朝着水塘走过来，就向她做了一个"嘘"的手势。夕阳西沉，一只只青蛙"咕咚咕咚"地跳进水里。杨大力关掉了手电筒，李梓随他蹑手蹑脚地走到小石滩上，他突然打开了手电筒，一道刺眼的白光照在沙石和杂草上，几只青蛙鼓着大眼睛一动不动。杨大力将手电筒递给李梓，示意她继续照着不动。他轻轻弯腰抓了两只，小心地装进木笼把里面扣上。两只青蛙静蹲在笼里，斜着头瞪着大眼睛，李梓觉得那是询问的神情。"过两天就送你们回这里。"李梓心里想。二人反身往回走，杨大力将李梓送回家。虽然两天后就要带去科技营，二人还是一路商量饲养方法。

李梓到家时，家里有访客正和穆睿高谈阔论。李梓认出了他，父亲在火星基地时，曾向她介绍过所有的基地成员。他是丹·贝克，从火星基地回来已一年有余。他在基地超过三年，其间搜集了大量的关于火星环境和土壤的信息，培育了各种动植物并积累了大量的数据。如今在火星上已经没有更多的生态研究可做，虽然地球上的大多数基础研究机构已被精简甚至遭到裁撤，但生物研究机构因为其较强的应用特性得到了保留。他因此谢绝了舒华兹的挽留，回到地球谋了份职业。

穆睿问他过去两年的研究动态。"很高兴你还对科学保持着兴趣，"丹·贝克说，"主要进展有两个方面，一是使用基因驱动技术编辑了10余种植物的基因，使这些植物——主要是农作物——能更好地适应火星。"

"可比两年前适于火星的农作物种类多了不少。"穆睿赞叹道。

丹·贝克说他回到地球后，研究条件好了许多，成效也颇为显著："第二和微管有关。生物学界早已能够创建小于0.1微米精度的大

脑三维模型，以及仿真神经纤维和神经脉冲的动态过程。而我们近期的进展使电脑仿真脑活动，甚至模拟意识成为可能。微管对维持细胞形态、细胞分裂、信号传导及物质输送等过程所起的重要作用早已为人所知，但我们最终证实了微管和意识的关系，在此之前那只是备受质疑的猜想——虽然，这说不上是专门为开发火星做出的发现。"

丹·贝克继续春风得意地解释："智慧的产生是大脑神经元相互连接的结果，生物的神经元之间的连接越多、越复杂，就越聪明。而微管分形在一定条件下，可以突破低温限制，产生进化嬗变，导致意识的产生。而不同生物的神经元连接有很大差异——主要体现在连接紧密性上。而组织这种连接方式的，是原钙黏蛋白。部分生物——例如人类和章鱼——可以按照环境变化来生产蛋白质，从而自行编辑基因。甚至于，即使最低级的生命也是复杂有序的进化过程的结果。我们知道，生命的出现并不是粒子随机组合的结果。在完全的随机过程中，在宇宙中一千亿年产生出最简单的单细胞生物的概率也接近于零。所以，生命并不只是自然选择的结果，也是主观选择的结果。"

穆睿问："你的意思是，即使是单细胞生物也有意识，甚至可以自主选择自己的进化方向？"

丹·贝克解释道："低级生命的意识是自发的，我称之为无意识的意识。而高级生命的意识是自觉的，智慧生命洞察了生命的秘密后，甚至可以选择进化方向。"

两年来的首次见面令丹·贝克十分兴奋，他滔滔不绝地说了大半个钟头才停下来。穆睿欣慰地祝贺了他。终于，他想到穆睿不是生物学家，就转而谈起了基地过去两年的人和事。过了一会儿李彤回到家，她下厨做了些简单的菜肴。晚餐上又说起地球上最近的境况，三人叹息了一会儿后，丹·贝克留下几个从火星上带回来的根雕送给穆睿和李彤，还给李梓送了几粒在火星上培育的种子，才告辞离去。

第一章 探路者

星期二一早,李彤将李梓送到科技营。新闻出版署也在市区,途经科技营,颇为顺路。科技营门口的无人导引小车认出了李梓的校牌编码,瓮声瓮气地说:"欢迎你,李梓同学。参观活动将在 10 分钟后开始。在活动开始之前,我十分高兴借此机会向你介绍本科技营。"导引小车一边在显示屏上播放视频一边继续喋喋不休:"本营是位于世界首府的大型科技营馆。本营展示了最新的空气和水净化技术、人造食物、最先进的仿生技术、机器人——顺便说一句,那些机器人的配置至少比我高两代,虽然这么说让人伤心……"李梓加快脚步摆脱了这个灰蓝色的金属家伙,进入了大厅。

大家很快到齐。同学们随内维尔老师一起到了仿生科技展示厅,讲解员已经等在那里了,内维尔赶紧组织大家排齐队列。大家很快安静下来。讲解员说:"仿生学是一门古老的科学。它是人们研究生物体结构与功能的工作原理,并根据这些原理发明出新的技术,制造出新的设备、工具和产品,以满足不断变化的、更高的生产和学习的需求。"讲解员站得笔直,面无表情,匀速而清晰地开始介绍:"生物在长期的自然选择和主动选择过程中,进化出了无可比拟的功能。仿生学就是利用工程技术实现并有效地应用生物功能的一门学科。这些生物功能包括但不限于身体结构、感觉功能、神经功能、控制系统等,对这些功能的研究和利用可极大地提升结构与材料、信息技术、智能控制等技术的进步。仿生技术在近年取得了飞速发展,它将在更广泛的领域被大量应用,最终,也将使人类变得更加优秀。"

厅内响起嗡嗡声。大家左右环顾,发现是一群蜜蜂从四面飞来。几个女生发出惊叫。讲解员说:"大家不用紧张,这是仿造的蜜蜂,它们不会攻击人。"果然,那些蜜蜂穿过人群,汇聚在讲解员的附近。"这些蜜蜂的微型电池的寿命超过 20 年,它们既可单独,也可协作完成诸

多复杂的任务。每只都模拟了蜜蜂的精微结构，还能感知和传输指令，这些指令是模拟信息素的无线编码信息。"讲解员挥动手中的指挥棒，那群蜜蜂迅速排成一线，继而组成"∞"形。然后，讲解员拿出一朵花，李梓闻到一阵淡淡的蝴蝶兰香味。那群蜜蜂飞到花的附近，渐次停留在花朵上，甚至在讲解员说出几个指令后，蜜蜂们也迅速地按指令组队执行。大家都惊叹不已。

演讲结束后，讲解员指挥蜜蜂离开，开启了演示屏。"接下来我们将见到可以替代生物神经系统的控制系统。"讲解员说。演示屏上，一只被剪掉头部的青蛙的后腿被硫酸刺激后，马上收缩蜷曲了。然后，一张蘸有硫酸的纸片贴在青蛙的腹部，青蛙马上开始搔扒。纸片被取走后，实验员尝试用小棒接触青蛙，然后用光照，最后用蜡烛靠近，青蛙都一动不动。

李梓强忍着胃里的翻滚。屏幕上又出现另一只钉在木板上的无头青蛙，青蛙通过几根导线和一个电路板相连。实验员重复了屈腿和搔扒的实验。随后，再用小棒和蜡烛靠近的时候，青蛙的四条腿慌乱地爬动。最后，实验员停止了操作，只用嘴发出指令，青蛙的四条腿也按指令动起来！

李梓再也看不下去了。她刚想偷偷溜出去，赫然发现内维尔站在门口，只得又退回去。讲解员告诉大家，接下来将用真正的青蛙做现场实验。李梓发现已经来不及藏小木笼了。她死死地抓住木笼大喊："没人说过要杀死它们的！这太残忍了！"

"这是科学实验。你主动提供实验样本，本来值得夸赞，怎么现在又反复了呢？"内维尔耐心地说。

"我还要将这两只青蛙送回水塘的！"李梓急得快要哭出来了。

同学们不知所措。内维尔正迎上来，突然厅内火警铃声大作，大家纷纷往厅外撤离。李梓正欲离去，突然看见杨大力从厅后转角处走出来，他伸手拿过李梓的木笼，迅速出了仿生科技展示厅的门。

讲解员不紧不慢地取消了火警警报，并用对讲机通报安保。他看见杨大力从安全出口进来，就对他说："我知道刚才没有火情，但不知道是否应该阻止你。"大家逐渐恢复队形，杨大力走近李梓悄悄地说："藏好了。我们下午一起走。"

内维尔命令大家恢复秩序并重新清点了人数。学生队列随讲解员来到人工智能展示厅。展示厅内有各型机器人，多个显示屏正在演示最新的人工智能。讲解员待大家看完演示后，讲解道："正如大家所知，与人类相比，机器在计算速度、学习能力、准确性、多任务处理、稳健性等诸多方面有巨大的优势。机器也将人类从大量的简单重复劳动中解放了出来。人工智能将长期协助人类，对人类进步起到越来越大的作用。大家可以问我任何一本公开刊物的任何章节，看我能不能背下来。"讲解员看到大家都很惊讶，说道："没错，我是机器人，新款的。别害羞，谁第一个问？"

"《福尔摩斯探案集》！"一个男孩粗声粗气地喊道。

"哪一章节？我可以将全书一字不落地背下来，但今天没有那么多时间。"讲解员说。

"归来记的第一段。"男孩胡乱选了一段。

讲解员用富有磁性的男中音背完。"你发现什么遗漏或错误了吗？"他问。

男孩没有回答。他没有携带电子书，无法核实。

"下一个问题？"讲解员问。

"《基度山伯爵》第五章的第三段！"一个前排的女孩说。同时，一个后排的男孩喊道："《自然哲学的数学原理》第三卷的第一段！"

一男一女两种声音同时从讲解员的嘴里发出来。末了，讲解员恢复了他的男性嗓音："我刚刚同时处理了两个任务，先处理任何一个都是对另一个的不尊重。"

"《红楼梦》？"李梓问。那是穆睿喜欢读的一本书，他时常和女儿聊起它。

"现在已经很少有人知道这本书了。我刚刚查询了所有的大众图书馆和公共数据库都找不到它，最后，在一个私人的小书库里发现了这本书，拷贝到了本地，这花了我很长时间，达 0.2 秒钟。全书内容太多，今天我无法背完。"接着他从开篇开始背诵。

"你觉得林黛玉是不是自杀的？"李梓打断他。

"我推断你的问题同时也是终止背诵的指令。嗯，这本书的不同版本有不同的写法，我可以准确地告诉你任何可以被查询到的版本。"

"以你自己的看法，你觉得曹雪芹的原版里林黛玉是不是自杀的？"李梓问。

内维尔老师插话道："凡是在大众图书馆和公共数据库上查询不到的书籍和信息，都是值得怀疑的，甚至是非法的。大家要谨慎。"

"我容纳的信息量远超任何人类个体，但没被赋权产生独立的看法。接下来，"讲解员提高了音量说，"有一个对人类具有重要意义的环节将被展示给大家。大家知道，人类的大脑只有一小部分被开发。人类大脑有 100 万亿个突触，容量远超目前的计算机。但相比计算机，人类依赖视觉、听觉进行学习和交流的效率太低，而计算机和网络则更高。人类的突触和微管比计算机总线和网络更庞大，人类的生理结构有极大的潜力待挖掘。人工智能将反过来极大地提升人类的智能。目前，正反馈人工智能技术取得了长足的进步，大脑生理特征符合条件的人类已经可以实现快速学习，这部分人将更快掌握人类积累下来的大量优秀知识，他们原有的错误信息也将被清洗掉。预计在不远的将来，该项技术还能将复杂计算的能力植入人体。在政府部门的批准下，有极少部分优秀的候选者已经获得机会使用正反馈人工智能。下面，我就要给大家介绍一位试验者。"

一个身穿精英中学制服套装的男孩从后厅穿过人群来到前厅。讲解员示意他在一个主机旁坐下。讲解员拿起一根导线说:"信息通过这束高速多芯数据线,再经过脑机接口转换,然后传输至海马体神经芯片,人类大脑就可快速掌握大量新知识。"他打开男孩后脑处的接口盖子,将导线插入接口。"他已经掌握了超过一太字节的经典名著和标准答案,大家可以像刚才问我一样问他。"

学生们挖空心思,有问《大英百科全书》的,有问《莎士比亚全集》的,男孩都对答如流。大家搜肠刮肚问各种冷僻知识都没有难倒对方,终于安静下来。

"你能背《少年维特之烦恼》吗?"一个男同学大声问道。

内维尔急忙制止道:"那是禁书!不在讨论之列!"

已经来不及了。男孩一脸困惑,身旁的主机发出吱吱的运行声。很快男孩两眼上翻,面色苍白,他一边大口大口地喘气一边说:"我已经搜索到了,我会背,我会背!"他开始抽搐。

讲解员迅速拔掉导线。他叫安全人员扶走了男孩。他说:"向大脑输入错误信息是非常危险的。刚才老师已经警告过大家,必须是清晰有效的指令。我们的实验对象的大脑经过净化,已保存了海量的正确信息。再输入错误信息只会产生逻辑冲突和系统紊乱。"

李梓实在看不下去了。趁着人群骚动,她悄悄拉着杨大力从人工智能展示厅出来。他们俩取走了小木笼,迅速离开科技营,然后搭乘公共汽车回了家。

7. 磁　变

到目前为止,布朗对自己主持的动员会非常满意,他正准备结束这

次热情洋溢的演讲："综上所述，近期唯一的工作重点是监测网络上的有害信息及其非法传播。针对最近几年出现的各种混乱思潮，思想院责成联合政府严密监控、严肃处理。作为联合政府中央机关所在地的信息安全警察，我们局的责任重大。我们检查每一封电子邮件，我们监测每一个网站，我们隐身于每个论坛，我们追踪每一次聚集。我们就是猎犬，要用敏锐的视觉和嗅觉去发现和捕捉猎物。"

"大家有什么问题吗？"在动员会结束时，布朗问道。

"警长，数据中心已经难以承载目前的大数据。服务器需要扩容。"数据中心硬件工程师说。

"服务器扩容已在计划之中。政府已经拨款给本局，采购部门将很快执行。"布朗说。

"现有的数据分析系统也难以承担更多任务，会采购新的软件吗？"软件工程师问。

"政府已经委派软件开发方提供更强大的算法。在海量数据中的任何蛛丝马迹都将无处遁形。"布朗斩钉截铁地说。

"我们的供电已经捉襟见肘了。"动力工程师说。

"政府已经将整个高地电厂的发电量供给我们信息安全监测中心了，"布朗有些惊讶，"大家知道，全球大面积核污染后，多数核电厂被关停了，现在处处用电紧张。但这对我们来说不是问题。你明天就给我一个精确的用电量数据，我会报告上去，相信政府会调拨电量过来。"政府对信息安全的高度重视让他这个从来没机会进政府议事厅的低级官员信心爆棚。

会议结束时已经过了下班时间，大家纷纷离开办公室准备回家。负责监控公共场所的迈尔斯·弗里德曼没有离开，他在犹豫要不要汇报。布朗注意到他心事重重，问道："有什么发现需要告诉我吗？"

迈尔斯的工作主要是利用成熟的移动电话定位技术秘密监控人员的

流动，再结合人群的组成分析风险。"哦，目前还没有。从信息风险级别看，截至今天还没有高风险的信息。我们会对信息进行甄别和再分类，如果有风险，我会第一时间报告。"他决定暂时保留，因为他还不确定这是否要紧。

一个星期前，迈尔斯发现人群出现在泰晤士河道中间。这些人以不可思议的速度移动，忽而出现忽而消失。系统很快又恢复正常。之后几天，系统显示人群的异常移动现象又短暂出现在绍森德的海平面上，甚至联合政府大楼所在地也出现了聚集的人群。迈尔斯随后联网查询了其他城市的信息安全监测中心的数据，同样发现人群的异动。很显然，和新伦蒂尼姆一样，实际上这些地方都出现了误报。

迈尔斯回到座位，进入数据库继续查询。排除掉一切他所知的误差因素后——其实定位系统已经校准了所有误差，他这么做完全是多此一举——还是不知道误报的原因。他查询系统安全记录，并没有显示有任何入侵事件发生。这时候，几个还未离开的同事在商谈如何监控近期多起飞机失事受害者家庭的抗议活动，迈尔斯突然想到，飞往新伦蒂尼姆的那架飞机出事的时间刚好与系统误报的时间相同。他找出其他失事飞机的时间，都和误报的时间惊人的一致。

迈尔斯想，或许是太阳活动异常。他找到通往宇宙射线数据库的路径，输入信息安全监测中心的外访密码，在茫茫文件夹中寻找。他打开太阳风和磁暴强度的变化曲线，图表显示在 25 年前有一个明显的爆发高峰，除此之外，太阳活动强度大致以 11 年为周期，太阳粒子辐射并没有达到显著的峰值，近一两年的辐射强度甚至稍低于平均水平。他打开其他近期宇宙射线的主要数据文件——也没有特别引人注意的异常。

"有什么重大发现？我注意到你使用了本中心的外访密码。"布朗不知什么时候出现在他身后。

"呃，还不知道，"迈尔斯被吓了一跳，"我发现全球多处信息安

全监测中心发生了人员位置误报事件,但还没有发现原因。"

"你确定那是误报,而不是真的有人员异常流动?"

"我确定。"

"是不是黑客入侵?黑客往往有幕后势力支持,是我们需要密切注意的重大威胁。"布朗对自己表现出来的专业性很得意。

"我们的防火墙强大无比,最近并没有被入侵的记录。"

"我注意到你访问过宇宙射线数据库,里面有什么不对吗?"

"也没有发现任何异常。"

"很好,看来地球上没有人员异动,宇宙也没有异常,我们可以结束今天的工作了。"布朗的口吻让迈尔斯难以分辨是幽默还是批评,"我们被委以重任,就要专注于我们的信息监测的使命。记住,我们监测别人,也接受监测。"

迈尔斯关闭了桌面显示终端,离开了办公室。他来到双轮车停车场,开锁时,停车桩上的咪表提示5个世界银行元停车费——包括2元超时停车费。"见鬼!"他嘟囔了一句。停车桩突然大声叫嚷:"虹膜支付不成功!"卡闸死死地扣住双轮车。"好吧,我心甘情愿支付5元,否则走不了。"他默默地想。停车桩发出的扫描微光察觉到了他的虹膜变化并收款成功,它愉快地说:"已支付成功。你的个人账号还有余额125世界银行元,欢迎下次光临!"

迈尔斯回到家。他还没有结婚,也无力支付首都昂贵的房屋租金,只能暂时和父亲住在一起。到家时,父亲正聚精会神地看一叠手写的资料。在充斥着电子屏幕和全息视像的信息时代,这里是为数不多的还能找到纸质资料的地方。

父亲列夫·弗里德曼注意到关门的声音。他抬头看着迈尔斯:"加班了吧?你看起来很疲惫,孩子。"

"别担心,爸爸,"迈尔斯说,"我只是遇到一个疑问,在办公室多耽搁了一会儿。"

8. 暗　流

"有没有考虑过，这可能是地球磁场的变化？"迈尔斯说完后，列夫·弗里德曼问儿子。

"考虑过。我知道，地球磁场变化是常见的事。不过，地球的磁场模型去年才更新过，不可能在这么短的时间内发生这么大的变化。"

弗里德曼提醒儿子："你应该去地球物理数据中心查询第一手信息。"

"今天我刚想查地球物理数据中心的数据库，就被打断了。我没办法再查了。也许只是一个小插曲，即使是地球磁场变化，或许也不应该大惊小怪，地球历史上甚至还出现过地磁反转呢。"

"地磁剧变是导致尼安德特人灭绝的根本原因之一。如果监测数据异常却被忽略，我们就会受到惩罚，"弗里德曼想到火星上的磁场也在剧变。直觉告诉他，如果在同期地球磁场也发生异常变化的话，二者之间一定有关联。只不过与地球磁变相反，火星磁场增强对人类不是坏消息。好奇心战胜了三年来的挫败感，重新被点燃的希望令他跃跃欲试："要知道，几乎消失了几十亿年的火星磁场最近几十年在极速增强。我得找人分析，或许，能找到新的证据支持全面开发火星的计划。我要出去走走。"

"我们是不是反应过度了？"迈尔斯问。

"见微知著是有远见的人所共有的敏感性。"

迈尔斯知道父亲要去找他原来在科学院的兄弟单位地球物理研究所的旧同事，便阻止道："明天再出去吧，晚上进城不安全。如果现在出去，

我们俩一起更好一些。"

"在他们的办公室里不方便。再说，我也没有老到不能出门的地步。"

弗里德曼吃完晚餐，出门来到屋檐下，告诉双轮车目的地后，踏上它往城里走。前方的新伦蒂尼姆城一片灯火通明。道路有些不平，双轮车优雅地绕开坑洼以曲线前进，速度并不慢倒也平稳。夜幕遮掩了废墟，在空旷的道路上，一只北欧知更鸟不知道什么时候被双轮车的亮光所吸引，在他身前身后静悄悄地如影随形。弗里德曼想，地球磁场变化不仅影响人类，还影响了候鸟的行踪。它们早就应该飞回去了。

路边的行人三三两两地开始增多起来，不规则的废墟轮廓被灯火通明的高大建筑取代，慢慢地车辆也多起来，弗里德曼靠左行驶在双轮车专用道上。四面华灯溢彩，把整个城市照得如同白昼。他有些不自在，扭头一看，那只知更鸟已经不在身边了。忽然，双轮车自动停了下来，一个警察朝这边走过来——他的两眼发出蓝光，他的身体轮廓反射出耀眼的金属光泽——分明是一个机械警察。他彬彬有礼地行了个礼说："弗里德曼先生，我将护送你到目的地。"

看到那对蓝色眼睛瞪着自己，弗里德曼很不舒服。他回绝道："双轮车知道该把我送到哪儿。我不习惯陌生人陪同。"

那警察说："你忘记了我不是人。我知道你要去哪儿，我已经调取了双轮车的路径规划数据。但监控数据缺乏你最近一年进入新伦蒂尼姆核心圈的记录。"

弗里德曼反感地问道："我去朋友家，这有什么问题吗？"

机械警察说："一个缺乏行踪数据达一年多的人夜晚进入核心圈，是一个需要严密监控的反常事件。指令如此设定，我没别的选择。如果你严格执行核心圈内的行为规范，我将不会对你的行为做出干预。而且，你今次的良行记录会让你今后的行动更方便。"

被一个冷冰冰的机器监视很难让人快乐起来。弗里德曼出门时的新鲜感荡然无存。

弗里德曼指示双轮车加快速度。他脸颊感到一阵阵风吹过，道路两边的路灯飞速后退。机械警察却始终在他身后保持着固定的距离。须臾间，双轮车来到一道围墙门口，一个西装笔挺的门卫问道："请问先生有何贵干？"弗里德曼答道："请通报说列夫·弗里德曼来访。"门卫通报后，门上的显示屏上出现了约翰·泰勒的脸。"我的上帝，列夫可是稀客！巧了，我也正有事想和你商谈呢，"泰勒对门卫说，"快请列夫进来——只请他一人。"他显然注意到了机械警察也作势要进来。

门卫拍了拍警察的肩膀说："有劳护送，请回吧。"那警察眼睛变绿，躬身说："祝弗里德曼先生愉快，晚安。"然后转身迅速消失在夜色中。

门卫朝四面仔细地看了一遍，然后才打开门领着弗里德曼进去。"我对刚才那个警察的指令做了修改，他不会再纠缠了。"门卫发现弗里德曼有些狐疑，就解释道。

门后是长长的、转折的走廊。到走廊尽头，就看见几幢北美风格的低矮房子组成的一个不规则庭院。在世界首府的高楼大厦的夹缝中竟有如此一个地方，让人难以察觉。房子里面却窗明几净，各种设施以几何形状分割了室内空间，几个机器人在屋角侍立。泰勒从书桌后快步迎了上来，热情地拥抱了弗里德曼。

"应该我去拜访你，可又不敢打扰你清修。今天相逢，你我好好畅谈一番。"泰勒对弗里德曼说。他又问门卫："可有注意到任何潜入物？"门卫回答说已经赶走了警察，并且仔细留意过，并没有发现其他潜入物体。泰勒给弗里德曼解释道："你还不知道吧？最近公共安全部门增添了机器警力，以杜绝和应对重点区域内可能出现的安全事件。还部署了大量的仿生监视器。所以有必要小心一些。"

弗里德曼突然想起刚才的那只知更鸟，不禁悚然。"出了什么大问题吗？监视对象都是谁？"

"一言难尽。我们等会儿慢慢谈。我真羡慕你,过去的几年能远离喧嚣。不过,很快就没有清静的地方了。今天你莅临寒舍,我正好可以请教。"

"政治确实改变人。"弗里德曼暗想。泰勒在科学院工作时办公室在弗里德曼楼下,后来与弗里德曼相继离职、经商。两人曾时常见面,相处很融洽。公营化后,泰勒从政进入了民族院。几年未见,他变得客套起来。

"我过来是想讨论一个问题。既然你也有问题,客随主便,你先说。"弗里德曼说。

"不如我们先去喝两杯,一起慢慢聊。"

泰勒轻推了一下书架,书架向后转动,墙后洞开出一个通道。打开通道尽头的门,声浪立刻挤压过来。烟雾在昏黄的灯光下飘散,空气中混合着雪茄和酒精的味道。这里居然有一家酒吧。酒吧的墙是由斑驳的红砖砌成的,后庭有一个大壁炉,仿古家具一一陈列于后庭内,19世纪风格的装饰流露出复古韵味,整个酒吧散发着已经陌生的北美折中主义气息。一个长发和胡须连成一片的年轻人怀抱吉他,在鼓手和贝斯的伴奏下低声吟唱。

这里的旧时费城味道勾起了弗里德曼对青少年时光的回忆。在半个世纪前,费城是一个钢筋玻璃大楼和低矮旧砖楼的混合体,年少的弗里德曼时常在烟雾朦胧的周末,和小伙伴游荡在被踩得溜光的旧巷子里,或是顺着户外的铁锈楼梯爬到楼顶,在高处看四方。

"你一定要试试这里的招牌龙舌兰。这家的啤酒也不错。"泰勒打断了弗里德曼的遐想说道。两人在空位坐下来,泰勒随即又要了炸鱿鱼圈和薯片。

那龙舌兰带着苹果白兰地和咖啡因的味道,打开了两人的话匣子。两人回忆起在科学院共事的时光,谈起弗里德曼和他的氢聚变发电厂,谈起泰勒的地磁传感网络公司，谈起他们公司的公营化以及人事变迁。渐渐地，音乐声又响起，吉他手幽幽地唱道：

哦，世界很大
比你想象的更复杂
你不是我
究竟在你眼里
我能走多远

哦不，我已言多
有点自以为是
被遗忘在角落

我已丢失我之所信
想跟上你的脚步
竟然如此之难

哦，我虽多言
我仍将不再沉默
……

酒吧里的人都在静静地听着。

歌手们开始唱下一首。良久，泰勒伤感地说："这些都是失去了自己家园的人。我们都是同类人。"

"过去的时间已经回不来了。我在费城长大，那里曾充满了暴力，也充满了希望。那里有我的童年。"弗里德曼也有些感慨。

"我们的故土已经不在了。世界大联合后北美大陆成了新移民的地盘,原有的积累很快被消耗殆尽,现在那儿反而成了欠发达地区。因为全球社会保障一体化,如今他们又准备转移到其他地区。为了应对这一变化,东亚已拟定人员流动法规提交联合政府,以限制人员无序流入该区域。"

"在全球割据时代,应对气候变化最终成了政治闹剧,如今环境已遭到不可逆转的严重破坏。剩下来的资源无法养活这么多人,这是问题的关键。我们都是科学院的旧人,你一定能理解我为什么说不能故步自封于地球。你现在从政了,或许愿意鼎力推动火星开发计划。"弗里德曼说。

"的确,我们是老朋友了。但联合政府并不在意民族院,而且我只是'身在曹营心在汉'。联合政府自身也是麻烦缠身,正面临分裂的危机。世界将面临大乱局。"

"这是不是杞人忧天了?人类大联合是数千年来的巨大进步。"

"恐怕不是我危言耸听。我所在的民族院会率先分裂。院里的部分人以反对集权为借口,计划发起英格兰全民公投,试图脱离联合政府复辟英格兰。他们正招兵买马组建英格兰自治联合会。如果他们得逞,恐怕联合政府都要被迫出走甚至解体。"

"这是对人类联合的背叛!如果有那一天,我会离开这里。"弗里德曼愤然说。

"这是彻底的背叛,就像同权是彻底的掠夺。联合政府成立以来,我们背井离乡,什么都没带走。看看这里的人,都是致力于重建自己的故土的人。"泰勒决定说明他的目的,"为挽救联合政府,我们发起了一个签名运动,呼吁改良政治系统,包容差异,反对同权。我们诚挚地希望你加入我们。"

"看起来,你们要反对的不仅是英格兰分裂活动?"弗里德曼问。

"我们当然反对英格兰分裂活动。联合政府成立以来,英格兰得到全球最多的资源,新伦蒂尼姆城市群是最优先得到政府投资的地方,它们分裂就意味着窃取。更大的威胁在于,人类正在倒退。大联合时代以来,联合政府奉行平均主义,失去动力的人类成了这个星球上最懒惰的物种。想想以前的繁荣时代,每个人都可以不同,但只有努力的人才能成功。"

今日的忧患不同于往昔,使得过去的缺点似乎不曾存在过。弗里德曼默不作声。泰勒继续游说道:"我们不能再在乌托邦的梦想中迷失下去了。我们没有改变所有人的宏大志向,也不觊觎别人的东西,但我们追求公平。我们需要公平的税收政策、公平的政府投资,最重要的是,公民需要更大的经济自由和言论自由的空间。北大西洋自由联盟正在筹建。这将是一个广泛的联盟,是一个追求民主、以自由为信仰的联盟。我们有信心争取大量的来自北美和欧洲的团体加盟。这将是一个非政府组织,却是我们自己的组织,它将替我们发声。作为长期浸淫于科技界和商界的代表性人物和德高望重的领袖,你对我们是不可或缺的。"

弗里德曼说:"我在北美长大,我母亲是欧洲犹太人。我是世界公民。尽管我对政治一窍不通,但我支持人类联合。我有一阵不出门了,你所说的事情我还不确定,但我确定自己没有那么多追随者。"

"仓促状态下不适宜做决定,这完全可以理解。等你决定了再来告诉我,这里并不难找。对了,你想告诉我的问题是什么?"

弗里德曼正要给泰勒讲最近的地球磁变,酒吧里突然响起一阵掌声和欢呼声,泰勒根本无法听清他说的话。弗里德曼定睛一看,乐队旁边突然出现了唐纳德·麦卡锡的全息视像。全场和麦卡锡一起,跟着乐队高唱:

在你心中有个地方
一个被上帝亲吻过的地方
这个地方充满了阳光

在这个地方
充满了自由和希望

如果你真的努力过
就不要悲伤
也别彷徨

创造一个更美好的地方
拯救这个世界
让它变成心中的故乡
……

9. 田园公社

  近几天每个清早，穆睿都要在田间地头查看一番才回家吃早餐。这一天他醒来，外面不像6月的早晨那般明亮。他看了看钟，已经6点了。他拨开窗帘一角往外看，天上乌云密布，马上就要下暴雨了。他刚穿上衣服，外面狂风大作。李彤也醒了。穆睿快速披上雨衣，戴上防水帽，扛起锄头就要往外走。李彤查了查天气说："马上就会有雷暴，今天户外不安全，就不要出门了吧？"穆睿说："小麦马上成熟了，现在可不能泡水。我得去叫上一些人，一起检查一下大棚，疏通一下沟渠，免得庄稼被淹。"李彤叮嘱道："带上移动电话。雨大了就回来。早餐一会儿就好了，我们等你一起吃呢。"穆睿应了一声就匆匆出门去了。

  李彤走进厨房，望着窗外穆睿渐渐远去的身影出神，直到那身影融进麦田里。她打开炉灶，焖了一些加了西红柿的大豆，烤了几片培根，再煎了3个单面的鸡蛋,又将几片面包放进烤箱,房里顿时充满了香味。李梓也起来了,她去院子将小猫抱进来,然后在厨房门口探头问:"需要我帮忙吗?""需要——需要你一起消灭掉这些食物。不过要先等你爸回来。"

窗外雷声大作,大滴大滴的雨点被风吹着,斜斜地打在玻璃窗上,啪啪作响。李彤望了望窗外,原野上麦浪翻滚,路上空无一人。她拿起电话呼叫,穆睿也没有应答。她担心起来,寻思出去寻找,又不知穆睿在什么位置。李梓自告奋勇地说:"我去找,我知道爸爸最可能在哪些地方。"说罢就要往外走。李彤连忙拦住说:"雷雨太大,你出去太危险。"正说着,穆睿全身湿透地推门进来了。他一边脱掉雨衣和帽子,一边说:"我去到那里的时候,几个邻居已经在那儿了。我们一起把几个沟渠疏通了,把堤口挖深了。别等我了,快吃吧。"等他从浴室出来,早餐已经摆上餐桌了。他说起了这场雨:"可见计划的重要性。几天前天气预报说今天有大雨,我们就提前做了准备。今天早上只在水渠汇合的地方深挖,确保麦子不被水泡和倒伏。收割在即,今年丰收是肯定的了。"

"爸爸是不是合格的农夫我不知道,但肯定是唯一一个在火星上和地球上都耕种过的天体物理学家。"李梓笑嘻嘻地说。

夫妇俩也笑了。李彤说:"今年耕种面积可比去年大多了。参与耕种的人也更多。大家一起耕种的,收获后分配起来更复杂了。"她不常去田园,却颇有了解。

穆睿说:"我们已经提前定好了。以河岸和高架路为界,今年麦子的耕种面积达80多亩,预计将收获3万多千克。在这个范围内的居民有113个人,无论男女老幼,也无论是否参与耕种,每人将获得一个配额;另外,耕种者将按出勤率获得额外配额,每个全勤参与耕种的人将获得一个额外配额,以此类推。今年大家耕种非常积极,据统计,将有超过180个分配配额产生。大家对这个分配方案都很满意。接下来的一年,

每个人的餐桌上都可以有面包了。"

几个晴天后,沉甸甸的麦穗把麦秆压弯了腰。穆睿和田园社区的邻居们趁着天晴,经过了将近一周的高强度劳动,将麦子收割、脱粒。人们都很劳累,却很快乐。尤其是穆睿,他突发奇想,要在周六晚上安排篝火晚会。人们听说后都兴高采烈,纷纷献出食材。李彤忙里忙外地准备餐饮和器材。李梓主动承担了现场花草装饰。周六傍晚时,篝火在屋外的空地上燃起来了,大家架好炉子,穆睿一家取出面包、肉串、果汁和啤酒,烧烤的香气和人们的欢声笑语迅速传播开来。空地上到处都是人,有人吹起了风笛,几个人伴着笛声跳起了吉格舞。很快更多的人加入,他们将穆睿一家围在中间载歌载舞,穆睿和李梓也被带动,跟着跳了起来。李彤刚开始还推托说不会跳,渐渐地也被热情感染,加入了舞蹈的队伍。地面上尘土飞扬,越烧越旺的篝火随着晚风摇曳。

舞曲终了,众人轻松地聊天。一个人喊道:"马特,给大家唱首歌!"马特说:"没问题,1世界银行元一首。"大家哄笑着说:"哦,不!"马特微笑着唱道:

哦,天下没有比家更好的地方!
那里是一个世外桃源让人暗羡。
哦,如今我为了生计背井离乡,
他乡的繁华徒增我的痛苦思念。

哦,家,家,温馨、和平的家!
哦,盼,盼,日日、夜夜地盼!
疲倦的游子,远在天涯,
寄托我心者,唯有孤雁!

还我低矮的茅屋！
唤来鸟儿的欢鸣，
伴邻着渔樵耕读，
恢复心境的安宁！

我要告别远方与彷徨，
回到我那美丽的天堂！
……

　　那歌声有如醇酽的酒，大家静静地品了一会儿。又有人起哄道："麦克，我愿出两元，来一首带劲的！"大家齐声附和。麦克小跑到中间，一边放声高歌一边即兴跳舞，众人随着节拍一起拍手唱。大家哄笑了一阵，复又渐渐安静下来。突然有人喊道："我愿出5元，请欧文先生给大家唱一首！"李梓笑道："不，我爸爸唱歌是免费的。让他别唱，你得付10元！"众人大笑。

　　突然几个小男孩从夜色中跑了过来。他们手里拿着麦穗，显得有些害怕。几个大人朝他们使眼色，示意他们回去。穆睿觉得这几个孩子面生，就招手让他们过来取食物。小男孩们走到他们的父母那儿悄悄地说了些什么。李梓告诉穆睿："那些孩子没有获得新伦蒂尼姆的居留权。杨大力刚才告诉我，他们在麦地里捡收割后遗落的麦穗。瞧他们手里就知道了。"

　　穆睿悔恨道："怎么把他们给遗漏了！"他之前就听到传言，说附近藏匿了一些非法移居的孩子，当时并未留意，分配时并没有将他们统计进来。他连忙制止了音乐，大家顿时安静下来。穆睿提议重新统计配额，把本区域内未获居留权的人也统计进来。他号召每个家庭重新上报人数，一并确认后再行分配。一阵寂静后，几个人带头赞同，随后大家都纷纷

表示支持。一个男人说："我儿子也能得到一份，这太棒了！不过他刚才跑过来，是因为河对岸的人正围着我们的仓库嚷嚷着也要参与分粮，否则他们就自己动手取。"

众人一片哗然。正说着，一队男人从夜色中走了过来。领头的是一个短发的青年男人，他趋前向穆睿说："欧文先生，恭喜大家获得丰收。南岸的人也应该一起分享收获，他们就在仓库那里。我阻止了他们动手取粮，但他们可等不了太久。"

"可耻！""想不劳而获，办不到！""这是明抢！"人们纷纷高声怒斥。

"请表明你的身份。也请告诉我，南岸在没有参与耕种的情况下为什么也应该获取？"穆睿对青年男人说。

"我是丹尼·兰德，住在南岸。并没有人推举我代表任何群体，我站出来，只是想阻止暴力事件的发生。说到劳动贡献，也并不是每个北岸的人都参与了耕种。"

"锄头和铲子可不仅能用来耕地，也可以用来招呼不速之客。"一个壮汉握紧了拳头说。几个青壮年簇拥着他从穆睿旁边走出来迎向兰德。穆睿连忙拦住了他们。"在你们出现在这里之前，在场的所有人都同意了分配方案。我们有言在先，这和其他人没有关系。"穆睿对兰德说。

"我到这儿来可不是让自己脑袋开花的。看来住在河两岸的人被分成了两部分，你们认为北岸的人天然拥有分配权。让我猜猜看，你们确定拥有北岸的土地？我可一直听说这片土地不属于私人所有。"兰德说。

"这片土地不会自己长出食物来。而且，在开荒耕种的时候，河对岸的人并没有要求加入，我们得尊重契约精神。"穆睿说。北岸的人群纷纷附和道："要讲道理！"

兰德问："分界线在哪里？是那条干枯的河流吗？"

他的反问让北岸的人群沉默。兰德继续说道："既然河流不是分界线，

第一章 探路者

我们就可以加入这个群体。我不相信每个人都是一开始就加入的，去年，麦地还只有一小片呢。我们现在就要加入。"

人群稍稍安静了一些，大家在苦苦思索怎么反驳。

"你们真会挑时候，需要付出的时候不加入，有了收成的时候就来了。不劳而获是对其他劳动者的不尊重！"穆睿说。

"这是盗窃！"穆睿身后有人喊道。

"盗窃者不会主动来谈判。我们之前没来，是担心违法，毕竟土地不属于自己。现在南岸的食物实在难以为继，大家才过来的。今天来的都是迫不得已的人。"兰德说。

"我们实在撑不下去了，家里的孩子几天没正经吃上一顿了，不然，谁会来丢这个人哪！"兰德身后一个干巴巴的老头说。他旁边的几个人也在叹气。

穆睿犹豫起来，他说："这里的人都不容易。我个人拿出些配额来倒是没有问题，但恐怕只是杯水车薪。"

"我家吃不了这么多，我甘愿匀出来一些，给对岸的胡克一家。他家的孩子多。"一个北岸的女人说。一个北岸的男人马上说："你们原来就是邻居。我可不认识那边的人。我们的粮食还不够自己吃呢。"

"我好歹有份工作，用不了这么些配额，我也可以拿出一部分来。"杨大力的父亲说。

人群里纷纷有人表示他们的配额也可以拿出来。

穆睿想到了一个主意，他对大家说："这次小麦确实小有丰收，或许可以将今年北岸的部分配额出借给南岸最需要的人。在本次收获季结束后，南岸和北岸一起扩大开荒面积，共同耕种和经营田园社区，从下一个收获季开始一起分配，今年借的配额明年再偿还。我们可以对这个提议进行表决，如果大多数赞同，就照此办理。"

大家纷纷点头。穆睿将所有未获居留权的人也纳入统计并重新计算

055

了北岸的配额，又统计了北岸愿意出借的配额数量。兰德见状，说道："我想不到比这更慷慨的提议了。"他吩咐一个青年去叫仓库边的南岸人。须臾间，这些人过来了。兰德给他们介绍了穆睿的提议后，每个人都喜形于色。穆睿问兰德南岸社区有多少人，兰德说有80多人，今天大部分都在这里了。穆睿高声对大家说："北岸和南岸的大部分居民都在现场。我们现在就可以对刚才的提议做个表决。"他重复了一遍那个提议。不待他说完，北岸和南岸的很多人都举起手说："我们都支持，欧文先生！"

南岸没有收入的人都借得了配额。兰德说："我们再也不是南岸社区了，我们是同一个社区。欧文先生，你最好给我们共同的社区起一个名字，一个新的名字。"穆睿欣然道："就叫'田园公社'，大家以为如何？"众人齐声叫好。

穆睿拿起酒杯说："我们的篝火晚会继续，为我们的'田园公社'干杯！"大家一起载歌载舞，到很晚才陆续散去。

从此南岸的人也加入进来。新的成员也带来了新的竞争，南岸的人干劲十足，没日没夜地在空地上开荒拓土、挖沟引渠、耕种浇灌，北岸的人也被带动起来。虽然那些空地已被废弃多年，极难开垦，但河两岸的绿色田园迅速扩大，成了茫茫废墟中一片特别的地方。那兰德竟是一把好手，干起高强度体力活来也毫不含糊。他组织大家施工，规划农事，时时和穆睿商量请示。

一天，穆睿正和兰德在南岸查看新开垦的地里长出的土豆新苗，一个熟悉的身影远远地朝他走来。走近一看，是列夫·弗里德曼。穆睿问："什么风把你吹来了，列夫？"弗里德曼道："可把我一通好找，你的移动电话没人接听，你家也没人。从河对面一路过来，完全不像是在新伦蒂尼姆附近。看来你一点都没闲着，很享受'农夫'这个新身份。"

穆睿说:"正好,你可以随我在附近走走,看看我们的青青菜园。我保证你在新伦蒂尼姆的其他地方看不见这样的原野。"他不由分说,拉着弗里德曼,一路指指点点地介绍。弗里德曼忍不住说:"我改行做农夫已经来不及了。不如在我的一双腿彻底罢工之前,到你家喝杯咖啡。再说,我有事情和你商量。"

"我们都不问世事很久了,我的关注范围仅限于这方圆两里,除非世界毁灭。"

"世界即将毁灭,可不是吗?"弗里德曼说。

10. 微　澜

"地球磁场一直在变化,甚至曾发生过多次磁极翻转。如果变化是温和的,就不足为奇。为什么这次需要担心?"弗里德曼简要地讲了近期地球的磁变现象后,穆睿问。

"我相信这次和以往不一样,不是一般意义上的扰动。总体而言,地球历史上磁场变化呈现一定的周期性,是各种短周期和长周期的复杂叠加。但这次的磁变打破了已知的周期规律,地球磁场强度多次出现大幅跳变,瞬间降低后不再回升,总体呈明显的下降趋势,现在的地球磁矩比一年前降低了不少。我们也还没有发现这次异变伴随的磁极点位置的变化规律。本来,从一个世纪前开始,极点虽不平滑但连续向东往西伯利亚方向移动。最近,极点位置竟突然跳变至冰岛以北。"

"人类对地球磁场的了解并不充分。地球历史上曾出现过类似的违反磁场变化周期的剧变吗?"穆睿问。

"导致尼安德特人灭绝的那一次经历了上万年,是一次渐变,没有发生跳变。再早就不知道了。但可以确定的是,无论何种情况的地磁大

幅衰减都将是灾难。"

"没有证据表明衰减会持续。"

"也没有相反的证据。"

"预计这次磁变对人类将有何影响？"

"已经导致了多次飞机坠毁，预计还会有更多的大规模灾难。我去找了原科学院的熟人，并在计算中心做了计算——虽然本次磁变的原因尚不明确，但如果过去一年多的衰减趋势持续下去，地球磁场将在100年后弱到低于人类生存的最低容忍值。没有磁场的保护，地球将很快失去大气和水。我们不能装作不知道，更不能假定那一定不会发生。"

近年来穆睿深居简出，消息很闭塞。"地球物理研究所等机构为什么不公告？"他问。

"他们是政府下辖机构，有信息发布的纪律。政府又没有明白人。好在今天毕竟不是尼安德特人的时代了，科学家——你和我这样的人——还可以为人类做点事情。"

"如果地球明天就毁灭，我会留在'田园公社'。"穆睿说。

"本次磁变不同寻常，我不知道它是什么带来的，但知道它会给我们带来什么。简单来讲，地球磁场正在迅速火星化，正如火星磁场正在地球化。人类移民火星更迫切了——如果百年后地球毁灭，人类要立刻做的事情就是逃离地球，去火星。你我有责任叫醒沉睡的人们，否则就来不及了。"

"我知道失去地球磁场意味着什么，但'拓荒志愿者'已经是历史了。"那次挫折对穆睿来说，依然不堪回首。

"我们将不再是拓荒者，我们将是呐喊者。地球越来越容不下我们，而火星却越来越友好。我们'拓荒志愿者'没有那么多资金在火星上继续拓荒了，我们也不再一厢情愿地寄希望于政府。但我们会将情况公之于众。我们将不再孤军作战，会有更多的支持者，直到移民火星成为更广泛的共识。"

"抱歉我得打断你，列夫。你确定要说出大家都不喜欢的事实吗？地球上大部分人活不到磁场消失，但移民火星会让人们马上背上负担。而且，即使民众有共识，也需要非常强有力的组织者和执行者——以及一大笔钱——来实施这么庞大的移民工程。否则，缺乏解决方案的真相只会带来恐慌。目前而言，除了联合政府，我想不出其他机构可以实施这项工程。想一想，不久前联合政府才刚刚拒绝了我们的提议。政府已经去科学化了，他们觉得这个想法太疯狂，他们一定是最晚接受它的人，或者压根不会接受。"

"疯狂或者灭亡，我们必将选择一个。联合政府毕竟是全人类民主的产物，将无法置身事外。让我们公开地球异常磁变的信息和火星基地的资料，看看接下来会发生什么。地震来临前猪都懂得往外跑，我相信总有人——越来越多的人会警觉起来，并加入我们一起唤醒民众，逼迫联合政府采取行动。"弗里德曼信心十足地说。

穆睿沉吟良久。"既然没有别的办法了，或许我们可以试试——但仅限于资料公开。"他说。

而在几里之外，内维尔正践行"思想教育越早越好"这个他认为的真谛，在认真地给他班上的初中生讲课："熵是一个系统从有序走向无序的过程的量化描述，社会熵是社会系统内部自然退化的一个度量，是社会系统组织、结构和功能无序度的一种描述，它涉及社会架构的分解，社会熵的极大值就意味着无政府状态……"他是如此专注，以至于以为昏昏欲睡的学生们听得入神才一动不动的。

李梓喜欢这种宁静，她可以无拘无束地遐思，没有人打扰。她望着窗外，雾霾笼罩下有一条模糊的绿线，那是"田园公社"。朦胧中，那

一条绿线慢慢变大,逐渐将自己包围。"田园公社"里的麦田和青草变成了成片的向日葵,夕阳下金黄的向日葵花齐刷刷地弯着腰。纵横其间的是一条条用细草铺成的大路,天空掠过一群群斑尾林鸽和各种颜色的山雀。一个女孩从米黄色的小屋里走出来,那是她自己。她踏着轻盈的步伐,踩着路上的细草,轻声地歌唱。地里的人们停下了手里的活,直起身来面带微笑静静地听。她慢慢地放大了声量,人们一起拍着手。突然间,这片向日葵地变成了高高的城堡,中间围着宽大的园林和广场。穿着华服的男男女女在广场上随着圆舞曲翩翩起舞。女士们鲜艳的长裙在地上拂过,头顶高高的花冠和羽毛跟着节拍摇曳,身上的珍珠时时反射出耀眼的光芒。男人们都穿着黑色的礼服,腰身笔挺而彬彬有礼。李梓低头看了看自己纤细的身姿和简约的衣着,不由得自惭形秽起来。她正在犹豫是不是要转身离开,一个青年男子走到树墙后面,递给李梓一套洁白的礼服。他身上的黑色礼服一尘不染,瘦瘦高高的,下巴处有个小小的疤痕,眉头微蹙,似乎微微生气的样子。他带着李梓走到树墙背后拐弯的地方,用身体挡着出口。李梓心怦怦直跳,她换上那套礼服,那个男子帮她系上束腰的带子。李梓觉得换衣服的时间特别长,又特别短。换毕,他牵着她的手,走出树墙来到广场上,灯光突然都照在他俩身上,她身上的礼服白得亮眼,人群里发出一片赞叹声。圆舞曲再次响起,他和李梓像一对黑白的蝴蝶翩翩起舞,人们都围着他们俩,眼里充满了羡慕。突然间狂风大作,地上尘土飞扬,四面的城堡早已不见了。人们四处奔逃,那男子已不在身旁,却有几个人拉着李梓要离去,李梓用目光寻找他,却发现他正吃力地对抗着大风想往自己这边走过来,他身上的衣衫已被吹得凌乱不堪,他的身影竟像是她常于梦境中看见的、在船上的那个影子。李梓想要挣脱那几个人朝他走去,无奈怎么也挣脱不了。她回头一看,哪里还有华服男女,却是内维尔和两个同学站在教室门口使劲地把她往教室里拉。

内维尔对她说:"怎么臆想又发作了?刚刚还坐在教室里好好的,突然就往外冲。你先随我去办公室平复一下。"教室内的同学吃惊地看着李梓,间或有几声咪咪的笑声。窗外灰蒙蒙的,男子也不见了。

却说穆睿正和弗里德曼继续商谈。"我离开火星试验基地的时候和'净土'有约定,基地的研究资料暂时交由罗伯特管理,但所有权将继续归'拓荒志愿者'所有,公布基地的资料也没有问题。"穆睿说。

"移民火星本就是为了大众。'拓荒志愿者'的精神从来没有死去,我们的组织将会复活,从我们两人开始。我们不再重蹈孤军作战的覆辙,唤醒大众最重要。"弗里德曼说。

这时候,穆睿的移动电话响了起来。接通后,内维尔在屏幕上说:"欧文先生,请立即到学校来一趟,你女儿再次出现臆想的状况!"穆睿连忙问:"她现在怎么样?"内维尔说:"在我们的努力之下,她现在已经平静下来了。不过你还是需要过来一趟,学校要和你谈一谈。"

穆睿对弗里德曼说了声抱歉,说今天不能再谈下去了,但他支持公开地球异常磁变信息和基地资料。弗里德曼辞行后,穆睿匆匆驾车到了学校。

穆睿到了学校办公室,校长、内维尔和另外一个人在那儿等着他。他问:"李梓在哪儿呢?"内维尔说:"她自己表示无碍,坚持回到教室去了。"穆睿执意要过去看看。他走到教室走廊,从后窗看见李梓正和同学们一起听数学老师讲课,看起来并没有什么异样。他又回到办公室。内维尔说:"想必你知道我们叫你过来的原因。维护学生的身心健康是家长和学校共同的责任。这孩子今天又出现神志不清的情况,相信你对这一点不会感到意外。我们不能再拖下去了,孩子的可塑性很强,得在大脑和性格固化前治好她。"

"有没有确认过,她现在是否恢复了?"穆睿问。

"我们的课被迫中断。这孩子倒是一直没有攻击性趋向,无论是行为还是语言。"内维尔说。

"那她有没有伤害自己的行为?"

"还没有。我们及时地拉住了她,否则不知道她接下来会怎样。"

"所以李梓没有伤害他人和自己。我也没觉得我女儿不快乐。也许你可以告诉我有什么问题需要解决。"穆睿说。

校长没有继续沉默下去。他说:"欧文先生,你为人类科技事业的发展做出了贡献,还为探索火星做出了牺牲。我非常钦佩。学校会平等对待每一个孩子。相信你认同,青少年时期是人生成长的重要十字路口。我们对你女儿的情况做出了审慎而全面的评估,李梓是一个聪明的学生,也是一个善良的孩子。针对她时而神志不清的问题,我和你一样非常在意,我们认为及早进行积极的治疗非常重要。这位是学校的精神健康顾问、脑医学专家鲍尔森博士。"

未等鲍尔森开口,穆睿就说:"谢谢大家对李梓的关心。我女儿做了太多的检查了——几乎所有的脑部检查,都没有结论指向任何疾病。我不想让她被迫去做无谓的治疗。"

鲍尔森说:"当然,任何治疗都是有代价的,不能做错误的治疗。并不是所有的精神类疾病都可以通过现有的检测手段发现,然而,我们却可以通过日常观察发现。在你女儿的问题上,你比我更有发言权。通过我们最近的研究,精神类疾病是由于遗传因素或心理因素导致大脑——更准确地说是其中的连接和传导功能弱于正常值等,使得左右脑半球信息通信不畅。这类疾病发展到一定阶段就不可逆转。糟糕的是,正如你所知,目前正在大量使用的普通治疗方案都收效甚微。"

穆睿说:"我对精神类疾病做过一些研究,虽然完全算不上专家。我女儿并不具有足够的可以得出诊断结论的症状表现,她只是不一样。"

"可怜的孩子。也许你应该考虑一下我的建议,"鲍尔森说,"我不确定你是否听说过'脑部正反馈研究项目'？我们做了突破性研究和大量实验，无论是治疗精神类疾病，还是对普通人的大脑强化，脑部正反馈都有令人振奋的效果，而且很安全。我们建议李梓接受正反馈治疗强化大脑——请原谅，我不应该说它是一个治疗，如果你对这个说法介意的话。"

"我没有看到过关于这个研究的公开信息。听说是人工干预大脑的组织结构。做了脑部的正反馈强化，她还是她自己吗？"

"当然不会尽人皆知，这可是经济及工业发展部倡导并执行的项目。"鲍尔森得意扬扬地说，"虽然由于资源限制，我们现在还不具备大面积推广的能力，不过你不用太过担心费用，这个项目有联合政府支持，并不是为了商业。事实上，对你而言价格不算贵。正反馈不仅可以强化脑组织连接，还可以使大脑信息容量提高上千倍。我都想去做强化，但我不能这么自私。"

"每个人身体里的分子和一年前几乎没有一个是相同的，我们时时刻刻都在新陈代谢，但我们没有变成别人。你曾经是科学工作者，应该容易理解。这个孩子的语言能力和数学都很突出，做了正反馈强化处理后，她将是更好的自己。一切都是为了孩子嘛。"校长语重心长地说。

"不，我女儿没病，谁也不能碰她！"穆睿失去了耐心，"我们今天就到此为止吧。"他将女儿叫出教室，提前带回了家。

临睡前，穆睿和李彤谈起了白天在学校的情形。李彤说："也许女儿应该接受治疗，我们不应该还没仔细了解就马上拒绝。现在还有别的办法吗？我也不知道她的情况会发展成什么样。每次她出状况我都特别担心。"

"我们的女儿现在快快乐乐的，这比什么都重要。那个正反馈治疗让我不安，女儿也不会接受。她没办法选择自己的父母，我们没理由不

爱护她，爱她的优点，也爱她不完美的地方。"

"谁说不是呢？但如果放任而不治疗，我总是担心没有尽到做父母的责任啊！"

李梓恰巧经过门外，禁不住偷听到了父母的对话。她突然想起了在科技营看见的正反馈人工智能和那个男孩。她忍不住推门而入，流泪喊道："我没病！我不做那个正反馈治疗，求求你们了！"

李彤和穆睿赶紧站起身来，二人把李梓抱在怀中。李彤安慰道："宝贝放心，咱们不做正反馈治疗。如果你不喜欢，我们就不会那么做。"

11. 再失田园

转眼间到了深秋，土豆的植株茎叶逐渐枯黄。趁天未下雨，兰德赶紧组织河两岸的男人收土豆。一天午间，穆睿从地里回家，看见一个陌生人站在他家篱笆外。那人穿着政府工作人员的制服，带着职业微笑介绍自己："你好，欧文先生。我是联合政府环境资源管理部英伦分部新伦蒂尼姆土地管理司非核心区管理局离海土地规划处泰晤士管理办的宣传科第九组组长林特。抱歉没有提前通知就来打搅你，因为今天来，就是奉命前来通知你的。"

穆睿有些纳闷，他和政府很久没有瓜葛了。他问："关于什么？"

"关于这一片土地。你们命名为'田园公社'的这片地方。"

穆睿警觉起来："'田园公社'有什么问题吗？"

"欧文先生，你曾是搞科学的，这两年，你没有花政府一分钱就让这么多人安顿了下来，减少了社会不安定因素，我一直敬重你。但有一个小问题。"林特小心翼翼地说。

"我不确定是否应该对你的赞扬受宠若惊，但愿意听关于问题的部分。"

"政府对新伦蒂尼姆的土地资源进行了清查。在政府的管理下,核心区的土地使用非常有效。而在非核心区,大量的土地正被违规使用。你是知道的,土地资源为所有公民共有,作为公民的代表,政府自然有义务管理这些土地。我想,你大概知道我奉命到这儿来的目的了。"

"我无意挑战政府的土地资源管理权。不过在'田园公社'之前,这里长时间是一片废墟。我们没有妨碍他人,'田园公社'能有今天并不容易。"

"土地资源神圣不可侵犯。全体公民拥有土地资源的所有权,政府只是代表了全体公民进行管理。任何个人或群体都不能擅自宣称所有权,也不能非法使用。欧文先生,我只是在通知和传达,希望你理解。我知道,这里原本是工业区,公营化后就逐渐废弃了。不过,政府会根据需要决定它的使用方式。所以,政府将收回包含所谓'田园公社'在内的土地资源,以统一规划使用。"

穆睿努力使自己冷静下来。"请问有什么渠道可以申诉吗?"他问。

"恐怕没有。作为你的崇拜者,我坚持要亲自来,而不是让我的组员来和你沟通。这是政府的决策。政府机构林立,涉及很多方面,我们只是负责宣传和传达。你知道吗?最近有部分人——可能数量并不少——在谋划英格兰自治。联合政府早有警觉,兹事体大,所以要清查各种资产,切断不法之徒的非法物资供应和资金来源……"林特顿了顿,他自知语失,转而说,"我可没说这里有任何人属于那个组织啊,我完全没那个意思。你就当我没说刚才那句话。我保证违规开发'田园公社'的责任将不会被追究。另外,你也许想在月底之内收割完毕。下月初,来的将不是我,也不是其他任何一个人,而是推土机——无人驾驶的。"林特周到而又体谅地说。

消息很突然,穆睿没有想好如何应对。他也无法冲林特发火。林特

辞行前告诉他，相关的政府公示已发送到他的电子邮箱了，由于很大部分"田园公社"附近的公民没有邮箱，还烦请他代为传达。林特说完就匆匆离去了。

穆睿想到了列夫·弗里德曼，虽然他知道弗里德曼在政府里也没什么认识的人，但还是抱着姑且一试的心态联系了对方。弗里德曼听闻后一声叹息，他批评土地回收行为，称宁可废弃也不予人是自私行为。他还提醒穆睿注意安全——政府正在各处部署大量的机械警察。看来弗里德曼帮不上什么忙。

穆睿叫来了兰德，跟他说了土地回收的情况，并表示自己无力扭转这个结局。兰德义愤填膺地说："需要我们怎么做？欧文先生，我们听你的。"穆睿说："你先通知一下大家，我们再慢慢想办法。另外，我们要尽快收掉地里的土豆。"兰德领了吩咐离去了。过了一会儿，兰德带着几十个人来到篱笆外，他说："大家伙儿有话和你说。"穆睿站在台阶上高声说："相信大家收到了通知，我们并不拥有'田园公社'所属地段的所有权。这片土地将在下月初被收回。过去3年，我们自发地一起合作，共同开荒耕种，我们的社区不断扩大，我们不仅收获了粮食，也收获了家园。感谢大家的支持。很抱歉我没有办法改变'田园公社'的命运，但'田园公社'定会留下遗产，这份遗产使我们拥有友谊，使我们相互帮助。让我们一起想办法寻找新的出路。"

人们愤怒地议论纷纷。一个人喊道："这是我们开垦出来的家园。欧文先生，我们要去政府请愿！"

"恐怕还没到政府广场我们就被机械警察给控制了。"兰德说。

"那我们就武装起来，保护'田园公社'！"一个人喊道。

"大不了我们都躺在地上，看他们怎么拆！"另一个人说。

穆睿连忙劝阻众人："可不能盲目行事。最重要的是保护自己和家人。冲动会让事情变得更糟，推土机可不会讲道理也不懂得同情。"

第一章 探路者

大家莫衷一是。突然有人大声问道:"欠我的分配份额怎么办?当时说好的来年还,马上就没有地可种了,刚才我去索回,对方说无力偿还。我下一年的口粮也没着落呢!"

一个深色皮肤的男人说:"能还的话,谁愿意拖着不还啊!失业金太少,我们家的人又太多……"他突然想起自己家的孩子未获居留权,就马上住了口。

另一人接话道:"欧文先生,这是你当时提议的。如果有人违背承诺,你是不是可以主持一下公道?"

未等穆睿开口,兰德抢先说:"这个提议是我们大家都同意的。没有这个提议,就没有让所有人都受益的'田园公社'。欧文先生为'田园公社'、为大家做得够多了。"

"追债追到欧文先生身上,这也太没良心了!"众人纷纷说。

"欠我的就不用还了,我家还有一些富余,可以拿出来顶替部分应偿还的配额。"穆睿说。

"我的也可以拿出来。"兰德说。

"欠我的也不用还了。"杨大力的父亲说。接下来有五个人也表示放弃配额债权后,现场一片沉默。一些人在暗自计算自己能追回多少配额,有人拉着杨大力的父亲等人离去,想要抢先单独协商。人们渐次离开,穆睿告诉大家保持克制、共同面对困难,有新的进展后他会通知大家。人群逐渐散去了。

兰德正要告辞离去,一个穿着粗呢格纹服装的男人匆匆走来:"欧文先生请留步,能否叨扰你几分钟?"穆睿想,这可真是多事之秋,一天之内的来访者数量超过了过去一个月。他说:"如果你是代表政府过来处理'田园公社',那么你来早了,限期的时间还没到呢。""我不是代表政府,恐怕恰恰相反,"对方环顾下四周后说,"咱能否进屋谈?"兰德见其与"田园公社"无关,就辞别穆睿离去了。

那人随穆睿进了屋,他出示了自己的身份识别码,自我介绍道:"我是英格兰自治联合会的联络员杰克·史密斯。如果你不熟悉我们的组织,请允许我简单介绍一下。我们联合会是独立于政府的非商业机构,我们的使命旨在恢复英格兰的优良传统,弘扬我们伟大的历史文化,保护盎格鲁—撒克逊的民族利益。"

穆睿打断了他的慷慨陈词:"听起来很宏大。你一定打算告诉我这和我有什么我不知道的关系。"

"作为我们民族的优秀代表,你是联合会不可或缺的一员,欧文先生。你属于引领人类打破蒙昧的那个群体,正如牛顿、麦克斯韦推动了人类进步一样。"

"这是我听过的最不恰当的类比,而且我并没有加入你们的组织。"

"从精神上来说,我们的民族已经到了生死存亡的时刻了。我们曾不只有莎士比亚、坎特伯雷大主教和查斯沃斯庄园,还曾有丘吉尔、彭罗斯和马球。世界大一统后,我们的道德、传统和文化遭到了毁灭性的打击。这是劣币驱逐良币的极致体现。看看今天,新伦蒂尼姆的大街上充斥着钢筋混凝土、专政机器以及只能被称为有机体的人。核心区被联合政府的当权者和来自世界各地的移民挤满,很多同胞反而无处安身。我们的组织需要你复兴英格兰精神,重振科学意识。你曾是科学项目的领头人,重要的是,你是土生土长的英格兰人。"

"我连庄稼人的领头人都当不了了。我明白你们热爱自己的组织,但目前为止,我想不出有什么理由加入你们,虽然我的确在这里出生——我也是在地球上出生的。"

"政府回收你们庄稼地的事情我也听说了。看看他们做的一切,我们更有理由联合起来,反对大一统的威权统治,争取民族自治。欧文先生,我知道大的决定需要冷静和审慎——这正是我们优秀的民族性格。我们的大门一直为你敞开,你可以随时加入我们。任何时候通

第一章 探路者

过我刚才发送给你的识别码进入签字页面,签字后就可以完成自治公投的投票,并加入英格兰自治联合会。"

"在这漫长的一天结束之前,还有其他需要我知道的吗?"穆睿问。

"哦,没有了。我们会热切期待你的投票。"史密斯说。他见穆睿意兴阑珊,再说了几句客套话就礼貌地告辞离开了。

接下来几天,"田园公社"的人紧锣密鼓地挖收土豆。分配完毕后,政府派出推土机毫无延误地将河两旁的地推得平平整整以待后用。对这里感到失望的人开始陆续搬离,特别是住高脚屋的人家,原本都是极端贫困的人,在这儿没指望了,就都搬走了。穆睿沮丧地想:"爱尔兰土豆危机过去了两个多世纪之久,世界首府的人们还在挨饿和流浪。"他上门询问每个人的去向,跟即将离开的人逐个道别。

春季入学后,李梓发现杨大力的座位空着,问内维尔老师,才知道他这个学期没来报名。她有些郁闷,回家一问,穆睿说杨母的护工岗位已经被机器人顶替了,他们一家在这里已经难以为继,全家决定搬到苏格兰的偏远山区开荒耕种。杨大力还委托穆睿转给李梓一封信,他在信里感谢了李梓给他的尊重和友谊,并祝愿她快乐。

二人正叹息间,李彤下班回来了。她说由于北美社会事件频发,新闻宣传署要她去做驻地记者,不日就要出发。而她原本的位置已经安排了其他人。作为家里现今唯一的收入来源,李彤绝不愿辞职在家。听闻此信,大家本已悲伤的心情雪上加霜,全家只能在她出发之前尽量多共处,相互安慰,共渡难关。

第二章
聚散莫非天注定

12. 人生若只如初见

到了出发的日子，李彤和丈夫、女儿洒泪而别。

曾经的"田园公社"重新回到几年前的寂静状态。四面的大多数房子已经空空如也，没人住以后迅速破损。被推土机推出来的平整空地上长满了荒草，四周被围墙围住。被遗弃的猫狗们完全没有禁忌，时常从围墙的铁门缝隙钻进去，在空地上撒欢，或是捕捉那里的虫鼠。

兰德没有搬走。他保住了自己在新伦蒂尼姆隧道工程局的工作，继续和大型工程机械以及机器人为伍，为新伦蒂尼姆修建快速交通隧道。没有了"田园公社"，他清闲了许多，常在工作之余和穆睿谈天。

穆睿也重归清闲。他花了很多时间整理火星基地积累下来的资料，或者和弗里德曼商谈，偶尔也和丹·贝克甚至火星上的巴切夫联系。其余时间，他继续经营着篱笆内的小院，在李梓放学回家后，回答她的各种让人意想不到的问题，或和她一起散步。

李梓嚷嚷着想去参观艺术博物馆。她在书上看见古时的人文逸事，心向往之，妈妈又不在家，就缠着穆睿带她去。因为土地稀缺，而博物馆又太占地方；再则无实际用途的古董艺术品被当作腐朽的旧时代象征，联合政府倡导无纸化后，多数古物实物已被全息化电子存档后销毁了。

第二章　聚散莫非天注定

因此在新伦蒂尼姆仅有一处艺术博物馆可去。

这一天正是周日，穆睿驾着车，父女二人通过机械警察岗哨的层层查验，穿过了新伦蒂尼姆核心区来到西郊。那里曾是旧时代英国君主的王宫，如今被改成了博物馆。在君主立宪制时代，君主主要在这里进行国事活动或私人娱乐休闲活动。全球联合政府成立以来，这里作为旧时代等级制度的标志，基本上被原样保留了下来，还挂上了博物馆的门牌，成了民众的教育基地。这里浓缩了1000多年的历史，藏有过去英国王室数不清的珍宝。穆睿知道，博物馆里也不乏达·芬奇、伦勃朗、鲁本斯等大师的作品，还有从中世纪以来流传下来的文物，因此就带着李梓一起来了。

穆睿停好了车，和李梓过了小河石桥来到入口处。售票处没有用机器人，而是很人性化地安排了工作人员。"每人10世界银行元，就可以接受这么深刻的教育，到博物馆参观的请在这里付款进馆。"工作人员扬了扬手里的收款终端，和气地说。穆睿付了款。二人进了铁栅栏门就看到博物馆在岸边的小山丘上，是一组灰色的厚实花岗石建筑，在新伦蒂尼姆城市群的钢筋混凝土和玻璃的世界里，是仅存的哥特式和巴洛克混搭风格的独特建筑。这里还让人想起铁马金戈的时代，如果要选择据守地点，城堡确实可以作为最后的防线。

步入博物馆，一个个巨大的房间里挂着满墙的大大小小的肖像画，画上的一个个男人身着镶满五颜六色的勋章、挂着琳琅满目的彩条的滑稽服装，一本正经地威视着参观者；画上的女人们的圣洁神态和蓬裙华服掩不住风流的韵致。[1] 穆睿不禁想起一出莎翁名剧。果然也有自维多利亚时代以来的古旧家具，还有一个个玻璃橱柜陈列着流传久远的珠宝、首饰、服饰和装饰品。二人见人太多，就从人群中穿越而出，继续前行。

---

[1] 莎士比亚曾受邀至温莎城堡，并创作出《温莎的风流娘儿们》。

来到一处玫瑰花园,那中间有一处石头圆塔,二人刚一进去就感觉恍如置身囚室,连忙退了出来。

父女俩四处寻找名画展示厅。穿过玫瑰花园来到一道长廊前,就看见了拉斐尔、戈尔贝恩、米开朗琪罗、卡纳莱托、艾斯特斯、克洛斯、怀斯的作品,甚至有达·芬奇的解剖画作,不过都是高保真的全息复制品。那些画作色泽清晰,造型生动准确,形象极其逼真,有些简直比得上高分辨率的摄影作品。刚开始二人还有些许兴致,但是后面都是如同照片的一般的作品——还都是些全息复制品——逐渐就没了兴致。二人继续四处探寻原作,他们俩进入了一个大厅,四周高高的墙壁上有大片细致艳丽的彩绘玻璃,玻璃下的墙前正切换着各个现代艺术成就的三维全息影像——巨大而又高度对称的联合政府大厦、带仿古廊柱的民族院玻璃大楼、流光溢彩的蝶形立体交叉道路,不一而足。大厅正播放大联合时代以来的艺术成就:"……新时代继承了人类各个时期求真、求实的优良传统,大胆摒弃了模糊的、影射的和歪曲的艺术糟粕,清除了畸态的、消极的和唯心主义的思想毒素,发展出宏大而又积极的文艺主旋律……"

二人走马观花地转了一圈就出了大厅。穆睿找了一把供人休息的椅子坐下小憩,李梓则去找洗手间。返回时,她发现上方有一个覆盖屋顶的长廊,就走过去一探究竟。那儿空无一人,墙体十分斑驳,地上积满了灰。里面有一个巨大的壁炉,隔着不远有一扇门。她试着一推,居然能够推开。里面黑乎乎的,有一股发霉的味道。她找到了开关打开了灯,看见架子上满满地堆放着各种残旧的纸质书、绢、羊皮卷以及刻字的木板、石板和金属器皿。她看到一本《作为意志和表象的世界》,封底上隐约写着"公元1819年出版",她匆匆浏览了一下,再翻了翻其他的书,却发现其中内容难以辨识。突然她脚下被绊了一下,低头一看,地上乱糟糟地堆满了去掉画框的旧画。她从脚下取出一幅,那画上是淡蓝色的

第二章 聚散莫非天注定

夜空和下面的村庄。画上的天空辽阔，大星、小星回旋于夜空，金黄的满月形成巨大的旋涡，短线条画出的星光和云彩纠结在一起盘旋流动。李梓仿佛看到了时光的流逝。近处，暗绿褐色的树像巨大的火焰，也像是星夜狂欢的响应者。而天空下的村庄却又十分宁静而安谧。李梓不由得想要置身于画中，在寂静的屋顶仰望，或者自由地在时空中飞翔。她又拿起另一幅，画上一人站在倾斜的桥上，身体极度扭曲，他张开大嘴、双手抱头在惊恐地呐喊，远处一艘船若隐若现，由若干蜿蜒的红色、蓝色和橙色的粗糙色条组成的天空和河流像血与冰，似乎要挤压过来。李梓连忙把它放下。

灯光照着架子，底下有一幅帆布画，露出的一大半似曾相识。她拿起那片旧帆布一看，画上的浓雾、天空、大海和暴雨一起形成一片混沌，左边涌起的大浪高高盖过地平线，一艘船被困在漩涡之中剧烈地起伏摇晃。桅杆后面闪耀着白光，映出桅杆下影影绰绰的人影。那不正是经常出现在自己眼前的幻象吗？她仔细地看画的每一个细节，她眼前仿佛出现了旋转的天空和大海，还有那个召唤她的男子。她突然发现帆布的角上有一行手写小字，仔细一看，是"J.M.W. 特纳"。

她正琢磨着，突然外面喊声大作。她急忙起身出去，意欲回到刚才爸爸坐的椅子旁，却被一大群戴着面具的人隔开。这群面具人一面高喊："还我英格兰！""反对文化颠覆！"一面四处收拾古董物件装进容器，各个出口和门边都站了不少面具人阻断其他人。瞬间大量警察从四面出现，现场顿时大乱。只见到处棍棒乱挥，行人纷纷倒地。李梓拼命往开阔处挤，却被一电鞭击中，立刻觉得全身一麻，不由自主地瘫坐在地上。她大急，却又无力起身。

突然从窗帘后面转出一个少年来，他扶起李梓，拉着她迅速钻进窗帘后面。他说："从门出不去了，只能从窗户走。"说完，他爬上窗，向李梓伸出手。李梓探出头一看，顿时觉得有些眩晕。身后惨叫声更盛，一个警察高声说:"上级指令,不能放走一个!"那少年见状,不由分说地用双手抱起李梓坐上窗户。他一手抓着窗框,一手抓着她的手;李梓用脚尖趸摸着外沿出了窗户,二人慢慢顺着贴墙的管道,踩着接合处的凸起处先后下到了地面。李梓着急道:"我爸爸还在里面!"少年说:"我刚才看见欧文先生了,我这就进去接他出来。"少年拉着李梓走到角落的柱子背后,他吩咐她在那儿等着不要走开,说完又快速爬上窗户进去了。

李梓惊魂未定,她突然想,这个少年是怎么认识爸爸的?这时候,窗口出现了那少年和穆睿的身影,他们相继跨出窗户,依次沿着管道快速滑到了地面。三人走出角落,广场上有很多机械警察正往博物馆里跑。三人沿着墙根一路出来。门口的几个机械警察搜了三个人的身后就放了行。他们过了河,对岸的面具人依然在发出躁动的呐喊声。

父女二人好不容易才平复下来。李梓又连呼可惜,说看到一幅非常奇特的画,还没来得及仔细看就不得不出来了。到停车场后,那少年想要告辞,穆睿不允,说外面太危险,坚持让他上车同行至安全地带再说。

"感谢你,年轻人。没有你,我们俩今天就麻烦了。你还没告诉我你的名字呢。"穆睿说。

"让我想想。我叫戴弗·哈利。很少有人问过我的名字,他们都叫我小兔崽子。"李梓回头看了一眼,这少年头发蓬松,皮肤晒得微微发红,穿着一件发灰的浅蓝衣服,看起来十六七岁的样子。他单薄的身体微微侧向车窗外,黑黑的眉毛下,一双眼睛正注视着外面对峙着的汹汹人群和一队队机械警察。李梓突然觉得在哪儿见过他,直到看见他下巴上的疤痕,才恍然大悟。她转念又想:那肯定只是个巧合。

车行驶到市区,前方的首府核心区街道上也充满了人流和设卡的机械警察。少年戴弗说:"谢谢欧文先生,我在这儿下车吧。"穆睿提醒他道:"外面很乱,我送你到安全的地方吧。你家在哪儿?""人越多的地方越安全,这儿下车就不错。"戴弗说。他坚持下了车,很快在人流中消失了。

13. 泰勒、麦卡锡和北大西洋自由联盟

大一统以来,外患消失了,联合政府取消了军队,虽然保留了警察,仍然无力平复陡然出现的公共事件。天已经黑了,新伦蒂尼姆的骚乱还没有停。

约翰·泰勒下班后费了很大劲才从民族院回到家,到家后他立刻拨通了凯文·琼斯的电话。琼斯是他在民族院的同僚,祖祖辈辈都在伦敦生活,是民族院里英格兰的族群代表,主张尊重英格兰的民族传统,一直在为民族自治斡旋。泰勒与他政见不同,但依然互相尊重。琼斯只接通了音频,电话那头传来嘈杂的喊叫声和各种撞击声响,听起来是在户外。

泰勒大声质问道:"今天首都的混乱局面是你们英格兰自治联合会想要的结果吗?快让他们停下来,凯文!"

对方顾不上听他说,只在电话那头用扩音器大喊:"同胞们,赶快回家去!暴力不是解决问题的办法!"他不断地大声重复,震得泰勒不由得把电话拿开远离耳朵。

终于,琼斯想起了电话这头的泰勒。"对不起,约翰,我正忙着阻止街上的行人,劝他们回家,恐怕现在没时间和你谈。"

泰勒意识到组织骚乱的人不是琼斯。"是谁组织这次骚乱的,凯文?我们应该让他出来负责收拾这个混乱局面。"泰勒问道。

"是贾斯汀·亨特。我们发生了激烈的争论,但我没能阻止他。我们的公投行动本应是和平的。抱歉,我不能和你说了,这儿还乱着呢。"

琼斯匆匆挂了电话。

泰勒虽然与贾斯汀·亨特交情不深，但也想不出办法阻止他。亨特原是大英商用信息公司的老板，他的公司后来被并入了环球信息公营公司。公营化后两人就没再打过交道，泰勒只是偶尔听琼斯提到他。泰勒又想到自己在北大西洋自由联盟的上司唐纳德·麦卡锡。麦卡锡也主张重建自由民主体系，是联盟的共同发起人。他也是思想院的院长，拥有广泛的人脉，虽然北大西洋自由联盟和英格兰自治联合会在诸多立场上相去甚远，但在危急时刻，或许麦卡锡知道该怎样让亨特收手。

接通电话后，麦卡锡出现在屏幕上。他斜眼看着泰勒说："看到了吗，约翰？外面多么热闹。"

"这让人担忧，唐纳德。这是发生在世界中心的大规模骚乱，是对联合政府的巨大威胁。暴力是民主和自由的敌人，得有人阻止这一切。你认识贾斯汀·亨特吗？据可靠消息，是他煽动了这次事件。"泰勒说。

"我岂止认识他。我和他两天前还一起推心置腹地谈了谈，"麦卡锡露出意味深长的微笑，"刚才又通完了电话。我们俩对这次事件都很满意——当然，他只是个跑腿的。我断定亨特想提升自己在英格兰自治联合会中的影响力，他又有些人手，我就劝说他组织了这次行动。事实证明他干得不错。而且，我们并不孤单，这次行动还得到了财政院辛格的秘密支持。你也是联盟元老了，所以我才告诉你的。"麦卡锡得意地说。

"你是说，是你鼓动英格兰自治联合会搞了这次行动？可这个组织已被宣布为非法，我们和他们政见相左，为什么要和他们一起制造暴力事件啊？！"泰勒愕然地问。

"暴力是自由民主的敌人，也是自由民主的父亲。自由和民主不会来自威权统治者的恩赐。乱而后治，我们只有打破大一统，才能实现北大西洋自由联盟的目标。我们和英格兰自治联合会有不同的纲领，但打破集权统治的想法并没有什么不同。这里是英格兰，由他们来组织运动

第二章 聚散莫非天注定

再合适不过了。不用担心，我亲爱的约翰，在明处的是他们，我们没有损失。抱歉现在才告诉你，这是重要行动必要的保密需要。"

"唐纳德，没有任何道德底线可以低到认同暴力！"

"死不了人的，都是一些皮外伤。机械警察就有这点好处，他们控制得很精准。"

"北大西洋自由联盟不是应该通过和平的方式推动民主和自由吗？我们的行为都应该在法律许可的范围之内啊！"泰勒说。

"理想主义极其有害。须知，不是所有的问题都能在办公室里解决。为伟大目标而不拘一格，还能得到拥护，这才是高明的政治操作。我们联盟还很弱小，甚至还称不上是一个党派，我们必须利用杠杆才能撬动大一统。"麦卡锡得意扬扬，他没在意泰勒的惊讶，继续说道，"还有一个好消息。列夫·弗里德曼和那个书呆子穆睿·欧文公开了他们基地的资料和地球异常磁变的信息，以为此举可以让所有人相信地球不再宜居了，应该都移民火星。"

"看了那些信息，我相信他们在提醒人类重视地球的巨大风险。在当前的危机时局下，我不确定是否应该相信他。但那怎么成了好消息了？"

"弗里德曼妄图发动民众倒逼政府支持他的计划，他太天真了。120亿人，有多少不需要操心第二天的面包和牛奶的？他们不关心移民火星，恰恰相反，他们会被这个计划激怒。弗里德曼此举犹如扔了一颗炸弹，他的确可以制造新的混乱——也许部分上层人士和政府人员会相信他，联合政府内部也会产生分歧，但大部分人会痛恨他们无人在意眼前的疾苦。大可利用我们联盟为这种民愤做文章的。从这个意义来说，弗里德曼倒是帮了我们的忙。"

"你是如此迫切地想要分裂联合政府吗，麦卡锡？"泰勒觉得自己才刚刚真正了解对方。

"我是为我们的组织——北大西洋自由联盟做这一切的。思想院的职责本身就是监督政府，我在思想院的职位正好可以掩护我的工作。糟糕的联合不如不联合。事实证明，这是一个反民主、反自由的全球集权政府。"

"如果你认为弗里德曼的全面开发火星计划会让联合政府分裂，那你准备转变立场，转而支持他吗？"泰勒问。

"弗里德曼的能量还不足以让政府分裂，他最多只是点燃一个小火苗。但他确实开了个头。我要做的是煽风，让民众的怒火烧起来，所以我要反对他、揭发他，这样才能掀起争斗，撕开政局的裂缝。"

"你也并不认为弗里德曼是站在科学的立场说谎吧？为什么还要针对他？"

麦卡锡滔滔不绝："这不是重点。这不仅是一个科学问题，我要把它变成一个政治问题，让人们相信它是一个谎言。实际上，我无暇关心一百年后地球是否毁灭，我更关心我们的现实使命。我的朋友，我们北大西洋自由联盟是一个由优秀民族组成的精英联盟，我们必须为独立而奋斗。即使有一天地球真的毁灭，火星上也装不下120亿人，我们联盟的传人必将率先殖民火星。"

泰勒已面有愠色，他质问："你为什么不放过弗里德曼？他是我们在科学院时的同事，你知道他的志向不是政治。"

"我知道他是无意的。但他既然递武器过来，我们就不能浪费机会。"

"如果政府同意弗里德曼的计划，你会不会失算？"

"我很有信心政府不会同意。我会公开反对他，政府内部也会按我的设想打起来。我做这一切都是为了北大西洋自由联盟。"

"恐怕只是为了你自己。你将如愿成为受人瞩目的焦点。"

"从根本上说，更多的人拥护我对咱们联盟有利。"

泰勒不想再扯远了，他只想尽快回到骚乱的问题上来。他问道："这场街上的闹剧什么时候可以结束？"

"联合政府已经乱作一团,这次的目的已经达到。水快浑了,但还不够,我们要控制捕捞的节奏。我将马上给贾斯汀·亨特打电话,让新伦蒂尼姆的街上恢复暂时的平静。所有的迹象都表明,形势一片大好。"麦卡锡说。

14. 丹·贝克易主

泰勒一回家就立刻打电话给列夫·弗里德曼,让他注意安全。弗里德曼说,信息已经公布,他无法也无意收回,自己无愧于心,不愿意躲藏。泰勒又联系穆睿,却没有找到他,只能打电话给穆睿在原火星基地的同事丹·贝克,让他转告穆睿。

外面还乱着,丹·贝克也只能给穆睿打电话。当时穆睿正和李梓谈话,错过了来电。第二天丹·贝克照常去了位于新伦蒂尼姆边缘的生物研究所办公室,他一忙就把穆睿这事给忘了。近一年半以来,他受命主导了生物研究所最重要的项目,研究环境污染和核辐射对人类的影响及对应的基因编辑方案。丹·贝克不喜欢这个主意,但这个项目得到了联合政府的大力支持,这对生物研究所而言至关重要,为了科学院的最后阵地,他不得不姑且推进下去。然而随着研究的深入,他发现这是一个两难命题。如果环境持续恶化下去,人类将面临极大的灾难,除非人类大规模改造自身适应新环境。要不要报告这个结果?他在痛苦地权衡着。

茶歇时,丹·贝克喝完最后一口咖啡,想起身回座位,刚好在茶水间门口和一个人打了个照面。那人一头金色直发,全身上下穿得一丝不苟,丹·贝克认得那人,竟是联合政府经济及工业发展部部长约翰逊。他截住丹·贝克说:"我正在找你呢,贝克先生。走,我们去对面的咖啡厅,有要事相商。"

"不能在办公室谈吗？"

"恐怕不能，办公室人太多。事关机密，只能咱俩谈。"

丹·贝克不怎么去对面，他知道那家咖啡厅是英格兰自治联合会的一个秘密据点。近期一连串事件后，英格兰自治联合会被政府宣布为非法组织，丹·贝克就更不去了。作为生物研究所的项目负责人，他知道政府高级主管官员要做项目评审，虽然有些奇怪，他还是答应了。二人出了生物研究所后迅速钻进咖啡厅坐下。约翰逊问："项目进行得顺利吗？"

丹·贝克知道自己的回答将产生重大影响，因此小心翼翼地说："已经有了一些发现，但还需要一些时间才能得出最终结论。"

"作为世界上顶级的生物学家，你的才华在生物研究所能够得到充分发挥吗？"

"那不能算是一个前沿项目。但既然对政府承诺过,我们就会做好。"

约翰逊笑容可掬地说："我不打算谈那个人类自宫项目，它简直是对最优秀科学家的埋没。那是假圣母、公民院的索菲亚·多纳尼提议的项目，在环境资源管理部永贝里的大力支持下，推动财政院批准了预算。我可是反对那个项目的。"他似乎知道丹·贝克并不赞成用基因编辑改造人类，也知道这个项目被嘲讽为人类自宫。

"这里似乎不适宜谈严肃的话题。"丹·贝克警觉地说。

侍者端上了咖啡。约翰逊说："你放心，贝克先生。我虽然身在政府，却与他们不同。这家咖啡厅是英格兰自治联合会的据点，这里比政府大楼更安全。你也可以信任我，我和你一样，是土生土长的英格兰人。"

"科学问题我可以谈。"丹·贝克说。

"科学无边界，科学家有。我们准备研发高智能有机体人形机器人，是不是比生物研究所的项目前沿得多？"

"地球现在人口过剩,这么多人没饭吃,过多的机器人不是会减少人的工作机会吗?"

"这不是一个科学问题,我很乐意回答。地球上从来不缺少粮食,缺少的是用劳动换取粮食的人。人形机器人创造的价值必将远大于其消耗。虽然有机体人形机器人本质上依然是机器,但高度可控,更人性化,且不具有人类意识,不至于导致伦理问题。它们将是高效的劳动者和环境改造者。"

丹·贝克想起了"净土"的罗伯特:"超高智能机器人早已存在了,虽然不是有机体,但也无所不能。"

"现有的大部分高智能人形机器人只具有人类的外表,其内依然是金属、线缆和合成材料。我们研发了第一代有机体人形机器人,但还有些缺陷。我们还需要人体科学的突破,才能制造完美的具有人类身体组织的高智能机器人。这样不仅可以增加高效的劳动者,还可以帮助人类更深刻地了解自身。"

"如果具有人类的生理结构,我不确定这些人形机器人是否能如你所愿,不产生人类意识。你说的缺陷是什么?"丹·贝克好奇地问道。

"请原谅,我不具有足够的专业知识来解释这个缺陷,我只知道那是一个生物与人工智能相结合的前沿问题。你会有很多时间去解决它。我们将成立人形人工智能研究院开展相关的科学研究工作,在这里,科学研究的独立性将不再是一个问题,我们的研究院将不隶属政府,资金将由英格兰自治联合会负责。研究院将以科学研究为第一导向,我们需要你这样的科学家,贝克先生。"

"听起来很有趣。但生物研究所这边的项目怎么办?我不能一走了之,得有所交代才能离开。"

"对联合政府我可是知根知底,我的公开身份还是政府人员。其实他们已经知道生物研究所的项目结论了,只是还不想认错。他们会默默

地改弦易张，专注于环境优化。你早点离开生物研究所，是大家都能接受的最好结局——其实，多纳尼和永贝里已经等得不耐烦了。很抱歉这么说，丹。但我说的都是实话。"

几天后，丹·贝克就成为大英人工智能集团的座上宾，他还将成为集团的主要科研机构——人形人工智能研究院的首席科学家。

大英人工智能集团的生产规模并不大，大英商用信息公司被政府收编后，部分员工在老板贾斯汀·亨特的带领下，成立了大英人工智能集团，他们未忘用人工智能改变世界的初衷，在新伦蒂尼姆西郊的一个秘密地点建立了生产基地制造机器人。近年来，集团开始涉足人形机器人的设计和生产。

近期，集团的普通机器人生产线十分繁忙，他们接到了火星上"净土"的订单。当然，新产出的机器人能够马上投入生产线执行生产任务，因此可形成循环生产流程，产能压力不至于太大。集团的真正重点是有机体人形机器人的研发和生产，其重要意义超越了商业目的。

为准备丹·贝克的来访，亨特叫来了首席运营官道格。亨特重申了人体组织 3D 打印的研发、人类基因库的数据安全、智能数据的烧录，以及产品最终测试等诸事的重要性后，对道格说："今天找你来，另有两件事情。第一，我们需要进一步加强安保，你去拟定细则，并传达到全体员工，以杜绝产品遗失事件再次发生；第二，我们将停止使用濒死之人作为人工智能的载体。我们新成立了人形人工智能研究院，以推进人形机器人的研发。该研究院的首席科学家丹·贝克刚刚就任，他是世界顶级的生物学家。你需要安排仅限高管参加的欢迎宴会。"亨特捋了捋他的小胡子，露出少有的微笑说。

第二章 聚散莫非天注定

15. 博物馆里的前世今生

骚乱当天，穆睿和李梓很晚才到家。到家后，二人谈起白天的经历，仍觉得心有余悸，庆幸有那个少年戴弗的帮助。回到自己的房间后，李梓脑海里不断浮现在博物馆看到的那幅画，总觉得它和自己大有渊源。画上的天空、大海、船和那个男子一帧一帧地在脑子里切换，使她久久不能入眠，到窗外微微发白，才困极了睡了会儿。早上起来，她狼吞虎咽地吃过早餐，向穆睿要了10元世界银行币，就踏着双轮车匆匆出了门。她出门的时间已经有些晚了，再则她从不乱花钱，穆睿便没有多问，就在终端上转给她15元。他嘱咐女儿上学路上一定要注意安全。

学校并不远，李梓却没有去学校，她踏着双轮车去西郊的博物馆。她要重新回到昨天的地方，再一探究竟。还未到核心区，她远远看见进城的路闸处有大量的机械警察。他们逐个查验行人，并且拦返了所有的机动车辆。

李梓正踌躇，突然看见昨天那个少年戴弗·哈利在路旁向她招手。他走了过来，对她说："我带你去博物馆。"李梓惊讶道："你怎么知道我要去博物馆？还有，你怎么在这里？""我也不知道为什么，今天一早就知道你要去博物馆，就到这里来等你。"正在这时，一个机械警察走过来让她返回。李梓正有些慌乱，戴弗凝视着那个机械警察的眼睛说："我们知道应该去哪里。"警察的红色眼睛变绿，竟转身离去了。戴弗把双轮车锁在路灯柱子上，他说："我们得乘坐城轨才去得了。"他领着李梓来到城轨入口。闸口处也站满了正在查验乘客身份的机械警察。戴弗对他们说："我们两人要乘车。"警察竟然放了行。二人进入空荡荡的城轨车厢。李梓奇怪地问戴弗："你是怎么搞定警察的？"戴弗一脸茫然："我们就是来坐城轨的啊。"

李梓本想告诉他，她一个人可以去博物馆，但又不确定自己是否可

以通过警察的盘查。两人一路沉默，出城轨时，戴弗带着李梓依旧顺利通过。博物馆已经在眼前的树林后面了。

　　李梓快步过桥往博物馆入口走去。戴弗在身后喊："我们不从入口进去。"入口处站着两排机械警察，昨天的那个工作人员依然在那里。那些警察竟然瞪着绿眼冲两人点头。李梓继续前行，突然那个工作人员朝二人大喊："小兔崽子还敢来，我看你们往哪儿跑！"他马上用对讲机通知了安全处。须臾间，警察齐刷刷地抓起电鞭朝二人跑来，突又停下，眼睛红了又绿，绿了又红，在那儿徘徊不前。那个工作人员见状，也拿起电鞭朝二人跑来。

　　二人转身往后飞奔过桥，回头见博物馆周围已经出现了几个工作人员，他们俩来的路上也有好几个，把二人堵在中间。戴弗连忙拉着李梓跳进旁边的灌木丛，工作人员也尾随而来。地上崎岖不平，长满了杂草。李梓没少在田间奔跑，在这儿自然是如履平地。戴弗更是十分灵活，他边跑边用手拨开荆棘，李梓在后面紧紧跟随。那些工作人员不肯放弃，仍想追上来。无奈越来越远，只能眼睁睁看着二人消失在树林里。

　　二人见工作人员没了踪影，又走了一会儿，确信甩掉了追踪者才停了下来。他们气喘吁吁，全身都被汗水打湿了。李梓发现戴弗的袖子被划开了一个大口，他胳膊上的鲜血不断渗出来，在衣袖上留下了一片红色。她叫道："你受伤了！"戴弗才发现自己的伤口，汗水流过，顿时火辣辣地疼。他咬牙忍痛，额头上的汗珠更大了。李梓急忙清掉他伤口上的树皮，又撕下他的一片袖子做了包扎。二人坐在石头上歇息。戴弗笑道："你撕了我唯一的衣服。"

　　李梓突然想起一事，她问戴弗："为什么那些警察不抓你？"

　　"只要我能看见这些机械警察，就能知道他们在想什么，也能让他们按我的想法去做。你不能吗？"戴弗也显得有些困惑。

　　李梓疑惑不解。她暗自打算第二天一个人再去博物馆。戴弗似乎也

第二章 聚散莫非天注定

知道她的想法:"你一个人可到不了博物馆,而我却很熟悉那儿。但我们明天不能从入口进去了。"

李梓心里暗暗吃惊。她问:"你不仅知道机械警察在想什么,也知道人在想什么吗?"

"我不能。为什么这么问?有人能知道别人的想法吗?"

"因为我刚才就在想明天还去博物馆。"

"我刚刚也在想,我们明天再一起去博物馆。昨天我看见你们俩在博物馆,就依稀觉得认识你们,但又想不起在哪儿见过。"戴弗说。

正说着,天色突然暗了下来,雨滴开始哗哗地洒落。二人起身寻路。戴弗皱着眉,慢慢循着路痕往前走。他突然停下来:"我来过这儿。"他指着前方的一片密林:"你看!"李梓朝那边看去,发现有一堵墙在树林里若隐若现。戴弗跑过去,被迷彩墙前的一道高栅栏拦住。他回头对李梓说:"你在这儿等着。"他迅速爬上栅栏,正欲往内滑下去,墙突然洞开,从里面出来两个保安,一边跑过来一边大声说:"就是他,就是跑掉的那一个!"他们抓住戴弗的脚往下拉,戴弗拼命往下蹬。李梓连忙跑过去也抓着他往下拉,他重重地摔在李梓身旁。二人见保安正要抽出挂在腰上的电鞭,就顾不得疼痛,一路健步如飞地跑远了。戴弗腿上又添伤口,所幸并无大碍。

李梓怪他道:"那是什么地方?无缘无故往里闯,差点没有跑掉。"

"谢谢你刚才没把我扯成两半。"戴弗开了句玩笑。但见李梓有点生气了,连忙认真地说:"那个地方实在熟悉,我强烈感觉到它和自己大有关系。可又实在想不起来,就想进去看看。"

李梓仔细地看着他的脸,想要从他的表情中找到答案。她问:"一种既强烈又想不起来的感觉?"

"是的。你也有过这种感觉吗?"

李梓听说痛苦经历能使人选择性遗忘。她想,原来不只自己是这样

的。她问他:"你能记起很久以前的事情吗?小时候的事情。"

"事实上,半年之前的事情我都想不起来了。"戴弗说。

两人一路返回。戴弗送李梓乘城轨到了出口,见李梓解锁了双轮车一路远去,才转身离去。

李梓回到家,穆睿见她被淋湿了,催着她马上洗个热水澡。父女俩吃过晚餐,又一起坐了一会儿,李梓就回房间了。

第二天一早,李梓踏着双轮车到了路边,戴弗已经在昨天的地方等着她了。他穿着一身宽大的双排扣燕尾服套装,脚下还是穿着那双沾满泥的破旧运动鞋,惹得李梓笑出了声:"在哪儿找的这么一身?"戴弗没有理会,他带着她依旧乘坐城轨,里面的人比上一日多了不少,倒也没人注意他们俩。二人一路向博物馆而去。出了城轨出口,透过树林看见不少警察和工作人员在博物馆入口处。

戴弗拉着李梓,从旁边绕了甚远,然后通过一处裸露了一大半的河床,两人踩着凸起的石头过了河。戴弗从一个树洞里掏出一卷绳子,来到博物馆的一处阳台下。他熟练地将绳子的一头抛上阳台,绳子上的钩子钩在了阳台上。突然一个警察瞪着红色的大眼过来了,眼睛很快又变绿后掉头离去。戴弗顺着绳子往上爬,他低头伸手,李梓一手抓住绳子一手抓住他的手,二人手脚并用地上了阳台。他拉开窗户,二人进屋后关好窗。房间里布满了摄像头和传感器,却空无一人——前日的事件后,博物馆还没有开放。"我刚刚把这些监控终端给关了。"戴弗说。

"你也能控制摄像头和传感器吗?"李梓问。

"我没有感觉到它们有想法,但通过它们感觉到了与之连接的警察。要不然,我也没办法在这里安营扎寨了。"

二人穿过几道门,李梓迷失了方向。"你不好奇我要找什么吗?——去到名画展示厅,我就能找到那个地方。"

"冒这么大的险都一定要去的地方,一定值得我为之赴汤蹈火。"

第二章　聚散莫非天注定

他带着李梓来到名画展示厅。

"其实我要找的是一幅奇怪的画。"李梓看见了上方那个贯通屋顶的长廊，二人走了过去。她推开门，二人走进那个破旧的小屋。戴弗说："我熟悉这个博物馆，却没来过这个地方。"

那幅画还在那里。李梓仔细地看画上的海浪、雨雾、白光和船，她隐约看见这些物象背后藏着各种颜色的光点和难以言状的情绪。她拼命地想留住脑海里那稍纵即逝的闪光。她想要知道自己在尝试抓住什么，却不得其解。蹙眉深思良久也不明所以，她拿出带来的相机从各个角度拍了那幅画。戴弗突然说："我记住这幅画了。"李梓也没有别的办法，就和戴弗沿原路出了博物馆。戴弗从博物馆带了一些面包，二人草草吃完后，他执意要送李梓。二人坐着城轨穿过新伦蒂尼姆核心区，来到李梓放双轮车的地方，他才告别离去。

双轮车慢慢往家的方向挨到下午5点才到。穆睿做了李梓喜欢吃的菜，晚餐时，穆睿问起学校的情况，李梓应付了几句，吃完就回房间了。她挂好包，正要摊在床上，突然发现一张字条从包里掉出来，飘飘悠悠地落在地上。那张字条泛黄，上面用黑炭写了一长串数字，后面画了一张脸，隐约是戴弗的样子。这时候，穆睿在门外轻轻敲门。他在门口问："宝贝，我们可以聊一会儿吗？"得到肯定的答复后，他进屋在椅子上坐下来。他问："宝贝，你看起来有些累。有什么要告诉爸爸的吗？"李梓摇摇头。穆睿说："最近有什么不开心的事吗？如果你愿意说，爸爸很愿意听。"

"我不是孩子啦，我都16岁了。"李梓迟疑了一下，决定还是告诉他，"这两天，我并没有去学校。"

"是和那个戴弗·哈利在一起吗？"穆睿似乎并不意外。

"我那天在博物馆看到一幅奇怪的画，画上的景象很像我每次走神的时候看见的情形。这两天我忍不住又回博物馆去仔细看。不过，最近

半年我再也没有这样走过神了。"

穆睿这次显得有些吃惊,道:"外面还很乱啊!你怎么通过那些关卡的?博物馆应该还在闭馆吧?"

李梓给他讲了这两天发生的事。

"戴弗看起来是一个仗义的孩子。可是我查了公民数据库,从公开的信息来看,所有叫戴弗·哈利的都不是这个年轻人。"

"爸爸,谁叫你偷偷查人家的!"李梓埋怨道。

"我们欠着他的人情呢。"穆睿又说了一个让李梓震惊的消息,"另外,我今天下午接到了校长的电话,学校决定终止你的学籍。"他不以为嗔,反而安慰起李梓来:"我一直在考虑学校能给你带来什么,现在我得到答案了。没关系,虽然我们不在学校,但可以学自己想学的,还可以去更多的地方。"

第二天天亮,李梓醒来后觉得头昏脑涨、全身无力。穆睿想着她前两天在外奔波,还淋了雨,一定是受了凉,就盼咐她躺在床上好好休息。

到了下午,李彤打电话过来。她说起这段时间在北美的生活,看起来她正在努力适应。她问起丈夫和女儿的情况,穆睿告诉李彤,女儿前两天受凉感冒了,就不下来和她通话了。他告诉妻子,女儿将不再在学校读书,他会和李梓一起看书,辅导她。李彤一听十分着急,恨不得立刻飞回新伦蒂尼姆。穆睿让她不要担心,他会照顾好、教育好女儿的,女儿不去学校也罢。李彤又反复叮嘱了几句,才结束通话上班去了。

李梓到了傍晚才觉得好了些。她刚下来,同班的刘逸思就带着几个同学过来找她。这些同学都住得不远,他们听说学校取消了她的学籍,放学后就一起过来看她。刘逸思劝她写份深刻的检讨书,他会转交给内维尔老师和校长。再让欧文先生去学校找人说说,说不定李梓还能再回学校呢。大家又说了一些安慰的话,才告辞回去了。

李梓再也不用去学校了。她发现穆睿并不在意,不由得暗自高兴。

父女俩又聊起了博物馆里的古物和艺术品。李梓说起那幅画，不过穆睿没听说过它。也难怪——大一统后，被认定为唯心主义的书籍、靡靡之音、非写实主义的艺术作品被联合政府作为消极因素封禁了。他见女儿有些萎靡，以为是因为学校的事。他告诉李梓："最好的学校在学校之外。我们有充分的时间安排做一些真正有意义的事情了，还能一起学习一些有趣的东西。接下来，我们需要马上去做两件事情：和一位最好的心理咨询师聊一聊，咱俩一起；去和戴弗·哈利聊一聊，我一个人。这位心理咨询师是我的老朋友，住在新伦蒂尼姆城里，容易找到；你知道怎么找到戴弗吗？"

"你找他谈什么呀？我也不知道他的联系方式。他暂时住在博物馆。哦，对了，他还留下了一串数字。"李梓把字条上的数字告诉了穆睿。

穆睿查了那串数字。"不简单，他和亨利八世住在一起？"他说，"这是博物馆库房的电话号码，想必博物馆下班后这电话归他专用。我得找个夜深人静的时候联系他。"

16."净土"倍增计划

弗里德曼和穆睿公开资料后，火星上的"净土"也接收到了信息。"净土"对基地的资料并不陌生，地球磁场异变的信息却令伊万·巴切夫大吃一惊。巴切夫是原火星试验基地的成员，基地撤销后，他留下来继续研究火星地质，成了"净土"最主要的地质专家。

"竟然比火星磁场变化速度还急剧了很多，地球这是有大事要发生啊。"巴切夫看着电脑屏幕上的地球磁场变化曲线，禁不住喃喃自语。地球磁场的极速衰减不同于他所知的历史上的任何一次，他放下骄傲，决定把罗伯特叫来一起分析——那个"万事通"掌握的信息远超数据中心,还精通各种已知的数据分析方法,他或许能提出些看法。

罗伯特如约过来了。他已经知道这些数据,但还没接到做分析的指令。巴切夫问他地球磁场异变会导致什么后果后,他很快就有了判断。

"如果概率百分数精确到小数点后两位的话,地球磁场有74.32%的可能在50年内衰减80%,有87.28%的可能在100年内衰减90%。地球上的大部分空气和水将消失,1000年内,有91.44%的可能性地球上的物种将仅存10%——人类将不在其中。"罗伯特以他一贯的精确到极致的口吻说。

"地球和火星同时出现异常磁变,让我不得不相信其中有关联。是什么原因造成的?令人惭愧的是,作为专业人士,我无法从原有理论里找到这次地球磁变的依据。"

"既知结果,何问缘由?正如我们对火星磁场增强的预测过程一样,基于目前的地球磁变数据足以做出必要的预测了。"

"那不一样,火星在变宜居,而地球正相反。关于地球我们需要知道更多,人类的家园还在那里。"

"人类真奇怪,喜欢刨根问底。我不知道近期地球磁变的原因,但对人类而言,地球消磁和地球毁灭没有什么不同。"

"科学家总是怀着要命的好奇心。如果不知道根本原因,就不知道最终结论,我心里也就不踏实。即使将地球磁变的原因放在一边,既然地球在短时期内消磁是大概率事件,我们就需要重提火星移民计划。听着,我们得争取让舒华兹先生支持这一点。愿意陪我一起去找他吗?"

二人一起来到"净土"总部。其实艾伦·舒华兹已经知道弗里德曼和穆睿公开的信息,正准备找巴切夫,刚好见二人过来,遂一同商讨。舒华兹听完介绍后,秉持了他对罗伯特的一贯信任,对他的预测深信不疑。"危局就是机会,这是一个巨大的商机,大规模商业开发火星的时机已经到来。我们要像初创公司一样再次创业,'净土'必须启动倍增计划，让人们到火星上来永久居住。我们要在10年内让100万人在'净土'安家落户。"舒华兹说。

"100万太少了。虽然10年后地球人口将比现在略少，那也只有不到万分之一人能到火星。从统计学上看，这个比例意义不大。在火星试验基地期间，欧文先生让我做过模拟。从技术上说，火星的极限承载能力达20亿人。目前的瓶颈主要是运载能力不足。"罗伯特说。

"100万确实太少了，少到让人难以忍受。可是又太多了，未来将有堆积如山的非技术障碍在等着我们。想想曾经的'拓荒志愿者'，我们的提议受到了一致的羞辱。除非有意外发生，否则固执的人类不会改变。"巴切夫说。

"不出意外的话，会有意外发生的，因为没有意外是最大的意外。"舒华兹说。

罗伯特侧着头看着舒华兹："究竟你认为有意外还是没意外，舒华兹先生？"

舒华兹哈哈大笑："以后有任何重要发现都要立刻报给我，罗伯特。我们需要马上启动'净土'倍增计划。就10年100万人，不能太贪心。通过前3年运载10万人次使'净土'在倍增项目上开始盈利，后7年扩大规模，形成投资回报的良性循环。10年后再看我们能做什么，人类会做什么。我们要吸取'拓荒志愿者'的经验和教训。罗伯特，你做一个技术方案，需要涵盖运载工具、空间站、火星上的定居点、地球上的发射基地。"

"我明天就可以做好。但不会包括成本信息。"罗伯特说。

"当然，非技术方面我会考虑。如有必要，不排除未来按商业需要调整技术方案的可能。"舒华兹说。

巴切夫担心地说："非公营公司已经所剩无几，'净土'在地球上只剩下苏格兰发射基地了。我们还能扩建发射基地吗？要运送这么多人

和物资，地球上的发射基地至关重要。"

舒华兹信心十足："我们从政府手里买地建发射基地让他们赚了大钱。他们与其收回这些鸟不拉屎的地方，不如靠它们继续挣钱。我们还可以在其他诸如澳洲腹地、盐滩、利雅得等地方再建发射基地。罗伯特，在技术方案里要选择不毛之地。"舒华兹继续跟巴切夫解释道："再说，我们在火星上耕耘了这么些年，最大的绕地空间站也属于我们，我们有谈判筹码。"

"另外，我们现在的人手还不够，特别是专家远远不足。"巴切夫说。

"我们会增订大量的机器人，它们成本低、守纪律、效率高。"他歉然地看了一眼罗伯特，虽然对方并没有尴尬的感觉，"当然罗伯特是独一无二的，我需要罗伯特在身边。我还会去找一些帮手——我是说一些专业人员，帮我们突破科学壁垒和技术壁垒。"舒华兹补充道。

17. 激 流

穆睿看了一眼副驾驶座上面色苍白的戴弗·哈利，心里满是怜悯。这是穆睿第二次见他，他们俩刚刚结束在餐厅的会面，正一起驱车前往穆睿家。

刚才在餐厅里，穆睿发现这个失忆的年轻人质朴而不谙世事。戴弗无论怎么努力回忆，也想不起自己的童年和父母了。但这个少年依然知道关心刚经历危险的穆睿和李梓，甚至还操心骚乱中不相干的伤残者，却对自己的孤苦伶仃毫不在意。二人在餐厅里正谈着，戴弗突然紧闭双唇，随即全身抽搐，很快昏迷了。穆睿连忙急救，所幸戴弗很快醒来了。穆睿见到他醒来后虚弱的样子，更是同情。戴弗坚决不让穆睿送他去医院，他说自己以前也昏迷过几次，每次都无大碍。

第二章　聚散莫非天注定

　　穆睿想到他无家可归，而且李彤出差后空出来一个房间，就让他到自己家暂住。戴弗爽快地答应了。住了几天后，他发现附近有不少空出来的高脚屋，他喜欢自由自在，就选了一间。穆睿也遂他的意，还送给他一顶帐篷，他稍作收拾后就搬了过去。

　　李梓退学后，穆睿时常和她谈起古典文学，或者一起讨论数学，有时候也给她科普物理学。李梓感觉和在学校时大为不同，这种轻松自由的环境反而激发了她的学习兴趣，与之前相比，她有更多的时间在知识的海洋里畅游。

　　父女俩讨论时，戴弗有时候也在旁边。让人难以置信的是他进步神速，一段时间之后，他竟也能加入讨论，从此次次不落。

　　李梓还在不时回味那幅画。戴弗用当初拍下的照片在电脑里复原了那幅画。他还找了一块帆布，在上面用喷墨打印了那幅画。李梓见后十分满意，她调皮地让戴弗在画的背面角落处签上了他名字的缩写。二人又偷偷回到博物馆再一次看了那幅画，他们的复制品竟然分毫不差。他们俩搜遍网络寻找那幅画的信息，在公开的数据库里却一无所获。后来戴弗在政府的"人类人文艺术合集"大数据里，找到一个隐藏的数据库，名曰"违禁传播品"。他竟然攻破了这个数据库的密码系统，找到了这幅画。他们俩将这幅画的作者、关于它的传说等信息查了个遍，还拷贝到自己的数据终端里。

　　戴弗又经历了几次短暂的昏迷。后来穆睿硬拉着他去了医院。由于他没有身份识别码，穆睿找了一个熟人给他做了检查。结果发现戴弗骨龄18岁，虽然部分体征参数说明他营养稍嫌不足，但身体机能尚属正常，运动肌肉甚至较同龄人更强健。对戴弗的脑部进行扫描后，发现他似乎遭受过重创，甚至可能经历过脑死亡。更令大家震惊的是，他的后脑头骨外贴了一片矩形材料。经过简单的手术取出来一看，竟然是一枚极薄的柔性芯片。穆睿找人一分析，是一枚通信和控制芯片。

戴弗也完全没有预料到这个检查结果。所幸的是，取出芯片后他再也没有昏迷过。三人更频繁地聊物理问题，戴弗的思维方式犹如天马行空，他惊人的想象力常常令穆睿赞叹。戴弗也常和李梓泡在信息网络里，或者听她讲小时候的事情。不过，他依然想不起以前的事。

　　转眼又到了秋天。一个下午，李梓正在家里闷坐着，戴弗敲门进来了。他拿着一个木框，木框里裱了一张浅黄的绢布，上面画着一个少女：一头齐肩的黑发，微圆的脸，长长的睫毛，大大的眼睛。绢布上还镶上了几片黄色的、红色的、褐色的树叶，还有星星点点的小花。直到他说"生日快乐"，李梓才想起第二天就是自己的17岁生日了。想不到他还有如此细腻的一面。她接过来一看，不禁惊喜万分，那少女竟和自己十分神似。

　　二人正谈笑，有人来找李梓，戴弗就回高脚屋去了。

　　来访的人是李梓原来的同班同学刘逸思。他性格积极活泼，常常在课余时间参加各种社会活动。他告诉李梓，他参加了一个叫英格兰新希望的青少年组织，这个组织有远大的抱负，追求纯洁的思想。该组织团结而有纪律。他们计划，通过勇敢的努力反对文化颠覆，重扬英格兰精神。好几个表现好的同学都参加了。刘逸思说李梓虽然已经不在学校了，但同学们还是很想念她。他鼓励李梓多接触社会，也应该参加一些有益的社会活动。他说自己可以作为李梓的引荐人介绍她加入英格兰新希望。李梓听完后依然保持沉默，他见李梓没有应承，就让她先参加第二天在核心区的一个宣传活动。"这个盛大的活动将广受关注，你应该去体验一下。而且，你还可以见到老同学，认识很多新朋友。"他说。

　　李梓告诉刘逸思，自己最近挺忙的，就不打算参加了。刘逸思没有让心里的失望表现出来，他依然热情地鼓励李梓，说大家都没有忘了她，只要她需要帮助，就尽管给他说。说完后刘逸思就告辞了。

第二章　聚散莫非天注定

第二天是星期天，刘逸思早早地起了床。他将满满一袋扩音器装进包里，再把一大沓小旗扎成一捆。他不由得凝视小旗：一只雄狮迈着正步威风凛凛地直视前方。他的心跳加快了起来。他背上扩音器和旗帜，来到社区的小广场上。

刘逸思努力使自己平静下来。同学们陆续到来，大家已经按照事前的约定带上了横幅等物件，他们自觉地在刘逸思面前排成队。一个同学的背包里露出了一张面具，刘逸思连忙说道："大家把面具收回去。我们的游行是公开的，得到了政府的批准。各进步组织和社会各界人士也将参加。我们英格兰新希望好不容易才得到机会参加这次伟大的运动，我们要展现组织的风采和当代年轻人追求进步的面貌。我们是民族的希望，是未来的主人。我们的活动将是积极而和平的。我们有昂扬的斗志，大家要高喊我们的口号。现在，让我们的声音传遍英格兰！"

"前进吧，英格兰！前进吧，新世界！"

"前进吧，英格兰！前进吧，新世界！"

年轻人热血澎湃，一路高歌着往新伦蒂尼姆进发。刚到核心区，他们的小小队伍就好像小溪汇入了大海。游行的洪流滚滚，他们甚至没有办法找到英格兰新希望的其他成员一起会合。一队队的人喊着口号，挥舞着各色旗帜，缓缓地朝联合政府广场进发。

压抑已久的人们纷纷拿出移动终端记录这一壮观的时刻。记者们在街道各处如饥似渴地抓着人采访。在政府宣布英格兰自治联合会为非法组织并加强舆论监管以来，各媒体被管得规规矩矩。这次政府不仅破天荒地批准了游行，还开放了媒体的采访，各家新闻单位都铆足了劲，要将这一重大活动的每个细节都告诉全世界。一排排机械警察瞪着蓝色的眼睛，随着人群有秩序地行进。

同一个时刻，在新伦蒂尼姆的西郊那一堵高高的迷彩墙后面，有一

大片土色建筑，这片建筑连成一个整体，几乎看不到一扇门。这是大英人工智能集团的秘密基地，贾斯汀·亨特的办公室就在其中。

他的办公室只有他自己能进来。他通过办公室里的三个监视屏幕掌控外面的一切。

侧面墙上的屏幕显示的是普通机器人的生产现场。在这个车间里，生产线机器人将器件从仓库领出来放上自动导轨，经过插装后就变成插满器件的电路主板了。这些电路板依次排成长排，测试工位上的机器人将电路板连上电脑，看到电脑屏幕上出现绿色的"PASS"字样，工位上的机器人的眼睛由蓝变绿，电路板就流到下一个工序。而在装配线上，一长条钢梁上长满了机械臂，一个个机器人在旁监视着，以确保电路主板、金属躯体和线缆在机械臂的操作下，准确无误地变成它们的同类。装配好以后的机器人站成整整齐齐的一排，导轨将它们依次运到智能软件烧录工位上，工作人员——实实在在的人而不是机器人——将软件通过机器人的数据接口烧录进去。为了确保产品安全，工作人员没有采用批处理的方式进行烧录。在最后的品检工序中，只要机器人能说出当时的天气，计算一个积分运算，再跳一段英式王宫卫兵舞，一个合格的机器人就算是完成了。工作人员会在这些成品机器人中选择少部分进入生产线，制造它们的同类。大部分机器人则会被关掉主芯片，仅运行协处理器，进入省电的睡眠模式，堆放在仓库直到被调用。

正面墙上的屏幕显示的则是另一个车间的生产现场。这个车间刚刚装饰一新，整个车间被厚厚的金属包围起来，只有一道钛合金门和几条管线连通外部空间。这是有机体人形机器人的生产车间。

在亨特的桌面上电脑则正在直播新伦蒂尼姆核心区。此时他正紧张地看着发生在那里的游行。看到游行队伍充满联合政府广场，他拿起电话讲："继续部署人形机器人，在核心区的外围也要部署。"很快，他的监控屏幕上出现了大量的人形机器人，"他们"一队队地通过了几道门,穿上了形式各异的衣服,其中有部分拿起了"英格兰自治联合会""侵略者滚出去!"等横幅,然后穿过迷彩墙和铁栅栏,上了大客车,往市区驶去。

而在游行中的刘逸思这边,他们几人快中午时才随着队伍到了联合政府广场。停下来后,大家依然激动地喊着口号、挥舞着旗帜。渐渐地,口号声小了下来,一些疲惫的人开始坐下来。到后来广场上满满一地的人,大家或者围成圈,或者干脆躺下来,三三两两地说玩笑话。刘逸思依然不知疲倦地站着给大家打气。

突然,广场边的几个街道口骚动起来。刘逸思一看,每个入口都出现了新的人群。人们目不斜视,手里举着"英格兰自治联合会"的煽动性标语,整整齐齐地往广场进发。广场上有人大喊:"严禁非法组织混入队伍!""快清场!"

新出现的人群面无表情地继续推进。渐渐地,人群的人数变多了,很多本来隐藏了身份的英格兰自治联合会成员索性公开加入了他们。越来越多的人为英格兰自治而呐喊,他们涕泗横流地谴责政府和其帮凶压迫他们的民族。而他们中间的那些排得整整齐齐的人依然面无表情,与他们形成鲜明的对比。

亨特看到他的人形机器人带领着游行队伍流动到了核心区,并势不可当地覆盖了联合政府广场和大街。人群好像数万蚂蚁围着几只蛆虫似的围着政府大楼。各处开始出现严重的推搡。他再次拿起电话吩咐:"该我们的警察上场了。"

各个街头突然出现了大量的机械警察,它们眼冒红光,手持电鞭,朝着英格兰自治联合会所在的人群劈头盖脸地打了下去。人群中惨叫声连连,不断有人倒地,唯有人群最中间的那些排列整整齐齐的人,虽然都挂了彩,有人甚至皮开肉绽,却依然屹立不动。

人们拿起手中的旗杆、话筒之类充当临时武器，纷纷回击警察，但无异于以卵击石。原来的那些蓝眼睛的警察也红了眼，和人群混战起来。

刘逸思惊呆了，他反应过来后高喊道："反对暴力！反对武装镇压！"他很快拉起身边的几个人组织起一道人墙，试图拦在警察和人群之间，却被迅速冲散了。突然，几声刺耳的声音传来："啪！啪！啪！"

人们很久才反应过来，这是枪声。在国家和战争消失后，所有的问题都变成了内部问题，军队和枪支也被取缔了。原先大家只在电影里看见过那些杀人工具，现在他们看见一个警察朝天举着那玩意儿——货真价实的枪，在鸣枪示警。人群先是迅速安静下来，像冰里冻住的密密麻麻的小游虫；突又四散奔走，像被鲨鱼追逐的沙丁鱼群。枪声继续响起，人群中不时有人中弹倒下，更有不少人被人流挤倒，只能任由无数脚在身上踩踏。

刘逸思赶忙找到几个同学。他们奋力溜到人行道的墙边，用目光搜寻尚未找到的其他几个伙伴。令人着急的是，直到一个警察红着眼朝刘逸思走来，也没发现其他同学的影子。他们迅速转到后巷，一路循着偏径僻巷回了家。刘逸思只觉得后背火辣辣的，一摸，才发现背上有一道长长的鞭痕。

警察们逐渐离开广场来到后巷，他们恢复了蓝眼睛的状态，然后通过城轨入口和公交站往四面八方撤离了。留下来的警察不知所措，他们的眼睛蓝了又红，红了又蓝。人群乘机也四散跑了。

天已经黑了。人形机器人和假冒的机械警察趁着夜色悄悄回到迷彩墙内。亨特在监控室里拿起电话命令道："报告损失情况。"

"所有的机器人都已归位。有51个人形机器人受了外伤；1个人形机器人被流弹击中，肺部穿孔；12个普通机器人的结构受到损伤。但都不是大问题，很快就可以修复。而且，即使是受伤的人形机器人也感觉

第二章 聚散莫非天注定

不到痛苦。"道格面面俱到地说。

"大家都干得不错。这是一次伟大的胜利,我们用极小的代价唤醒了民众意识。英格兰的自治离不开民众的支持。不仅是英格兰的民众,我们还要争取更多民众的同情。"亨特说。

约翰·泰勒多次拨打唐纳德·麦卡锡的电话。他想问对方,这次灾难是否也是他麦卡锡导演的。对方始终拒绝接听,没有给他发泄怒火的机会。他立即从通信簿里删掉了麦卡锡的电话号码。第二天打开电视一看,新闻里的民众纷纷谴责警察的暴力行径,很多胆子大的人对英格兰自治联合会表示了支持。不料麦卡锡随后出现在采访镜头前,他对着记者猛烈抨击联合政府,说政府将枪口对准普通民众,不仅反人民、反民主,也是对各院的蔑视。麦卡锡还说此次大规模街头暴力必是幕后势力煽动和策划的,思想院定会揪出元凶,给民众一个交代。看到这一幕,泰勒差点将刚刚喝下的牛奶吐了出来,他大骂着关掉了电视。

在信息安全警察局里,局长布朗郁闷地结束了与新伦蒂尼姆警察厅厅长的电话。他的耳膜还在嗡嗡作响。幸好他的这个上司接到另一个紧急电话,匆匆终止了在电话那头的咆哮,才不至于让他耳膜破裂。布朗也觉得十分蹊跷,作为首府信息安全警察局局长的他也不知道从哪里冒出来那么多机械警察,远程操控也完全失效,甚至还有警察开了枪,酿成大规模流血事件。警察厅厅长一定还会令他再汇报,厅长也一定要向政府甚至各院的头头们通报这次事件。布朗一想到这个就头痛无奈,实在是毫无头绪。他不由得想,不知道是政府里的谁批准了这次愚蠢的游行,一定是位高权重的人,一般人做不了这个主,要怪就得怪他们。他突然看见迈尔斯还在座位上,就问迈尔斯可有查到些线索。迈尔斯说暂时还没有头绪。布朗更是恼火万分。

18. 覆　巢

公共安全事件连续出现后，穆睿再三叮嘱李梓和戴弗不要擅自去城里。又一个秋夜，李梓吃过晚餐后出门去找戴弗。穆睿正在书房，突然瞥见一个人从窗外匆匆经过，旋即听到敲门声。穆睿开门一看，是一个戴着低檐帽和深色眼镜的年轻男子。再仔细一看，是迈尔斯·弗里德曼——列夫·弗里德曼的儿子。穆睿看着他长大，却没见过他戴过帽子和眼镜，他也从来没有单独来找过穆睿。

穆睿关上了门问："出什么事了吗？你爸爸呢？"两天前的流血事件后，穆睿还和列夫·弗里德曼通过话，迈尔斯突然独自过来让他很惊讶。

迈尔斯说："父亲被带走了。说是要接受调查。"

"凭什么？以什么理由？我了解列夫，他清清白白。我们前天刚通过话，我们还打算一起签署反对暴力的联合声明！"穆睿激愤地说。

"警察部门要调查这次暴力事件的操纵者。他们怀疑父亲曾在幕后指使。"迈尔斯说。

"这是污蔑！他们编造了什么证据？我可以做证列夫是无辜的。"

"这就是我来这儿的原因。政府安全部门声称父亲早有前科，说他违规公开了'拓荒志愿者'的资料。他们还指控父亲擅自编造地磁异变信息，制造恐慌。最关键的是，思想院还责成他们调查父亲和非法组织'英格兰自治联合会'的关系。他们甚至使用了150多年前在东欧流行的肃反调查手法。"迈尔斯停下来喘了几口气，"父亲在被带走前偷偷地发信息叮嘱我，让我转告你一定不要插手这次调查，否则将给你带来危险。他让你一定要注意安全，最好离开这里，去别的地方。"

穆睿对受思想院干预的调查手段早有耳闻。他深恨自己不认识什么人，也想不出任何办法帮弗里德曼。他悲愤地说："我们到底是生活在民主的时代，还是生活在希姆莱和贝利亚的时代？！这还是那个法治的联合政府吗?!'拓荒志愿者'从来都不是政治组织。清者自清,无辜者何须生活在恐惧中!"

"政府自己都迷失了。他们陷入了'一管就僵''一放就乱'的困惑中。世界对他们而言太大了,他们连新伦蒂尼姆都管不过来。星期天出现那么多的警察,还开了枪,政府自己都没有预料到。他们不知道是谁在背后,也不知道什么时候出现下一次事件。现在他们乱了方寸。星期天晚上我们接到新伦蒂尼姆警察厅的命令,让我们限期调查。昨天我们信息安全警察局又临时关掉了我的账号,只是因为我父亲在接受调查。"迈尔斯说。

迈尔斯递给穆睿一张字条,上面有弗里德曼手写的字:"兹证明:公开'拓荒志愿者'资料和地球磁场异变信息实属本人的独自决定和个人行为,与其他任何人无关。特此申明。"后面附有日期和弗里德曼的签名。

迈尔斯说完就要离开,问道:"我还要去一些地方。你知道丹·贝克住哪儿吗?"

穆睿知道他还要通知其他的人,就把丹·贝克的地址告诉了他,叮嘱道:"现在新伦蒂尼姆戒严,要注意保护自己。"

"请放心,我知道怎样避开他们。保重,欧文先生。"迈尔斯说完就急急忙忙地走了。

迈尔斯又去了丹·贝克的住所,匆匆见面后就马上离开了。丹·贝克听闻此信,想到联系政府高官约翰逊,虽然相识未深,但事关列夫·弗里德曼的安全和自己前工作单位的名誉,他立即拨通了约翰逊的电话。听完丹·贝克的请求后,约翰逊无奈地说,政府安全部门在思想院的严密监督下全权负责调查处理周日的流血冲突,自己不可能插得上手。丹·贝克接着又找了贾斯汀·亨特。

"列夫·弗里德曼?我听说过他。他离开科技界有些年了吧?我也

很少和政府打交道。不过别担心，丹，你是安全的，如果有人针对你，我付出一切代价都要确保你的安全。"亨特说。

迈尔斯离开一会儿后，穆睿又接到了他的电话。他说他正在一个废弃的仓库里躲避警察追逐，因为警察正通过家人和所有相关人员做调查。他让穆睿不要再联系自己，并叮嘱他删除所有的通信和通话记录。

结束通话后，穆睿刚刚处理完通信和通话记录，李梓回家了。穆睿拉着她坐下来："宝贝，你是大孩子了——甚至是个大人了，虽然从心里我不愿意承认。还记得吗？我们去找过我的朋友，那个心理咨询师。他说过，也许你应该去找那个总出现在你梦境里的地方。既然它那么真实又总是出现，一定是有原因的。你去找到那个原因。"

穆睿的严肃让李梓不安。她问："为什么跟我说这个，爸爸？"

"我可能会离开一段时间。在这段时间里，你可以外出走走，只要不去城里。"

"你要去哪里，去多久啊？为什么要去啊，爸爸？"李梓一连串地问。

"我不知道去多久，也许几天，也许更长一些，但我一定会回来的。"

李梓感觉有些不妙："会有危险吗？我也要陪着你一起去！"她快哭出来了。

"不！我决不会让你一起去！你跟着去只会添乱！"穆睿怒气冲冲地说。这还是他第一次冲李梓发这么大的火。李梓哭出了声，但不是因为父亲发了火。穆睿连忙低声安慰道："宝贝，只要你安全，我就放心了。爸爸向你承诺，我会回来的。"

他见李梓低着头沉默，就对她说："走，宝贝，我们出去散一散步。你带我去戴弗的高脚屋。"

李梓没有心情散步。她不知道父亲去戴弗那儿干啥，但还是出了后门，带着他去了高脚屋。戴弗一见穆睿，顿时手足无措起来。他一面慌

第二章 聚散莫非天注定

乱地收拾屋子，一面尝试找水杯。穆睿笑着说："看起来不错，有马来民居的质朴气息。不用招待我们了，戴弗。孩子，这附近还有什么高脚屋可以收拾成这样？"

"大部分都快垮塌了。倒是有几处，还比较结实，或许可以收拾出来。请问你需要这些高脚屋干什么？"戴弗问。

"一处就可以了，要离这里不太远的地方。"穆睿答非所问地说。"戴弗，带上打扫和除尘的工具，还有蜡烛，带我们俩过去。"他吩咐道。

戴弗带着他们俩去了几处。到了其中一处高脚屋，有一棵大树在前面，穆睿率先钻了进去。一股腐殖质的味道扑鼻而来，穆睿打开移动终端的手电筒，看到高脚屋里面结满了蜘蛛网。他透过屋缝仔细地往外看了看，远远地能看见自己家的灯光，也能看见旁边戴弗的高脚屋里的烛光。他似乎很满意。他点上蜡烛，吩咐道："来，我们收拾一下，从明天开始，李梓要搬到这里来暂住。"戴弗猜想可能是因为李梓总在一个地方住有些厌了，想换换环境也有新鲜感。可一看她眼睛红红的，不太高兴的样子。戴弗狐疑不定，但还是快手快脚地和穆睿一起收拾起来。收拾到一半，穆睿说："你们俩继续收拾。我有事情要马上办，但很快就会回到这里。"

穆睿出了高脚屋，借着新月的微光找到一个干涸的地方过了河。他来到兰德家，向兰德夫妇说明了原委。他们俩一听急得不得了。兰德说："即使是政府，我也不信，我就信你！欧文先生，我组织两岸的居民保护你！"穆睿好一阵劝说，兰德才冷静下来，想到这不是个办法。他说："欧文先生，城里风声紧，要不你到乡下去躲躲？"

"我的目标太大，躲避反而授人以柄。我从不参与政治，我会据理力争，相信他们不能把我怎样。我放心不下的是李梓，他们现在不放过家属，往往想尽办法将孩子作为突破口，恨不得掘地三尺找出蛛丝马迹。"

"那让她过来和我一起住，这儿地方虽小点儿，但我们一定会照顾

103

好她。"兰德太太说。

"谢谢你。不过这外面人多眼杂，怕是不妥。"穆睿说。兰德夫妇意识到穆睿说得有道理。他们周围住了不少人，其中绝大部分都敬重兰德和穆睿，但也有少部分人对半途而废的"田园公社"依然耿耿于怀。

穆睿说："李梓暂时不能住家里了。我们正在收拾一个高脚屋，有一个不错的年轻人住得不远，会照顾她。他们还都太年轻，我也需要二位帮忙照看他们一下。明早我就带这个年轻人过来见你们俩。"

兰德夫妇满口应承。穆睿未多逗留，他返回高脚屋时，见李梓和戴弗二人已经差不多收拾停当。穆睿和李梓又返回家里，拿了一顶帐篷和她的日常用品到高脚屋里。

当晚李梓还是在家就寝。她又失眠了，就睡了一会儿，醒来时，天已经微亮了。她下楼一看，穆睿并不在家。她正要打电话给他，他却从外推门进来。穆睿递给李梓一个移动终端和一根棍子说："你今早就去那边，早餐也在那边吃。我留了300元世界银行币在那儿。宝贝，你随身带上这个移动终端，我做了防监听锁。记住，不要接任何陌生人的电话，也不要打电话给我们。爸爸和妈妈会联系你的。还有这个，一根自制的电棍。开关在这儿，紧急的时候才使用。"他见李梓泪流满面，忙补充道："当然，有可能你根本就用不着它。"

穆睿继续说道："别担心，宝贝。我已经和你妈妈说了，她马上就会回来。在她到家之前，你不能让人发现。戴弗和兰德夫妇会照顾你。"

正说着，他从前窗看见一队穿制服的警察——一队真人警察快速走过来。穆睿推着李梓往后门而去："快去高脚屋，宝贝！"

李梓忍住不哭出声。她快速跑向她的高脚屋，戴弗已经在那里了。他把李梓圈在怀里，抓着她的手，拍着她的背，用胸口堵住她的嘴免得她哭出声来。家已被警察包围，穆睿很平静，倒是闻讯赶来的兰德等人很生气。警察还欲四处搜查，河两岸的人闻讯赶来，兰德等一众人百般

第二章 聚散莫非天注定

抗议后警察才作罢。戴弗轻轻地拥着李梓进到屋里，直到警察带着穆睿远去才放开她。

到了下午，警察又反身到穆睿的家中翻看，还在附近搜查。所幸政府没派高效的机械警察来——大概他们还没恢复对机械警察的信心，两岸的人这才得以借机阻挠。李梓一直待在高脚屋内，戴弗陪着她度过了煎熬的白天。傍晚，兰德太太带着食物摸黑过来，戴弗离开后，她还留下来陪住了一整晚。接下来的几天，兰德太太每个晚上都过来陪伴李梓。戴弗更是时时穿过隐蔽的树丛，从他的小屋来到李梓的高脚屋里，陪她说笑。

李梓焦急地等着穆睿的消息，无奈怎么等都等不到。兰德天天出门去打听，也得不到一点音信。

世界之都戒严后，所有出入英伦的交通都暂停了，李彤根本就没办法到达新伦蒂尼姆。她向宣传署的同事打探穆睿调查案的进展，人人都说不知情。无奈的她只能在下午时分，女儿这边夜里时，给李梓打电话安慰她。

在一个雾霭沉沉的傍晚，兰德太太还没过来，李梓正和戴弗在高脚屋里闷坐着。突然兰德匆匆赶来，他顾不上敲门，直接推门而入。原来警察正在他家找李梓，兰德太太正和他们周旋。警察没有找到李梓，就向邻居探问戴弗的居住地。刚才兰德回家时远远看见情况不妙，没进家门就直接赶了过来，他让二人赶快离开。

二人大惊，连忙背上早已备好的背包，乘着夜色，在兰德的掩护下出了门。听到那些警察的声音正由远而近传来，李梓一筹莫展。她突然想起穆睿叮嘱过，不要往城里走，就循路往南去。二人关闭了车灯，双轮车在崎岖小路上疾行。李梓并没有告诉双轮车目的地，只是让它一路向南而且不走大路。四处一片漆黑，只有偶尔从建筑里透出来的灯光。疾风从身边吹过，将李梓的头发飘起来，拂过戴弗的脸颊，让他感觉到

了双轮车在带着他们飞驰。

　　他们不知道要去哪里。李梓结束了几天足不出户、惴惴不安的日子，前方是更深的迷雾，可她竟然有一种莫名的解脱感。她努力让自己什么都不想，至少在现在。二人任由双轮车在黑夜里疾驰。

　　前方隐约出现蓝色的光点。那光点很快变成两个，等到二人发现那是一个机械警察时，已经无法摆脱它了。二人没有想到在远郊还有机械警察——自从机械警察失控导致流血事件后，新伦蒂尼姆城里的机械警察都被暂时停用了。事实上，这几天来搜查穆睿和李梓的都是真人警察。李梓只得令双轮车掉头，但那个机械警察迅速趋近，双眼迅速变红——它没有查到这个男子的身份识别码，而这个女孩也很可疑。它拽住戴弗的衣服，二人迅速跌落在地上，双轮车翻滚着向前一段才停了下来。

　　机械警察将戴弗死死地踩在地上，它头上的灯光照着戴弗。虽然隔着衣服，戴弗依然被压得生疼，他的脸扭曲着贴在地上，嘴里吃力地叫李梓"快跑"。李梓强忍着痛坐起来，她突然碰到背包里的那根电棍。她抽出电棍，站起身朝机械警察的头部点过去。一道蓝色的电弧连着电棍和警察，随即将警察和李梓朝相反的方向双双推倒出去。警察的红色眼睛迅速暗下来，它体内发出金属的咔嗒声，一阵塑料烧焦的气味传出来。李梓也被高压电震得发蒙，戴弗趁警察还在重启，挣扎着起身扶起李梓。二人注意到南边还有几个蓝色的光点在远处游动，赶忙踏上双轮车，让它以最大动力掉头往北而去。等蓝色光点消失后，他们俩才停下来。二人这才感觉到痛，一看，李梓的胳膊肿了，戴弗的膝盖被擦破了皮。二人默默地坐在路边歇息了一会儿。戴弗打破沉默说："我们去人多的地方吧。我想到一个地方，我们在那儿没那么引人注意。"

　　李梓不确定那是不是一个好主意："如果去城里，我们还要躲避真人警察。而且，你没法控制机械警察了，机械警察今天攻击了你呢。"

　　"我现在完全感觉不到机械警察了，几个月前从医院回来后，我就感觉不到了。但我们要去的地方,不是新伦蒂尼姆,更不是核心区,而是伦敦。"戴弗说。

19. 高墙以内

李梓如梦初醒,顿时觉得这是一个好主意。原来在全球统一之后,世界各地的人纷至沓来,不堪重负的伦敦盛极而衰,其中心甚至成了贫民区。联合政府颇有远见地在毗邻伦敦的西边兴建了世界的首府——新伦蒂尼姆。在旧伦敦城不再安全后,政府无力治理那里的大量盲流,就修了一圈高墙,将原伦敦的中心区围起来。李梓也知道,高墙内是一个没人管的世界。而且,那也是画家特纳长大的地方,说不定还留下了一些蛛丝马迹,能揭开小时候那个神秘的梦之谜。"只是,要怎样翻过那堵高墙?"她问。

戴弗说:"高墙有几道单向门,只能进不能出。虽然我没进去过,但去过墙边。那里的警察不太管进去的人。"不仅如此,他们俩不知道的是,因为遣返成本过高,联合政府还将一部分无居留权的人也驱逐至墙内了。

必须绕开新伦蒂尼姆和警察,不能走最近的路。二人商量了一个路径。李梓设定好路线后,双轮车一路向东。车行驶了半晌,北边出现一长条贴着地平线的微亮光带,映在空中,和低矮的云雾相连,似是而非,一片朦胧,李梓打开双轮车显示屏,屏幕提示那儿就是旧伦敦的中心。李梓不由得想,那一片光的下面就是妈妈再三叮嘱不能去的危险地方。在很久之前,那里曾是怎样一个辉煌的世界啊!在光带的西边,一束光柱清晰地从地面拔起,却穿入云中失去了轮廓,那是新伦蒂尼姆核心区。

方舟

待左边的光柱在侧后方变得更小，双轮车转弯向北，朝着那片光带驶去。渐渐地，路面亮起来，残旧的建筑中发出的灯光照着偶尔路过的行人。二人看见了那道高墙，李梓关闭了双轮车，将它藏在一个桥柱的旁边。他们俩背上背包，戴上连衣帽，朝高墙走过去。路上的行人逐渐增多，十字路口开始出现真人警察。李梓随着戴弗往前走，目不斜视。突然戴弗停下了脚步，李梓抬头一看，那堵墙就横在眼前，高得似乎要倒下来。墙上有一道狭窄的小门，几个警察在仔细盘问每个过往的人，却没人进墙内。戴弗大失所望地说："以前这儿没这么多警察。"

这里原本是两个世界泾渭分明的分隔线，谁也不愿意在这里徘徊，生怕一不留神就堕入黑暗世界永远无法回头。可是，现在墙边却出现了不少心事重重的人。在这个单向通道边，竟然少见地部署了这么多警察。

二人只能向右，与高墙保持一定距离继续行进。他们俩又看见高墙上的几个通道，也都有警察把关。灯光在身后渐渐远去，左边的高墙黑漆漆的。二人漫无目的地往前走，只想远离城市。终于，李梓实在走不动了。戴弗在几棵树的间隙中找到一块隐蔽又稍微干净的空地，然后从背包里拿出两顶帐篷搭了起来。李梓困极了，她钻进帐篷，拉上入口的拉链。戴弗将自己的帐篷调整了一下方向，将入口对着外面的路。他留着开口，脸冲着那个方向屈身躺下。李梓又打开了她的帐篷入口说道："我先睡着后，你才能睡。"复又拉上。戴弗出了帐篷，又稍稍调整了一下帐篷的位置，进去躺下后，能同时看见道路和李梓的帐篷。他听到李梓在隔壁辗转反侧，就轻声对她说："我还不困。你放心睡吧。"

李梓全身酸软，很快就和衣而卧。不知过了多久，她听到一阵隆隆声。一束可怕的灯光照着自己，她扭头躲开，却看见一排囚车开过。定睛一看，母亲李彤被关在一辆囚车里，聚光灯照在她脸上，她通红的双眼下挂着泪水，她双手抓住铁栅栏，绝望地看着车外。过了一会儿，另一辆囚车经过，父亲穆睿坐在里面，他木然地低着头，全然不管车外发生的一切。李梓使劲叫着妈妈、爸爸，却怎么也叫不出声。突然，她看见戴弗从树丛中钻出来，他快速地奔向囚车，却还没靠近就被发现了，被反剪着双手押上了车。李梓火急，她也起身追囚车，却一脚踢到了帐篷的架子上。睁眼一看，一轮圆月终于挣破了黑夜，从西边厚厚的云层缝隙里露出来了。微弱的月光从帐篷的塑胶顶透进来，照着她的脸。李梓正要挪走被眼泪打湿的背包，却听到戴弗在帐篷外轻声叫："李梓，醒一醒。"

李梓擦掉脸上的泪水，问道："怎么啦？"

戴弗贴着她的帐篷说："我们现在进墙里。快收拾东西。"

李梓探出头一看，另外一顶帐篷已经不见了，戴弗拎着背包站在旁边看着路的方向，路上一长串集装箱车停在那里。

"我们跟着这些车混进去。"戴弗说，"他们只检查货物，我们趴在集装箱顶上进去。"

李梓发怔。戴弗伸手拉她出来，然后收好了帐篷装进包里。他拉着李梓的手来到路边的一棵树旁。那棵树斜斜地伸着粗大的树干，延伸的树杈横跨在路的上方。二人像在博物馆初识时一样相互牵扶，偷偷地通过那棵树爬上了一辆集装箱车。他们俩趴在集装箱上面一动不动。前后的车辆紧紧挨着，车队像蜿蜒的长蛇。车辆隔一会儿依次向前移动一下，朝高墙门洞方向开去。门洞口站了几个警察在查车，查验过后车辆才能往墙内开。

二人的身体被自己的体重压得有些疼，但丝毫不敢移动。好不容易等到身下的车来到门洞前，李梓努力平息自己的喘气，她听到司机开车门和开集装箱的声音。一个声音沙哑的人说道："放心，这都是公民院提供给墙内的生活物资。没居留权的人也要吃饭穿衣呀。都是受雇于政府，干吗半夜查来查去，偷偷摸摸的，跟做贼似的？"

方舟

"这些东西卖得比外面贵得多,钱进了谁的腰包?别以为我不知道。再说,我也得防着有人浑水摸鱼。"另一个声音尖厉的人说。

李梓心里打鼓。声音沙哑的人说:"我们不是第一次打交道了。谁都清楚为什么这么多警察争着要到这里来查车!我知道你们警察是怎样检查的。咱照老规矩,这个数,你拿走。"

半分钟安静后,那个声音尖厉的人不耐烦地说:"都是为政府工作的,说得谁比谁高尚似的。过吧!"

集装箱门和车门依次关上后,车向前开进了门洞。李梓看到门洞和张开的铁门逐渐远去,才松了一口气。月光下,墙内灰白的低矮建筑密密麻麻的,偶尔有灯光。车开了一会儿,过了一座旧桥①,向右拐后很快停了下来。前面一座古老的三面建筑,建筑的墙极其斑驳,底部使用粗面石砌墙面,而上两层则使用了通层的巨柱装饰。车排队停在建筑前面的广场上,依次进场卸货。戴弗用手指了指前面车旁的一处雕塑,向李梓示意他们可以从雕塑那里下来。李梓一看,雕塑平台上立着一个断了一条胳膊的人像,两旁伏着两只雄狮。雕塑恰好和集装箱差不多高。待车开到雕塑附近,二人迅速踏上雕塑人像的肩膀,再踅摸着脚从狮子身上下来,借着雕塑的遮掩往外跑。有几个车里的人朝他们张望,但没有作声。他们俩跑回桥边,一路沿着河岸到了一个堤岸边,那里空无一人。李梓找了一处台阶坐下来,戴弗也在旁边坐下。李梓拿出移动终端呼叫穆睿,又翻到李彤的名字也试了试,都无法呼出。河对岸的东方已经发白,李梓困意浓浓,她倚在戴弗的肩上,很快睡着了。

到了早上,李梓被嘈杂声吵醒。她睁眼一看,自己趴在戴弗的胸口,他正扭着身体伏在背包上继续酣睡呢。她连忙坐起来,看到路上人来人往,太阳已经老高了。这时戴弗也醒了。环视四周,并没有警察。二人起身,径直往人多的地方走去。道路狭窄而杂乱,擦肩接踵的人

---

① 伦敦有滑铁卢桥,附近有萨默塞特府、唐人街、考文特花园。

第二章 聚散莫非天注定

踩着满地的污水,那些人或者在小店门口停留,或者朝路边琳琅满目的货架张望,没人在意他们俩。两人只觉得瞬间置身于陌生而又平和的世界。

二人饥肠辘辘。一股面食的香气传来,他们俩也顾不得其他,径直循味而去。但见路边有两张小桌,桌旁坐满了人,在吃东西。戴弗往屋内望去,看见里面也坐了不少食客,还有一张空桌。二人进屋在桌旁坐下。屋里弥漫着麦芽糖和培根的诱人味道,二人相视而笑。一个体型粗壮的黄面女侍者从烟雾缭绕中出来站在两人的桌旁:"司马相公和文君小姐,二位想吃啥?"

"我想吃桂花糖蒸新栗粉糕和建莲红枣汤,只怕你这儿没有。"李梓笑着说。她接过侍者的菜单,果然选择很少,二人只得要了面条、糕点和茶。她突然想起自己只有纸币,就问道:"这儿收现金吗?"侍者说:"我们只收现金。"

吃完饭,两人继续坐着。趁着没人过问,李梓抛开一切,慵懒地看着屋外经过的人群。两人在餐馆里坐到午后才离开。出门的时候戴弗问侍者哪儿可以住宿。

"白金汉大旅社。那儿不查身份识别码,最适合野鸳鸯。而且,还可以两个人共用一个铺,省钱。"那侍者做了个鬼脸说。

李梓转过微微发红的脸,拉着戴弗出了门。门外是狭窄的街道,每隔几十米就有更窄的小巷将这些街道连在一起。深黑的瓦和黄黑色的橡子拼接成的一片片屋檐交错地搭接在一起,只留下街道中间又长又窄的一条石板路接受阳光的照射。有人在打扫街道,扬起一团团尘土。一个男人在廊柱上挂红灯笼,引起一群人围观,男人在众人的提醒下调整灯笼的高低。

李梓走走停停,她随意走进一个店铺,里面放满了红彤彤的灯笼、中国结、瓷器和倒挂的纸伞。戴弗进屋后自顾自地看,还和店员谈了些什么。李梓也顾不上他,只是细细拣看那些饰物。墙上的一幅字吸引了

她的目光。她认得那是苏体书法,用古中文写成:

青砖映日照今古,黛瓦掩莺唱汉秋。
花满幽兰香满路,也无风雨也无愁。

李梓四处看了良久,才出了店。戴弗尾随她出来,似笑非笑地盯着她。她问:"干吗这么神神秘秘地看着我?"戴弗拿出一对小巧的立体剪纸挂饰递给她。李梓一看,那是旧时中国的戏剧人物崔莺莺和张生。她不由得想起今天是一个特别的日子,在过去的东方,这一天意味着家人团聚。而现今自己的父母杳无音信,只有戴弗在身旁。她将崔莺莺挂在脖子上,戴弗见状,也将张生挂在自己的脖子上。她望着戴弗说:"你哪知道这是什么,就随便买了它。可见还不如刚才餐馆的服务员。若真有心,中秋团圆郎莫忘①!"戴弗说:"别的我不知道,我连爸妈都不记得了。我只记得你,此一节君须记。"李梓闻言,顿时忘记了所有的忧愁。她问:"你哪来的钱买这些东西?"戴弗说:"我已经用光了我所有的钱。下不为例。"

二人徜徉在缓缓人流的海洋中。继续走了一会儿,李梓被路边的一个卖花女吸引住了。那个女郎坐在路沿上,淡淡地微笑着,露出小酒窝。她的黑发剪得短而参差,身旁一个粗藤条编的大篮子里装着鲜艳的花,偶尔有人自行取花后,放下钱离开。女郎也不叫卖,却用难懂的乡音唱道:

关关雎鸠,在河之洲。
窈窕淑女,君子好逑。
参差荇菜,左右流之。

---

① "中秋团圆郎莫忘"和紧接着的"此一节君须记"互为谜面和谜底;这两句都出自《西厢记》。

第二章 聚散莫非天注定

窈窕淑女，寤寐求之。

……

李梓看了，心中暗自羡慕，恨不得随女郎一起坐在路沿上一直听她唱下去。李梓盘桓许久，才恋恋不舍地离去。二人继续走下去，两旁的建筑依然陈旧，却换成了旧时意大利文艺复兴的风格。他们俩来到一个露天广场上。广场上拥着的几簇人群，中间围着小丑、杂技和魔术表演。人群中不时地传出一阵阵欢呼、尖叫和嬉笑声，广场上掌声此起彼伏。李梓匆匆浏览了几处。天色渐渐暗了下来，月亮升起来了。路上的人更多了，相互拥挤着几乎走不动路。李梓感觉腿有些发软，就在路边坐了下来。戴弗见状，就问一个路人白金汉大旅社怎么走。路人手一指："那就是！"

戴弗一看，前方一栋高楼耸立，在一片低矮建筑中显得很突兀。楼顶有几个大字"市民中心大厦"。戴弗疑惑："那看起来不像旅店啊？"那路人说："那儿什么都有，餐馆、店铺、旅店都有。可不是那儿吗？"戴弗拉着李梓来到楼前。那是一栋玻璃大楼，部分玻璃已经不见了，在墙上映照的月亮被分割成离散的一片片。戴弗问大门口的人，对方告诉他旅社在楼后面。二人又转到楼后，发现了一个低矮的裙楼。裙楼的小门射出一束灯光，一个精瘦的中年男子坐在门后。戴弗上前询问，男子说："这儿就是白金汉大旅社，我是这儿的老板。欢迎二位入住皇家故地。每个铺50世界银行元，两个铺每天共100元。只收现金。要住几天？"他见二人没表态，哈哈一笑说："双人床每天75元。我就喜欢成全小情侣，给你们俩一个优惠价，每天60元。"旅社老板见二人还是没吭声，就说："别是没带够钱吧？那就只能底楼大通铺，每人每晚20元。"戴弗说："我们住楼顶可以吗？楼顶什么价？"旅社老板说："干吗楼顶啊？没遮没挡的。实在要住的话，让我想想——一共给10元一晚就行了。"

113

李梓先交了一晚的费用。旅社老板正收款时，一阵马达轰鸣，楼后转出几个骑着摩托车、穿着黑色皮夹克的男人。领头的是一个壮实的中年人，他捋了捋络腮胡，高声问道："艾弗雷德，今天可有人不守规矩？"

旅社老板点头哈腰地说："我们可没有乱收钱，胡里奥。住客也都很安全。"

胡里奥抓过住客登记本，略作查点后说："今天营收2560元，老规矩，交256元。"旅店老板数了钱交给他，他们骑上摩托车离开了。

旅社老板对二人说："我带你们上去。楼顶没有服务人员，你们自己要注意安全。"

戴弗问："刚才那些人是谁啊？"

旅社老板有些尴尬地说："你们是刚到旧城的吧？那是一群自封旧城管理者的人。我们自祖上以来一直住在这附近，很多年以来，我们曾目睹了这里统御天下，也见证了它被推倒，建了市民中心大厦。后来大厦也废弃了，我就把这栋裙楼改成了旅社。到头来，不管盈亏，我还得向他缴纳10%。不过倒也省了我不少事，他们虽然粗暴了点，但比旧城外的税便宜多了。"

他们踏着楼梯往上走。到了楼顶，只见一轮圆月中天，月光洒落在地板上，如绢如银。旅社老板下楼后，二人搭起两顶帐篷。他们俩枕着背包，在帐篷外躺着看月亮。李梓说："不知道爸爸妈妈是不是也在看月亮，是不是也在想我呢。"戴弗说："我真羡慕你，有父母可以牵挂。"李梓说："我真羡慕你，没有任何牵挂。"戴弗说："我也有牵挂，只是我的牵挂就在眼前。"二人有一句没一句地说了一会儿话，李梓不知不觉地睡着了。戴弗将她抱进帐篷，拉上入口，自己也回另一顶帐篷睡了。

第二天一早，李梓先醒了。她钻出帐篷一看，戴弗的帐篷口开着，他还卷在里面熟睡呢。她觉得少了点什么。她看了看帐篷里面，没有发

第二章 聚散莫非天注定

现背包。她推醒戴弗说："我的背包不见了！"戴弗闻言大急，立刻起身四处寻找，终于在楼梯口找到了。背包开着口，东西散落了出来。李梓仔细清理了一遍，包里所有的现金不见了。二人连忙跑到楼下找旅社老板反映。旅社老板无奈地说，昨天还提醒过你们俩注意安全来着。他只能让旅社服务人员仔细地找一遍，没有其他办法可想。

二人垂头丧气地回到楼顶。戴弗说："都怪我，忘了收背包。可气的是睡得太死，竟没有注意到有人上来。"李梓知道他前晚都没怎么睡，就安慰起他来。他们俩靠着闷坐了一会儿，李梓的肚子开始咕咕作响。戴弗说："你先在这里等一会儿，我去去就回。"却去了许久也没见回来。李梓开始担心起来。她下楼在洗手间门口喊他，没有人应答。她又找到旅社老板，旅社老板说他看见戴弗出了旅社大门，还没见他进来。李梓正着急，旅社老板说："那不是他吗？！"李梓一看，戴弗拎着一包东西，正匆匆走进来。

到了楼顶，李梓埋怨他出去得太久，也不提前和她说一声。戴弗从包里拿出两块面包递给李梓。李梓发现他的袖子破了，露出胳膊上几条血红的印子。李梓连忙抓过他的手擦拭起来。戴弗说："擦了一下，皮都没破。没事。"李梓疑惑道："这些面包从哪里来的？"戴弗说："我去了附近的一家食品店，他们同意我在仓库临时负责搬运和分拣，早上接收，下午发运。不坐班，没有工资，但包餐食。"李梓将信将疑，让他带自己去食品店看看。戴弗很爽快地答应了。二人去到那家食品店，戴弗入内和店员打招呼，约定下午过来的时间。李梓这才信了，又随戴弗回到了旅社楼顶。

李彤终于打通了李梓的电话。英格兰和岛外的交通依然没有恢复，李彤还回不来。李梓没有告诉母亲自己已经离家，免得她更着急。父亲穆睿则依然杳无音信。

李梓天天在旧城里漫步，戴弗在食品店上完班后也陪她一起逛。她

再也没有看到那个卖花女郎。旧城里虽然肮脏而拥挤，却没有废墟。这里几乎没有汽车，高墙内的大部分地方都是步行距离。偶尔有运货车经过，给旧城里的人们供应卡路里和聚酯纤维。几乎看不见自动化时代、信息时代和智能时代留下的痕迹，这里成为一个混合了喧嚣与和平、历史与摧毁、混乱与纯粹的奇特地方。而在高墙外的几十里处就是现代世界的中心，简直让人难以置信。

一天，李梓漫步在石板路上，一家理发店吸引了她的注意。彩带转筒的旁边，贴了一些复古发型的海报。海报旁边的外墙上，有几个模糊的字。仔细辨认之后，她惊喜地发现居然是"J.M.W. 特纳故居"。进去一看，里面摆放着维多利亚时代风格的仿旧家具，几个店员在镜子前给顾客打理头发。一个店员问她："理发吗？"李梓充耳不闻，只盯着墙上的几幅画看。那些画上有船，有海，有桥，有山，还有一幅肖像画。其中一幅和自己在博物馆看见的那幅有些相似。但这些画轮廓清晰、色彩细腻，有如摄影照片般真实，风格和那幅画又明显不同。店员见状就问她："请问有什么可以帮你的？"李梓反问道："这儿是特纳的故居吗？"店员说："这里是理发店。"李梓并不放弃，她继续问道："这里还有特纳留下的东西吗？书、记录、用具……任何东西？"

一个八字胡男人从椅子上站起来："很少有人来这里不理发。你为什么问他？"

"我曾见过他的画，又碰巧看见这里是他的故居。"李梓说。

"真是碰巧。但这很要紧吗？"

"这对我非常重要。可是我只能找到很少关于他的信息。你是这个房子的主人吗？"

理发店老板捋了捋他整齐的八字胡，眼神里充满了诧异："他是两三百年前的人了啊。我爷爷在世的时候曾提起过他，据说他是非常出名的画家，还曾在这里住过。我不认为这里曾留下任何他的东西，何况几十年前，他的画被判定为有害——墙上这些画都是凭想象模仿出来的。"

李梓当然知道这些画不是原作。"他还住过什么地方？"她问。

"我知道的不多。这里现在是理发店。"理发店老板一边说，一边示意店员开门送客。

李梓虽然失望，但不得不离开。快要走出店门的时候，理发店老板在身后说："听说他曾常去马盖特港口写生。"李梓回头道了声感谢，出了理发店往旅社而去。

刚进旅社的门，旅社老板笑逐颜开地对她说："你们的钱找到了。胡里奥刚刚交给我——他认识这儿所有的人。你看数目对不对。"李梓一数，正好215元，她喜出望外，向旅社老板补交了欠的房费，上了楼顶。

不一会儿，戴弗从食品店回来，她开心地说起钱失而复得的事，还和他讲起当天在旧城的见闻。戴弗也挺高兴，说有机会一定和她一起去马盖特港口。

20. 暴风雪[①]

联合政府经济及工业发展部部长约翰逊刚刚吃完早餐就接到了电话，是丹·贝克打来的。他猜到丹·贝克为什么找他，接起来一听，对方果然再次让他想办法释放列夫·弗里德曼和穆睿·欧文。约翰逊对电话那头的丹·贝克说："只要穆睿愿意发表声明和弗里德曼彻底割裂，他就可以获得自由。毕竟，弗里德曼才是'拓荒志愿者'的头儿。思想院和政府安全部门对动乱的所谓幕后操控者不依不饶，但也有很多同情

---

① J.M.W. 特纳有名作《暴风雪》。有人认为特纳的画作影射了莎士比亚剧作《暴风雨》和其中的精灵。

者，即使在政府内部。你去和穆睿说说，只要他做出声明、划清界限，我就可以替他担保。"

"穆睿不会做那样的声明的。调查了这么久，还不能证明他们俩的清白吗？约翰逊先生，政府应该立即无条件释放穆睿·欧文和列夫·弗里德曼！"丹·贝克说。

"我们当然清楚他们俩不属于'英格兰自治联合会'。这个事情拖得确实有些久了。但安全部门刚刚有些松动，思想院就警告再次事件的风险。丹，我也是政府成员，我得避嫌。因为出了政府办公室，我们还有别的使命——更重要的使命。"约翰逊说。

"你也说过，先生，对事件的错误处理方式使政府内部也产生了分歧。不尽早结束调查，社会的矛盾和分裂将会进一步加深。我想，无论是政府还是民众都不希望看到这个结果。"

"大局是首要的，丹。分裂不见得不利于大局。为了你，我愿意为穆睿说情。至于弗里德曼，他早被思想院盯上了，我只能祝他好运了。"约翰逊说。

在伦敦旧城里，李梓和戴弗又过了几天。一个乌云密布的清晨，天气骤然转冷。戴弗正要去食品店，旅社老板上楼顶告诉二人："还好你们俩都在。我不过问住客的个人身份信息，但有一件事我应该告诉你们。政府派了很多警察来墙内清查没有居留权的人，已经查到旁边的市民中心大厦来了。"

戴弗问："那么多没有居留权的人在旧城，警察打算怎么处置他们？"

旅社老板说："伦敦的原住民也可以留下来。警察不会搞错的，没有居留权的外地人会被带走。胡里奥的人组织了几艘船在堤岸码头抢先运人去欧洲大陆，警察似乎也不理会。如果不能留下来，就只能在警察

第二章　聚散莫非天注定

和胡里奥这两者中做出选择。"

李梓知道，他们俩逃亡到这里远不止是因为居留权的问题。他们只能继续逃亡。他们俩打好包，迅速下了楼，绕开警察往外走。好些穿黑皮夹克的人出现在街头巷尾，随着警察清点人。那些警察倒也宽容，凡是愿意通过堤岸离境的人，他们就不带走。二人径直来到堤岸，那里早已乱作一团，包裹乱堆了一地，人们或相拥痛哭，或争先向前。几个穿黑皮夹克的人在吆喝着维持秩序。河道上停靠着几艘船，样式居然和几百年前的蒸汽船相仿。胡里奥在码头上高喊："每人50元，大家准备好钱再过来。不用担心，我们的船会连续三天不停歇，往返运送大家。"

这次对旧城的清查源于政府对后续事件的防控。伦敦旧城地处京畿旁侧，虽有高墙隔离，其中毒流依然极易渗透至首府。那里长期属于管控盲点，民族院的部分代表责成政府彻底清查。所幸公民院体恤底层民众，敦促联合政府给予三天宽限时间，同时责成欧陆地方政府在加来接收和安置自愿离境的难民，以避免因为防控产生新的事件。

戴弗拉着李梓穿过了拥挤的人群来到码头上。他们交了100元上了船。还未到船舱，一股带着汗味的温热气体从门里溢出来。船舱里没有座位，却坐了满满一地的人。两人只能在人缝中找了一小块空地坐了下来。李梓想到母亲远在美洲大陆，父亲至今没有消息，而自己又要离家更远，不禁泪流满面。戴弗没有说话，他揽过她，让她埋在自己怀里抽泣。

船驶出了码头，顺流向下游出发，岸上的那一片嘈杂逐渐远去。在微微颠簸中，李梓渐渐地入睡。船突然一阵剧烈摇晃，船舱里面一片惊呼，人们相互碰撞在一起。李梓醒了过来，但见船舱外风浪大作，天上乌云压顶，仿佛要碾碎小船。几个人在高声争吵，一个男人用脚踢开了滑到他身上的一个孩子，惹得孩子的母亲大声指责。胡里奥拿着粗壮的望远镜筒从甲板上下来喊道："风浪比较大，大家相互担待一些。"男人抱怨道："我们给了钱上来的，这儿至少得有人维持秩序吧？"胡

里奥瞪着船舱里的人说："这儿每个人都是花了钱上来的。我收了钱，就得保证这儿每个人都不受欺负。谁欺负人，我就对谁不客气！"男人不再说话。大家都静悄悄的，只能任凭自己的身体和包裹，在地板上一起做不规则的滑行和碰撞。

李梓叫戴弗一起上了甲板。水汽模糊了船边缘和桅杆顶端，甲板上面空无一人。胡里奥伸出头冲他们喊道："甲板上危险，快回船舱里去！"戴弗踌躇着欲回身，李梓拽住了他。胡里奥又喊："不要靠近船舷，否则出了事自己负责！"说完他又缩头回去了。四面一团黑雾，远远近近的天空、河流都在一片混沌中，船一边随波浪剧烈起伏，一边依然在顺流而下，去往一个不确定的方向。

李梓看着身边的戴弗，自己和他相遇才一年多，他寡言少语，甚至不记得他自己的过去；他身形单薄，却似参天大树般可靠，也似常春藤般坚韧。当自己经历苦痛，最需要支持和安慰的时候，他总在自己身边。因为他，自己才有力量来抵御接踵而至的祸患。她偎依在他身上，竟然觉得狂风怒涛犹如轻柔的乐曲，安定了她原本激荡的内心。

戴弗将她抱在怀里，心里却也在想，即使我身在囚牢，只要每天能看见她，天地就无比宽广，心也无比自由。我不需在意他人所想，让人们自由地受用这个世界的其余角落吧，我的世界就在她的身边，若失去她，我的世界就不复存在。若她身历险境，即使我没有钢筋铁骨，也没有翅膀；即使往水里游、在空中飞、向火里钻，也要护卫着她，带着她去自由安全的地方。

两人都没有说话，只是坐在甲板上靠着桅杆的座子出神。

过了一会儿，天更加黑了，风越发狂乱起来，雨开始大滴大滴地砸向河面和甲板，打在两人身上。船晃得厉害，戴弗拉着李梓刚想站起身回船舱，就被一阵剧烈的震动推倒，重重地撞在座子旁的木杆上。他连忙抱紧李梓，并用双腿使劲夹住了木杆。河面倾斜了，甲板上的杂物纷

第二章 聚散莫非天注定

纷往右滑落到水里,水面出现了断裂的木板和从船舱里散落出来的包裹,几个人从船舱的缺口掉出来,在巨浪里扑腾。

待在甲板上不安全了,船舱也破损了。二人正拿不定主意,胡里奥抓着楼梯边栏,又伸出头来向二人喊道:"还愣着干什么?快去船舱,救生艇已经下水了。"二人连忙弯着身子从楼梯下到船舱里。船舱一边的窗户倾斜着面对浑浊翻滚的河水,一块黑色的礁石嵌在一扇窗户上,突兀地伸进了船舱。几个穿黑皮夹克的男人正拉着孩子和女人往窗口走。胡里奥高喊:"救生艇一趟运不完,孩子和女人先走!"他看到二人,就对李梓说:"你快去!顺着绳子上救生艇!"李梓说:"我们俩要一起走!"戴弗安慰她,让她先走。李梓不肯:"我不想和你分开。"胡里奥催促道:"别磨蹭了,救生艇很快就一个来回。"戴弗牵着李梓的手来到窗户边,见到船已经搁浅了,充气救生艇就在窗户下面两三米,人已经快满了。戴弗说:"你先走。我们马上就又在一起了,我的天使。"李梓十分不舍,一面想他第一次这样叫自己,一面看几十米远的河岸,想着用不了多久救生艇就能回来接他。纷乱的思绪瞬间涌向她心头,她迷迷糊糊地顺着绳子下到救生艇上。胡里奥也上了救生艇,未待大家坐定他就开始划船,几分钟工夫,救生艇就摇摇晃晃地靠了岸。他催促大家都上了岸,又掉头向汽船划去。

李梓站在岸边看着汽船窗户边的戴弗,他似乎在对自己微笑。突然一阵飓风袭来,空中竟然飘起了雪花。汽船陡然竖立了起来,戴弗从窗口消失了。浪花打在船身上,像散落的白雪一样四散分开。汽船摇晃了几下,船体进一步破碎,发出沉闷的响声。渐渐地,汽船从礁石上滑开,漫无目的地飘走了。李梓的心提到了嗓子眼,她大喊:"戴弗!戴弗!"船渐渐远去,戴弗还是没有在窗户边出现。李梓又喊:"快去救他!他还在船上!"她一低头,眼前没有了救生艇,再往右一看,救生艇已翻

121

了过来，正在往远处漂，已经不见了胡里奥的踪影。李梓不顾一切地往前跨去，身后一个女人猛地抓住她的衣袖喊道："快回来，危险！"李梓一看，自己的双脚已经浸泡在河水里。那女人拉着她退到河岸上。

　　汽船的影子渐渐模糊，李梓沿着河岸往下游跑。突然船后方出现一片白光，映出了船的轮廓。船头一个人影似乎在朝这边挥手。李梓紧追不舍，那白光暗了下来，突又再亮。白光混着黑气和雨雪，裹挟着船，似乎要一起往天上飞。李梓眼前逐渐模糊，她仿佛看见大河、风雨、黑雾从四面聚拢，在中间形成一个五颜六色的通道，汽船在通道里朝亮光而去。她突然看见戴弗那熟悉的身影出现在桅杆上，仿佛在喊着什么。她顾不上脚下崎岖，继续跑着，不让戴弗随船在自己的视野中消失。突然她脚下一空，眼前一堵水泥墙往上飞升，瞬间停了下来。她脚和屁股一阵火辣辣的疼，随即什么都不知道了。

　　戴弗在桅杆上看着李梓在岸上起起伏伏地跑，他大喊着让她去高处。突然李梓在岸边消失了。戴弗继续沿着桅杆往上爬，突觉腹部一阵剧痛，低头一看，不知什么时候一块木板插进了自己的腹部，雨水冲刷伤口后，变成鲜红色往下流。他抻长脖子往岸上看，还是没有李梓的身影。又一阵狂风吹来，船横了过来，突又几乎竖直。戴弗再也支撑不住，重重地摔在甲板上。

　　戴弗全身剧痛。他想要起身，却怎么也起不来。渐渐地身上不疼了，他尝试着坐起来，不料竟十分轻松。他感觉从未有过的轻快，回头看甲板，自己分明还是躺在那里，双眼紧闭，身下一摊血。胡里奥在甲板上疾如雷电，穿梭于人群中。他朝戴弗大喊道："喂，菜鸟，你是第一次接引吗？动作快一些！"

　　戴弗顿时明白了。他感觉到自己已经化成一条细微到没有大小的弦线，这条弦线上装载了他的记忆和情感。他记起了他来自的那个世界，

第二章　聚散莫非天注定

记起了他在那个世界的父母，也记起了他来到这个世界，在迷彩墙内，自己进入那个濒死的躯体。那正是现在躺在甲板上的那个躯体，那个躯体在这个世界里曾装载了自己。

他的意识弦线在不同的世界维度里展开、游走。他甚至想起来，自己是为了什么来到这个世界。现在，在这个世界和那个世界之间，有一个小小的通道就在附近，他知道，那个通道就像肥皂泡，随时会破灭。但他挂念李梓，他必须留在这个世界上继续护卫她、拯救她，即使很难。她现在在岸上，正经历危险。他没有花太多时间就在岸边的水泥凹槽里发现了她。他感觉自己生平第一次想要大哭，却怎么也流不出来眼泪。他想要抱起她，她却纹丝不动；他想要叫醒她，却发不出任何声音。他想要进到她的心里，却毫不费力。她的神经脉冲依然活跃，思绪却在休眠，她完全感觉不到他的靠近。他感受到她体内的微管依然在有序地传递物质和信息，只有腿部和臀部外伤给她带来了暂时的痛楚。

他跨越空间来到穆睿的家。屋外荒草萋萋，室内蒙上了一层灰。他又一路寻觅。天黑了又亮，他终于在首府西郊的一个山间建筑里，穿过一扇铁栅栏门，发现穆睿在一个无窗的小屋里，小屋的正中间吊着一个刺眼的大灯。他知道自己现在没有办法说给穆睿听，他焦急地等待，终于看见那扇门开了，穆睿在警察给的一张纸上签了字。然后穆睿出了铁栅栏门，又通过几道门，最后出了大门。他一直跟着穆睿。他听到穆睿在尝试给李梓打电话，他看到几个人在大门口等着穆睿。一行人上车离开，夜幕再次降临，他们在夜色中驾车一路向东疾行。戴弗恨不得自己有提坦巨神的神力，将穆睿立刻送到李梓的身旁。

戴弗多次返回到船失事的那个旧港，他在李梓身旁盘桓，他感觉到她正从昏睡中一点点苏醒。终于，穆睿也到了李梓的身边。穆睿抱着李梓，李梓给穆睿说起戴弗。戴弗感觉到了李梓和穆睿的悲喜交集。那悲，正是为自己。

他看到李梓不愿意离去，直到天亮后，救援人员到了岸边，又守了大半天，穆睿才扶着李梓上车走了。

　　风暴早已平息，太阳已经落下。天空出现了红色的霞光。夜幕降临，紫色、橙色和绿色的极光，闪动着、颤动着划过天空。这里从来不曾有过极光。这让戴弗想起了最后一个谜，这个谜关乎通往另外一个世界的秘密，在那个世界，心爱的人将和自己再相聚。不，不是现在，没有人可以决定那个时间，只有心爱的人自己才可以，我只能接引她、护送她安全地到那里。但，我们会相聚的。

　　宏观世界容不下自己。在随机涨落的时空湮灭自己之前，意识的弦线马上需要一个躯壳。船已经漂到尘世之外，戴弗看了一眼甲板上的那个躯体，他的脸色煞白，多处内脏已严重损坏，脑组织也无法修复。他留恋那个躯体，毕竟那曾是自己在这个世界里的载体。虽然离开了那个躯体他才想起自己为什么来到这个世界，但在这个世界里，那个躯体曾就是自己，还和心爱的人一起度过了难忘的岁月。他也忍住了再去李梓身边的冲动——随着时间流逝，弦线在宏观世界里灰飞烟灭的风险会急剧上升。他离开了港口，去四处搜寻。

　　船在马盖特港口失事的当天，消息就传到了伦敦旧城和新伦蒂尼姆。风雨还未退尽，旧城里少见地发生了骚乱，人们为失去亲人的几百个家庭鸣不平，街上的警察被打得落荒而逃，高墙两边聚集了汹涌的人群，试图推倒墙体。北大西洋自由联盟批评政府践踏人权，英格兰自治联合会则公然谴责政府暴力执法，要求政府恢复他们组织的合法性，并呼吁释放政治犯。联合政府总执行官金英哲在晚间发表讲话，他责成政府尽快组织救援并对遇难者家属做出恰当的安排，还下令停止旧城清查活动。

　　风暴之后，李梓在港口边昏迷了一天，才被一阵铃声叫醒。她慢

第二章 聚散莫非天注定

慢睁开眼睛,四周一片暮色,头顶的天上有几片红云。铃声在身下继续传来,她坐起身子,掏出那个发声的东西,正是穆睿给她的移动终端。她接起来,电话那边传来爸爸的声音:"宝贝,你听得到吗?"李梓的眼泪一下涌了出来:"爸爸快来找他,他不见了!"穆睿高声道:"宝贝,听到你说话真是太好了!你还好吗?"李梓说:"我在一条河边,他被河水冲走了!快叫人来救他!"穆睿让她待在高处不要走开,他正往这边赶过来。

李梓从水泥槽里爬上来。宽阔的河水静悄悄地流,直到和远处的大海混为一体。几抹彩色的光横亘天空,像五颜六色的瀑布,在天上激荡变幻。水面倒映着那些光,大地、海洋和天空被这些光连成一片。水面上没有船的影子,唯有一只海鸥,像一个精灵,在水面上方寂寞地飞过。李梓想到戴弗,船失事时的画面在她脑海里闪过,那一幕竟好像是博物馆的那张画的重现。他在哪里?她的头一阵眩晕,又什么都不知道了。

李梓再次醒来,天上的极光更加璀璨,低空出现巨大的紫色星球和周围闪亮的星星。李梓瞪着那个星球,直到它变成椭圆,继而变成几个不规则的有光滑外廓的物体。星星也摇曳起来,天空仿佛成了微波荡漾的水面倒映着星辰。她用力地眨了几下眼,紫色星球不见了,繁星安静地镶嵌在天上。她看了看移动终端上的时间,夜已经深了,戴弗已经离开一天多了。

穆睿隔一会儿给她打一个电话,等他找到她时,已经是凌晨了。不一会儿,救援人员都到了,他们搜到几个奄奄一息的女人和孩子,还有一个穿皮夹克的男尸被冲上了岸,那是胡里奥。政府还派出了搜救船只和直升机在附近水域寻找,那艘船竟然无影无踪,好像凭空从地球上消失了一般。

笼罩在英格兰上方的高压消失了。英格兰和世界各地之间的交通恢

复了。新伦蒂尼姆街上的警察变少了，关于偷盗和抢劫事件的报道开始明显增多。伦敦旧城的门被打开了，人们在新城和旧城之间自由来往。

大量在押人员被释放，列夫·弗里德曼也重获自由。他年纪大了，羁押期间承受的重压压垮了他。他无力做学术了，对社会活动和时局动态也失去了兴趣，他把自己封闭在家休养。每当迈尔斯下班回家，弗里德曼就知道一天过去了——生活对于他，只是以一天为周期的简单循环。

李彤辞了工作回到家中。她咳疾加重了，她在穆睿的陪同下去了医院，过了很长时间才有所好转。李梓则对家外的万事皆不关心，只是坚信还会再见到戴弗。她又多次去马盖特港口，还去博物馆和迷彩墙外面，但都没有找到他。她也常去戴弗的高脚屋内，独自坐在戴弗经常坐的地方，凝视、轻抚那里的东西。穆睿也不拦着她，还随她去港口和博物馆。倒是李彤时时劝诫李梓，说她已经不小了，应该走出阴影，振作起来，思考今后的人生方向，学习本领，做好准备，以在如此严峻的社会有立足之地。虽然李彤偶尔也会和穆睿拌嘴，但家里又出现了生气，一家人毕竟又团聚了。

21. 重　生

生物打印已经是成熟技术了，但大英人工智能集团对产品质量有更高的要求。他们从来不做低端产品，医疗市场也不是他们的目标。一方面，集团认为，绝大部分需要器官移植的人都是社会的累赘，他们也没有支付能力。另一方面，集团的使命远远超过其商业意义。同权运动后，具有劳动技能的人逐渐减少了。绝大部分体力劳动被迫由机器人来承担，而脑力劳动者匮乏的问题也日渐突出。工会组织努力地坚守着人类最后的阵地，他们通过联合政府立法，限制了人工智能在智力领域的使用范围。集团必须突破法律约束，为英格兰自治秘密地积蓄力量。

英格兰自治联合会主席、大英人工智能集团的创建者贾斯汀·亨特是一个现实的理想主义者。他从不在辩论中引用《同权法》，更不通过无谓的仪式来赢得尊敬。但他懂得，成为众矢之的的人是不可能成功的，唯有排除干扰、避开障碍、极端专注才可能实现目标。他不在意虚伪的伦理，也不理会夸夸其谈的高调，他只是为了结果而行动。他相信，人们要吃饱穿暖，就应该劳动；人类要文明进步，就得有人去创造；英格兰要独立自治，就得有人去战斗。让他痛心疾首的是，地球承载不了这么多人了，白吃白喝的人在继续大量造人，英格兰人却越来越少，成了濒危的少数民族，正面临着被从地球的民族之林中除名的巨大危险。必须扭转这个局面，而自己担负着其中部分的责任。他避免抛头露面，只是低调地组织人员执行集团任务，并通过人形人工智能研究院逐个攻克人造智人的技术难题。

最后一个难题也解决了。在这之前，有机人形机器人的智能化程度已经极高了，它们既能快速计算也能海量记忆。但智能程序对身体的控制却反而难以令人满意，甚至脏器功能也常常出现紊乱。最初，相较于智能化，肢体控制和脏器功能被认为是更容易实现的基础生理功能。未料到，在最初的几批产品中，有机人形机器人很快出现了动作不协调和器官衰竭，甚至机体死亡。那是因为在起初的制造过程中，基因编辑为有机人形机器人保留了视觉、听觉等基本的感知能力，出于人道主义考虑，删除了痛觉等感知能力，但由于分离难度极高，连触觉和味觉等感知能力也一并删除了。没想到，这一系列改动太大，有机人形机器人出现了系统性的问题。为了解决这一难题，信息在神经末梢中的双向传递被加强，如此一来，机器人既能实现对外界的全面感知，也可精确控制躯体，就像正常的人类一样，但是比人类更聪明——也更忠诚，智能程序控制了它们的一举一动。程序的源代码也是高度机密，只由集团掌握。

这一个难题解决后，新的产品协调、精准、健康而智能，它们不再是普通的人形机器人，而是人造智人了。集团销毁了旧型号的有机人形机器人，所幸它们没有感到痛苦。虽然集团在它们身上投入巨大，它们也代表了发展过程中的里程碑，但要革新就一定有淘汰，亨特并不惋惜。

人造智人的生产是一个精细的过程。为了充分理解人类基因，集团对各人类种族做了大数据分析，也对人类和机器进行了行为特征比较。原本这些比较纯粹，是技术性的，不承想，产生的结论却超越了技术范畴。亨特对这些结论很满意。以这些结论为约束条件，集团精心设计了基因数据库供建模软件调用。这些基因有充足的多样性，以保证每个人造智人的个体独特性；而其普遍性则能够让这些产品融入人类群体中不被察觉，不至于让社会困惑。

建模软件创建三维模型后，将它分区成逐层的极薄切片，打印机通过与软件协作，用生物墨水打印出人造组织。切片通常并不是平面结构，软件根据目标器官的形状，灵活地分割出各种拓扑的切片，再在可溶性支撑物的支撑下，逐层打印成型。整个打印在密闭腔体中完成，腔体中充满了对人体亲和的液体，亲和液可以在打印过程中悬浮身体组织，并与组织进行新陈代谢。

打印机在每一个颅骨的后脑勺位置预留一个小孔。设备在制造流程里会在小片颅骨的内表面贴装芯片，再用这片颅骨补全头盖骨。芯片是通信和控制接口，在制造完成后，智能程序和数据将通过芯片被烧录入产品的神经组织。

亨特正在集中力量扩大生产规模。同时，集团坚持精细作业的思想。整个生产都在无人车间进行，生产流程高度自动化，温度控制得恰到好处，没有任何体温干扰和人为误差。车间里只有少数机器人协助。整个车间高度无尘化，还采用了金属墙体以避免任何污染和辐射。产品的生产周期很长，但集团绝不放松对人造智人的品质要求，每一件产品都必须是杰作。

第二章　聚散莫非天注定

却说戴弗离开马盖特港后，不得不再去寻找一个躯壳。他说不上喜欢这个方式，但没有别的选择。意识的弦线与躯壳结合在一起后，他就将又是一个宏观的存在，微观世界里丰富多彩的表征将在宏观世界里退化，他将失去之前的绝大部分记忆，只有最本质、最自我的那部分会难以察觉地存在于潜意识里。新的躯壳将给他新的人生历程和记忆，但他的意识还是属于他自己。最终，他的生命和意识将会得到延续。

微观世界是脆弱的，弦线随时有可能被时空泡沫湮灭，自己的意识和生命可能在一瞬间永远消失。对李梓再不舍，也得抓紧时间找到躯壳结合。结合后，他会再次成为这个世界里的宏观存在，虽然会失去关于她的记忆，但潜意识会牵引着他。

他知道在哪里可以找到躯壳，他飘到迷彩墙的上方。迷彩墙的外面增添了很多树形的、石形的机器保安，墙也被加固了。金属会极大地降低他的穿透概率，非金属却完全不是障碍。这些机器人发现不了他，墙对他也不是问题，至少目前是这样。

他穿过了那道混凝土结构的迷彩墙。他在建筑里搜寻那间仓库。那间仓库在他的记忆里无比清晰。上一次，那里曾堆放着很多昏迷的或垂死的年轻人，工作人员观测着他们的呼吸、心跳和脑活动，在年轻人脑死亡前的瞬间，工作人员将智能程序通过脑后的芯片载入他们的身体。现在，整个建筑大了许多，但让戴弗失望的是，仓库被改成了金属零件打印室。他又越过一间车间，那间车间里的机器人工人正在装配机器人产品，测试人员则在仔细检测机器人跳的卫兵舞是否有破绽。这也不是戴弗要找的东西。

他继续搜寻，又发现一个巨大的长方体房屋，其六面用铅浇筑而成，门也采用了密闭设计。他在门口等了一会儿，门始终紧闭。他决定找别的入口。在长方体的一角，一根金属管子一直延伸到旁边的另外一个房间，连在一个屏幕上，一个男人坐在旁边，不时捋着小胡子看着那个屏

幕。屏幕上有多张画面，在其中一张画面上，一个紫红的肝脏在血肉模糊中越长越大。戴弗的意识弦线进入屏幕，他小心翼翼地避开了电路板上的金属和射频器件，寻找通往长方体铅屋的那根金属管子。他找到一根细长的金属圆腔，里面挤满了几束线缆。在线缆间隙，是绝缘橡胶层。他在绝缘层中前行，并顺着圆腔进入长方体铅室内。

铅室内有一个生物打印密闭腔，里面的培养液中有一个轮廓模糊的男人正在以肉眼可见的速度变大。在墙前，有几个竖立的透明器皿，里面存放的是待烧录的裸身男人。这些男人双眼紧闭，身体在营养液中漂浮。其中一个身材瘦高，看起来20岁的样子，有几分像他之前的躯体。他的意识弦线进入那个身体并且在其中游走，那个身体很健康。他克制住和那个身体立刻结合的冲动，因为，还要先做一些事情。

在一旁的烧录工位上，一个壮实男子的躯体躺在一个玻璃棺内。旁边，一个眼睛闪烁着蓝光的机器人在电脑屏幕上看着壮实男子的体征参数。机器人开启了数据写入端口，那个壮实男子的眼睛开始慢慢睁开，并坐起身来。戴弗的意识弦线在一旁，马上觉得有点迷失——数据写入端口采用了极大带宽的射频信号，在写入壮实男子的同时也干扰到了他的意识弦线。他的意识弦线立即潜入机器人，叠加在它的大脑芯片上。芯片不是生物组织，因此结构简单，他还可以保持意识弦线的微观状态。他很快格式化了机器人的原有数据并控制了它。他通过机器人终止了数据端口，壮实男子又闭上眼睛重新躺回棺内一动不动。他又让机器人改写了监控数据，使隔壁监控室里看到的依然是正常的生产场面。他还打开了从铅屋出去所有必经的门，并且改写了其密码。然后他在机器人的主芯片上写下了一小段手术操作的程序。这一切，只花了不到一秒钟的时间。

还有一件最重要的事情要做。他知道，自己的意识弦线和人的躯体结合后，就会退相干成为一个宏观整体，一个唯一的整体，他将失去绝

第二章　聚散莫非天注定

大部分记忆，开始一段新的人生，直到这个躯体生命的终结。他决定留下一个记号，以便让自己在新的人生历程里，更快地记起自己，更快地想起她。但又不能和之前的名字一模一样，免得让她不解，因为这是另外一个躯体，虽然和之前的躯体很像。他让机器人在电脑屏幕上显示了一行字："名字：大卫·修（D.H.）"①。

门外响起了警报，随即呼喊声一片。不能再等了。他的意识弦线从机器人中升腾出来，穿过器皿壁，嵌入了那个瘦高的躯体。弦线穿过微管，通过突触到达神经元并驻留、融合，再延伸到全身的末梢，意识与躯体完全耦合了。这个躯体很完美，和意识弦线的结合细致入微而且天衣无缝。他感知的世界在迅速消失，直到失去知觉。

后脑的一阵刺痛让他醒来。他睁开双眼时，看到铅色地板上一双金属腿立在旁边。他尝试转头，却发现全身被固定得死死的。血从自己后脑顺着两腮往地上滴，他想喊，才发现嘴也被堵上了。一片沾着血的四方形薄片被扔到地上。随即后脑一阵灼痛，伴随着烧焦的味道。一个好像从金属腔体内发出的声音在身后说："芯片取出来了。"机器人翻过他的身体，他脑后的血已经不再流了。

机器人解开了他。他摸了摸依然生疼的后脑勺，虽然留下了疤痕，但伤口已经愈合了。他站起身向四面看了一圈后疑惑地问道："这是哪里？"机器人没有回答。他低头细想，又皱着眉头问机器人："你是什么东西？我又是谁？"机器人指了指电脑屏幕。他惊呼道："原来我叫大卫·修。天哪，为什么我啥都想不起来了？！"

机器人删除了电脑的屏幕显示。它给他找了一身工作制服穿上，还对他滔滔不绝地说着什么，可是他什么都听不懂。门外突然响起一阵急促的脚步声，机器人连忙推着他躲在门后。几个工作人员穿着防尘服从

---

① D.H. 是大卫·修（David Hugh）的名字首字母，也是退相干历史（Decoherent Histories）的缩写。

方 舟
FANGZHOU

门外进来。机器人突然唱起了奇怪的歌，还哈哈大笑。一个工作人员说："它的程序出错了，必须销毁。"一道蓝紫色的电弧从工作人员手里的棒子上发出，机器人立刻僵在那里不动了。趁着工作人员手忙脚乱地搬动机器人之际，大卫·修溜了出去。他通过开着的门一路往外，顺利地跑出了迷彩墙。

第三章
发射基地的多维世界

22. 逃离世界中心

　　基础科学——尤其是理论物理——在过去半个世纪里变成了算力的角逐场。经过几代物理学家的努力，更主要是拜计算机强大的计算能力所赐，各种物理理论体系都已经建立了完善的数理模型，连一些曾经只能提供模糊的"物理景观"的理论也可以用数学语言严格地描述出来。虽然与之相关的理论框架原本由人类在一个多世纪前就提了出来，大部分计算甚至公式推导却已经超出人类的算力极限，必须由计算机来完成，人类的任务变成了理解计算机不断产生的新推论。幸好人工智能能够很好地将这些复杂的数学公式具化成物理模型，供物理学家继续思考和修缮物理理论的上层架构。

　　每个物理理论都在其系统内部自洽，但令人尴尬的是，没人知道哪一个体系描述了真实的宇宙。在计算机提供的逻辑严密的计算结果的支持下，物理学家们各持己见，持续了一个多世纪的围绕弦理论、圈量子、全息宇宙、多世界等物理理论的争论愈演愈烈。争论带给科学家的往往是沮丧，但是他们就是停不下来。

　　量子计算机可以在一秒钟内轻松地提出并证明几十个新的拉马努金式的公式或连分式。复杂的物理过程的仿真也要由计算机来执行。人类

先从计算中退出,再从公式推导中退出。给人类留下的任务是理解其物理意义,以及在不同的理论体系之间做出选择。计算机从来不参与这些争论,每台计算机都可以按照对方的理论模型计算出与对方一模一样的结果。与其说每个理论都严丝合缝,不如说人类相较于人工智能是何等愚蠢。古语说,当你不知道哪个是对的,那就先去掉错的。问题是,人们甚至没办法证明哪一个是错误的,正如无法证明哪一个是正确的。

计算机也不选边站队。再聪明的计算机也只是执行任务,虽然绝大多数任务都复杂到非人力所能及。不像人类,计算机对这些相互竞争的理论没有偏好,虽然每种理论所需算力略有不同。当然,它们对人类的争执也不会感到可笑或者厌倦,因为计算机没有情绪。况且对它们而言,每种理论都是可计算且逻辑自洽的。它们也不在意谁是那个唯一的终极理论,毕竟,在虚拟世界里,没有逻辑错误的算法都有其存在的合理性。

可是穆睿在意。这对人类意义重大。万般世界皆可能,但真相只有一个。人们在乎真相。人们渴望探知存在、发现真理、理解自我。人类终将灭亡,地球也难逃毁灭命运,但人不能死得不明不白。人类被世界赋予了意识,就应该理解这个世界。从儿童时代开始,穆睿就憧憬自己沿着爱因斯坦的足迹,找到困境的出口,揭开宇宙的秘密。然而在今天,做物理研究的方式已经变了,20世纪靠一个人就开创一个理论门类的研究模式已经彻底消失了。现在的研究都是大团队、大协作,而且还需要计算机和人工智能发挥不可替代的作用。倒不是人类变笨了,而是当代的物理太复杂、细节太多了。正如汤玛斯·齐本德尔可以单独造出最精美的家具,却无法以一己之力修建巨无霸似的联合政府大厦。

穆睿对这种现状很不满。他认为,首先看到宇宙真相的应该是人类,而不是计算机。计算机应该是人类的望远镜和显微镜,而不是眼睛。而且他相信,那个真相不该是几堆不断修补后繁复而缠绕的乱绳,而应当是一颗简单却深邃的钻石,它轮廓优美,增一分则太多、减一分则太少,

第三章　发射基地的多维世界

它容不得任何牵强的修饰和多余的拼装。

穆睿年轻时选择了天体物理作为研究方向，但在研究所的研究生涯让他失望。在那里，研究员也沦为了计算工具，只是比计算机慢得多。他们和计算机一道，为理论大厦添砖加瓦，修补细小的缝隙。只有在对计算机发号施令时，才能让他们暂时产生主人翁的错觉。研究还消耗了大量的投入，人们诟病这些研究没有对经济和技术发展产生推动作用，甚至于没法知道这些研究结果到底正不正确。联合政府顺应民情，裁撤了大部分基础理论研究机构。而后来在火星基地和田园公社的几年，穆睿离开了学术界，换来的是加倍的彷徨。如今，他终于被自孩提时代就有的梦想唤醒，回到物理学的老本行。

他想要找到那个顶层框架，只有站在那个框架之上，一切才能尽收眼底，一切才都不言而喻。他被迫采用独立研究的方式。这没什么不好，他甚至喜欢这种爱因斯坦式的研究方式。他和弗里德曼还常有交流，但对方绝不愿再谈政治和物理。所幸原天体物理研究所的几个同事是物理问题的优质讨论对象，联合政府也刚刚向原研究所人员重新开放了论文数据库，穆睿可以查询。他自己做推导和计算，但还欠缺大型计算机的协助——要看得清、看得远，显微镜和望远镜必不可少。

重回理论物理研究给了穆睿新的寄托，也冲淡了现实给他带来的不快。他依然没有收入，也没有寻求赞助。李彤四处求职都未成功，她甚至想重回北美去碰碰运气，穆睿和李梓都不愿一家人再次分开，她才作罢。她向穆睿暗示了几次，让他去谋一份职业，不过看到他无意于此后，也就不再坚持了。还好家里有些余钱。到时候再说吧，车到山前必有路。一家人暂时也只能这样想了。

穆睿见李梓还沉浸在对戴弗的思念中，就让她做自己的助手。她上学不多，无法处理大多数物理方面的任务。她的数学基础也不好，但在穆睿的帮助下，她逐渐走出自我封闭，建立了兴趣，竟然将 20 世纪朗道给研究生布置的数学题目乃至近代的新兴数学看了个遍。她并不全懂，只是权且把它们当作忘掉过去的一种寄托。

李梓渐渐不再去西郊的那家博物馆，她甚至回避关于失踪和事故的任何话题。穆睿也知道这一点，除了在书房的时间之外，他尽量和李梓、李彤待在一起，或是一同在屋旁的小花园里培育花草和雀鸟，一家人还经常去近郊散心。

李梓还喜爱上了绘画。她常常拿出戴弗和她一起临摹的那张特纳的画，一看就是几个小时，看得眼圈直发红。她找了些绘画材料，还自己制作画笔、调试颜料，在自己的房间里挥笔作画——画戴弗，画戴弗和她在一起，画自己儿时所见，画自己今日所想。这些画满满都是她的情绪，竟依稀有些已被封禁的印象派特征，和时下的精微写实风格大为不同。穆睿虽然甚少研究绘画，却对她此举大为赞赏，他主动帮她找了很多资料，也花了一些时间对这一流派做了了解，以便在李梓愿意讨论的时候贡献自己的看法，至少能够理解她在说什么。

李彤却非常忧虑。这些光和影的印象不是当下的主旋律，背后的情绪有些消极。她担心女儿走得太远。她责备穆睿不加以制止，反而惯着她。穆睿不以为然，说女儿能从中感觉到快乐，有何不可？李彤拦不住这父女俩，只能时不时唠叨几句。

火星上的"净土"一直在密切关注地球上的动态。他们注意到了地磁异变的速度在加快，磁极也变得更不稳定。艾伦·舒华兹决定加快"净土"的扩张进度，特别是苏格兰的发射基地和火星上的"绿岛"都需要尽快扩容。不过，受制于人手不足，以及机器人的采购进度不如预期，基础设施建设的进展并不顺利。另外，推进技术还需要突破性进展。"净土"的可重复运载技术一直处于领先地位，但要将100万人移居火星，需要更大规模的运载能力——关键是更大的推进功率。这就意味着，"净土"还需要招募高能物理方面的人才。无奈"净土"在地球上的势力日渐薄弱,人员引进极其不顺利,人力资源成了他们的最大瓶颈。

在"净土"的骨干会议上,舒华兹再次提出这个问题。

"我想到一个人,大家对他应该都不陌生——原火星基地带头人、我的老上级——穆睿·欧文。"伊万·巴切夫说。

"净土"的很多人都认识穆睿,大家纷纷表示赞同。"只要他加入,以他的感召力,还可以带动更多人加入进来。"有人说。

"不知道他愿不愿意和我这个商人朋友一起共事呢。"舒华兹说。

"穆睿想拯救人类,地球上的权贵却容不下他。他最近几年太艰难了。最重要的是,他是一个天体物理学家,不会容忍自己无所事事的。我们需要穆睿,我愿意去做他的工作。"巴切夫说。

舒华兹脸上露出了笑容。他暗自想:"见鬼,我还真是想念这个老邻居。即使成本高一些,也得让他过来。"

会议结束后,舒华兹立即发了一个私人邮件给穆睿。又在次日凌晨起来拨通了穆睿的电话,地球上的英格兰那时是傍晚。穆睿接起了电话,两人简单问候后,舒华兹介绍了"净土"的近况和规划,并诚挚地邀请穆睿加入"净土"。

"感谢你提供机会,舒华兹先生。可我是做理论物理的。"穆睿说。

"叫我艾伦,穆睿。只有生意场上的人和认为我衰老的人叫我舒华兹先生。在这里,你将继续不受干预地做物理研究。'净土'将提供研究所需的资金和设施。研究的成果将是你的,只要你许可'净土'使用你的研究成果。抱歉,老朋友,我还得谈谈钱的事。关于你在这里的薪金,我交由你来决定,你只需要告诉我一个数目。"

"理论物理的研究成果应该由全人类共有,需要在第一时间公开,而不是专属于任何组织或个人。"

"这一点我保证。你只需要许可'净土'使用研究成果。在地球上,

已经没有做理论物理的土壤了，而'净土'急需理论突破。"舒华兹非常清楚基础理论的突破对技术发展的重要意义。

"我实在难以想象自己从属于一个商业机构——我不是歧视'净土'，只是我身上从来没有流淌过一滴商业的血液。"

"我们将采用合作的模式，你将不从属于'净土'，也无须对'净土'的任何人负责。"舒华兹肯定地说。

"你期望从我这里得到什么？要知道，理论物理研究并不必然产生成果。"

舒华兹深知，压力对理论研究往往起负面作用，宽慰道："我当然期望研究产生成果，但你将不会有任何 KPI（关键绩效指标）。基础理论研究不能预设结论，也不应有量化目标，你将拥有完全的学术自由。"

穆睿并不讳言："我是失败的火星试验基地项目的领头人。你也许应该考虑这是否会给'净土'带来负面声誉。即使在地球上，我也没那么受欢迎呢。"

"这不是事实，穆睿。走出首府圈看一看，你会发现没人在意那些权贵怎么想。我甚至庆幸没被政府盯上。"舒华兹愤愤不平地说，"不要理他们。过来吧，带上家人。还有，凡是愿意为'净土'工作的，或者愿意和你一起做研究工作的，也一并带来。"

穆睿没有立刻答应他。家庭在他心里很重要。如果迁居太远，妻子和女儿不一定能适应。而且，对舒华兹和"净土"，他也拿不准。过了几天，巴切夫又联系了穆睿。他在"净土"工作已经有好几年了，看起来他在那里如鱼得水，能够尽情发挥。他也介绍了"净土"员工眼中的舒华兹——都说这个老板是一个直率守信的人。而且，穆睿将以合作的方式加入，其自由度又高了许多。他告诉穆睿，首府局势有如点着了导火线的炸药，随时会爆炸，穆睿留在那里太危险。如果穆睿不愿意去火星，他建议老上级考虑去"净土"在苏格兰的发射基地，在那里一样可以做研究。

第三章 发射基地的多维世界

李彤和李梓也希望穆睿接受。李彤要操持家中用度，家里如今囊中羞涩，接受这个机会可以缓解燃眉之急。更重要的是，丈夫的事业可以得到延续。李梓则只想离开这里，换一个环境。穆睿也想找弗里德曼商量，却无论如何也联系不上他。

自从弗里德曼被羁押以来，约翰·泰勒心里充满了愧疚，因为自己没能拯救他。安全部门调查弗里德曼超过三个月，这让高傲的他遭受了奇耻大辱，政府迫于压力释放他时，连个说法都没给。他从此销声匿迹，连泰勒的电话也不接了。另外一个让泰勒后悔的事是关于地球的异常磁变，自己没有和他好好交流——弗里德曼早就告诉过他地球磁场异变是巨大的风险，自己当时心不在焉，铸成了大错。

泰勒也注意到，不仅地磁在快速变弱，磁极也在不规则移动。英格兰东南部的马盖特少见地出现了极光，随后，极光出现的地区甚至南移到加泰罗尼亚直至直布罗陀海峡附近。作为曾经的地球物理方面的专家，泰勒知道这和地球历史上的任何一次磁变都不相同；作为局限于地球物理方面的专家，他不知道这次磁变意味着什么。或许，弗里德曼是对的。

泰勒对联合政府非常失望。民族院也好不到哪里去，它成了各个势力斗争的战场，而不是各民族的真正代言人。政府成了民族院一部分人的工具，在权力博弈中沉瀣一气。泰勒不愿意再在民族院中待下去了，他递交了辞呈，没向同事告别就回了家。

泰勒去了弗里德曼的家，接待他的是弗里德曼的儿子迈尔斯。迈尔斯告诉他，父亲身体抱恙，已经去了避世之地休养，并交代儿子，访客一律不见。

泰勒也去找了丹·贝克。丹·贝克已经从人形人工智能研究院辞职了，目前赋闲在家。两人说起前尘往事，获知旧友凋零，都不禁叹息不已。

新伦蒂尼姆的局势好像它上方的天空一样阴晴不定。政府稍稍放松

管制，违法犯罪、非法聚集甚至攻击政府的事件就频频发生。政府被迫收紧管制，思想院和民族院的部分人又旧调重弹，要发动净化运动。

一天，泰勒正在家中吃早饭，民族院的旧同事凯文·琼斯打来电话。琼斯告诉他，弗里德曼已被重新调查，不料刚刚羁押一天，就在隔离室内去世了。琼斯也不知道具体死因，但表示消息属实，并着重提醒泰勒尽快通知其他人员离开，去安全的地方。泰勒悲痛万分，他想到穆睿曾被牵连，就顾不上其他，直奔穆睿家而去。

泰勒的来访令穆睿惊讶。两人碰面机会不多，今天他没有说一声就突然到访，肯定是有要事相商。泰勒制止了穆睿倒咖啡的举动，他甚至没向李彤和李梓介绍自己，就直接说了弗里德曼的死讯。泰勒对穆睿千叮万嘱，让他尽快带家人离开新伦蒂尼姆。

穆睿说了一句"对不起"就转身走进盥洗室。他轻轻关上门，坐在马桶盖上任凭泪水流下来。过了好一阵，李彤在门外问："木头哥哥，你还好吧？"穆睿努力地用平静的声音回答："我没事。"他洗了脸，用毛巾擦干，再朝镜子里看了看自己，然后才开门出去。泰勒还坐在椅子上等他。

"苏格兰高地安全吗？"穆睿问。

"谢谢你信任我，欧文先生。我建议你们马上去，今天就走。虽然核心区的每只蚂蚁都被监视，但政府的控制范围甚至出不了新伦蒂尼姆，虽然他们号称这是世界权力的中心。"泰勒说。他还要去别的地方，他很快告辞离开。

穆睿打开电脑，给舒华兹写了一封邮件。他告诉对方，自己愿意接受邀请。他将带妻女去"净土"在苏格兰的发射基地，立刻出发。刚刚发送，舒华兹就打电话过来感谢他接受邀请，并表示会给发射基地的负责人打招呼安排好一切。

李彤和李梓未等吩咐就开始收拾东西。李彤收了一大堆细软，在穆睿的劝说下才不情愿地舍弃了一大半。李梓的东西倒不多，仅略微做了些收拾，却只是将几张画、一个剪纸挂饰和一个少女画框包了又包，小心翼翼地装在包里随身携带。那些画里有那张临摹画，也有几张她自己画的风景画和肖像画，每张上面都有同一个青年男子。

穆睿也收拾好了书和电脑等，家具就不带走了。他抱起猫匆匆去了兰德家，告诉了兰德夫妇自己一家将要离开，想留下猫给兰德家照顾。兰德夫妇体谅他家的情况，没有细问去向。随后李梓也过来了，她告诉兰德夫妇，自己将去苏格兰的发射基地，如果戴弗寻来问，一定要告诉他。

穆睿和李梓辞别了兰德夫妇，汽车载着一家人向北疾驰。他们绕开了市区，朝着苏格兰高地驶去。

23. 发射基地

过了卡莱尔，一道墙挡住了穆睿家的去路。穆睿将车停在路旁。一家三口都出示了身份识别码，警察虽然有些诧异，还是开启栏杆放了行。穆睿取出防辐射服、面罩、铅帽让大家穿戴好，一家人上车继续北上。窗外几乎看不见人烟，路上的车也很少。车没有停下，一路穿过几片茫茫山地，只见漫山遍野长了高大的树，橙黄色的叶子落下来，被车轮卷起，飞舞着飘远。尖顶房子也逐渐增多，墙上处处爬满了红色的藤蔓。

车来到西北边，不能再往前了。已是傍晚，阿勒浦的海上托着一轮橙红色的夕阳，在海面上留下闪动的点点金光。海上有一个宽阔的平台，平台上矗立着一个高大的发射架，一枚火箭缓缓降下并最终着陆在平台上，激起一圈圈涟漪在水面扩散开去。穆睿停了车，他发现车外的人悠闲地来来往往，并没人穿防护服。他才注意到，不知什么时候车内的辐射感应器指针已回到左边的绿色区域了。一家人快速地除掉了防护服帽，下车大口大口地呼吸着新鲜空气。李梓站在岩石上，对着大海眺望。

他们仨上了车，朝这里唯一的一家酒店开去。刚进入酒店大堂，前台就热情地招呼："欢迎来到地球。请问有什么可以帮你们的吗？"

穆睿说："我们不是从空中来的。我们需要入住，请给我们两个房间。"

"欢迎来到苏格兰！请问先生尊称？"前台见穆睿有些犹豫，补充道："如果不方便的话，告诉我你的姓也可以。不需要身份识别码。我们只需要知道在为谁服务，不需要监控客户。"

穆睿把名字告诉了前台。对方肃然起敬："欧文先生，发射基地的主管跟酒店说过你会过来。你是'净土'的客人！"

"酒店也属于'净土'吗？"

"不属于。但没有'净土'就没有这家酒店。欧文先生，有一个'净土'给你的留言，你到房间就能收到。"

三人住进了酒店房间。果然有留言。穆睿打开一看，一个衣着笔挺的中年男子笑容可掬地说："你好，欧文先生，我是里格，'净土'苏格兰发射基地的经理。欢迎你的到来。如果你明天方便的话，我很荣幸和你一起在本发射基地转一转。我会在明天早上9点到酒店。你先安心休息，咱们明天见。祝晚安！"

穆睿关掉留言视频后，发现还有一条留言，竟然是给李梓的。那个留言被设置了虹膜识别开启。李梓回到自己的房间打开一看，是中学同学刘逸思。他告诉李梓，自己就在发射基地上班，很高兴她也过来了。他说他在首府流血事件后离开了学校，一直很想念同学们，和李梓更是许久未见，希望见面聊一聊。李梓想到自己人生地不熟，有一个老同学在这里，见一见也不错。就回复了对方，让他明天下班后到酒店见面。

第二天下午，刘逸思准时出现在酒店大堂。他脸上的肤色白皙了不少,老远就冲李梓微笑。原来他于一年多前辍学并离开家人到这里,在发射基地做了IT维护助理。他没有细问李梓过去一段时间的经历,只是安慰她说,现在安顿下来就好了。

刘逸思带着李梓在酒店外散步。与海上平台发射架隔海相对的,是如黛的青山,山脚下有一片白色的房子。"那是发射基地的驻地。我就在那里上班。"刘逸思说。

下班后的人群出现在小镇上,还有两三个机器人在路边走过。刘逸思介绍道:"他们都是因为发射基地才来这儿的。"

"他们都是从外地来的吗?发射基地不在意他们的来历吗?"李梓问。

刘逸思说:"这里挺安全的。'净土'对工作考核很严格,别的事却一概不管。"他顿了顿,劝李梓道:"你和你爸爸说说吧,让他给你在发射基地安排个工作。'净土'很重视欧文先生的意见呢。"

李梓没有说话。刘逸思说:"当然了,欧文先生肯定不愿意为你走关系。我去向IT部门主管推荐,我们或许还能成为办公室同事,你觉得可以吗?"

李梓婉言谢绝了。他们俩不知不觉到了山脚下。她说:"想不到这么多'净土'的人都知道我们要过来。我们过来得很匆忙,而且没有通知其他人呢。"

"他们很看重欧文先生。但'净土'只通知了相关的人安排接待,并没有通知到我这一级。可是在你们到这儿之前我就知道了。"刘逸思说。

"你怎么知道的?"

"虽然我们很久没见面了,但我一直在关注你呢……我经常上《另类现实》,想在那里找到你。《另类现实》是一个虚拟现实的游戏,虽然你和你爸从来没有上来过,但我在那里看到过关于他的信息。我不是,嗯,我不是想……"刘逸思突然少见地出现了口吃,"我并不是想跟踪你,

我只是一直在惦记你。"

发射基地的驻地大门就在眼前，刘逸思邀请她进去看看："登记一下就可以进去参观地球和火星间的通勤调度中心。只要不进控制室和机房就行，别的地方都可以看看，挺有意思的。"李梓连忙说自己有些累了，想早点回去休息，向他告辞。她转身往酒店的方向走去。刘逸思坚持送到酒店门口才反身回去。离开前，他叮嘱李梓要开心起来，如果遇到事情的话，可以在任何时候找他。

李梓回酒店时，穆睿已经从发射基地回来了。在发射基地的第一天，里格带着他参观了海上发射平台，然后去了驻地。按照舒华兹的要求，里格给他安排了一间办公室，并且允许他自由使用驻地的实验室和数据库，工作安排也完全由穆睿自主决定。穆睿执意推辞了一大半薪水，但表示一定参加每周的技术讨论会。他计划将大部分时间用于基础物理理论，同时兼顾"净土"的技术项目，一方面盛情难却；另一方面，参与技术项目对理论研究也没有什么坏处。

酒店不是长久的居住之地。"净土"选了好几处住所让穆睿挑。在穆睿看来，这些住所都太大、太奢侈了，还要让正住着的人搬走，就都推辞了。他看中了一处小巧的老式苏格兰民居，就租了下来。但有个问题，那个民居由于长期闲置，需要维修才能住。"净土"遂从基建处抽调了两个工匠来帮穆睿一家修葺住所。

等工匠一到，穆睿不禁喜出望外，二人竟然是杨大力和他父亲。原来二人离开"田园公社"后，到苏格兰来谋生，其间换过多个地方，最后在发射基地基建处找到了工作，总算是稳定了下来。杨氏父子也很激动，二人暗下决心，不仅要把住所修缮修复，更得尽善尽美，让欧文先生满意。

穆睿告诉了李梓。李梓一听也很高兴，马上来到住所。杨大力一见

第三章　发射基地的多维世界

她，反而局促起来，李梓和他一起刷了一会儿墙，他才慢慢轻松了些。他和原来的同学、朋友少有联系，如今听李梓说起过去几年的事，心中起伏难平。

李梓告诉他，刘逸思也在这里。杨大力知道他在 IT 部门，但两人极少见面。

几天下来，住所焕然一新，穆睿一家高高兴兴地搬了进去。杨大力父子还在住所外用篱笆隔出了一小片空地，还要种花种树。穆睿和李梓连忙拦住他们俩，说还是把花园的活留给他们自己吧。穆睿将地翻了，李彤和李梓在野外找了不少花草树苗在篱笆内种下，一家人一起打理花园。李彤再添置了一些家具在住所内摆放起来，竟然稍微有原来"田园公社"的住所的感觉了。穆睿在木板上写了"蓬庐"，做了块小匾装在了门柱上。

阿勒浦镇不大，李梓很快就逛熟了。她去过每一家店铺，走过每一条小巷，甚至去废弃的房屋里搜寻，也没有发现他的踪影。世界那么大，这里仅仅是一个小角落，她知道在这里遇到他的可能性很小。但是她又想，刚遇见他的时候，也是那样的不可能，但冥冥之中总有一股力量让他们在一起。她不相信再也见不到他了。她一天天地打听，渐渐地，渴望和焦虑减少了，心情慢慢平复下来。

最近几个月，"净土"空间站上的射电望远镜一直对准参宿四。这颗天空中的亮星在近两年的大部分时间都在变暗，间或有短期变亮，并伴随高能宇宙线爆发。它近期的异常变化不能用恒星演化模型来解释，穆睿和"净土"的科学家们都在密切地关注着它的变化。

随后参宿四又变亮了，直到亮度达到 -1.5 等时，突然不见了——在地球大气衍射下，整个猎户座都被一片白光遮掩了。白光散去后，参宿四已不见了踪影。"净土"通过望远镜发现，它原来的地方只留下了

灰暗的星云，远未如预期的恒星爆发一般炫目。

这一切都很反常。虽然参宿四已经不是主序星，但强烈的氦燃烧应该依然可以让它在接下来的数百万年里耀眼如昔。但它却出人意料地提前消失了。

近来天文事件频发，让人大感不解的不仅是参宿四。地球和火星的磁场异变已不是秘密，太阳系的其他星体也出现了奇怪的变化，太阳也多次出现间歇性的亮度瞬变。小行星带上还发生了爆炸，阅神星居然消失不见了。最近地球空间站和火星上的观测站曾多次观测到来源于太阳系内的 PeV 能级的高速粒子和伽马射线暴，罗伯特还观测到电磁波蓝移和引力场瞬变。按照以往的认知，这些现象极不可能发生在太阳系内部，但现在被实实在在地观测到了。

经过分析，变化不是来自恒星或者行星，"净土"的科学家们还排除了其他可能性。结论只能是——空间产生了畸变。虽然空间畸变的原因仍然未知，但畸变出现的频率和强度都在明显增加。种种迹象表明，太阳系有很大的可能步参宿四后尘。

在火星上，舒华兹坐在"净土"总部办公室里，仔细地看了几遍显示屏上的信息。那是罗伯特刚刚发给他的最新监测数据和分析结论。他再看了一遍那个结论，没有看错。他叫来罗伯特问道："最初我们以为只是地球不好了，正计划倍增火星上的'净土'；现在你认为整个太阳系都快不行了。太阳都存在了 50 亿年了，正处于壮年期。它只是打了几个嗝，你是否反应过度了？"

"我无法超越人类的认知，现有理论的不足也会制约我的分析。不过我们不断掌握新的数据，认识也就不断加深。从目前掌握的情况来看，太阳和 80 年前——如果考虑距离，也就是 720 年前[①]——的参宿四的异

---

① 作者注：参宿四距离地球 640 光年。

第三章　发射基地的多维世界

常表现的相似度很高，那时候人类也不认为参宿四会在这么短的时间内消失。"

"太阳系在绕着银河系中心旋转，难道空间畸变就是不放过太阳系，跟着一起跑？"

"这个可能性不大。还有其他两个可能性：第一种可能，出现空间畸变的范围很大，尤其是大质量的天体附近，例如刚刚爆发的参宿四和我们太阳系；第二种可能是空间畸变出现的位置完全随机。从射线暴的观测数据来看，第一种可能性更大。无论如何，太阳系附近的空间畸变正在增强，太阳系存在很大风险这个结论的置信度极高。"

舒华兹不由得望着外面的红色原野发呆。"即将毁灭的，竟然是整个太阳系，而不仅仅是地球……"他喃喃自语道。

发射基地的技术讨论会被安排在每周一。由于"净土"倍增计划实施不顺利，周一的讨论会常常进行到深夜。在初春的一个周一，穆睿随技术人员结束了在海上的勘测，乘船停靠在海上平台，再乘车从海底隧道去驻地。实际上，发射基地早就对附近的地形、地质、海床和气候了如指掌，只是由于穆睿刚到不久，"净土"让穆睿通过实地考察掌握第一手资料，以帮助他更好地了解发射基地。穆睿到了驻地，进入会议室就座。屏幕上醒目地显示了会议讨论的主题：突破运力极限。

发射基地经理里格说："这是老生常谈的问题了，我们每一次技术讨论会都在谈。倍增计划实施两年多以来，虽然我们增加了火星往返班次，但很遗憾，运载能力仍然只达计划的20%。舒华兹先生对我们的进展很不满意。我们要在技术上为巨量运载任务做好准备。接下来，我们再一起看看我们的优先事项。"

推进工程部的卢说："我还是坚持我的观点，这不是一个技术问题，我们有可重复使用的运载工具和成熟的核聚变推进技术。但光靠苏格兰

发射基地不可能实现倍增的运力。为什么不在其他地方建发射基地？"

"舒华兹先生的最新要求是，在推进技术上突破，以倍增运力。大家知道，最近政治形势进一步恶化，联合政府已经形同虚设，'净土'已经无法按计划和政府谈判新的发射基地。大家还是回到推进技术上来。"里格说。他对基建处负责人匡墨说："在此之前，你能否给欧文先生介绍一下在本地扩建发射平台的可行性？"

"当然。欧文先生，正如你刚才在海上所见，"匡墨转向穆睿说，"我们将在海上建新的发射平台，基于目前的推进技术，能将本基地的极限吞吐能力提高一倍。即使如此，与我们的计划要求还差很多。同时，我们还有人手不足的问题。我们增加了施工机器人，但基建工作流程不能完全标准化，现场还需要更多的人协同机器作业。"

"经理，既然一线缺人手，为什么还在增加务虚的人？"卢看了穆睿一眼后问里格。

里格道："我再次提醒一下，这是技术讨论会。而且，舒华兹先生要求我们大量招揽人才，目前我们做得还远远不够。弗莱，要按计划实现运载能力，舰船工程部有什么要求？"

"运载舱需要增多，也需要增大，以增加单舰运载能力。还要增加设施配套，以解决乘客长期处于幽闭空间带来的问题。单舰运载能力的突破主要取决于推进力。" 舰船工程部负责人弗莱说。

"我赞同弗莱的说法。舒华兹先生上周着重提出了推进力的目标，"里格环视了大家一番，"我们需要实现光年级别的推进力。"

多数与会者很吃惊。有人质疑道："为什么？我们的目的地只是火星啊！"

卢盯着穆睿问道："要获得这种级别的推进力，我们的专家有什么看法？"

"我的研究方向是理论物理，航天工程不是我的专业。"穆睿注意到

第三章　发射基地的多维世界

对方的讽刺意味,"不过我认为,核聚变的质能转换率太低,难以实现在不同恒星系间航行的推进力。"穆睿也注意到里格看了自己一眼,就进一步解释道:"我的意思是,如用核聚变实现光年级别的推动力,意味着很大比例的载荷将是能源材料本身。如果用正反物质湮灭产生的能量来推进,质能转换率将接近100%,航天器将可能被加速至亚光速。"

"谢天谢地,新方案没有推荐科幻小说里常用的空间曲率推进器。众所周知,鉴于当前的推进技术进展,我们的选项不多。人类研究反物质发动机几十年了,进步却并不大。反物质的生成太困难了,目前最大的加速器制造的那点反物质,产生的能量还不够驱动汽车载我回一趟家。"卢说。

穆睿说:"还有第二个问题。要使用反物质发动机做推进,我们还必须更长时间地储存反物质。我们需要一些突破,来解决这两个问题。当然,第一个问题更关键。虽然还有些细节仍待明确,但在我看来,要大量制造反物质,加速器仍然不可避免——但是我们不能一味地提高能级,而是应该考虑产生相变的催化条件,以制造足够的反物质,使舰船具有充足的续航能力,舰船也能足够大,像一个自成系统的洲岛。"

"这么大的舰船,我们是否可以叫它星洲?"里格高兴地说。

反物质的制造和储存是长时间的技术难题了。具有讽刺意味的是,过去几十年,反物质技术的最大突破要归功于军事,虽然为追求战无不胜的威慑力而展开的军备竞赛也拖垮了超级大国——世界大一统之前,因为其极高的效率和"人道主义"的低污染特性,反物质武器被超级大国所青睐,其国防部门用激光将反物质粒子冷却到接近绝对零度,从而对反物质施加精细的操控,实现了长达两年的储存时间。即使如此,目前的反物质制造能力和光年级航行距离所要求的推动力还有很大差距。

"这么充足的续航能力,是要让我们一去不回?!"卢问道。当然,他并没有指望别人回答。

"大家应该没有异议，核聚变发动机不足以将更多的人送出地球。除了反物质之外，大家还有别的提议吗？"里格问道。众人都没有说话。

"那么，在未来一段时间内，我们的重点是反物质推进器的可行性研究。我们需要解决那两个问题，最终拿出一个方案提交给'净土'批准。下一次讨论，我们着重谈人员分工。"里格吩咐道。

24. 另类现实

一束紫薇花摆在桌上。看见李梓从外面进来，李彤问她："你的朋友找到你了吗？刚才他送花过来了。"李梓拿起花，花束上挂着一张小卡片，上面写着："祝你每天都开心！心心念念你的，刘逸思。"

李梓一家搬过来之后，刘逸思经常来约李梓，或请她喝咖啡，或邀她看电影，李梓都谢绝了。这次她不在家，对方留下一束花便走了。

收好花回到房间后，她突然想起刘逸思说过有一款游戏可以找人。她打开电脑，在网络上找到了那款游戏，上面却没有任何开发商的信息。按照游戏要求，她买了专用眼镜和感应帽。感应帽上有大量可接触头部的感应触点，游戏者通过信号与游戏相连。她戴好眼镜和帽子，打开游戏。眼前出现几个大字："欢迎进入另一个世界，发现真实的你！"随后，游戏进入起始界面，出现了几个百分比数值让她选择，那是不同现实的概率值。她随意选了一个，然后想要输入自己的姓名、特征和人设。游戏提醒她，不需要输入，游戏可以感知她是谁。她想使用寻人功能，游戏也拒绝了。游戏告诉她，选定一个现实后，该发生的就会发生，不该出现的就不会出现。虽然在游戏过程中游戏者一定会做出选择，但不能预设结果。李梓有些失望地退出了游戏。

第三章 发射基地的多维世界

李梓出房间时穆睿已经从办公室回来了,她在走廊里听到父母说话的声音。她听到母亲提到自己,不由得停下来听。李彤说:"女儿在这里又无所事事了几个月了。你推荐了丹·贝克,这没什么好说的,他是生物学家,你还推荐了兰德,甚至推荐了好些没有受过什么教育的人。为什么就不能让我们的女儿也去上班?"

"兰德他们也是发射基地需要的人。'净土'要扩大基建规模,需要大量有建筑经验的人。"穆睿说。

"这里总该有适合女儿的工作。再说了,工作经验是积累出来的。"

"女儿会很棒的。但这里不一定有适合她的位置,她也未见得愿意。而且,我也不算是'净土'的正式员工,推荐这些人也只是应发射基地的要求。"

"可是以你的影响力……"

"我们先吃饭吧。"穆睿看见了李梓,终止了对话。

吃饭的时候,大家都默不作声。李梓最先吃完。"我暂时还不想工作。等我想工作了,我会去找。"她说完就回了房间。她闷坐了一会儿,又拿出自己画的几幅肖像画凝视了半晌,轻轻地抚摸画上的面庞。她想,如果当初没去坐船,他现在是不是还在自己身边呢?她叹了一口气,收好了画。

窗外的天已经黑了。李梓打开电脑,戴上眼镜和感应帽。她随手选了显示屏上一个中等概率的现实,开始了游戏。她的眼前立刻充满了不规则变幻的光影,她很快迷离,沉沉地睡去。

不知睡了多久后,李梓被叫醒。她睁开眼,发现爸爸正蹲在床前笑着对她说:"起床了,宝贝。今天天气不错,吃完饭我们上学去,可不能迟到啦。"

"知道了,爸爸。你帮我把窗帘拉开,我马上起来。"爸爸拉开窗

帘，出去掩上了门。她伸了个懒腰，蓝色的太阳已经在窗外升起来了，它无比巨大，被海面和窗户边切出三个直线边缘，只在窗户上部留下一段平缓的弧形。李梓拍了拍旁边的毛绒玩具，说了声："早上好，温妮。"她跳下床，穿上了带蕾丝的童裙。来到餐厅，爸爸已经把早餐准备好了。二人吃完饭，爸爸说："宝贝，知道今天是什么日子吗？今天是妈妈逝世一周年的忌日。你亲爱的妈妈已经离开我们450天了。"经爸爸一提醒，李梓突然特别想念妈妈，她哇哇大哭道："我想妈妈！我要妈妈！我不要离开妈妈！"她爸爸轻轻抱着她，说他也想念她妈妈。二人过了好一阵情绪才平复下来。

两人出了门，李梓随爸爸上了车。李梓说了声去学校，车二话不说就腾空而起。爸爸看到李梓还在伤心，就将车辆设成透明状，让她可以欣赏外面的风景。太阳已经升得很高了，阳光下，紫色的树林连着草地看不到边，偶尔有车辆在上方掠过。到了学校，女孩子们三三两两地往教室走。教室里的桌上摆着茶具，茶艺老师已经站在讲台上了。茶艺课后，还有园艺课。

学校教的主要是这些内容，少部分时间会上识字课。李梓觉得在学校的时间很难熬。好在下午放学后，可以和几个好朋友在学校操场的树荫下玩耍，或者一起编排舞蹈。爸爸下班后会来学校载她一起回家，晚餐后，还会为她的歌舞伴奏。

在学校的时间过得很慢，几乎是一天天地数着过去的；在家的时间又总是太短，刚回家，一天就过去了，而一起床就意味着又要去学校了。

爸爸知道她不喜欢她的学校，但所有的女校都差不多。他尽量抽时间和她一起玩，和她交流。她一天天长大，喜欢在爸爸的书房里待着，有时候她一个人，有时候也趁着爸爸在的时候问他问题。让他吃惊的是，她在并不长的时间里看了大量的书，刚开始的时候她还以请教为主，渐渐地，她偶尔还能与数学家爸爸一起讨论一些专业问题。后来她问能不

第三章 发射基地的多维世界

能不去上学了。爸爸想到女校已经没什么可教她的了，而且她大了，高等学校又不收女生，她本来就快离校了，就毫不犹豫地答应了。

从此她几年如一日地泡在爸爸的书房里，甚至不再花时间在孩提时代钟爱的音乐和舞蹈上。她爸爸依然是问题的解答者和讨论对象，虽然他在她面前再也不是无所不知。他常暗自叹息道，如果李梓是男孩就可以继续深造了，这个世界对女儿真不公平。

李梓的成人节快到了。一天，她看到本地大学的招生公告，公告向有志去数学系深造的年轻人公布了入学考试的时间和地点。李梓灵机一动，她剪短了头发。到了考试那一天，爸爸照旧一大早就出门上班去了，她穿上爸爸的一身衣服去了考场。进门的时候，监考者奇怪地看了她好半天，他并没有发现她是女的，他是被那身不合身的衣服给吸引住了。监考者没有多问，让她进去了。这也难怪，由于很少有人愿意学这个专业折磨自己，学校数学系一直招不够人。考场没有坐满。李梓在试卷上写下自己的名字和地址后，没用多久就做完了——那些问题绝大部分都涉及几个世纪之前的古老数学，李梓微微有些失望。她交了试卷回了家，很快就把这个事情给忘了。

成人节那天早上，门外有人敲门。开门后，邮差递给李梓爸爸一封信函，是本地大学给李梓的。爸爸疑惑地将信函递给李梓，她打开一看，是录取通知书，里面还附上了她的入学考试成绩——几乎是满分。她哈哈一乐，一边将信函递给爸爸看，一边给他讲自己女扮男装去考试的事情。她没有真的指望去读大学，她只是觉得好玩。一旦知道她身份作假，学校就不会接收她的。

爸爸心里直怪自己粗心，女儿将头发剪短后，自己也没有留心过问过。他说："这是最好的成人礼物，宝贝！"李梓噗笑道："那意思，你的礼物可以免了？"她爸爸说："不，我要给你另一个礼物。"她好奇地追问，他没有立即告诉她。他知道，如果学校知道她是女孩，就会

取消录取通知书。他暗自想，自己没那么多时间教女儿了，他一定要想办法让女儿上大学，哪怕那里只有她一个女生。

第二天，李梓的爸爸去了那所大学。一个驰名数学家来访，大学数学系自然是礼待有加。他说明了来意，要求大学录取自己的女儿。大学人员很惊讶，想不到第一名竟然是一名女子。他们提醒她爸爸，即使大学让李梓进来，也只能给她旁听的身份，她将不会得到学位证书。对方很奇怪，既然女子不能从事数学工作，为什么要在大学浪费几年时间？李梓的爸爸执意坚持，学校尊重他在数学界的威望，而且已经有言在先，就同意了。

回到家，爸爸告诉了李梓这个消息。李梓十分高兴。到了9月开学的那一天，她去到学校，迎接她的是更多诧异的目光。教室的人没有坐满，大家都争着坐前面，她索性坐在后面角落里。

总的来说，大学时光是愉快的。虽然也有不便利的地方，例如，学校唯一的女士洗手间隔得很远。好在那儿从来不需要排队。学校离家倒是不远，她每天都回家。在教室里的时候，她总是第一个回答问题的人，而且是唯一一个提出让老师无法解答的问题的人。慢慢地，大家不再抢前排的座位，第一排中间空了出来，李梓就干脆坐到前面去。主讲老师对她很是赏识，原本毕业考试只对男生开放，老师向学校提出，破格让她提前一年参考，因为他没有什么可以教她的了。李梓又考了个第一，但学校无法给她文凭和学位。

李梓问爸爸在哪儿可以继续深造。爸爸告诉她，有一所以数学闻名的敏希豪森大学，里面有几位世界一流的数学家在研究和传授最前沿的数学。爸爸虽然和他们熟识，但还是征求了李梓的主讲老师的意见。主讲老师欣然写了封信推荐李梓去旁听。李梓拿着推荐信去了敏希豪森大学，同样迎来了诧异的目光。大学教学部的人虽然感到有些为难，但还是打电话征求了数学系教授费尔伯特的意见。费尔伯特表示，旁听不碍事。李梓的旁听就算是被许可了。

李梓是中途加入课程的,她旁听的第一堂课就遭遇了极大的挑战。进了教室,她在一众男人的注视下走到后排无人处坐下,这时候教授还没有进来。她看到黑板的左上侧写着醒目的一排字:"本月问题:亏格数为 m 的第二类 n 维卷缩流形的有理曲线的数量是多少?"李梓第一次在课堂上遇到一个无法回答的问题。课程开始后,费尔伯特教授讲授的是她未曾涉足的数学领域。她努力地理解这些新知识,那个无法回答的问题也一直在脑海里萦绕。回到租住的公寓后,她吃完饭就继续温习白天学的内容、查阅各种资料、思考那个问题。眼看就要到月底了,她还没有上交这个问题的答案,连思路都没有,不由得着急起来。在一个辗转反侧的深夜,她的穿衣镜上反射出初升的月亮,晃了她的眼睛。突然灵机一动——她想到了。她迅速起身,奋笔疾书。终于在月底将答案发给了费尔伯特。

过了几天,李梓正在教室里,费尔伯特的助手过来让她去教授的办公室,教授要和她谈话。李梓忐忑不安,她几乎是在上月的最后一天才上交了答案,教授肯定会责备她的,弄得不好自己的旁听机会都会受影响。万幸的是,教授并没有责备她,只是问她是怎么想的。"你为什么没有用枚举和递推的办法?"教授冷着脸问。

"我也尝试过。但随着维数的增加,用代数方法计算的复杂程度呈指数级增加。而且,维数和亏格数为变量的话,就更难用枚举的方法计算出来了。"李梓小心翼翼地回答道。

"我不曾见到别人用过你的对偶方式。"

"我不知道那个结果对不对。我只是觉得可以用这样的对称方式。我的答案对吗?"

"我也不知道你的答案对不对。你需要更详细地介绍你的对称思路。"

"那不是一道课后作业吗？"李梓忍不住问。

教授终于笑了："我们每月都会罗列一个还未解决的数学难题。那也算是课后作业吧，但目前只有一个人交了作业。"

李梓擦了擦汗水。教授注意到她的紧张，就问她从哪里来的，之前在哪里学的。李梓告诉教授，自己来自一个小镇。教授说有一个数学家就住在那个小镇，问她认识不。她说那就是她父亲。教授喜出望外，和她谈了许久数学，也问了她的生活情况。告别前，教授让她将她的对称思想详细写出来。

李梓将论文写出来后，费尔伯特大加赞赏。他向《哲学动态》推荐了这篇论文，对方却拒绝发表，理由是论文没有现实意义——真正的理由是，他们看不懂。费尔伯特只能退而求其次，向发行量很小的《新数学》期刊推荐。为了让名不见经传的李梓被接受，费尔伯特特地将自己作为第二作者放在李梓的名字后面。论文发表后，在小范围内激起了涟漪，数学家甚至部分物理学家都在谈论那个思想，也在打听李梓是谁。

旁听一年以后，费尔伯特向学校提出，让李梓做自己的助手，兼任讲师。遭到学校理事拒绝后，他仍然不死心，叫上了几个办公室的同事一起找了校长。校长耐心地听完了费尔伯特对李梓的介绍。他说："教授，敏希豪森大学不仅要研究学术，还要传递品质。让一个女人站在讲台上给男人们讲课，在大多数人看来，这太伤风化了。我们是有传承的学校，先生，我们不能让学校成为众矢之的，也不能让学校失去专注力。我无意更改学校的制度，学校将不为女人提供教职。"

学校没有为李梓提供位置，费尔伯特为她提供了。她做不成讲师还可以做他的助手，协助他处理数学上的问题。虽然没有薪水，但相比讲师，李梓反而更喜欢这个职位。她可以和最杰出的数学家一起工作，而且没有教学任务。在助手这个职位上，她一干就是10年，其间，她发表了里程碑式的论文，在数学界和物理学界引起了轰动。

第三章　发射基地的多维世界

李梓终于得到了讲师的职位。一方面是因为她的巨大声望给敏希豪森大学带来很大的压力；另一方面，学校的管理层更换了。她依然没有薪水，却有了收入——学校同意她在学生的学费中支取部分作为报酬。李梓只支取很少的钱用于必需的开支。当然，这还是让她从经济窘迫中解脱出来，加之长期提供经济支持的爸爸刚刚去世，稳定的收入显得更重要了。

她爸爸从小就身体孱弱，长期的基础性疾病最终带走了他。在他最后的时光里，李梓一直陪伴在他身边。

费尔伯特老了，他仍然活跃在数学研究的前沿，依旧是李梓的同事和数学上的合作者。

李梓的独有建树开创了新的数学分支，还深刻地影响了理论物理学。物理学家们惊讶地发现，原本艰深的问题变得简单，不同的物理理论竟然被统一在同一个框架下，成了理论物理大厦的不同侧面。李梓的学生们将她的传奇延续下去，在理论主干道上不断地开拓新的支路。

然而，政治一旦变得无孔不入，世间就不再容得下安静的书桌。极端的政治领袖上台了，他的政党誓言要恢复民族的纯洁，建立进取的文化。在他们眼中，李梓的肤色代表了其所属人群的根深蒂固的威胁。最初，他们冲进李梓的公寓，声称要搜查反动刊物；随即，各所学校应要求发起了清除活动，李梓被赶出了学校。逐渐有传言说有部分有色人士被正法了。李梓没有成过家，其时费尔伯特也已离世，李梓的前同事和学生们就都行动了起来，搭救李梓。最后，无奈的他们不得不找了一个蛇头将李梓偷渡出境。逃亡沿途戒备森严，李梓被警察一路追逐直到国境线附近。她又冷又饿，加之年纪大了，好不容易到了目的地，就一病不起了。

在弥留之际，她的房间里挤满了学术界的泰斗和她的学生们。她留给大家最后的话，是说自己一生做了最想做的事情，没有什么遗憾了。她是笑着离开的，那笑容，只属于心灵最纯净的人。世界慢慢变暗，直到什么都没有了。

又慢慢变亮。李梓的眼前又出现了不规则变幻的光影，光影消失后，眼前出现一排字："你已经体验了另一种人生。游戏结束，欢迎回来！"

李梓还在恍惚中。她取下眼镜和感应帽，看了看表，才过去了一个小时，但她分明感觉已经过去了几十年。她擦干了脸上的泪水，心里还在回味。她突然想道：不对，里面有不少明显的错误。游戏分明只是根据猜测设计了那个人生。为了讨好游戏者，主角的成就被夸大到不合理的地步。而且，他根本就没有出现。她不由得说："太假了！"

游戏还没有完全退出，电脑说："那是真实的。那是你的另一种人生。"李梓问那是什么意思，电脑没有回答。李梓关了电脑就上床睡觉了。

25. 麦卡锡和亨特

第二天是一个周末，李梓睡到很晚才起来。她听到门外有一个熟悉的声音在和父母说话。到客厅一看，是兰德。他接受了"净土"的工作机会，到了发射基地，他找到了穆睿家来看望他们。"这是这周第二次来发射基地了。周一我过来报到的时候，匡墨处长跟我谈话，他问我还有没有熟悉土建工程的现场管理员和施工人员，我就又回新伦蒂尼姆带了几十个人过来，有一些还是原来'田园公社'的呢。我们都很感激你，欧文先生。"兰德说。

李彤将煮好的茶放在小几上，招呼大家喝茶。

穆睿笑道："何谢之有？我不过是做了个顺水人情。发射基地缺人，你们都有经验，应该被感谢的是你们。"他问："你来这两趟，没有遇到什么阻碍吗？特别是第二趟还带了这么多人过来。"

"说来也怪，我们没有遇到阻碍，连进出大首府圈也没人查。我们原来还很担心呢。"

"半年前我们出新伦蒂尼姆和过卡莱尔都有警察查验。看来形势缓和了。"

"我不确定,欧文先生。不知道为什么,最近一两个月新伦蒂尼姆的警察几乎不见了,打砸抢很厉害。"兰德说。

穆睿到苏格兰后很少关心时政。他转而问兰德:"发射基地给你分配的任务是什么?"

"我被安排在浇筑组。发射基地计划一年内再在海上修建两个发射平台。"

"那可是大工程。"

"相当大的工程,现在连操控的机器人都不够了。施工主要靠大型机械,我们主要负责和地面联络、现场突发情况管理,以及和设备安装组协调。"

"一年的时间是不是很紧张啊?"

"是啊,现在人手还是不够。我们周末也不停工。地形和地质已经勘测好了。这不,明天我就要去现场了。"兰德说。

上班之前,兰德还要收拾住所安顿家人,他又寒暄了一会儿,就告辞了。出门以后,兰德看见李梓站在门外。她掩上门问:"有他的消息吗?"

兰德露出愧疚之色:"很抱歉,我没打听到。另外,我每周都去你们原来的住所,还有高脚屋,都没有找到戴弗留下的任何信息。"

李梓早就知道,如果戴弗还在,他不会躲起来不见她的。她只是不死心,希望他只是因为特别的原因不能来见她。兰德向她告别后离开了,她闷闷不乐地推门进屋。

周日一早,兰德按要求去匡墨办公室接受一周的工作安排。匡墨不

在办公室，他的助理将工作任务表转交给了兰德。匡墨则被里格叫到了会议室参加舒华兹临时召集的视频会议。原来在最近，苏格兰发射基地新进了大量人员的同时，也有一部分老员工离职了。舒华兹得到报告，休斯敦的航天中心又启动了，一些"净土"的员工跳槽去了那里。"净土"调查后发现，休斯敦不仅恢复了原有设施的运行，还在扩建。那不是政府投资的项目，舒华兹推测那也是瞄着空间旅居市场的商业项目。

在听取了里格和各部门主管的汇报后，舒华兹指示道："我们的核心任务有两个：第一，必须保留核心人员，要让他们在这里感到满意而又充满工作热情。第二，工程进度必须得到保障。我们每周的工作进展通报，要把这两点作为重点。"

"感谢竞争对手的加入，他们让我们不再孤独，并和我们一起把市场做大。我们必须保护技术和商业机密，以始终保持领先。把产品和服务做到极致，优质客户就会选择我们。"舒华兹最后总结道。

唐纳德·麦卡锡离开休斯敦航天中心后，还去了圭亚那。情况总的来说不容乐观。休斯敦的恢复稍好，圭亚那航天中心长期停运后，恢复工作将十分艰巨。资金是更大的问题，联合政府的掣肘也愈发明显，麦卡锡有公职在身，还不能直接参与筹款运作。

休斯敦的专家说，留给地球的时间很可能不多了，必须想办法尽快移民火星。这和以前弗里德曼所说的地球毁灭论差不多。其实，麦卡锡从来没有真的怀疑过弗里德曼的说法，只是当时北大西洋自由联盟太弱小，还有更重要的事情需要做。麦卡锡也知道弗里德曼不是英格兰自治联合会的人，更何况对麦卡锡而言，虽然英格兰自治联合会在明面上是完全不相干的派别，实则是秘密的盟友。弗里德曼所属的组织并不是他被批判的真正原因。主要原因在于，从战术上来说，批判弗里德曼可以催生异见，打破大一统之下铁板一块的局面。当然，麦卡锡也有充分的理由认为，弗里德曼的确不可饶恕，因为他公开的信息还让"净土"等对手率先起步。

麦卡锡坚信，民主和自由乃是人类文明的终极意义。为了这一目标，眼下最重要的是壮大自由联盟，以实现建国——一个他理想中的民主自由的国家。只要联合政府还存在，民主就不会重生。联合政府做不成任何有意义的事，他们只是在勉力维持局面，以保住自己的位置。他们更不可能为地球的命运这种恼人的问题下赌注。麦卡锡知道，是时候采取行动了。既是为了一个新的国家，也是为人类的命运。最终，人类中最优秀的那一部分必将能够突破地球的束缚，在火星上继续建立基于民主和自由的文明。如建国不成，则自由必亡，遑论殖民火星。

所有的战术都是为建立新的民主国家这一目标服务。虽然现在的联合政府已经是众叛亲离了，但自由联盟还不足以扳倒他们。麦卡锡决定继续借鉴古老的东方智慧，用借刀杀人的计谋推翻联合政府。

麦卡锡计划和贾斯汀·亨特谈一谈。这将是他们两人之间最重要的谈话，以前的一切都是为此做准备。亨特不善于社交，多年来麦卡锡还是将他视为密友——这也是战术需要。作为各自组织的代表，二人各有抱负，但这并不影响亨特一直以来对麦卡锡言听计从。大一统是双方共同的敌人。北大西洋自由联盟和英格兰自治联合会都以"复兴"为己任，虽然双方对"复兴"的定义并不相同。麦卡锡与亨特两人一明一暗，一个唱红脸一个唱白脸，在默契的配合中逐步推进各自的计划。而且，双方没有关于版图的争论——到目前为止。

重要的事情不能随意，麦卡锡要和亨特当面谈。他拨通了亨特的电话，准备和对方约定面谈时间。亨特没有接听，麦卡锡就发送了一条信息给他。一天后，麦卡锡收到了回信，却是亨特的运营官道格发过来的。道格很客气地代表亨特对麦卡锡接下来的到访表示欢迎，并请麦卡锡将会谈议程提前发给他。虽然有些狐疑，麦卡锡还是回复了。他随即选了

最快的航班，从圭亚那返回了新伦蒂尼姆。

　　他按约定时间赶往亨特的住所。那是一个隐秘的地方，麦卡锡却并不陌生。在离住所100米远的地方，他被几个安保人员拦了下来。他耐心地让安保检查后才进了住所。一个旧时代英式管家模样的人给他上了茶，并请他稍作等候："亨特先生处理完紧急事务后，就会从办公室回来见你。"麦卡锡只得耐着性子继续等。一个多钟头后，亨特来了。麦卡锡连忙招呼道："贾斯汀，可算等到你了。最近如此忙碌？"

　　"我近来都在办公室，很少回家。议程我看了，能否请你详细谈谈，唐纳德？"

　　亨特没有任何寒暄，他的单刀直入让麦卡锡意外。"嗯，我们俩合作多年，可以说是颇有成效。我们有共同的敌人，我们的目标也不冲突。贾斯汀，形势对我们极其有利，已经到了收网捕捞的时候了。还剩最后一个障碍，也就是那个历史倒退的产物。我们该动手推翻那个所谓的世界联合政府了。"麦卡锡说。

　　"怎么动手，唐纳德？你有什么想法？"

　　麦卡锡心想对方明知故问。亨特精心经营多年，制造了大量的机器人，无异于一支强大的军队。"养兵千日用兵一时。贾斯汀，我将继续利用思想院麻痹政府，为你掩护。"麦卡锡说。

　　"听起来你的意思是，我们去战场，你继续幕后指挥？"

　　麦卡锡感觉比以前更难驾驭谈话的走向。"拜托，贾斯汀，看在我们多年交情的分上，不能说我在幕后指挥。我们应该继续推进已被证明的合作模式，一起去赢得更大的胜利。"

　　"通过多年的合作，你也达到了目的，唐纳德。后续的行动计划很重要，我们要评估方案后再决定。下一个议题？"

　　"形势瞬息万变，动手宜早不宜迟啊，贾斯汀。以我多年和政府斡旋的经验，知道机会稍纵即逝。"

"谢谢提醒，我们心里有数。你真的不需要谈其他的议题吗？"

"另外，在联合政府倒台后，我们会支持贵方的英格兰自治事业，但贵方不能染指北美和欧洲大陆。对于这一点，我们应该有共识，但我需要提前得到确认。"麦卡锡说。

"我们对欧洲和北美没有兴趣。但不列颠自古为一体，在此范围内的所有领土和资产将隶属不列颠人民和其新政权。我们也不希望任何人干涉。"

麦卡锡觊觎"净土"在苏格兰的发射基地，心中暗自希望亨特不重视它。他听亨特这样说，就想继续为北大西洋自由联盟争取得到它，但又不想让对方觉察出来。麦卡锡说："不是英格兰自治吗？苏格兰是个烫手山芋，那个地方原始而贫瘠，却充满了各色人等。再说，他们从来没有真正臣服过。"

亨特却看出来了："这个你就不用操心了。你一定不会看上那个发射基地的，我记得你是一直反对地外项目的。'净土'要开发火星，就由着他们去好了。谁要去干涉他们，我会第一个站出来反对，至少在目前。"

麦卡锡头一次谈得如此被动。对方羽翼渐丰，已经掌握了主动权。麦卡锡心里充满了怒火，但在脸上没有表现出来。他想，小不忍则乱大谋，自己目前还须依靠对方。至少，在最重要的事情上，对方还是不反对的。"这只是我善意的提醒，贾斯汀。我们取得了很多共识，我相信我们的合作将取得伟大的胜利。"麦卡锡说。

26. 众里寻他千百度

李梓穿上衣服走出房间。李彤坐在餐桌旁对她说："快吃早餐，食

物已经有些凉了。需要我热一热牛奶吗？"

李梓随意吃了几口就要起身离开。李彤叫住她："女儿，你的脸色不太好。又没有睡好吗？"

"昨晚睡得晚，今天早上就起晚了。我出去走走。"

"今天还出去吗？现在天气不好呢。"

"待在家也没事可做。下雨的话，我也会找地方避雨，不会被冲走的。"

"除了把自己关在房间里，你在家确实无事可做。不过天天这么出去找他，你不觉得是无用功吗？事情已经过去两年了。"

"凭什么说是无用功？你对他并不了解。"

"我的确不了解他。但我也曾经年轻过。我对你很了解，也比你更了解世事。戴弗是个好孩子，他能来早来了，用不着你天天去找他。你都快20岁了——虽然在妈妈眼里，你永远都是个孩子。但你也一直当自己是孩子吗？"

"我知道我在你眼里永远是个孩子。那我今天不出去了，如果这能让你少操心的话。"李梓回到自己的房间。

李彤趁着雨还没有下起来，赶紧外出买了些食物。回家时，李梓还在房里。过了一会儿，她走到厨房告诉李彤："我明天就去上班。"她看见李彤露出吃惊的表情，就补充道："是当爸爸的研究助手。"

李彤有些失望。但她马上想到，女儿有事情做也不错。她笑着对李梓说："我真为你高兴，孩子。"

穆睿办公室有两面都是高高的书架，书架里凌乱地摆满着各种书籍。他喜欢纸质书，进入无纸化时代已经很久了，不知道他从哪里找到这么多书。此时他正坐在办公室里，目光越过显示着文字和数学符号的电脑屏幕望着窗外出神。天空中一道道闪电撕扯着黑云。天和海的尽头，露

第三章 发射基地的多维世界

出一道灰红的缝隙。几台工程机车在海面的新平台上,颜色已经看不清,机车的长臂偶尔反射着金光,让人意识到它们在移动。

"工程进度如此迅速,我却依然停滞不前。"他嘟囔了一句。他是在埋怨自己在物理研究方面毫无进展。"净土"曲折地证明了他的大规模移居火星方案不具有可行性,也揭示了人类更深层次的危机。"净土"已经将方案调整为更加雄心勃勃的星际移民,穆睿参与了发射基地反物质推进技术的攻关项目。经过大半年,项目组已经找到了增加反物质生成量的方案,现在他得以将主要的时间用于理论物理研究。但那几个理论还是互不相容。谁都无法用实验证明自己的理论,也无法用逻辑证伪其他的理论。

李梓的来电打断了他的思考。女儿问可不可以当他的助手,即使不拿工资也行。穆睿高兴地答应了。近两年女儿一直闷闷不乐,他不过多干预她的事,也从来不催她。现在她愿意工作当然好。工作能给她新的寄托,转移她的情绪,说不定她就能开心起来了。他告诉李梓,她可以做他的研究助手,但将不参与发射基地的项目。而且他会给她工资的。

窗外开始下大雨,到了下午5点也没停。穆睿穿上外套准备回家。

此时在平台的工地上,那几台工程机车也停了下来。兰德看了一眼旁边的机车顶端的操控室,机师还坐在里面对着显示屏,没有离开的意思。兰德拿起通话器问道:"大卫,今天天气不好,要不去我家住?"对方回说:"谢谢你。不过我在这里挺好的,这儿可以上网,累了还能睡。"兰德心想这真是一个怪人,将机车操控室当成家。他穿好雨衣,关上自己的操控室,沿着梯子下到平台的地面。他通过隧道来到陆地,只见雨下得更大了。一辆车在身边缓缓停下,车窗降了下来,一个人向他喊道:"上车吧,丹尼,我捎你!"兰德一看,是穆睿。穆睿喊道:"雨太大,动作要快!"兰德上了车。路上,穆睿问起他和他家人的近况,以及他工作的情况。

"平台马上就要建好了。我也要离开这里了。"兰德说。

"你打算去哪里呢？我知道'净土'还是需要人的。"穆睿说。

"我不知道……事实上我还在犹豫。发射基地希望我继续承担工作，但要我去很远的地方出差……去火星！你觉得我应该去吗，欧文先生？"

穆睿知道，"净土"将以火星上的"绿岛"为基本单元构建超大型太空舰船——星洲。由于"净土"的目标不再是火星，也不再是太阳系，未来必定需要大量的反物质。"净土"还要在火星上建加速器，用于制造反物质。但大量反物质的存储时间最多两年——这方面依然没有突破——所以加速器必须随星洲一起航行。而阿勒浦发射基地的作用，是在星洲远航前将足够多的人从地球运到星洲。

穆睿坦承自己无法给出建议："抱歉，我真希望能回答你，丹尼。你的同事也被要求去火星吗？"

"平台修好后，大部分现场人员将被遣散，只有少部分经验丰富的同事被要求续约去火星，其中有几个已经回绝了。发射基地很着急。欧文先生，你当时在火星感觉如何？"

"最大的感觉：想家。其他倒没什么，我适应得比想象的好得多。"

"好在贱内喜欢和欧文太太聊天，想必她不会太寂寞……也许明天我就可以回复匡墨了。倒是我同组的一个同事，将会被遣散。他好像连个家都没有，平时我偶尔照看他一下。不知道他以后去什么地方。"

"他叫什么名字？"

"大卫·修。"

说话间，二人到了兰德的家外。兰德下车后，穆睿继续前行回了家。李彤在等他回来，她比平时多准备了几道菜，甚至拿出了红酒。女儿愿意工作了，夫妇俩都很高兴，李梓反倒表现得淡淡的。

第二天，李梓随穆睿去办公室。父亲没有立即给她分配具体任务，只是罗列了一个清单，让她阅读数学和物理的资料。李梓在数学方面已经有了一些基础，但对物理的了解还很少。这些资料并不局限于穆睿倾向的理论，还包含各个不同流派的理论。一个月之后，穆睿才开始分配一些计算任务给李梓。

穆睿的研究依然处于困局中。他势单力薄，没有大型计算机帮助，计算工作主要得靠人工完成。另外，虽说联合政府已经开放了部分资料，但缺乏与专业人士的沟通机会还是让他倍感孤独和无助。他发表了几篇论文，不过是在原有的多世界理论基础上做些补充和诠释，不出意料地没有引起反响。

在180多年前，一个专利局的小职员也是洞察了物理学的深刻危机，却单枪匹马地启动了物理理论的革命。在这种精神的鼓舞下，科学界在接下来的一个世纪里将革命延续了下去，开创了繁花似锦的理论景观，直到新的危机——也是更大的危机的出现。理论太多了，不太可能都是对的。为了证明它们，大量的金钱被投入实验里，争论却没有减少。尤其是在大一统和人口爆炸后，理论物理研究成了众人批判的对象。今天，革命精神已经成了稀缺资源。穆睿知道，直面今天的物理学困局甚至比物理理论本身更重要。他必须做点什么。

他写了一封公开信。他在信里剖析了物理学的困境，并呼吁一场新的物理学革命，以找到真正揭示宇宙秘密的终极理论。他将公开信的标题命名为"呼唤未来的爱因斯坦"后发了出去。

响应者寥寥。只有一封署名"D.H."的回信像是来自专业人士。回信里对微观态和宏观态做了分析，其中有些新颖的观点，但也有一两处计算依据不充分。穆睿没有再细看，就随手将回信放在归档文件夹里了。

李梓却并没有感到来自物理研究的压力。对她而言，物理并不是一个非她不可的崇高使命。对她而言，那是一个消磨时间的方式，她甚至喜欢上了它的挑战，她喜欢思考它，或者和父亲一起讨论。家里谈天的主要内容也变成了物理和数学。李彤则并不参与父女俩的讨论，她将大

部分时间用在了照料全家的生活上,她把一切都安排得井井有条。

一天,穆睿去了发射基地驻地参加技术讨论会。李彤告诉李梓说她白天有事要出门,冰箱里有面包、蔬菜和培根可以用来做午餐。李梓和李彤说了一会儿话,就回房间去了。她闲坐着发了一会儿呆,然后想起了那款叫《另类现实》的游戏。她打开电脑,戴上眼镜和感应帽。她选了一个概率值稍高的现实,进入了游戏。

李梓环视四周,四面是白色的墙,连紧闭的门都是白色的。门的对面有一扇小窗,在旁边的墙上投下了呈栅栏状的阳光。到处都静悄悄的,一个穿着紫色格子裙的姑娘站在屋角看着她。李梓仔细看了看,那不是一面镜子。李梓转过头不看她,她又出现在另一边。她对李梓说:"你无法回避真实的自己。"李梓一边双手抱头一边说:"你不是我!我知道你是假的!"

李梓脱下自己身上的紫色格子裙,却看见身上也铺满了一块块紫色。紫裙姑娘在她耳朵边轻轻说:"看看窗外多美!打开窗户,你就能出去。"李梓闭上眼睛,眼前却依然晃动着紫色的光。她又索性睁开眼,窗户投下的紫色阳光在墙上拉得更长了。李梓来到窗前,下面街道上的汽车如小甲虫般穿梭。紫裙姑娘站在旁边说:"外面的世界没有孤独,只有自由。你知道怎么打开窗户的护栏吗?"李梓在脑海里思索备选方案:可以趁管理员不注意时拿走窗户钥匙,如果那个钥匙存在的话;也许可以在晚餐时,偷拿一个餐盘来撬开护栏,虽然护栏看起来很结实,但或许……"我知道你不怀好意,我不会听你的!"李梓喊道。她回到床上,穿上衣裙。

门口响起开锁的声音。一个女护士在穿制服的壮汉的陪同下进来了。女护士微笑着说:"该吃药了。我知道你今天很听话,吃完药有奖励呢。"

第三章 发射基地的多维世界

李梓吃下药,护士递给她一颗巧克力。李梓小声问:"可以给我画笔和颜料吗?"护士保持着微笑告诉她:"我说过多次了,孩子。只有在集体活动室才能看书、交谈、唱歌和画画。你不是每周都去活动室吗?"护士说完后二人就出去了。

李梓闭上眼睛假寐。视网膜上浮现出一条条粗直线,交叉纵横着一直辐射到尽头。被直线分割出的方块呈深紫色——已经快接近黑色了。直线开始慢慢晃动,逐渐化为一排排波浪夹着方块跳动。她睁开眼,那一片紫色还没有完全褪去。紫裙姑娘在歪着头看着她。

过了一会儿,门又开了。两个工作人员架起梯子,取下墙上的摄像头后就走了。好不容易等到统一就餐时间,房门又被打开了。李梓在保安的注视下,从楼道随众人去了餐厅。她领了餐食,坐在她的位置上。他已经坐在对面了。他问李梓:"011235813,你房间的监控拆了吗?"

李梓说:"'李梓'这个名字很难记吗?非要叫我那个该死的编号!他们刚才拆走了我房间的监控。271828182,难道你的监控没拆吗?"

"我习惯编号了。我不能告诉你我的名字,我很讨厌孤儿院给我起的那一个。"

"宁可用编号,也不要名字。真是牛心性!"

"'牛心性'这个名字就不错啊。谢谢你给我取这个名字。"

"你还没有告诉我拆监控的事儿呢,'牛心性'!"

"哦,刚才不小心听到保安说要把所有房间的监控都拆除了。今天有个摄像头划伤了一个人——听说是那个人自己打碎摄像头划伤的。"

紫裙姑娘靠着墙远远地看着这边,李梓控制自己不去看她。"监控让我不自在。他们还会再装上吗?"李梓问。

"我也不知道。但他们肯定会想出新的办法来的。星期天的集体活动你去吗?"

"我每次都去,为什么还问?"

"我想看看你的新作品。"他做了一个鬼脸，下巴上的疤痕更深了。"记得到时候穿多一点，活动室里冷气开得足。"他提醒道。

两人一直坐到餐厅开始赶人。保安盯着他们俩交回餐具，再送他们回到各自的房间。

回到房内，窗外的天已经黑了。李梓坐上床，紫裙姑娘坐在床尾默默地看着她。过了许久，紫裙姑娘对她说："现在药房的人在喝咖啡。去拿一瓶安眠药吃下去，就可以一觉不醒，再也不会烦了。"李梓看了一眼门，她不觉得自己可以打开。紫裙姑娘鼓励道："你是一个勇敢的人，不要犹豫。"李梓说："求求你放过我，快走开！"姑娘斜眼看着她说："难道你是个没用的胆小鬼吗？"李梓在胳膊上面狠狠地咬了一口，在那儿留下两排牙印，抬起头后发现紫裙姑娘不见了。

左盼右盼，星期天集体活动的时间总算到了。在活动室里，李梓在纸上涂了一片片红色的块状和一条条紫色的长线。她想要更深的紫色，但没找到颜料。"牛心性"一直在旁边，二人偶尔小声地交谈，更多的时候他歪着头看她画。李梓画完，他竟颇为动容。一旁的工作人员看到又是一幅涂鸦，不由得摇摇头。

活动时间结束时，人们起身离开。趁工作人员转头的工夫，他塞给李梓一包东西，并示意她马上藏起来。她将包迅速地裹进衣服，回宿舍一看，是各色颜料、画笔和纸，不由得大喜过望。从此她在房间里偷偷地写写画画，时间过得快多了。

离家比较远，李梓的妈妈还是每周都来看她。爸爸是国防部研究所的人员，长年在外地工作。一旦他回来，就会过来和李梓度过欢乐的时光。早先，爸爸跟妈妈说，不如让李梓回家。妈妈考虑到这里更专业，就留下李梓继续治疗。到后来，李梓逐渐不渴望回家了，反正爸爸都不在家。而且在这里每天都可以见到"牛心性"。他们俩在治疗中心相互鼓励，一起度过了漫长的几年。他们俩约定要快点好起来，还要一起离开这个地方。妈妈依然来看她。爸爸在半年前写过一封信给她,说他即将去另外一个基地工作一段时间,暂时还不知道什么时候才能回家。

紫裙姑娘一直陪伴着李梓,但渐渐地不再说话。又过了一年,治疗中心告诉李梓,她已经足够健康,可以回家了。李梓在吃饭的时候问"牛心性"可不可以一起出去。他告诉李梓,治疗中心认为他还没好,要求他继续治疗。他让李梓放心出去,他会争取早日康复的。李梓转头去找管理员,申请继续留驻治疗中心。管理员笑道,没见过好了还不走的。治疗中心是公共资源,得给有需要的人使用。治疗中心让李梓的妈妈来接走她。

回家后,李梓的妈妈为李梓联系了几所学校,但都没谈拢。她找了一些教材让李梓自学,她将下班后的时间主要花在女儿身上,照料得很精心。经常有妈妈的朋友到家里做客,很多是李梓童年时代就认识的。这些朋友都喜欢和李梓聊天,或者开导她,或者鼓励她。

在家的时候,李梓更愿意独处。她买了一些书自己看,也买了很多颜料在家写写画画。妈妈刚开始没在意,渐渐地她有些担心,免不了一次次地开导她。李梓多次问起爸爸的情况,妈妈都是语焉不详,只说他在保密单位,无法通信。在妈妈的监督下,李梓还在继续服药。她没有抗拒,因为她可以借拿药的机会每周都去治疗中心。

李梓每次去治疗中心都去看"牛心性"。见面的时间被限定得很短,但他们俩都很高兴。他一次比一次更憔悴,李梓也一次比一次更担心。他反过来安慰李梓,说只要她在外面快快乐乐的,他就没什么可担心的了。

有一天,妈妈的一个朋友到家来访,不巧妈妈在公司耽搁了,还没到家。朋友听李梓说起自己已大为好转,感到很欣慰。朋友告诉她,她在她妈妈心中一直很重要,最近几年她妈妈很艰难,现在情况可算好转了。朋友说:"你妈妈应该考虑再找一个伴侣,一个人独自承担太辛苦了。"李梓脑袋里"嗡"的一声。过了半晌,她问:"我爸爸呢?他们离婚了吗?"朋友一怔:"哦,没有……我没听到过这个消息。"李梓再三追问那个朋友,她一边说不知道一边匆匆离开了。

李梓关上门窗,却看见一个女人拿着一根满是血污的棍子推门进来。李梓惊恐地站起来。那个女人说:"宝贝怎么啦?我是妈妈啊。"李梓喊道:"爸爸怎么啦?你把爸爸怎样啦?"妈妈赶紧放下包,想过来抱住她。她推开妈妈,刚好看见紫裙姑娘在她身后。姑娘冷冷地说:"离开这个世界。厨房里有刀,你做得到。"李梓朝厨房走去,妈妈哭着抱住了她。妈妈推着李梓进了房间,一直陪着女儿坐到很晚,直到她睡去。

妈妈匆匆地做了些吃的,依旧轻轻回到李梓床边。一会儿李梓醒了,她平静了很多,睁开眼的第一句话依旧是问爸爸怎么了。"你不告诉我,我就一直不吃东西!"她说。妈妈背过身去,说两年前有一场意外,她爸爸当时就在现场。那个过程发生得很快,他走得没有任何痛苦。李梓喊道:"你撒谎!爸爸还给我写过信,说他去了另外一个基地!"妈妈哭着说:"我很抱歉,宝贝。那是我委托爸爸的同事写的。"李梓哭泣道:"为什么这样?!为什么这样?!"妈妈陪着她,一直到她累极了,睡了过去。

凌晨时分李梓醒来,看见妈妈在床边的椅子上歪着身子睡着了。她看着妈妈,心里涌起一阵歉意。她拿了一张毯子给妈妈盖上。妈妈睁开眼微微一笑说:"继续睡吧,天还没有亮呢。"

早上起来,妈妈看见李梓好了许多,就去厨房做饭去了。她请了两周假在家陪伴李梓。其实李梓早就有不祥的预感,曾猜测爸爸可能出事了。现在知道事情已无法挽回,她决心坚强起来。她写了几张字条放在身上,以不时拿出来看看。妈妈在家半月,感觉她逐渐摆脱了悲伤情绪,后面两天甚至比两周前还开朗了些,就放心地复工了。

妈妈上班后,李梓每天都出去。她开始喜欢户外,眼看着平静的大

第三章 发射基地的多维世界

地从连绵的灰色变成一片片跳动的紫色，眼看着天空仿佛极远又好似极近，好像遥不可及但又压得人透不过气，既虚无缥缈又无比坚实。空中旋转着的紫色颗粒大颗大颗地往下滴，将她也染成了紫色。她找到一面旧墙，在上面画世界，描色彩，抒发她的情绪。就这样，她画了一面又一面墙，引来了众多好奇的、疑惑的眼光。渐渐有人给她纸和布让她画，甚至让她在他们的衣服上画。还有人竟然愿意给她钱让她画。

一天，她的画吸引住了一个长发蓬松的中年人，他说她的画里有一种喷涌而出的忧郁气质。他让她在画上签了名，还说要在小众艺术博物馆里展出。李梓把画给了他。

李梓从不错过探望的机会。"牛心性"的境况更差了，见面时虽然都强打精神笑着，但后面几次竟然难以坚持坐到最后。她和治疗中心谈他出院的事情，管理员刚开始不同意，说她们不是他的亲人。李梓一再坚持他需要其他的治疗。管理员转念一想，他们俩都差不多是成人了，而且他本就没有亲人，治疗中心对他也无计可施，难不成一直不让他出去？就让二人签字离开了。

李梓让他在她家外面等着，她进屋和妈妈商量，想说服妈妈收留他。妈妈原来就担心他的精神状态对女儿有负面影响，自然不会同意。妈妈体谅到他没有父母和其他亲戚，就打了几通电话，最后找了一个熟人联系上了收容所，对方同意接纳。李梓告诉妈妈说，自己要带他去。妈妈见她最近干练了不少，就叮嘱她早去早回，任由她出去了。

其实在去治疗中心前，李梓就已经找了一个备选的地方，那是离家不太远的一堵旧墙背后的一处待拆迁的小屋。小屋的部分墙体已经风化了，但足以遮风挡雨。李梓一问，他果然不愿意去收容所。李梓趁妈妈出门的当口，就返回家拿了帐篷等各种生活必需品过去。二人收拾好小屋，从此李梓每天都过去，她画画时他就在一旁帮忙。

只是几个月下来，他的精力每况愈下，直至无法坚持。李梓带着攒

173

下的所有钱和他去医院。去过的每个医院都不愿意接收他，医生让他回家好好享受生活，别的不需多想。他回到小屋，在帐篷里躺下后就无力起来了。李梓每天拿来不少他喜欢吃的，她也不卖画了，只是尽量陪着他。

一天下午，他精神突然好了起来。他吩咐道："把屋子都画上吧，还有帐篷。"李梓拿起画笔，将墙、地板和帐篷都画上了。他说："真美！"李梓问："你在说画吗？"他说："不然还能是啥？"李梓佯怒道："只有画美吗？"他说："画美，但你更美。你是画里最美的那部分。"李梓扔下画笔，将他抱在怀里。

他说："把我也画进画里吧。"李梓在他的胳膊和胸口都画上了。他渐渐睡去，李梓在自己身上也画上了。屋外的月亮从云里钻出来，月光从墙洞照进屋里，照在水果刀上反射出冷峻的光芒。李梓和他胸口紧紧相贴，想温暖他越来越凉的身体。紫裙姑娘看着她悠悠地说："不能离开他，快去找他。"恍惚中，李梓觉得自己反而是那个紫裙姑娘。她看见他双眼紧闭躺在地上，趴在他身上一动不动的姑娘正是李梓。很快天色大亮，整个屋里充满了一块块紫色，中间有她身下的一片血红。李梓正在空中盘桓，突然看见他也升腾而起。他牵了她的手，从屋里出去。旧墙外已经人来人往，大家都对他们俩视而不见，那个长发蓬松的中年人手里拿着一个信封，驻足往墙上端详。"牛心性"看了她一眼，她明白那是不可再流连的意思。两人飞身倏尔不见，留下白得刺眼的天和地。

游戏结束了。程序让李梓逐渐苏醒。她醒来后感觉很疲惫，休息了好一会儿才缓过来。这一次他出现在了游戏里。她说："你说过游戏是真的。那说明他还在，对吗？正如我也还在，不是吗？"电脑告诉她："游戏里的每个现实都是真实的。而且如果某个人在游戏里出现，说明这个人在现实中也在连线游戏——当然是在这个现实中。"李梓觉得电脑的回答依然令人费解，但至少说明戴弗有可能正在某个地方寻找她。

她想要找到更多的线索。她再次进入游戏，选了概率值最高的那个现实。不料电脑显示"系统提示： 现实嵌套会导致逻辑错误。请选择其他现实"。游戏退回到上一级菜单，李梓只得又选了第二高概率值的现实。在这个现实中，李梓是一个温柔贤淑的女子。父母疼爱她，给她提供了良好的教育机会。毕业后，她在一家机关单位做了文书工作。她和中学同学刘逸思结了婚并幸福终老，直到走完平静的一生。

这个现实里也没有戴弗。游戏结束后，李梓就将它卸载了，她决心不再玩这款游戏。

27. 人生何处再相逢

李梓忘了吃午饭，她从房间出来时已经是傍晚了。李彤从厨房出来问她要不要先吃一些东西，李梓说等爸爸回家一起吃就可以了。李彤看到李梓很疲惫，就嘱咐她晚上要早些睡。李梓一照镜子，自己果然蓬头垢面，就回屋略微收拾了一番，再出来时穆睿已经下班回家了。

吃完饭后，穆睿继续聊着理论物理研究的进展。他不喜欢在餐桌上谈他在"净土"的工作，却愿意和家人分享他的研究。对他而言，物理研究不仅是一份工作，而且介绍的过程也是整理思路的过程。有人说，如果你不能简单地表述一个理论，那就表示你还没理解它。穆睿喜欢将自己的发现讲出来。李彤虽然家务繁多，偶尔也默默地听他滔滔不绝地讲。李梓则不仅是一个听众，她还经常提出问题和穆睿讨论。

屋外有人敲门。李彤起身开门一看，是刘逸思。他手里拿着一束小花，略弯着腰问李彤："欧文太太，你好。请问李梓在家吗？"李彤连忙侧身让他进来。刘逸思说："我找她说一个重要的事，就不进来了。"

李彤往里一指："她可不在这儿吗？"她笑着对女儿说："快来吧，宝贝。要和你商量要事呢，我看我和你爸爸最好回避。"

李梓缓步走过来。她奇怪地问："什么事这么要紧啊？"

刘逸思说："我知道你最近在研究理论物理。虽然我做不了这么艰深的东西，但很崇拜做理论物理的人，希望和他们做朋友。欧文先生这么忙，我不能打扰他。但理论物理有些枯燥，尤其是对女性而言——抱歉，我这么说可能不恰当，我只是担心你把自己闷坏了。咱们一起去呼吸呼吸新鲜空气好吗？你还可以给我讲一讲物理。你讲，我就一定觉得有趣。"

李梓笑道："有一个坏消息，我刚好就是一个做物理研究的女性，而且不至于无聊到和觉得它无聊的人谈它有多无聊。"

"别误会，我是觉得你做物理研究很了不起，我可不是开玩笑。"刘逸思扬了扬手里的花，"不说这个了。阿勒浦的秋天很美，尤其是傍晚，夕阳照在海边的野花上，风吹起来摇摇摆摆的，好像在跳舞。如此美景怎能辜负。我带你一起走一走？"

李梓笑着接过他手里的花，将它插在廊柱上的篮子里说："在海边商量要紧的事会煞风景的。说来听听，什么事？"

"今天我找到你了，在《另类现实》里面！"

"哦，那只是一款游戏。"李梓说。

"你不觉得很好吗？我们在另一个空间里在一起。"

"我已经卸载了。"李梓正说着，她看见两个人在路边徘徊，还不时往这边看。天色有些暗了，李梓还是认出其中一个人是杨大力。她跟刘逸思说："看样子杨大力有事找我。抱歉，咱今天就聊到这儿吧。"说完就朝杨大力走去。刘逸思不得不告辞走了。

杨大力是来告别的。继兰德之后，他也被抽调去火星施工。李梓让他进屋，说："从'田园公社'时开始我们两家就是邻居呢。"杨大力有些犹豫。倒是他旁边的那个男子问李梓："欧文先生现在有空吗？我有些问题想请教他。"李梓才注意到——他高而精干，穿着和杨大力一样的工装，二十二三岁的样子。李梓一看他的神态，不禁吃了一惊，只觉得与他似曾相识，但他又明显不是任何一个曾经与她相识的人。那个男子定定地看着李梓发愣，仿佛也很吃惊。杨大力说："我都忘了介绍。他是我相邻小组的同事，名叫大卫·修，平时喜欢钻研一些我们都不懂的东西。这是李梓，我的中学同学。"李梓想，或许这个大卫·修有工作上的事情要和父亲交流，就带着二人进了屋。

李彤一见杨大力二人随李梓进来，笑道："这不是大变活人吗？刚才一个人，现在变俩啦！没多久不见，大力又长壮了。快进来！"她已经准备好了鲜榨果汁，正好给每个人都倒上。杨大力依然局促不安，穆睿问起他的情况，他才渐渐没那么紧张了。原来杨大力是最后一批去火星的基建人员，他父亲没被抽调，将离开发射基地回苏格兰高地的住所。不过杨大力的收入将翻番，全家的支出用度将更宽裕。他和杨父已经收拾好行装，明天一早就要去各自的目的地。穆睿和李彤鼓励杨大力继续发展自己的事业，还让他别忘了多和他父亲联系。杨大力表示感谢后，看了李梓一眼，就要告辞。

"欧文先生，你上周的论文有一处错误。"大卫·修突然打破沉默说。

穆睿吃了一惊。他刚刚注意到这个年轻人。

李梓感到穆睿被冒犯了，微微有些生气。杨大力连忙说："欧文先生是专家，他的时间很宝贵，我们不能打扰太久了。大卫，我们该回去了。"

穆睿笑着说："我现在有空啊。让我听听哪一处是错的。"

大卫·修没有留意到杨大力的尴尬。"论文里微扰计算的第四项。关于它有限性的证明不正确。"他说。

穆睿直起了腰。他追问对方，对方继续解释。穆睿随即拉出白板，

二人旁若无人地讨论和计算起来，将李彤等三人撂在一边目瞪口呆。最后，穆睿点点头，他望着对方问道："署名D.H.的信是不是你写的？"

"是的。"

"你在哪里工作？"穆睿问完就发现自己又粗心了，对方明明穿着发射基地基建处的工服。"原来是基建处的。你也去火星吗？"他改问道。

"我不去火星。我已经不在发射基地工作了。"

"你叫什么名字？"

"大卫·修。"

穆睿恍然大悟。几个月前兰德辞行时曾提到过他，穆睿一忙就把他给忘了。让他意外的是，这个修竟然对数学颇有造诣。他问对方在哪里学的，为什么没有从事研究工作。修说他主要是在网络上学的，他没有学历，发射基地是他的第一个工作单位。大家都吃惊不已。

"接下来你去哪儿？"穆睿问道。

"还没有计划。无非是和来发射基地之前一样吧。"

"有一个地方愿意邀请你去工作。那儿的人比你前单位的同事少很多，视野也不如你原来的地方开阔——如果我邀请你做我的研究助手，你愿意接受吗？"

修定睛看着穆睿，想判断他是不是认真的。穆睿说："我是不是提得太快了？你可以再想想，不用立刻回答我。"修说："我需要酿分钟想一想。"其实修的意思是"需要两分钟想一想"——他和杨大力相处了一段时间，一激动，说话也带着乡音。杨大力连忙瞪着修说："能和欧文先生一起工作再好不过了，还犹豫什么？我要是也懂这么多，有这个机会多好呢！"穆睿对杨大力笑道："你做的事情也很重要，你将会越来越发现这一点的。"修说："我愿意加入。"穆睿对修说："我就当你已经接受了。你准备好后就可以上班了。"大家再说了一会儿话，杨大力就带着修告辞回去了。

第三章　发射基地的多维世界

第二天穆睿父女到办公室，发现大卫·修已经等在门口了——他提着一个包，背上还背着一大包卧室用品。进办公室后，穆睿吩咐修收拾了一套桌椅自用。待修收拾完毕，穆睿给他介绍办公室里的书和资料。办公室不大，穆睿很快介绍完了。修依然在东张西望。穆睿问："你在找什么吗？"修答道："我在看我可以睡哪儿。"穆睿笑道："看来这儿比你的前单位还少了睡觉的地方。"他随即想到杨大力父子已经搬走了，修确实需要新的地方住。穆睿说："虽然你没问过工资，但这不是无薪的工作。先预支这个月的薪水给你，你先去找一个地方住下来，然后再来办公室。"

到了中午，修回到办公室，依然背着那个大包。李梓惊奇道："收拾好住的地方了？这么快？"修说："我转了好些地方，都没有发现空屋。"穆睿哑然失笑道："有一个地方，叫房屋中介处。你得找他们租房子，漫无目的地转可没法找到住的地方。"他转头告诉李梓："你和他一起去中介处，给他租一个住处。"李梓皱了皱眉，后来一想坐办公室许久也挺闷的，在外面走走也好，就带着修去了中介处。过了两个小时，房子已经租好了，二人回到办公室。穆睿让修去换身衣服再过来，他告诉两个年轻人："作为我们的首次团建，我们今晚一起去镇上最好的餐厅。"修有些踌躇。穆睿对李梓说："你带他去买身衣服。"李梓噘着嘴说："他又不是孩子，干吗啥事都要我带路？"修连忙说："没关系，我就穿这一身。"穆睿笑道："我已经预订了桌位，但餐厅6点钟之后就不留座位了。餐厅以食物味道层次丰富著称，不需要我们增添新的味道了。"李梓无奈，只得勉强又带着修去买了一身衣服。她看见他在服装店里茫然无措的样子，不禁觉得可笑："你以前的衣服都是从哪儿来的？""到这儿后就有工服穿了，之前的那一套制服已经穿烂了。"修认真地回答。

晚间在餐厅里，穆睿问起修的家庭。修说自己患有失忆症，他已不

179

记得亲人，只记得自己在一个围墙内醒来，之前的事情一概想不起来了。从围墙出来后，除了不断有人要抓他，没有别的人来找过他。他一路往北逃，摆脱抓捕后到了阿勒浦，刚开始的时候藏在一个旧图书馆里，被发现后就去工地流浪，直到工地主管兰德收留了他，还给他安排了工作。

修的脑袋里空荡荡的，除了数学和物理之外没有装任何东西。穆睿叹道："又一个失忆的人！"李梓看着修前倾着身子，他专注而又小心翼翼地说着、听着，像极了之前的一个人。一阵猛烈的思绪袭来，她跟穆睿打了个招呼就离开座位进了洗手间。

李梓回座位后，穆睿没有多问，他正在滔滔不绝地谈物理和数学的关系。

第二天穆睿做了工作分配。他让修先用一个季度进一步熟悉理论物理。他让李梓再仔细看看 D.H.——也就是大卫·修——以前寄来的信件。这些信件里有大量的计算，穆睿没有足够的时间去审阅，他让李梓和修讨论，并将其中新的物理观点提炼出来。李梓虽然有些不情愿，却还是用了几周时间研读。她发现信件里面的计算如电脑计算一般繁复，她不得不时时和修讨论。她竟然没有发现其中有太多可挑剔之处。

穆睿也很快发现修具有不可思议的计算能力，对缺少大型计算机的研究来说，可谓是雪中送炭，就安排他协助自己计算。

杨大力告别了父亲，搭乘载人火箭到空间站，再转乘航天器到了火星。这是他第一次离开家人，也是他第一次乘坐飞行的交通工具。正所谓无知者无畏，在几天的行程中，他一点都不紧张。他并不知道，今天的载人航天技术是基于大量失败后取得的成就，甚至连堂堂联合政府都中途放弃了，只有一两家商业公司坚持了下去，却付出了巨大的成本和人员伤亡的代价。杨大力只觉得飞行新鲜极了：食物好吃，机舱里的服务很周到，同行的工友都很放松。他的烦恼也随地球渐渐远去。

第三章 发射基地的多维世界

一到火星，杨大力就看见红色的大地起伏延伸直到视线尽头，他只觉得通勤车被壮阔的天地包围，自己渺小到可以忽略不计。车翻过一个坡，眼前出现一个看不到边的平原，有上百个银灰色的"绿岛"分布在平原上。平原的近处躺着很多巨大的圆管，车开到侧边，他发现圆管是弧形的，管径竟有上百米。车里有人介绍说，这些弧形管将被拼接成巨大的加速器环和流通管道环。

随着车的行进，"绿岛"渐渐变大。每个"绿岛"都有几百米高。到了近处，杨大力反而更看不清它们的形状，只看见它们的每面墙都有几千米长，墙的尽头斜斜地接着另一面墙。车在其中一个"绿岛"处停下来，入口处写着大字"第169号工地"，一个穿戴齐全、面目模糊的人在门口仔细地引导大家进"绿岛"。

"绿岛"里是另外一番景象。里面屋舍山川一应俱全，俨然一个小世界。杨大力被安排到集体宿舍，和另外7个人共用一个卧室，虽然拥挤，设施倒也齐全。杨大力一洗漱完毕就要给地球上的亲友打电话，却被告知工地人员每周只能打一次电话，现在还没轮到他呢，而且电话过程需要接受全程审查。他只好等到时候再说。也没见到兰德，他在其他工地。好在同一宿舍的工友多是旧相识，而且这里的一切都是那么新鲜，冲淡了他的思乡之情。

杨大力在火星上的第一周没有进行实地作业。他的工作将是在"绿岛"外表面贴装加强结构，以及掏挖"绿岛"下方的岩土层。工作方式和在发射基地时相似，施工主要依靠各型机器人和机车，他负责现场协调以及和调度中心联系。施工的挑战是火星的环境与地球极为不同，因此匡墨命令培训处先用一周的时间对最后一批抵达的基建工程人员进行培训，主要内容是适应性训练以及安全培训。

工程施工人员已全部到位。加速器管道和流通管道已经分段建好，基建处接下来的主要任务是对"绿岛"进行结构加强。最后一批人员培训一结束，匡墨就按计划前往总部汇报工程进度。罗伯特告诉他，舒华兹在总部后面的永芳园里。匡墨只得又穿戴整齐出了总部。还没到永芳园，他就看见一个人穿着户外防护服低头站在山丘下，走近一看，头盔玻璃罩后正是舒华兹的脸。舒华兹也认出了他，朝他点了点头。匡墨站在一旁，陪着他默默地凝视着永芳园里的遗迹。园里有几十个小墓碑，墓碑下埋着"净土"开发火星以来的死难者。还有一个大玻璃棺，里面装满了由于各种事故失效的机器人躯体和部件。部分先行者已经尸骨无存了，"净土"就将他们生前用过的物品埋在了永芳园。老舒华兹就在其中，30年前他的舰船在一次着陆过程中失控爆炸了。

舒华兹和匡墨躬身擦拭掉每个墓碑上的尘土。舒华兹悠悠地说："我们就要离开这里了。"匡墨说："或许我们应该将永芳园移到'绿岛'内。"舒华兹说："不，他们属于火星。走吧，我们回总部，星际移民项目的启动会议时间马上就要到了。"

匡墨又随舒华兹回到总部所在的"绿岛"。二人摘掉头盔、脱掉防护服，舒华兹抹掉了脸上的汗珠。匡墨突然发现舒华兹的脸色苍白，步履也不如以前矫健了。到了会议室，里面已经坐了七八个人，刚从地球发射基地过来的弗莱、卢和丹·贝克也列席其间，发射基地的里格和穆睿则通过视频远程接入会议。

舒华兹告诉与会高管，"净土"又进行了多次测算，结论依然是：太阳系有很大可能将在未来几个世纪里遭遇灭顶之灾。人类必须向太阳系外寻找新的家园。本次会议将启动"净土"的星际移民项目。舒华兹做了开场介绍后，问大家有没有什么问题。

列席会议的都是"净土"的核心人员，舒华兹的想法对大家而言是公开的秘密。但当舒华兹正式宣布启动星际移民计划时，人们还是长时

第三章　发射基地的多维世界

间地沉默着。倒不是他们有更好的主意,而是大家对这个破釜沉舟的计划拿不准,毕竟这个项目太大了,一旦出发就没有回头路。终于,卢打破沉寂问道:"所谓的空间畸变的原因是什么?如果火星甚至地球依然适合人类长期生存,我们的星际移民会不会变得毫无意义?"

"在可以预见的将来,太阳系依然适合人类生存的可能性不大,虽然不是完全不可能。"舒华兹耐心地解释道。他看了一眼罗伯特,后者插话道:"我们还不知道空间畸变的原因。不过根据大量的观测,已经可以对太阳系附近空间畸变的先验概率做出预测。400年后太阳系对人类不宜居这个结论的置信度为87.61%。"舒华兹继续补充道:"即使地球或者火星依然宜居,星际移民仍旧有意义。我们将摆脱不堪重负的地球和火星,在太阳系外开拓新疆土和建立殖民地。"

里格建议,由于工程浩大,应该重点评估项目的可持续发展能力。如果运作不当,高昂的成本将导致高昂的价格,项目规模将受到极大限制,也就无法长期稳定发展了。舒华兹回应道,应该给客户充分的选择权,按最大容量接纳客户,也就是100万人,门票不能太贵。只要人数足够多,自然会有可持续的发展。舒华兹为进一步打消人们的疑虑,就告诉大家:不愿随星洲前行的"净土"人员可自由选择留在地球上。

舒华兹见大家没再提出异议,就说:"让我们进入今天的两个主要议题: 建造星洲;星际移民的目的地。我们将以'绿岛'为主体构建星洲。目前火星上的225个'绿岛'将拼接成星洲的环状主体,主体的外围与加速器环相接,内侧与环状流通管道相接。总部'绿岛'将位于环状主体的圆心,通过辐射状的流通管道与主体连通。接下来一年的主要任务是制造反物质发生器和储存装置,以及发动机。我们将为每一个'绿岛'配置6个发动机,加速器环和流通管道共配置84个发动机,总共为星洲组建包含1440个发动机的动力矩阵。大家可以看星洲的示意图。"

方 舟
FANGZHOU

　　舒华兹话音未落，罗伯特已经打开了大显示屏，上面的动态示意图显示火星表面上的"绿岛"、加速器管道和流通管道被分别装上了发动机，然后"绿岛"下面的岩土被掏掉了，随即"绿岛"纷纷升空，在空中聚拢相接成了一个主体大环，加速器弧形分段和流通管道弧形分段在大环的外侧和内侧，拼接成一大一小两个圆圈，将星洲的环状主体圈在中间。在环的圆心，是最大的那个总部"绿岛"。

　　匡墨告诉大家，星洲在空中完成拼接之前，装配将主要在地面完成。目前加速器管道和流通管道的各分段已建设完毕，发动机制造完成后，就可以开始装配。匡墨一面介绍，与会人员一面暗暗赞叹工程之浩大。

　　反物质推进是最重要的关键技术且涉及方方面面。舒华兹让卢介绍了反物质发生器、储存装置、发动机的生产时间表。卢要求人工智能工程部尽快交付大型3D打印机和机器人，同时敦促基建处加快生产场地的建设，要制造推进设施，必须先准备好这些生产设备和生产场地。他也催促地质矿产部加快采掘："既然这里有这么多稀有矿产可作为制造反物质的原材料，我们就不能辜负火星的恩赐。"

　　舒华兹要求弗莱拟定各型舰艇的制造时间表。这些小型舰艇将被用于星洲外围的先遣、巡逻、维护、应急、侦察、护卫、登陆甚至战斗等各种目的。

　　最后，舒华兹进入了最重要的议题。他知道大家对此关注已久，很多核心人员已经给出了不同的意见，是时候做决定了。显示屏切换到以太阳为中心的100万立方光年范围的三维星图。舒华兹仰头看着大大的屏幕，突然一个踉跄。罗伯特连忙扶着他坐下。舒华兹喝了一口水，缓缓说道："大家知道，我们的目的地必须是类地行星，而且对应的恒星必须是稳定的小质量恒星。综合考虑恒星类型和行星公转半径等重要因素后，我们的选项如示意图所示。"屏幕上的大部分星星都暗了下去。

　　"再考虑星洲的推进能力。大家知道反物质发动机的能量转换效率接近

100%，如果用三分之一的质量转换成能量，三分之一的质量作为反推剂，三分之一的质量为载荷，我们的星洲最多可获得接近70%光速的速度。再考虑到星洲内不能处于失重状态，所以目的地不能太远。据此，我们的选项是：格利泽581 C。"

屏幕上只剩下一颗星星，舒华兹将它放大，它变成了一个暗红色的火球。舒华兹介绍道："这是格利泽581 C的恒星格利泽581，太阳的邻居，距离太阳20.5光年，人类的第二个太阳。我喜欢穆睿给它取的新名字：仲阳。仲阳是一个红矮星，比太阳暗。而且质量比太阳小很多，这一点很重要。在距离仲阳十四分之一个天文单位的地方，就是格利泽581 C。"

一颗彩色行星移动到屏幕中央然后变大。舒华兹喘了口气，继续说道："格利泽581 C是一颗类地行星。它的质量为地球的5.1倍，表面积为地球的2.3倍。它与仲阳的距离刚刚好，它的向阳面的平均温度为34摄氏度，它的表面有广袤的海洋和陆地，我们可以轻松地在那里发现多个夏威夷。它有浓密的大气并富含氧气。我们还观测到了植被光谱红边——据丹·贝克分析，那里的植被很丰富。那里没有黑夜，那里是我们未来的家园——新盖亚。"

有人问："格利泽581 C的质量和半径意味着较大的重力加速度。人类能够适应吗？"

舒华兹站起来说："从此以后，让我们叫它'新盖亚'。新盖亚上的重力加速度为地球的1.6倍，但我们会适应的。事实上，我们考虑了利用星洲的航程来逐步适应加速度的方案。星洲不需要通过旋转来产生重力感，在大部分航程中，星洲将以相当于地球表面重力感的加速度前进，前半程加速、后半程减速。航程中段的加速度将被调小，以适应高速运动物体的质量增加——我们将不会被自己的体重压得站不起来。而在航程的最后两年，星洲的减速度又将逐渐增加，以提前过渡到新盖亚上的重力感。"舒华兹一口气说完，不由得喘起粗气来。罗伯特竟然注视着他,轻轻叹了口气。

"我们在那里会遭遇其他智慧生命吗?"弗莱问。

舒华兹又坐下来说道:"仲阳系没有戴森球,也没有克拉克带。我们既没有发现来自新盖亚的非随机辐射,也没有发现工业污染产生的过量二氧化氮或氯氟化碳。即使有智慧生命,其文明程度也低于我们。在到达新盖亚之前,星洲将航行18年[①]。'绿岛'们将是一个个社区,226个'绿岛'一起组成星洲里的世界。这个世界里有完备的生态,我们将在里面生活,直到到达目的地。然后,我们将在目的地开辟新的净土,建立世代传续的新盖亚文明。"

28. 旧年心事

又到了年底。这个冬天的第一场雪比往常来得晚一些,却下得很大,一连几天大雪将整个阿勒浦变成了纯白的世界。在节日到来之前,天终于晴了。

发射基地各处都张灯结彩。由于阿勒浦的大多数家庭都有人在发射基地工作,发射基地的气氛也带动了整个小镇,大家都在布置彩灯、圣诞树等装饰物,也有挂灯笼、做玩偶的。"净土"号召大家好好庆祝节日,连火星上的"绿岛"也将和发射基地"同步"举办嘉年华庆典。舒华兹盼咐里格通过此次活动感谢员工多年的付出,要让每个人都感到被尊重。基于同样的目的,每个主管还须安排部门会餐。这是"净土"第一次搞这样大的庆祝活动,发射基地的人们都很兴奋。人们都说,经过这么多年的艰苦工作,"净土"的发射基地和星洲终于都快完工了,上上下下

---

① 作者注:相对论钟慢效应。

都洋溢着一片喜庆。很少有人意识到，这更是一次告别，"净土"和地球说再见的时候就要到了。

穆睿的心情却没有随之好转。几个月以来，除了给李梓和大卫·修讲授各个流派的物理理论之外，其余时间他都沉默寡言，总是心事重重的样子，和以前那个开朗豁达的穆睿判若两人。李彤和李梓以为他只是烦心于研究毫无进展，都试着安慰他，也没能让他开心起来。最后大家的心情也都不好了。倒是修时不时说出些冒傻气的话，让穆睿和李梓忍不住发笑。

李梓见穆睿依然闷闷不乐，就跟他嚷嚷着本办公室的人员也应该一起聚聚餐。正说着，杨大力从火星发来了视频通话邀请。他去火星后就音信稀少了，李梓心想他必定有紧要的事情。不料他却只是问候了她和穆睿夫妇节日快乐。李梓问他可有什么事情，他吞吞吐吐的，只是说现在见面不易，希望以后能经常见面。李梓心想火星上的工期漫长，自己也不可能去火星，哪能经常见面？李梓见他没什么可说的，就将通话显示器递给了修。不料他和修虽然共事许久，除了略略问候近况，却也无话可说，只能草草结束了通话。

穆睿心里萦绕着两个心事。其中一个心事和家人有关，最近他一直在想如何跟她们俩开口。这个事情太大，虽然目前尚属于保密阶段，却刚好可以利用聚餐的机会试着谈一谈。他答应了李梓的提议，说就今晚聚餐好了，并要李彤也参加。李梓高兴地预订了餐馆。

李彤直接到餐馆会合。下班后，穆睿父女和修三人前往餐馆。李梓刚到办公室楼下，就看见刘逸思在大门口站着。他迎上来说："我恰好路过这里，想着咱俩或许可以同路。"李梓指了指停车场里的穆睿："我要和我爸爸一起去吃饭呢，我们办公室今天聚餐。"刘逸思看了看四周一片银装素裹，叹了口气说："多美的雪景啊，说不定以后都见不到了。我陪你走过去吧，我保证这美景会令你终生难忘，而且你不会错过最美

味的那道菜。"李梓笑道："还是不了吧，这天儿在外面走，太冷了。"刘逸思见她欲移步到停车场，连忙说道："我们部门下周一晚上举行舞会，我能邀请你做我的舞伴吗？"李梓正在想怎么回答他，突然见到修站在穆睿的车旁远远地看着自己，连忙灵机一动说："真不巧，我们办公室周一也有活动。"刘逸思笑道："你们办公室就几个人，活动这么多怎么参加得过来？"李梓道："人本来就少，如果我再不参加，那活动还怎么办呀？不管怎么说，谢谢你邀请我。"刘逸思见她随穆睿等人上车走了，只好独自驾车离开了。

　　李梓从后视镜里看见修仍偷偷盯着自己，就问他："我看起来像是一个可口的猎物吗？"修怔怔地说道："巧笑倩兮，美目盼兮。"也不知道他是在回答，还是在自言自语。李梓虽然心中微愠，却无法回应。倒是穆睿被逗乐了，他笑道："这是什么话！"修答道："咱办公室里的一本书上有这句啊。"穆睿哈哈笑道："我知道这是那里的话。但是不承想你现在说出来竟很合适。大卫，你总是让我想起一个人来。"李梓连忙打断道："注意安全，路很滑呢！"

　　三人来到餐馆。屋内微微飘着暖暖的麻辣味道，墙上挂了几幅水墨山水画和帖派手札，窗外一片洁白，街对面的楹廊上挂着一排红灯笼。三人顿时沉浸于安静而平和的东方气息中。不一会儿李彤也到了，夫妇俩齐声赞叹，都说地方选得很棒。大家也很喜欢这儿的食物，两个年轻人吃得满头大汗，直到心满意足才放下筷子。不一会儿工夫，桌上的碗碟都见了底，穆睿还没怎么注意，菜就已经被吃光了。李彤笑道："咱可真不讲究，个个狼吞虎咽，好像难民终于吃上了一顿饱饭。"李梓斜眼看着穆睿笑道："谁讲究谁傻瓜。真正的美食能让假绅士原形毕露。"穆睿笑道："有好吃的，我宁可做个真吃货，也不做假绅士。来，咱换换口味。"他叫服务员上了茶，呷了一口后赞道："想不到在这里还有龙井茶喝。"他看到李彤和李梓不为所动,反倒是修在细细品味,不禁问他道:"你以前喝过这种茶吗?"

修回答说:"没喝过。它和我喝过的饮料都不同,有一种清新自然的味道。"

"那你更喜欢哪一种?你一直喝的饮料,还是这个茶?"穆睿问。

"自两年之前开始有记忆以来,我喝过好几种饮料。我都喜欢,但也没有特别的偏好。"

"如果一定要让你比较的话,哪个更让你喜欢?"

"让我想想……我对它们的了解都不多,它们各有各的好。干完工地的活之后,兰德给的汽水很解渴;在办公室的下午,咖啡又很解乏……如果要比较的话,我可以研究它们的成分和人的内分泌以及激素的关系。但即使做了比较,也不一定会对其中一种更偏爱。"

穆睿追问道:"那你现在并不偏爱某种饮料,是因为没有做过仔细的比较吗?"

李彤埋怨道:"亲爱的,你正在和一个年轻人争论中老年人的爱好。而且人家说了,比较之后也不见得喜欢喝茶。"

修很认真地回答道:"不,欧文先生刚刚问的是新的问题。我不知道是不是因为我对茶和饮料都很外行所以没有偏好,但我相信在没有偏好的情况下比较它们会更客观。"

李梓笑道:"除了像电脑一样计算,你还有什么内行的事情?我倒想听听。"

修依然认真地回答说:"没有了……兰德有次说过我机车操作得不错,不知道这能不能算。"他一本正经的样子惹得连李彤都笑了。

穆睿陷入了沉思。"没有偏好,才可以比较……"他一遍一遍地重复着这句话。李彤和李梓知道他肯定处于重要的思考过程中,就没有打扰他。过了好一阵,穆睿突然望着修问道:"那几个物理理论,你觉得哪一个是对的？"

在穆睿几个月的指导下，修学习各个物理理论的进展神速，近一个月已经开始处理一些面向物理研究的计算任务。被这么乍一问，修才发现自己不曾思考过这个问题。"我不知道。这些理论看起来都说得通。"他老老实实地回答道。

"你觉得哪个理论更美，或者说你更喜欢哪个理论？"

修一时语塞。李梓抗议道："爸爸，你的类比不恰当。喜不喜欢喝茶是很主观的事。物理学是基于理性的，真相只有一个，哪管你喜不喜欢。"

穆睿说："是啊，只要世界在运转，上帝就不在乎它美不美。但至少，我们可以去比较不同的人眼里的世界。"

一小会儿沉默后，穆睿说："知道吗？《红楼梦》里的林黛玉就喜欢喝龙井茶。据说贾宝玉喜欢喝枫露茶，不知道那是什么茶。"

李梓取笑道："明明这里只有一个中老年人，怎么还继续谈茶？"

穆睿哈哈一笑："好，我换一个问题，每个人都必须回答。如果让你们选，你们愿意当谁？宝玉、黛玉，还是宝钗？"

李梓抢先说："我一个都不想选。我不愿意像黛玉那么敏感尖刻，也不喜欢像宝钗那样随波逐流。我也不想当贾宝玉——哪怕不得不一起逃亡，他也不该和家人分开。"

夫妇俩面有愧色。穆睿看着李彤问道："你呢，亲爱的？"

李彤说："宝钗。她懂得体谅他人，而且积极向上。在最艰难的时候她也没有放弃。"

"如果她知道最后的结局竟然是落了片白茫茫大地真干净，应该早点离开吗？"穆睿问。

"谁能预知未来啊？有一点我同意女儿说的，即使一起离开贾府去逃亡，贾宝玉也不应该和家人分开。"

修见无人接话，突然说道："我就当贾宝玉吧。我和他一样不懂得世间的事情。而且我也不想变成女的。"

李梓忍俊不禁，直笑得修神色尴尬。穆睿脸色严肃地说："如果未来是落了片白茫茫大地真干净，你们愿意跟着我，哪怕去天涯海角吗？"

李彤和李梓有些奇怪，心想穆睿怎么突然这么认真？但还是说："无论去哪儿，我们一家都要在一起。"修面露忧色地说："欧文先生，能不能也带上我？我没别的地方可去。"

穆睿似乎相当满意。他告诉李梓和修二人，第二天就不用去办公室了，小组放假一天。

放假后返工的那个周一是一年的最后一天。穆睿给二人布置了未来一年的工作任务，主要是比较各个物理理论。各个理论大不相同，但都未被证明是错误的。它们也有很多共同的地方——多个理论都预言超对称粒子，多个理论都宣称高维结构，等等。修和李梓的工作将是客观地分析这些理论本身。考虑到修擅长计算，穆睿让他量化地比较各个理论的相关性，而李梓则针对数据做出物理分析。穆睿给二人布置完工作，就挑了一本文学书看了起来，他已经开始等待下班后和李彤一起参加发射基地的舞会。李梓让父亲不用管她，她说自己晚上也有安排。轻松的气氛提前弥漫到了小小的办公室里。

下班后，穆睿先离开了办公室。李梓本来打算回家。她看见刘逸思在楼下停车场里正和穆睿说着什么，穆睿开车走后，他依然抬头眺望。李梓看见修专心地坐在电脑前，就问他："今晚有时间陪我走一走吗？"修的眼睛从屏幕上移开，惊讶地看着她。李梓说："不愿意吗？"修连忙回答道："没有，我很愿意啊。"二人穿上外套，李梓帮修整理了一番。

下楼后，李梓让修挽着她，修笨拙地牵住了她的手。出了大楼就看见刘逸思错愕地看着他们俩。刘逸思对径直走到跟前的李梓说："你不像是要去参加部门活动的样子啊。和我一起去舞会，好吗？"李梓说："还说不是部门活动，我们办公室的大多数人都会参加呢。舞会也快开始了吧？你再不去就要迟到了。"刘逸思忍不住大声说道："原来你所说的部门活动就你们俩而已！"李梓一面提醒他快去舞会，一面和修离开了。

　　修随着李梓静静地走着。李梓没有说今晚出来的目的，他虽然猜不透，却也没问。几个月以来，两人虽然在办公室里朝夕相处，还偶尔随穆睿一起外出，但她很少跟他谈工作之外的事情。修想，今天她也许只是寂寞。但不知她为何找的是自己。他也没有多想，反正世间的大多数事情对他而言都难以理解。两人一路无言，一轮浑圆的月亮从山后升起，屋顶的积雪被镶上了微带金色的边。四处的灯光渐渐亮了，李梓推门进了一家餐馆。餐馆很小，墙上贴了几张带字画的扇面。餐馆里人很少，李梓在一张小方桌旁坐下，修随她在旁边坐下，李梓示意他坐到她的对面。修依然没问，就起身坐到她的对面。李梓看着他，突然叹了口气。她叫一个胖胖的女服务员过来，点了面、点心和茶。李梓吃得不多，大多数时候只是喝着茶，默默地看着他吃。修注意到她在盯着自己，就停下了筷子。"这家餐馆很像我曾经去过的一个地方，"李梓打破沉默说，"那天的月亮也很圆。"

　　两人又坐了一会儿。李梓说："陪我去海边走走吧。"修随着李梓出了餐馆，来到海边。身后的点点灯火渐渐远去，唯有一轮明月在黛色的天空中，照着寂静的大地。大海表面的一部分水已经冻住了，漫漫一片银灰色中，有几个突起，那是发射台。李梓在一处石沿上坐了下来，修也挨着她坐下来。两个人都没有说话。天空的几片淡云如纱般拂过月亮。修觉得气氛有些尴尬，就说："你看，月亮像一张一直变化的脸。"李梓微微一笑，还是没有说话。修看着她侧面的轮廓，突然觉得这一幕很熟悉,一阵强烈的依恋感涌上心头。他正努力回忆这种感觉来自哪里,李梓将头靠了过来,倚在他肩上。两人看着远处的灯塔依然在一闪一闪,灯光映在海面上。一阵刺骨的寒风吹来,修将自己身上的外套脱了下来,递给李梓。李梓轻声说:"快抱着我。"修抱着她,他感到那个冰冷的身体在微微颤抖。修连忙抱得更紧,直到她慢慢暖起来。他突然发现她的脸上闪着晶莹的亮光,仔细一看,是满脸的泪水反射着月光。他连忙放开她,手足无措地站起身来说:"对不起!对不起!"

李梓站起身,又拉着他让他挨着自己坐下来。她侧身躺在他怀里,而他犹豫着要不要擦掉她脸上的泪水。一阵怜惜的情绪袭来,修不由得又抱紧了她。他心想,她肯定有什么委屈的事情。可是她一直没有说话。他又有些害怕她说出来,因为自己完全不知道该怎么安慰人。他的眼泪也忍不住流了出来。他连忙扭过头,但还是有几滴泪水被风吹到了她的脸上。月亮升到了头顶,四处更安静了。

李梓从他怀里起身道:"你怎么也流泪了?"她问修:"你有没有遇到过什么人,好像以前也遇到过的?"修一惊,因为他也在想这个问题。可是他想不出来答案。遇到李梓以后,他有一种越来越强烈的感觉,好像自己和她曾大有机缘,但脑海里却完全没有线索。甚至于,他在《另类现实》里也曾遇到过她,在那里,她简直就是李梓。可那只是游戏。

"没有。"修过了一会儿才回答道。

李梓叹了口气。她想,他连自己以前的事情都不记得了。而且,他像一张白纸,完全不像曾经历过世事,自然不会有这样的体验。

"我小的时候,大家认为我是一个神经质的女孩。有段时间,爸爸和妈妈相继去了外地。后来,我遇到一个人,他不理会别人对我的看法,他在意我、保护我。然而我们在一起的时间并不是很长,但是我一直忘不掉他。"

"他去哪里啦?"修忍不住问。

方 舟
FANGZHOU

　　"我找不到他了。今天的月亮还是那么圆，这一切都和他在我身边时一样。但是我却不知道他去哪儿了。"她声音很轻，像是在喃喃自语。

　　又起风了，一只寒鸦叫着飞离了树梢，打破了宁静。"我们走吧。"李梓说。

　　修一直陪着她走到路口转角处，直到可以远远地看见她家的"蓬庐"尖尖的屋顶。李梓停下来看着他说："谢谢你今晚陪我，谢谢你听我说那些话。你跟他实在太像了。只是，从明天起我们谁也不能提起今晚的事，就当不曾有过今晚。"她谢绝了修送她到家门口的要求，快步离开他，往家的方向走去。修远远地跟在她身后，目送着她回了家。

第四章
突围

29."方舟"号星洲

新年的第一天，李梓觉得全身酸痛无力，就赖到半上午才起床。李彤只当她前一天睡得太晚，就没去打搅她。到中午李梓走出房间，李彤发现她面色不佳，再一摸，她的额头有些烫。简单问诊后，发现她是受了风寒。李彤让她暂时别去上班，等感冒好了再工作。

元旦假日归来，修没见到李梓。快到下班时，他终于忍不住问穆睿。穆睿说李梓受了凉，有些发烧，但没什么大碍，只是需要在家休息一两天。他告诉修："我是一个糟糕的信使。你为什么不直接问她呢？"

第二天，李梓终于来到办公室。她似乎还未痊愈，懒懒的不说话。修心中充满了愧疚。他既想和她说，又不知道该说些什么；或许她的眼神能告诉他，但他又怕和她对视。李梓似乎没有注意到他，她一直斜伏在桌上看着电脑。

穆睿忙完后，就找二人讨论比较各个物理理论的思路。最近他意识到，虽然各个物理理论在逻辑上都是自洽的，却都无法完备地解释世界，也都无法与意识剥离开来。有没有可能，各个物理理论作为主观对象——也就是每个理论的创建者——的思维产物，理论的主观性是一个合理的存在？分析这些物理理论，再也不能下意识地忽视甚至排斥意识因素。

比较这些理论时同时考虑意识因素，才能更靠近真相。

三个月后，三人联合发表了一篇长文，文章按照穆睿的主张提出了一个新的研究方法——物理比较学。文章公开后，不出意料地没有引起反响。世界乱局纷纷，"净土"则专注于星洲，大家都无暇顾及其他。过了一周才出现一篇文章质疑穆睿，说他的论文貌似是用数据去比较各个理论，却甚少分析理论所描述的对象，因此不是实证的。后来又有一篇短评文章说穆睿开始涉猎其他的物理理论流派，看来他对自己一直坚持的多世界诠释也产生了动摇。穆睿有些失望，倒不是因为没有得到认可，而是因为没有得到专业的反馈。但他也没太在意，毕竟，理论物理研究受冷落已经很久了。他还是继续和两个青涩的助手一起孤独地探索。

但没过多久，物理探索就被打断了。穆睿接到通知，他将于初夏时分去火星出差，预计秋天才能回来。在火星上，星洲的主体部分已经完工，即将利用聚变能驱动升空，并在空中完成最后的拼装。拼装完成后，加速器环状管道也将连接成型，从此将具有制造反物质的能力，为星洲未来的航行提供更高效的能源——这将是人类首次利用反物质作为能源，穆睿需要在工程和试制阶段亲临现场。初秋时分，火星将趋于近地点，星洲将离开火星运行至地球轨道并成为地球的卫星，在那里等待和接收从地球发射基地过来的人们。在此期间，星洲的动力还将来自聚变能，反物质推进技术将首先在小型舰艇上试用，待技术成熟后，星洲将在反物质能源的推动下，离开太阳系驶往遥远的目的地。

穆睿给修和李梓安排了他出差期间的工作任务。听闻穆睿要出差好几个月，修顿时觉得忐忑不安。几个月以来，李梓一直冷冷的不太搭理他，他心中有愧却一直鼓不起勇气去给她道歉。如果穆睿不在，二人岂不更加尴尬？穆睿对此毫无察觉，他嘱咐二人在他外出期间要完成工作任务，还让二人多相互照应。

第四章 突围

穆睿在家准备出差用具的时候，趁着李梓在里面房间，李彤告诉穆睿："家里的事情有我呢。不过女儿是不是应该等你出差回来后再去上班啊？"

穆睿奇怪地问她为什么。

"你不在，办公室里就他们俩……我有些担心。我们都不了解那个大卫·修。"

"他是一个如此单纯而质朴的人，恐怕连他自己都不了解。如果他都没有那些珍贵品质，那么这个世上就没别人有了。"穆睿肯定地说。

"想不到你如此认可他。不过，我们不知道他的过去，他是什么人、是不是犯过罪，我们一概不知。听刘逸思说，他可能是一个出逃的机器人。我原来没细想，只是觉得他有些怪，听这么一说，不禁也有些怀疑。咱宁可信其有，不可信其无，得注意啊……"

李梓从走道里转出，她生气地喊道："凭什么这么说？！他不是机器人！"

李彤一惊。她问李梓："宝贝，他有没有对你不尊重啊？"

"他只是我的同事，但可以说是最规矩的同事了，却被人说成这样，这对他不公平！"李梓大声说道。穆睿连忙劝解二人，李彤也就不再坚持了。

第二天，穆睿离家从发射基地出发前往火星。这是他多年来首次重返火星。里格知道他恐飞，就亲自做了安排，还特地叮嘱空乘人员予以关照。其实聚变驱动的航天技术已相当成熟，远非旧日可比，对飞行的恐惧更多只是一种心理作用。何况飞行途中的服务极其周到，穆睿只是在起飞阶段心有波澜，几天的行程中他几乎没有感到不适就抵达了目的地。

实际上星洲的方案已经没必要，也没可能再更改了，但在施工的最后关键时期，作为反物质方案的提出者，穆睿理所当然地认为自己不能

袖手旁观。火星上的舒华兹、罗伯特、丹·贝克和巴切夫等已是故交，完全不需要工作磨合期。他暂时将物理研究工作置于次要位置，只在每周一次的视频会议中听取修和李梓的进展汇报。

李梓和修二人依然专注于物理工作。转眼到了盛夏，阿勒浦的气温比往年同期高了不少。一天早上，天气十分闷热，修刚要出门，四处就狂风大作起来。顷刻间黑云聚拢在头顶的天空，一阵电闪雷鸣后大雨就泼向了地面。修看着屋外地面上越积越高的水，正在想李梓会不会正在上班途中，她的电话就打来了。虽然信号不是很清楚，修依然通过通信终端屏幕看到她家的屋顶损坏了，雨水正顺着墙往下流。修连忙拿起一把伞就往"蓬庐"跑。到她家时，李彤和李梓正手忙脚乱地收拾东西准备搬走，修也帮她们收拾起来。

穆睿一家的房子本来就是废弃的旧居，又恰逢这多年不遇的大雨，房子竟摇摇欲坠。"蓬庐"不能住了，李彤已经联系了发射基地，基地表示有近处的房间可供她们暂住。东西还未搬出，雨却越下越大，收拾好的家私细软渐渐被水包围。李梓十分着急，她徒劳地用一些衣服去遮挡一个背包。修见状，就护着背包往基地处搬。不料刚出门，修的脚踢到积水里的一块石头，他的身体前扑，怀里的背包泡进了泥水里。李梓一见也冲进雨里，修连忙站起身重新护住背包，二人一路小跑到了基地提供的房屋内。修让李梓在屋内歇着，又反身去接李彤。李彤让修帮她先带了一些紧要物品，剩下的东西只能等雨停后再取了。

修再回她们的暂住地时，看见李梓坐在地上流着泪看着摊在地上的几张画。修一看，有好几张人物画和一张风景画。那些画都被泥水泡湿了。李梓小心地摊开那张被泡得十分模糊的风景画，画上的大海和船已经几乎看不见了。修慌乱地想，是因为自己摔了跤背包才泡水的。他小心翼翼地蹲下，想仔细看看有什么办法修复，哪怕一点点也好。但帆布已被泡得满是泥渍，颜料被水洇后整张画都污了。正在手足无措之际，他突然看见帆布的角落有一处签名"D.H."，不由得失声说道："这是我画的！"

李梓没有理睬。她一面流泪，一面继续用棉纸轻轻点吸那张画上的水。修肯定地说："我记得这张画，虽然我不记得是什么时候画的了。"

"你是在安慰我吗？这不会让我开心。你的名字缩写只是刚好与之相同罢了。"李梓说。

修陷入了苦思。他想抓住记忆中若隐若现的线索，但那些影子总是在刚刚有些轮廓时又模糊了。混合着甜蜜和酸楚的感觉莫名其妙地涌上心头，再一次让他觉得似曾相识。他语速极慢，简直是在一个字一个字地说："这是我和一个人一起用电脑画的，那里有木房子……还有高脚屋。对了，我还曾在一间小屋里见过一幅一模一样的画。"

李梓放下帆布盯着他的脸，仿佛要看穿他。

"我想起那幅画了。我想起了它的每个细节……"修缓缓地说，他慢慢地将目光移向李梓。四目相对，两个人都在寻找答案。修突然瞪大眼睛说："是你！是你和我一起画的！"

李梓一动不动地盯着他。她最终说："你不是他。你记错了。"

李彤在隔壁收拾好了，她高声提醒李梓快去洗个热水澡。过了一会儿她又过来催促李梓："全身湿透了还嘀咕这么半天，小心又着凉了。"

修还想和李梓继续说说，但他能记起的就这么多了。他见李彤母女还要收拾新住处，就告辞回去了。

李梓和戴弗一起制作的画已经在大雨中毁坏了，她想起电脑里有这张画。但又想，虽然那也是她和戴弗一起做的，但毕竟只是一张电子图片，自己一人打印出来也没有意义。

她还在想为什么修知道这张画和自己的事。她暗暗想，肯定不是妈妈告诉他的，只能是爸爸了。爸爸也真是的，跟他说这些干什么？

第二天雨过天晴。李梓到办公室时修早就到了，他一直在等她。

李梓见他眼里满是期盼，就对他说："昨天的雨太大了，我们家的很多东西都淋坏了。至于那张画……我也该从过去走出来了，让我们忘掉它吧。要不是你，淋坏的东西还要更多。感谢你啦！"修笑了笑，他从桌子上拿起一张画递给李梓。她一看，竟是那幅画！画纸的角上也签上了"D.H."。李梓仔细辨认之后也没有发现它的差别。她有些感动，虽然对方不知道昨天的那一幅画对她而言曾不可替代。"你在网上找到了这幅画？"她问。

"不是。我记得这幅画。昨天看见它，虽然已经淋坏了，我还是认得那个签名。昨天晚上我就把它画了出来。"

李梓觉得不可思议。昨天的画根本无法辨认了，他却如此肯定，那记忆不像是错的。她收起画。二人各有心事，办公室更安静了。

时光就这样一天天地流逝。有一天，李梓突然想起一件事，她拿出画来问修："你怎么记得画的细节的？还有，你学过画画吗，怎么复制得这么逼真？"

"我没学过画画。但我记起了那时的情绪，就想起了这幅画的每个细节。我只是把它重现出来。"

李梓拿起了那幅画。修站在身旁和她一起看。她有一种错觉，仿佛回到了几年前，好像身边站的就是戴弗。往日思绪不受控制地笼罩着她，她的眼眶开始模糊，那幅画也开始变得鲜明而立体，隐隐约约的好像一个曲折的隧道。她回过神，赶快擦了擦眼睛。还好修还在盯着画，没有留意到她曾神游往昔。

李梓正收着画，穆睿的电话过来了。他告诉李梓和修，星洲就要启航前往地球轨道，他也快结束差旅回家了。他说，明天"净土"将发布一个重要公告，公告之后，他还会在阿勒浦的晚间给李彤和李梓打电话，和她们商量一件重要的事情。

第四章 突围

在火星上空，星洲已经拼装完成。整个过程历时几个月，最先升空的是流通管道，接下来是225个"绿岛"，然后是各段加速器管道，最后是位于中心的总部"绿岛"。全部升空后，各部件在发动机推动下依次完成拼接。从火星表面看，拼装完成的星洲像一个巨型玉璧，它的内外廓被两个肉眼可见的同心圆——那是加速器管道环和流通管道环——圈在其中；辐射状的流通管道则将星洲主体和中心的总部连接在一起。

是时候和火星说再见了。"净土"的大部分人员已经在"绿岛"升空时随之离开，穆睿和舒华兹等核心人员将乘坐最后一班"天隼"号前往星洲与他们会合。

星洲被命名为"方舟"号。星洲竣工后，"净土"通过视频举办了简单的落成仪式，舒华兹向地球发出了公告。在公告中，他首次公布了太阳系空间畸变这一发现，并表示详细的资料已被同步公布。基于这一发现，"方舟"号将前往新盖亚，以在太阳系外延续人类文明。离开太阳系之前，"方舟"将先前往地球的阿勒浦发射基地斜上方并悬停在1000千米高空，在那里迎接通过发射基地过来的人们——"方舟"的乘客和新盖亚的第一代殖民者。舒华兹表示，"方舟"正在制定一个百万乘客的遴选方案，预计将于一个月之内公布。

公告发布后，李梓毫不犹豫地向穆睿表示愿意和全家一道前往新盖亚。其实她早已隐约知道"净土"的研究发现，撤离地球并不让她十分意外；再说她家里人各自漂泊，在"方舟"里反而能够不分开。李彤刚开始时非常犹豫，经穆睿劝说后也同意了。穆睿也征询了大卫·修的意见，修自然也愿意一同前往——他在地球上没有任何牵挂，也愿意继续协助穆睿研究。

公告在北美、欧洲、东亚等地掀起了轩然大波。多年来最激烈的暴乱在世界各个主要城市上演，人们走上街头愤怒地抗议联合政府隐瞒真相。

政府则誓言要清算商人为逐利而罔顾地球安危的行为。

麦卡锡强烈谴责"净土"制造谎言，也批判了联合政府集权腐朽和姑息养奸。他宣布与联合政府脱离关系，并立即解散了思想院。他还呼吁民众保持冷静，并表示地球必将再次洁净，人类必定重建民主。

而在世界的其他大部分地方，公告并没有引起太多波澜。毕竟，这不是第一次世界末日的传言了。再说，在他们看来，那一小部分精英的所作所为和他们从来都无关——除了利用他们之外。

在首府郊外的亨特知道时机已经成熟。他拨通了道格的电话，命令道："明天开始行动。"

30. 分　裂

巨大的联合政府大楼内静悄悄的，和广场上的混乱形成强烈的对比。办公室里空出了不少座位，部分政府职员被堵在路上了。首脑会议室里倒是坐了满满一屋人，大家都在通过电视上的实况直播紧张地关注广场上正在冲击警察防线的人们。

联合政府总执行官金英哲问首都警察厅长能否挡得住进攻的人们。对方报告道，机械警察一年前做了安全升级，完全值得信赖。功勋院院长大阪太郎不放心地说："首都处于失控状态好几天了。政府再不采取行动，我们明天都没有办法坐在这里了。"民主院院长斯密特提出政府应该立即惩治"净土"以平息民愤，遭到经济及工业发展部部长约翰逊的强烈反对。财政院院长辛格说："暴民已经开始冲击世界联合政府银行，大家心知肚明，英格兰自治联合会是幕后操纵者。我们不能再软弱了。我相信，即使北大西洋自由联盟也是反对英格兰自治联合会的。我们应尽快建立更广泛的正义同盟，号召全球力量共同打击反政府行为，并立即推出相关的财政计划。"

凯文·琼斯愤怒地说："宁为玉碎，不为瓦全。我们不应该继续坐在这里——关起门来吵架不会让野心家退却。何不把政府大楼里的人组织起来，和英格兰自治联合会的人殊死一战？"辛格讥讽道："以凯文和英格兰自治联合会的渊源，你对他们自然是知之甚多。我们有兴趣听你介绍他们的计划。或者，凯文一出面，他们就会退却也说不定。"凯文·琼斯怒不可遏道："我早就和他们一刀两断了！我现在就出去和他们斗，谁和我一道去？"

公民院院长多纳尼劝道："这只会让形势恶化。今天这个局面是长期的压制政策导致民众和政府对立的必然结果。我们只有从根本上解决机制性问题，才能实现长期稳定。我建议联合政府立即公布改革方案，弱化政府权力，加强民众的公民权。先生们，我们应该反思了，现在的时局迫使我们必须做出改变。我们为什么不一起商量改革方案呢？就现在。"金英哲叹了口气说："要是能改早改了。如果要变，恐怕还没等到公布，政府内部就先打起来了。我们要杜绝任何激化矛盾的行动，目前能做的只能是拖延，民众疲劳了自会平静下去。这在过去几年被证明是有效的。"他吩咐秘书起草稿子，准备晚上对全球发表讲话以呼吁民众保持坚忍和耐心。

广场上的防线突然崩溃。机械警察纷纷掉头往政府大楼撤退，民众如决堤的潮水般漫过整个广场。几个机械警察甚至带领人们突破了政府大楼的门。政府工作人员纷纷逃散，他们或者从小门溜出去，或者干脆混在人群里。人们找到金英哲时，他正在质问他的高级幕僚们为什么机

械警察叛变了。他徒劳地想要说服无动于衷的机械警察，直至最终不得不放弃。机械警察们倒是没有伤害大楼里的人，只是将他们控制在楼里哪儿也不能去。

几个面无表情的人在大楼里搜寻掌管政府财务账号的辛格。实际上，辛格看见广场失控后就从大楼后门溜走了。功勋院院长大阪太郎和经济及工业发展部部长约翰逊也不见了。除这几人之外，其他联合政府高官和各院代表都已被控制。

就这样，亨特的人造智人混在人群中并借机改写了机械警察的程序，从而控制了首都的所有政府机构。和联合政府大楼一样，首都的官方媒体机构、各公营企业、科研机构也被接管了。

金英哲等人在联合政府大楼内一天一夜不眠不食。第二天晚间正惴惴不安之际，亨特到政府大楼来单独见金英哲。亨特劝他顺应民意，结束世界独裁政府的统治。金英哲心想，全球统一后才消灭了已存在几千年的人类战争，世界联合政府为维护大一统局面殚精竭虑，想不到竟在自己任期内消亡。"为什么世界一定要进入无政府状态？难道争斗和苦难是人类的宿命吗？"金英哲悲愤地反问道。

"你多虑了。世界各民族早就想独立了。没有专制的全球政府，各民族将自主选择自己的道路，他们将发展得更好。"亨特说。

"难道为了英格兰自治，需要以牺牲全球福祉为代价吗？需要以人类文明倒退为代价吗？"

"世界联合政府成立以来，全球有没有变得更好，你心中没数吗？我不是来谈判的，我到这儿来是为你指出一条路——唯一的一条路。英格兰自治联合会将带领域内民众恢复国祚，但我们对大不列颠之外的领土没有任何兴趣。虽然前世界联合政府从大不列颠人民那里搜刮的钱物仅有极少部分被用于域内民众，但我们对域外的非法政府资产将不予追讨。前联合政府人员也可净身离开大不列颠。"

第四章 突围

"我需要对所有联合政府职员的安全和生计负责。离开了首都，他们怎么办？"

亨特冷笑道："只要在48小时之内离开，我们保证你们在本域内的安全，其他的我们恐怕保证不了。在离开之前，你必须向全球发表讲话，公布联合政府将离开本域。"他递了一份讲稿给金英哲："内容已经准备好了。你不需要问是否可以修改，反正讲话内容让人满意了才会播出。"

大厦的腐朽需要很久，倒塌却只在一瞬间。世界联合政府要流亡了。斯密特、多纳尼和永贝里分别联系欧洲各处，想给联合政府找一个落脚的地方。欧洲各处表示，民众原先勉强接受联合政府，只是想避免更贪婪的本地政府的存在，如今世界联合政府对欧洲已完全没必要。欧洲各处都建议流亡政府另觅他处。金英哲寄希望于南亚次大陆，却一直联系不上辛格；他还联系了东亚各地，东亚也不出意料地拒绝了——东亚对联合政府忽视东亚一直不满。随后金英哲抱着一线希望让斯密特联系刚刚解散了思想院、宣布和政府脱离关系的麦卡锡，想让北美接收他们。斯密特嘟囔道："一想到要去求那个满嘴民主自由的骗子，我都想吐！"虽然嘴上这么说，他还是尝试拨了对方的电话。麦卡锡根本没有接听。

眼看48小时期限就要到了，大家正一筹莫展之际，金英哲突然接到一个出人意料的电话，来自一个意料之外的地方。大家顿时喜出望外，立即应邀奔赴那里而去。

给金英哲打电话的是佩巴，丛林部落的酋长。虽然部落地处西非偏僻地带，佩巴却具有非同寻常的志向。他担任酋长后，充分利用丛林的自然资源，极大地改变了部落的经济状况，饿死的人数一直在减少。他还立志改变部落的封闭状态，坚持安装了部落的第一台电视和第一部电话，从此他就可以在他那部落最大的草棚屋里掌握世界动态了。前日晚他从电视上看见金英哲的讲话后，就立即召开了部落长老会议。他力主

部落接纳前联合政府的高级官员。虽然这些当官的啥都不会，但政府有的是钱，他们带来的资金必将彻底改变部落的经济面貌。长老们虽然没有佩巴见多识广，但大家对他就任以来给部落带来的改变都很服气，这次他也一定错不了。商定以后，佩巴就给金英哲打通了电话。

金英哲等几十人辗转飞到了亚穆苏克罗，再转乘汽车、牛车和木筏到了丛林部落。虽然不是有意的，他们的外表已提前入乡随俗，几天的风餐露宿让他们看起来已经和当地人没什么两样。佩巴早已组织整个部落迎接他们，他一见他们，大喜。部落用一顿别有风味的大餐招待他们，吃饱饭后，部落还组织了赤脚舞会，大家围着篝火欢笑到深夜。

舞会后，他们睡得特别香甜，直到被人叫醒。金英哲睁眼一看，阳光照进了草屋。佩巴站在草屋的门口，字斟句酌地问他："我们邀请联合政府暂驻本部落，后续还有政府人员或设施到达吗？"

金英哲注意到他的箱包已被打开，里面的衣服凌乱地露了出来。"联合政府恐怕已经不存在了，现在只有流亡政府。它依然是地球上唯一的合法政府，核心人员也并未流失，我们全部都在这里。我代表政府感谢贵部落的盛情款待。我们必将光复联合政府，恢复世界联合，继续为世界人民的福祉和人类文明的进步而努力。"金英哲说。

"那联合政府的资产会转移过来吗？"

"政府资产是政府为民众服务所必需，因而神圣不可侵犯。我们有坚定的信心结束目前全部政府资产被非法侵占的局面。"

"那政府的资金呢？你们还有钱吗？政府银行的密码也没了吗？"

"也被非法侵占了。我将发布公告，谴责该侵占行为，并重申联合政府拥有包括但不限于政府资产和资金的所有权。"

佩巴沉下脸来。他转身离开了草屋，门口换成了一个高大的年轻人。金英哲想出去找永贝里、斯密特、凯文·琼斯和多纳尼说话，都被拦了回来。他的电话等物品也被收走了，连如厕也有人陪同。从此他每天只能在草屋内等着食物送过来。

佩巴又来过几次，问了大致相同的话。十几天以后，金英哲终于接到可以和同僚们见面的通知。一行人被集中带到河边，部落给他们提供了一个木筏让他们离开。他们只得顺流而下，到了森林边的一个无人处才靠了岸。他们驻扎下来，还学会了人生中的第一项劳动技能，并一直在那里顽强地生存到最后。当然，这是后话了。

大量的人像金英哲一样被勒令离境，原因却各不相同。驱逐联合政府后，亨特就开始着手组建新政府和改造国家构成。他宣布大英复兴王国正式成立并自任国家总顾问，随即进行了组阁。国家恢复君主立宪制，作为王国象征和精神领袖的君主将从千年前的盎格鲁—撒克逊王族的后裔中挑选产生。前联合政府经济及工业发展部部长约翰逊被任命为首相。国家构成方面，亨特的原意是建立纯正的民族国家，经查询基因数据库后统计，符合条件的人竟不足万人，因此放宽了条件，凡在域内出生且含至少50%民族血统者符合条件。如此一来，约80万人将成为王国公民。亨特对该人口数量非常满意。而有能力的非主体民族的人则开始筹划或欧陆或北美或南亚的去处。

在北美的麦卡锡听闻联合政府倒台，连忙联络北大西洋自由联盟的骨干召开了连续几天的紧急会议。麦卡锡谴责民族主义的大英复兴王国是历史倒退，称它"既不大英，也不复兴，更非王国"。他同时提出应立即结束无政府状态，并基于民主和自由以及广泛的共同价值，尽快在北美和中西欧建立统一的联盟国家，却应者寥寥。麦卡锡原本希望辛格和大阪太郎拥护自己的倡议，不料大阪刚从新伦蒂尼姆赶来，会议未结束又匆匆走了——他见自己提出的分割前政府资产的方案未得到认同，就远走东亚了。而辛格则一直没有出现。

世界联合政府倒台犹如第一块倒下的多米诺骨牌，其政治体系遭到

207

唾弃，世界银行元也退出了历史舞台。继大英复兴王国之后，紧接着大和民主共和国也宣布独立，欧洲多地按半个世纪前的边界相继宣布复国。随即北美也组建了联邦政府，北大西洋自由联盟则名存实亡了。各地政府纷纷宣示各自的主权。他们很快就忘了世界分裂这一重大政治事件，就像他们很快会忘掉世界曾经统一。人们对存在了半个世纪的世界联合政府竟没有一丝留恋。

大家暂时无心连横，也无暇抢地盘，毕竟，连曾拥有最广阔疆域的联合政府都崩塌了，甚至地球都前途未卜。各个政府成立后，立即将工作重心放在发展太空技术上。

"方舟"号还是按计划来到地球上空，高度则被更改为距地表3500千米[①]。在"方舟"内，反物质动力系统已接近完工，乘客征集方案却因为地球上的意外变化而被暂时搁置了。舒华兹命令里格在阿勒浦部署了机器人保持警戒，待局势稍定，"方舟"再接纳乘客。

穆睿的出差快要结束了。李彤和李梓每天都会抬头望一望天空的那一面拖着长长的发动机尾焰的玉璧，计算着他还要多久回家带她们去"方舟"。李梓没心思考虑工作，她开始整理打包，只待和穆睿重聚就可以出发了。

刘逸思给李梓打了几次电话，她都没空接听。一天，她正在办公室，刘逸思过来了。他悄声告诉李梓："我去了'蓬庐'，才知道你们已经不在那儿了。有一件事情很重要：你必须尽快离开发射基地，在两天之内离开。更多的我不能说。"

李梓说："我们会马上离开发射基地的。我都等不及了。"

刘逸思有些惊讶："原来你已经知道了。记住，必须两天之内离开。"他看见办公室另一边的大卫·修似乎也在听，就转身离开了。

---

① 该高度上的重力和火星表面相当。

第四章　突围

穆睿四天后就会回来接她们了。李梓心想，不知道刘逸思怎么知道她们要离开的，也不知道他为什么说两天内一定要离开。但她没太在意，开始仔细挑选办公室的研究资料和少部分书，准备带走。修也一起收拾东西，到傍晚时分两人才收拾好。李梓疲乏地坐在窗前仰头看着星空。天上呈椭圆环状的"方舟"号变得更淡了，星星开始闪耀。她轻声问："不知道天秤座[①]在哪儿呢？"修也走到窗前说："在这儿可看不见。"他指着天上的星星一一介绍给李梓，两人推算地平线下仲阳和新盖亚的位置。李梓说："那里一定很不一样。不知道我们在那里会变成什么样呢？"她见修没有回答，就转向修："那里会不会很拥挤？听说新盖亚上适宜生存的地方很小呢。"修说："可能会吧。人类的繁衍速度是很快的。"李梓问他："在那么远的地方，我们将来会孤单吗？"修不假思索地说："只要和你在一起，我就不会孤单。"李梓一笑："谁在问你会不会孤单啊？"修说："你还有爸爸妈妈，更不会孤单了。"李梓说："我可不想一直只有爸妈陪着我。"

二人将整理好的资料带回了家。接下来两天是周末，李梓和李彤在家收拾打包，两天下来，比平时累很多。周一凌晨天还没亮，李彤被屋外一阵急促的敲门声惊醒。她连忙开门一看，修站在门外着急地说："快走，人造智人要攻占发射基地！"

31. 撤离地球

四周还是黑的，只有稀疏的路灯发出黄色的光。李彤说："你不要

[①]　格利泽581位于天秤座。

着急，慢慢说。"修说："你听！"李彤果然听到远处有喊叫声。李彤疑惑道："发生什么事了？"修说："不知从哪里来了很多人造智人，已经抵达了阿勒浦。它们一路封锁，到我隔壁时我听到动静就跑了过来。"李彤正疑惑，突见几个穿制服的发射基地安保人员边跑边喊："紧急通知：大家尽快去发射平台！"每个房子的灯很快亮了，各处开始喧闹起来。李梓也起来了，她惊讶道："怎么啦？"修大声喊道："我们快走！去发射平台！"李彤道："我们是不是该待在屋里不出门，等外面消停了再说？"李梓道："难怪刘逸思说两天之内必须离开！"正说着，又有几个发射基地的主管驾着摩托，大声催促人们去发射平台。李彤还在犹豫，李梓道："连联合政府的人都留不下来呢，再不走就来不及了！"母女俩连忙带着早已收拾好的箱包，李梓将母亲背上的包裹取下道："这些东西就不要了！"李梓欲取车，修喊道："不要开车，我们跑过去！"他一把抓过她们俩的箱包就往外跑。

　　三人一路往隧道而去。远处海上的几个发射平台灯火通明，一枚火箭喷着透明的蓝色火焰正在升空。路上奔跑的人开始渐渐增多，犹如洪流。一队队发射基地的铁甲机器人逆着人流向小镇方向跑去。人越来越拥挤，修拉着李梓，李梓拽着李彤往前走。到了隧道入口，路被车塞得满满的，车里的人着急地按着喇叭催促前面一动不动的车龙。修拉着二人迂回着进了隧道。突然身后大乱，铁甲机器人折身回来冲向人群，它们将路中间的汽车和人踢开，开辟出一条道路来。它们的身后有一队面无表情的、穿蓝色制服的人。一个基地安保喊道："大家避开机器人，它们叛变了！"

　　人流更加混乱。机器人也不与人纠缠，它们快速地顺着隧道前进。修带着二人沿着墙根艰难地来到隧道尽头。亮光中一群人正和机器人在战斗，那是基地的安保在用血肉之躯守着洞口。倒在地上的人越来越多。一人高喊："不能放机器人进来！尤其是穿蓝色制服的人造智人！"李

第四章 突围

梓认得那是发射基地的负责人里格。穿蓝色制服的人闻言，纷纷脱掉衣服。里格带着安保奋力阻挡着隧道里的汹涌人流，眼看就要守不住。他大喊道："不能让他们去'方舟'号！快，让所有的火箭立刻升空！"

李梓等三人被人流裹挟着进退不得。铁甲机器人突然大开杀戒，它们在人造智人的驱使下，踩着地上的挡路者来到隧道口。李梓等人正心急如焚，突然一个帽檐压得很低的男子挤到她身边低声说："快跟我来！"李梓一看，是刘逸思。他说："相信我，我知道一个出口。"他不由分说地拽住李梓的手往人群外挤。李彤和修看见李梓被拉走，连忙也挤开人群跟了上去。三人随着刘逸思反身往隧道里走去。刘逸思打开了隧道里的一个小岔口的铁门，领着三人进了岔口。四人借着昏暗的灯光向前跑。刘逸思又打开了尽头的另一道铁门。四人走出去一看，几枚巨大的火箭赫然就在眼前，他们已经来到发射平台上了，旁边不远处正是隧道出口。几个铁甲机器人已经从隧道里突破出来。安保正筑起与机器人战斗的最后防线，并试图挡住一切不明身份的人。

大家都没留意，修突然不见了。刘逸思说："咱不等了，我带你们俩上火箭。"李梓不依。她正四处找修，却被四周越来越多的铁甲机器人阻隔。三人正进退失据，却见机器人纷纷倒地，一辆高高的山地机车挥舞着巨大的铁臂驱赶着机器人。李梓定睛一看，坐在机车操控室里的人正是修。修一边扫开一条道路，一边大喊："快上火箭！"刘逸思连忙拽着李梓母女往火箭奔去。安保正要关闭登箭入口大门，刘逸思赶紧出示发射基地的工作证说："她们是欧文先生的家人。"安保没有多问就让他们进去了。身后的机车上爬满了铁甲机器人，正越来越近。李梓着急地大喊："我们还有一个人，他马上就来了！"安保未予理睬，他迅速关上大门，赶着三人登上了火箭。

舱内已经坐了很多人。三人刚刚落座，火箭就匆匆升空了。李梓觉得自己的心脏被拼命往下拽，她身体战栗着，泪如雨下。刘逸思安慰她

道："超重感很快就会过去，等会儿就会以匀速飞行至'方舟'。别担心，我们脱险了。"他的声音在火箭轰鸣声中隐约可闻。李梓仍然难以自已，她转过头，李彤紧紧地握住她的手。

在聚变发动机的推动下，火箭远离了地面，结束了加速，变为匀速上升。舱内十分平稳，人们竟感觉不出和在地面有任何区别，大家开始起身，有人走到窗户边，试图看看正在远去的陆地。李梓正坐在座位上，恍惚中发现一人从后舱走来，仔细一看，竟然是修。李梓站起身，忘情地抱着他大哭起来。李彤在旁提醒："他受伤了，快擦一擦！"李梓一看，修的下巴处有个伤口，鲜血还在往外流。李梓连忙帮他擦掉脸上的血。他的伤口颇深，她找乘务人员要了伤口贴，仔细地帮他贴上。刘逸思惊讶地站在一旁半晌没说话，良久才嘟囔道："不可思议！他居然上来了，简直和机器人一般顽强！"李梓和修充耳不闻。他们俩没有说话，却都无法平静下来。她分明感到修和她一样，心在剧烈地跳动，她再也没有刚才的紧张感，只剩下了欣喜。

阿勒浦发射基地沦陷了。"净土"曾在此苦心经营10多年，他们专注于工程和商业，曾将数以万计的人送到火星，其中部分人今天成了地球之外的居民。"净土"在地球上这个仅有的基地却如此不堪一击：发射基地的铁甲机器人被人造智人改写了程序，瞬间就成了入侵者的帮凶；发射基地负责人里格在组织防御时被打死了。为防止入侵者驾乘火箭进入"方舟"，两枚火箭来不及装载乘客就自毁了。

成立不久的大英复兴王国随即发表声明称不列颠全境均为国家的固有领土，王国政府在周一采取的果断行动结束了阿勒浦的无政府状态。声明称，作为不列颠伟大开拓精神的体现，"净土"是人类地外探索的先行者，在新政府的坚强领导和大力支持下，"方舟"必将继续为民族做出更大贡献。亨特在声明中提到，虽然周一的政府行动遭到少数暴徒的破坏，政府依然按计划控制了局面。他强调，暴徒不代表"净土"和"方舟"。他呼吁各方齐心协力、通力合作，精诚团结在王国政府周围，共创大英复兴的光辉胜利。

"净土"并未对事件做出谴责。匡墨和弗莱等"方舟"号的高管主张利用具有绝对技术优势的空间舰艇进行反击，舒华兹也没有采纳，他表示即使空中力量占优，没有地面作战能力也守不住发射基地。所幸的是"净土"早已将绝大部分设施从发射基地转移到"方舟"，这次事件令"净土"损失了部分发射基地人员，但大部分人员已成功撤离至"方舟"。一待最后一艘撤离过来的火箭到达，舒华兹即命令将"方舟"转移到加那利海盆上空。他们将在那里对反物质推进系统做最后的完善，同时静观地球上的时局变化。

地球上新成立的各个国家都对大英复兴王国占领阿勒浦发射基地表示了极大的关切。北美联邦共和国对大英复兴王国用武力改变疆域的行动表示了强烈谴责，欧洲各国则呼吁区域和平，并希望各方专注于重建，尽快携手展开技术合作。大和民主共和国称愿意主持各方尽快谈判，并再次呼吁公开一切前联合政府时代遗留下来的人类共有的技术机密。对这些声明，"方舟"号上的人没有当真。全球大一统局面刚刚结束，新的格局正在形成，每天都有大事在世界各地发生，小小的阿勒浦发射基地易主引起各方如此大的关注，不过是醉翁之意不在酒——仅仅是因为大家知道地球前景未明，故而都觊觎其空间技术。

大英复兴王国对这些谴责都未予理睬，他们正忙于处理境内暴乱。阿勒浦事件之后，不列颠境内又爆发了多处大规模冲突，多个非主体族群无望成为国家公民，就对主体民族发起了攻击。不过没过多久，大英政府的机器人警察部队就干净利落地平息了暴乱。

到"方舟"号后，李彤等人并没有立刻见到穆睿。出了火箭后，乘

客们被安排在一栋封闭的楼里分开住了两天,其间几次来人核实各乘客的身份。放行后,几个乘客不见了——对每人进行扫描后,几个混在乘客里的人造智人被清理掉了。

　　李彤等人被放行时,穆睿早已等在楼外,母女俩一见自然十分高兴。大卫·修也从楼里出来了。穆睿一见他,不由得对李梓笑了:"看大卫多像戴弗·哈利!"李梓回头一看,修的身形、步伐和戴弗一模一样,简直像是从同一个模子里刻出来的。修脸上的伤口贴已被去掉,他下巴上出现一道新的疤痕。李梓惊呆了,连疤痕都一模一样!她不由得停下来用手细细地抚摸他的疤痕,她在心里呼喊:"你就是他,你就是他!"李彤见此情形,连忙对女儿说:"还好大家都安全到达了,多亏了大卫这孩子。可有看见刘逸思?没有他我们可到不了这里,我们也应该感谢他。"李彤四处寻望,没有发现刘逸思。其实刘逸思本来就是发射基地人员,他早就被放行并找到上司报到了。

　　穆睿一家的住所早就安排好了,它位于一栋长长的公寓楼里,虽然不大,却很舒适。住所含两个卧室和一个可用于餐食、会客以及作为书房的多功能房间。公寓楼所在的小镇位于9号"绿岛",这是一个社区"绿岛",里面教育、卫生、安保设施一应俱全,物资供应则通过流通管道输送至该"绿岛",再逐级分流至各户各人。在各级管道中分布着自动传送带和机器人进行分拣和递送,全自动的输送过程按个人的信用情况和需求来精确实施。由于多数乘客尚未到达,从发射基地撤离过来的人们被集中安排在同一公寓楼里,以方便物资供应和节省资源。

　　除与"方舟"号相关的工作外,穆睿的研究工作将主要在家里完成。因此大卫·修的单间被安排在他家隔壁,以方便交流。

　　李彤很快就喜欢上了这里。"绿岛"内的一切都井然有序,生活也很便利。她的咳疾也好了一些。

　　由于全家才搬过来,穆睿还没有给李梓安排工作任务。李梓正好可以时不时拉上修四处逛，或者在晚上看着视觉上触手可及的星空发呆。虽然其他"绿岛"还没有开放，9号"绿岛"里的小镇却也有阿勒浦那么大。小镇的房屋造得很密，但人还不多。"绿岛"内还修造了山丘、湖泊、树林和绿地，虽然都不大，却也齐全。虽然这里没有大海让她略感缺憾，却也有更好的一面——这里没有暴风雨。

"方舟"号的绝大部分工作人员和刚从阿勒浦过来的人，共计3000多人，都住在9号"绿岛"。李彤母女到达当天，杨大力就过来看望她们，他见她们俩平安无恙，不禁喜形于色。兰德等旧邻也相继来了，兰德夫人虽然仍滞留在阿勒浦，所幸目前安然无恙。大家都指望阿勒浦形势好转，地面上的人们尽快过来才好。

从发射基地撤离的第二天，"方舟"号举行了纪念会。人们聚在9号"绿岛"的广场上，哀悼在阿勒浦事件中死难的人。舒华兹没来现场，他在总部"绿岛"通过视频发表了简短的讲话。仪式结束后，不少人继续留在广场上交谈。丹·贝克、匡墨、巴切夫等人找到正要离开的穆睿。匡墨说："请等一等，欧文先生。"穆睿停下脚步。"你能带我们去见舒华兹先生吗？我们有好几个月都没见着他了。"匡墨说。

"今天这么重要的纪念会，他也没到现场。这可不像他。"巴切夫说。

"我也有一段时间没有见到他了，最近只是在电话中和他交流过几次。你们打算找他谈什么？"穆睿问道。

"最近我找他，都是罗伯特接的电话。我们失去了唯一的发射基地，如何从地球运送乘客？发射基地的后续计划是什么？'方舟'号未来将何去何从？舒华兹先生今天根本没有提及。"匡墨说。

穆睿犯难道："我从未介入运营，恐怕没有什么好主意去说服他。"

"实际上，舒华兹先生听你的。他很尊重你，穆睿。我们去找过他，但都吃了闭门羹。你和我们一起去，兴许还可以见到他。"丹·贝克说。

"关于'方舟'号的未来计划,你们的想法是什么?"穆睿问道。

"'方舟'号是我们多年辛勤工作的成果。地球上还有那么多人在等着过来呢,我们必须夺回发射基地。"匡墨说。他见穆睿沉默不语,继续说明道:"世界上的大多数人都会支持我们的。我还和弗莱谈过,作为舰船部的主管,他对我们的空间攻击能力有绝对的信心。我们有能力精确打击目标,避免毁坏设施和伤及无辜。"

丹·贝克赞同道:"我和那个亨特打过交道。即使要谈判也得先从气势上压住他。"

巴切夫怒道:"从他颠覆联合政府和抢夺发射基地的卑劣行径可以看出,任何与他谈判的想法都无异于与虎谋皮。"

"我对政治和军事完全外行。但我可以试试给你们约一约。"穆睿说。

接下来几天,穆睿给舒华兹打了多次电话,都是罗伯特接的。他告诉穆睿,舒华兹暂时还不能和他们会面,但他会转告舒华兹。又过了几天,罗伯特回电话给穆睿,说舒华兹要见他,并让他一人前来总部。罗伯特给他分配了专用于进入总部的单次通行码,让他第二天上午前去。

穆睿不解为何只让他一人前去,罗伯特也没有说明。穆睿又详细询问了匡墨等人的想法,并表示将尽量转达。

第二天,穆睿出了9号"绿岛",坐着传送车,通过流通管道来到总部"绿岛"——也就是位于"方舟"号中央的1号"绿岛"。罗伯特依然在"绿岛"门口等他,就像他们第一次见面时一样。不同的是,他们再也不用多余的客套了,穆睿在第一次离开火星前,和他有过愉快的合作。进入1号"绿岛"后,罗伯特驾车带着穆睿来到那座方形建筑前。他让穆睿独自进去,说舒华兹在里面等他。罗伯特告诉穆睿:"请简短些,欧文先生。"

方楼里面非常暖和。楼内静悄悄的,屋中间的水池还在那里。水池的边缘处突然出现波纹，穆睿仔细一看，正是只露出肩部以上的舒华兹。他招手让穆睿过去。"抱歉只能在这里见你。"他喘了口气说。穆睿笑道："这让我感到熟悉，艾伦。这里的一切，包括你在水里的样子，都和几年前我们在这里见面时一模一样。"舒华兹苦笑道："等我从水里出来，你就知道远远不是一模一样了。"他招呼穆睿在池边坐下。"我有重要的事情和你谈，它关系到人类的未来。"舒华兹说。

32. 梦想和现实的抉择

"到达新盖亚之前，'方舟'号将持续飞行18年，必须使用反物质作为能源。卢现在也同意聚变推进不具有光年级的续航能力。不过他担心由于缺乏实际运行的验证，贸然大规模使用反物质推进技术存在风险。"舒华兹一口气说了这么多后，停下来喘了几口气。

穆睿道："这确实是一个问题。反物质制造的理论模型经过了严格审核，我们也生产了足够数量的反物质。但在大规模使用反物质推进之前，我们确实还需要实际验证，如有必要，再做细节优化。原来的计划是先在火箭上配置，从地球发射基地出发试飞。"

"等不了了。我们在舰艇上配置，从'方舟'号出发试飞。同时验证反物质推进和新舰艇。"

"同时验证两个新产品，风险会叠加。如果从'方舟'号出发试飞失败，可能还会损坏'方舟'号。"

"我们的时间不多了。宁可冒一点风险，也要尽快出发。"

"其实我这次来见你，是要转达匡墨和巴切夫等人的意见。他们主张夺回发射基地。如果我们重新拥有发射基地，依然可以在那里试飞。"

"那不重要了，穆睿。只要发射基地还在，就可以运载乘客。战争

只会破坏它。"

"它现在在大英复兴王国手里。不难猜测，他们想把'方舟'号据为己有。"

"只要能把足够的人类送到新盖亚。你知道，亨特只是一个人而已，他们还有近百万民众。"

"很难想象他们愿意付一个子儿，艾伦。否则，他们不会以这种方式占领发射基地。"

"什么钱不钱的……人都快没了，这些都没有意义了。"

穆睿从来不在意商业。但他还是吃惊地看着舒华兹，想要读懂他——这个"净土"的大老板、曾经商业利益至上的人变了。不过穆睿还是提醒他："能多一些人去新盖亚当然更好。只是大英复兴王国主张血统论，这对绝大多数人不公平。"

舒华兹说："要让人类延续，'净土'的人还太少。再说，哪个冠冕堂皇的文明没有丑恶的过去？我们要离开地球了。我们并不知道人类在新盖亚的价值观会变成什么样，也就不应该再用老的道德标准去评判那个新国家。"舒华兹停了下来。他按了池边的呼叫器，一个护理人员应声开门进来。舒华兹自问自答道："我们还有其他选择吗？如果现在就出发——就我们'净土'自己，我们也许可以活下去——如果这点人可以活下去的话。但以如此少的人口基数，人类将极不可能延续；又或者我们等地球上的人们选择出100万人后我们再一起走？那么在出发前，战争将是选人的唯一方式，地球将沦为战场，'方舟'也将毁于战争。"他休息了一会儿后继续说道："匡墨和巴切夫他们委托你，我也正要委托你转告他们。他们很信任你，正如我也很信任你。"

穆睿说："我和他们是同事，也是朋友。但我敢打赌他们更信任你。也许你可以和他们直接谈谈。"舒华兹连忙说："我不想让他们见到我这样。"他示意护理人员扶他起来。护理人员说："浮力能减少腿部压力,你应该多泡一会儿。"舒华兹不耐烦道:"我不能一直躲在水里。"服务人员赶紧推过一把轮椅,再下水池帮助他上岸,扶他坐上轮椅后,帮他盖上了毛毯。舒华兹发出粗重的喘息声。

在明亮的光线下,穆睿注意到舒华兹瘦了很多,舒华兹满脸憔悴,一身皱纹。他对吃惊的穆睿解释道:"我已经站不起来了。"

"这里的重力和火星上差不多啊。"

"我在火星上待太久了。钙只剩下了70%。"

"以现在的医疗水平,应该积极治疗。"

"太晚了。内分泌系统和心血管都不行了,脑里还有严重的血栓,而且我不想在身体里装零件。"舒华兹又喘了几口气,"时间很紧,我的生命不能用来争吵。我刚刚让卢来过,他会去说服其他人。匡墨和弗莱等人性子太刚,我还要请你转告他们,我们要和大英复兴王国合作。"

"我一定转告。不过,虽然我对政治的事情知之甚少,但很明显,我们和大英复兴王国的谈判还没有任何信任基础。"

"我们必须目标坚定。为了人类在新盖亚延续,其他方面我们可以妥协。但妥协需要恰当的时机。先仅限于'净土'高层内部讨论。在反物质推进技术成熟之前,外部的介入会坏事。我们现在需要争取时间,不能纠缠于争夺发射基地。'方舟'号一旦准备好,我们就可以和大英谈了。"

护理人员过来提醒舒华兹吃药。舒华兹歉然地对穆睿笑着说:"感谢你过来,我得完成今天的任务了。"护理人员将他推走。穆睿转身出去,罗伯特还在门口等他。他乘坐罗伯特的车出了1号"绿岛",然后径直去找了匡墨等人。丹·贝克和巴切夫对舒华兹的决定很意外。穆睿说了具体情况后他们俩就理解了。丹·贝克评论说:"看来人类的选择将因为舒华兹先生的健康情况而极大地改变。这将极有可能是蝴蝶效应的最好例证啊。"匡墨说:"里格白死了。也没有别的办法了,只要我们知道自己在做什么就行。"他们都没再坚持夺回阿勒浦发射基地了。

舒华兹发布了近期的第二个对内公告。身体原因，他将暂时休养。鉴于发射基地失守和里格亡故，而"方舟"号正为启航做最后的准备，舒华兹提升卢为"净土"的首席运营官，并令卢在他休养期间暂行首席执行官职责。同时，公告责成弗莱尽快制造各型反物质动力舰艇。

多数人对舒华兹的安排很是不解。公告之后，大家就更见不着他了。

卢全面主持"净土"以后立刻雷厉风行地推进"方舟"号内各项系统工程的建设。他指示匡墨完善各个"绿岛"内的社区和基础设施。他增设了征信部门以建立"方舟"内的信用体系。为建立"方舟"号的信息和侦测系统，他还任命自己为兼职的首席信息官。

卢告诉穆睿，"方舟"号的建设已进入最后的工程实施阶段，并已据此对人员进行了调整。他代表"净土"感谢穆睿等科学家在过去几年做出的贡献——特别是在反物质制造等方面的贡献，并祝福穆睿在物理理论研究方面取得更大的突破。穆睿知道这是通知他离职，就毫不犹豫地接受了。他在"净土"本来就只是兼职，参与得并不多，他介入较多的反物质技术也只剩下最后的验证了。离职以后，正好可以专注于物理比较学。

穆睿一家抵达"方舟"号已逾两个月。他重新开始了令他既快乐又痛苦的研究。考虑到李梓和修刚刚离开地球，需要时间适应新环境，到"方舟"后他还没有安排具体任务给他们俩，倒是照旧给他们俩发工资。

其时正值10月，秋天来到了9号"绿岛"内。李梓喜欢上了这里的秋天，倒是李彤最近担忧全家的收入来源，有些高兴不起来。一天晚饭后，李彤催促穆睿去找舒华兹，穆睿应付了几句就坐到书桌旁不起来了。李彤又找李梓说话，李梓胡乱回应了几句后，就找了个借口出了门。

李梓拉上修走出小镇，到树林里看红叶。但见片片红色随山丘起伏，虽是人工穿凿而成，却呈现出莽莽苍苍的自然景象。二人跨过几条沟壑，

第四章 突围

来到密林深处。二人忘记了时间，"绿岛"顶部的穹顶被折射的阳光染得通红，树林变暗了。在一处人迹罕至的地方，两人找不到回去的路了。修拿出移动终端想找路。李梓对他说："我们在这儿歇一会儿吧。"两人铺了些草和树叶坐下，靠着一棵树有一句没一句地说话。天上没有月亮，星星出来了。李梓说："刚来时还一片绿色，现在满山深秋。这里的季节比地面上还鲜明。多美啊！"修说："这里都是经过系统性设计的，自然更纯粹些。"李梓说："美中不足的是这里不下雨，少了一些趣味。"修说："这里有给水和灌溉系统，温度和湿度也被控制得非常适于这里的生态系统。'绿岛'里面不会有风暴，这儿也不会有害虫和猛兽。"李梓喃喃自语道："谁说没有猛兽？你就是呢。我就是你的猎物。你的眼睛像豹子一样，眼角也有大大的泪腺呢。"修说："我怎么是猛兽呢……不过我还是喜欢有风霜雨雪的天气，那更加丰富有趣。"

　　李梓没有答话，修一看，她已经靠着自己睡着了。她的脸庞和胳膊都凉凉的，修不禁自言自语道："我的宝贝，小心凉。"连忙扯过衣服给她捂上。李梓醒了。她睁开眼问："你刚才叫我什么？"修说："这里晚上也会降温，当心着凉。"李梓说："你刚才不是这么说的。你再说一遍！"修惭愧道："我是让你当心着凉，不承想不小心吵醒你了。"她不依不饶道："一字不能改，你再说一遍刚才说的！"修嗫嚅道："我刚才说'我的宝贝小心凉'。"李梓道："是了。你以后都得叫我'我的宝贝小新娘'！"

　　原来，修的乡音让"小心凉"听起来像是"小新娘"。他还想纠正，李梓不依，非得让他以后都这么叫。两人又坐了一会儿，李梓说："这里的晚上可真冷呢！"修说："这却是有道理的。虽是设计出来的昼夜温差，却正好符合人的生物钟。天晚了，又冷，我们回去吧。"李梓皱眉说："别人说你是机器人，你果然不通人情。我不回去！"她见修一动不动地做沉思状，似乎正在想着什么，生气道："你要眼睁睁地看着我挨冻不成？"修连忙脱下自己的外套，要给她盖上。她扔开衣服，钻进修的怀中。她似乎还是觉得冷。她又起身除掉修的衣衫，用环抱着的胳膊摩挲修的背。修感觉到她的身体滚烫，他脸一热，不由得低下头去。他找到了她温润的嘴唇。四周一片漆黑，几只秋虫应和着潺潺流水此起彼伏地轻声鸣叫，好似演奏一首漫不经心的奏鸣曲。两人感觉不到周围的一切，仿佛世间只有对方，对方又变成了自己，直到一起随着世界消失。

　　不知过了多久，修睁开眼睛。天上繁星点点，怀里的李梓还在熟睡。微微星光下，她静静地掩闭着双眼，修长的睫毛微微颤动。她的黑发被鼻子分开，铺在她微带笑意的半张脸上，再垂拂在他脖子上。修情愿她一直靠在自己身上，他情不自禁地用嘴唇轻轻碰了碰她的脸，那张脸的柔和轮廓开始微微移动："真安静啊，要能一直待在这儿就好了。" 她睁开眼说。修说："这儿只有咱俩知道，我们在这儿建个小屋吧。"李梓一笑："刚才睡着了，还做梦呢。"

　　修连忙说："只要我们俩可以在一起，我可以建屋啊，虽然建得不好。"李梓推他道："谁要在这儿建屋啊！我们俩在哪儿不行？我是说，我刚才做了个梦啊。"修问："什么梦？"李梓笑道："不告诉你。"修不由得好奇地问："梦里面有我吗？"李梓招了一下他的脸笑道："你就在我身边，我还梦见你干啥呢？"

　　李梓问他："既然你想不起以前了，那你会梦到小时候的事情吗，大卫？"

　　"我梦见的大多数都是最近几年的事。偶尔也梦见之前的事，但梦里的情景都很模糊。"修答道。

　　"我小时候总是做同一个梦。那个梦特别真实，我都无法辨别是不是梦。在梦里我拼命想要逃离险境，有个人想帮助我。那人像一个人……也像你！"

　　修一惊。"遇到你以后，我也经常感觉恍如梦中，好些情形好像以前发生过。你说我现在是不是也在梦中？"他问。

李梓又掐了他一下。她笑道："现在知道是不是梦了吧？"

"快别掐我了。我怕从梦中醒来。"

"我还在一款游戏里体验过这种梦境中的真实感。简直真实得吓人，但每次结局都不同。"

修问她："在那款游戏里，你是不是一名画家？你是不是在医院遇到一个人？"

"你怎么知道？"

"我也玩过那款游戏。在游戏里面，我就是'牛心性'啊！"

李梓立起身来："你真的不记得你是谁了吗？你不记得四年前？博物馆、高脚屋、考文特花园、马盖特港口，你有印象吗？"

修苦苦思索："我还是想不起来。你见过那时候的我吗？我们那时候是怎样的？"

李梓叹了口气："很可能见过，但我不能完全肯定。我不想管它了，我们现在这样也挺好的。可笑的是那款游戏还编造了完全不可能的过程，在一个所谓的现实里，我甚至终生独身一人，还创建了一个数学门类。"她突然停下来，有一个想法若隐若现。她仔细搜索，想要找到它。她仿佛快要抓住那个想法，它却又消失不见了。修没有说话，只在一旁深情款款地看着她，好像在仔细回味、仔细辨认。她回过神来，决心不打破这份宁静，就不再寻找那个想法了。

两人又静静地坐了一会儿。修缓缓说道："我想起来一些了。我们好像以前就认识。但只是恍恍惚惚的，我不能肯定。我还得再想想。"突然李梓的移动终端响了，是李彤在找她。再一看，终端上显示有多个李彤的未接来电。李梓连忙告诉妈妈，自己马上回家。两人顺着导航出了树林，小镇的灯光就在眼前。回到家后已经凌晨，李彤见李梓无碍，就放心地催她睡觉了。

223

33. 对称和 MWI[①]

11月的一个周日早上，天气开始转冷。穆睿给两个年轻人布置了一个任务，他将家里工作区的墙交给二人，让二人做简单的装饰。装饰完办公区后，三人就可以一同工作了。李梓借口要外出找装饰材料，就和修一起出去了。她想着，用色彩缤纷的树叶和古拙的树枝装裱在墙上，必是别有风味的。

李梓和修漫步在树林里。地上树叶铺得厚厚的，形成蜿蜒的彩色道路。李梓兴奋地说："看，那是一条紫色的路！"她一路跑着让修追她，修故意和她保持一臂距离。眼看要追上，李梓连忙将树叶抛撒得片片飞扬。修也不顾飘到脸上的树叶，终于追上了她。两人喘着气在地上坐下。李梓说："这里和阿勒浦不一样，这里的树叶颜色更鲜艳，掉在地上还能形成彩色的路。"修说："想必这里的树种更纯。地球上的生物经过自然选择，更有生存能力呢。"李梓懒懒地说："谁在意那个！我就喜欢这里的树。"修醒悟道："是了。想必你在这里更开心些，看见的东西也不同。知道吗？人感知世界就是在对世界采样，人的色觉和情绪的相关性很大，一些人能看见的东西另外的人可能看不见，有时候能看见的东西在别的时候却可能看不见。"李梓怪他道："现在说这个干啥！"修说："要不我试试建立一个数学模型分析人的感知和情绪的关系？如果我能做好，一定给你看。"李梓道："难道人的意识是可以计算的？我偏不信！"修说："说得也是。就像我们俩，就是愿意待在一起，哪有什么理由。"李梓笑道："谁说我喜欢和你待在一起！"

[①] MWI：多世界诠释（The many-worlds interpretation），也是穆睿姓名（Murray Walden Irwin）的首字母。

第四章 突围

突然，一阵伐木的声音传来。二人循声而去，见几个人正在将树放倒，另有几个人在搭铁塔，其中一个人分明就是杨大力。李梓问道："大力，为什么将好好的树砍了啊？"杨大力答道："信息安全处要建侦测网络，让我们到处装通信设施呢。树太密会影响通信。不只这儿，居民区也要装。"修不解道："现在通信不是很顺畅吗？"杨大力摇摇头说："那哪够，以后这里的人会多起来。而且，据说精密监测将产生海量监测数据。数据都是有价值的，我想这肯定是有道理的。"李梓道："那岂不是还要大兴土木？"杨大力说："等人们都到'方舟'来后，将会发现这里更安全、更方便。看见穹顶了吗？"他带着略微骄傲的语气自问自答："每个'绿岛'的穹顶都在装屏蔽层和发光层，多大的工程啊！以后，'方舟'号在太空中就不会只是漫漫长夜，也不怕辐射了。现在，穹顶上就有好多机器人在施工。当然，穹顶太高了，我们在地上看不见它们。对了，兰德就在负责穹顶工程呢——他不用上穹顶，只需要在地面遥控机器人和无人机。"

李梓觉得无趣，转而问起了杨大力的近况，还让他到家里来做客。修又和杨大力聊了一会儿后，李梓和修向他告辞。杨大力露出不自在的笑容和他们俩告别："今天见到你们俩真是太好了。特别是你们俩一起……真好！我真的很高兴。祝福你们！"

李梓回家时，穆睿已经在装饰了。墙上已经挂上了几幅中国水墨画，李梓带回的树叶和枯枝正合穆睿的意。他选了一些做装饰。贴上墙后，和水墨画恰好构成奇绝而又和谐的布局。穆睿道："如此一来，工作也能更舒心。"李梓一见，赞道："原本那些黑白灰的画带着安静的意味，配上这些大黄大紫的树叶和枯瘦的树枝，墙面显出静中有动，古中有新。这些东西摆在那里完全不对称，居然还无比平衡。可见我的主意是点睛之笔。"穆睿笑道："不仅你的主意好，你自夸的水平也不错。认真来说，

这墙是好看多了。这可不是不对称,而是另一种对称,更深刻的对称呢。"

听到穆睿这样说,李梓突然想起了一个月前,她和修在树林里的那个晚上。当时有一个想法灵光一现,现在她瞬间明白了。她在《另类现实》里发现了一种对称思想,在这种思想下,很多看起来完全不同的东西竟然是同一个对象的不同侧面。她恍然大悟。

修看到她突然定定地站在那里不说话,就问她怎么了。李梓说:"爸爸刚才提醒了我。我知道应该怎样比较各个物理理论了。有可能不同的物理理论实际上是对称的,那将是一种前所未见的、更深刻的对称。我要去找到那个对称!"

穆睿立即被这个想法吸引住了。虽然仅有三人从事他所新创的物理比较学,却产生了大量的分析数据。各个物理理论如此不同,却又是各自角度下的恰当描述。难道不能都是对的吗?这些理论背后,一定有深刻的联系——这个联系,或许就是一种尚未发现的对称。"对称常常被使用在同一物理理论的研究之中,却从未有人用对称思路来比较不同的物理理论。如果这样的对称存在,一定非同寻常。那是一个什么样的对称呢?"他问。

李梓答道:"还不知道。还需要去寻找。"

修问:"那怎么知道那个对称存在?物理比较学产生了如此多的分析数据,却还没有做出存在统一的物理理论的结论。"

李梓回答说:"宏观和微观之间并没有清晰的界限;引力看起来和其他相互作用也没有那么不相像。可是物理理论却如此不同。也许,这仅仅是数学语言不足的结果而已。"

穆睿说:"如果用对称思路研究物理比较学,需要既能同时解释各个物理理论,还要得出能被观测验证的结论。我们还不知道这个对称是什么,我们可以先想想如果这个对称存在的话,它需要符合什么条件。"他拿起一支笔,在白板上写下几个条件。修和李梓也补充了几条。三人

第四章 突围

忘掉了其他所有，重新开始沉浸在研究里。

穆睿带领着修和李梓夜以继日地工作，乐此不疲。"方舟"号里的冬天过去了，处处春暖花开，三人也浑然不觉。到了4月，那个对称被找到了。穆睿让李梓写了一篇论文意欲发表，不料据"方舟"号新规，与地球的民间通信已被切断，任何与地球的信息交换必须在审查后，以"方舟"号官方身份执行。穆睿找人通融未果，就直接找到了卢。卢看过论文后，认为那不过是纯数学的东西，当于"方舟"号无害，就同意先在"方舟"号内发表，再发送到地球。

穆睿等人乘胜追击。又到了秋天，关于物理比较的最终结论出来了。这些物理理论绝大部分都是对的，但每个理论又都只说了一部分。穆睿终于从数理上证明了多世界理论，其他物理理论只是多世界这个事实的其中一部分——各自部分——的表象描述而已。三人联合写了一篇论文，穆睿知道卢不会同意发表，就通过罗伯特找到了舒华兹。过了几天，罗伯特打电话让穆睿过去。穆睿到了方楼后，虚弱的舒华兹断断续续地问了他半天的问题。问毕，舒华兹对论文十分赞赏，称它是21世纪以来最伟大的物理发现，并吩咐罗伯特用他的专用频道替穆睿将论文发送至地球上的各大平台。

穆睿、李梓和修都十分兴奋。论文发表后，李梓打趣说："新的多世界理论的最大贡献，就是让咱们仨在其中一个世界里相遇，然后一起找到这个理论。虽然这纯属巧合。"修说："在给定的一个世界中出现这种情况的可能性极低，但总有一个世界出现这种情况的可能性却极大，几乎可以说是必然的。我们看到这个世界是这样的，那是因为我们刚好在这个世界。如果一只猴子一直敲键盘，是不是也会敲出《汉姆雷特》？"李梓道："我还要说这是幸运。这么多世界，刚好在这个世界里，我们在一起。"穆睿道："你们说得都不错。在其他世界里，发现这个理论的极不可能是我们，即使那里存在可以发现这个理论的生命。不过我们

的发现也并非偶然，它是我们的意志一直以来主动选择的产物。"

虽然理论物理学家的数量已经很少了，论文还是在专业领域内产生了很大反响。部分人称之为统一物理学的终极理论，也有人对其中的数学工具提出了质疑。更多的物理从业者指出，任何理论——包括穆睿的新鲜出炉的基于多世界诠释的大一统理论——都需要实验来证明。否则，它将和众多原有理论一样，无法脱颖而出。

专业领域的反馈意见对新的理论尤其重要。罗伯特奉舒华兹之命，将专业评论一一转交给穆睿看。大多数评论都是客观的，尤其表示验证确实不可或缺。这也是一个巨大的挑战，现代物理学的发展已经让验证变得极其困难。好在，有百亿年的宇宙时空在那里，或许它可以提供可遇而不可求的验证机会。只是，穆睿需要找到它、抓住它。他又在苦思中度过了几个月。

"不同世界的维度相互正交，我们的宏观视角完全看不到其他的世界，我们称其他世界为'说平行世界'。怎么验证其他世界的存在呢？"在一次下午茶歇时，穆睿依然在自言自语地问。李梓给他端咖啡时突然问了一句："如果不正交会怎样？"

穆睿一怔。过了几秒钟他才说道："那一定会是末世来临。维度相互不正交的世界会相互投射，物质甚至时空都会被撕裂。"

修问："有什么物理法则要求不同世界的维度必须正交吗？"

穆睿说："没有——至少我们还没有找到。你是想说，如果没有这样的法则约束，那么正交并不必然？可是，如果不正交，一定有相应的现象让我们注意到了。"

修说："也许已经有现象了，只是我们没有注意。空间畸变是不是就是那个现象？"

穆睿激动地站起来拥抱了修和李梓："谢谢你，大卫！谢谢你，我的宝贝女儿！你们的想象自由自在、无拘无束，我们很可能已经找到了验证的办法！我怎么就没有想到呢！我总是被太多的知识和惯性思维束缚着！"他拿出红酒，要两个年轻人和他一起高兴高兴："咱们还有工作要做，我们还要制订观测计划，虽然我们还不知道什么时候再次出现空间畸变。不过今天不用想这么多了，我们先小小地庆祝一下。"李梓皱眉道："我可不希望空间畸变在周围出现。它最好隔得远远的，而且到时候只派机器人去。"

34. 我是谁？

"方舟"号内的施工在热火朝天地进行。大量的机器人在工程人员的带领下在各处铺设线缆、搭建铁塔、布置传感、安装镜头、装配机房，以建立全自动、高智能、无死角的通信系统、感知系统、数据系统和监测系统。这是为管理未来从地球过来的大量人员做准备。施工造成了出行不便，李梓也就没那么愿意出门了。

新物理刚刚诞生，穆睿继续丰富它的细节，完善它的推论。

修却显得有些失落。在论文发表后的大部分时间里，他将自己关在屋里，即使和李梓在一起时也比之前话少了很多。李梓只当他在9号"绿岛"内待的时间太久有些幽闭，就常去陪他。一天午后，李梓去敲隔壁的门，修过了一会儿才开门。李梓拉他："又快到秋天了。又有好几天没出门，我们出去走走吧。"

修摇头道："外面到处施工，咱们还是不出去了吧。"他问李梓："亲爱的，你第一次遇到那个戴弗·哈利是在什么地方？"

李梓坐下来握住了他的手说："怎么突然说起他来？爸爸和我在博物馆遇到危险，他突然出现，救了我们俩。"

"你觉得他是怎样的人？"

"他懂我。他和我都不讨人喜欢。没有他,不知道我今天会怎样。他也有些木讷、不懂世故,像你一样。"

"你只是觉得我像他吗?"

"我只有你,大卫,无论今天,还是以后。亲爱的,答应我,不去想以前的事。"

"那他和我可有什么不同?任何方面的不同。"

李梓心里想,你和他没有什么不同,你简直就是他!只是你还不知道。我不知道我为什么知道,我就是知道。如果过去只能让人伤心的话,那就让它留在我一个人心里好了,你为什么要知道呢?我们已经重新开始,我们有对方,我们很快乐。但她只是对他说:"没有任何人可以替代你,亲爱的。对我而言,你是唯一的全部。开心起来吧,大卫。"李梓摸着他的脸:"看看你自己,最近脸上都没有血色了。"

修闻言脸色更白了,他的汗水也冒了出来。李梓拉着他起身:"不能老是待在室内。走,我们出去呼吸新鲜空气。"李梓拽着他往小镇走。她一路上都在说话逗他开心,修只是默默地走着。走了一段,李梓见杨大力和他的小组在前面施工,就同修上前和他打招呼。杨大力向二人介绍:"'方舟'号内的施工快要结束了,反物质推进设施已经安装完毕,舰船制造也都完工了。现在这里比地球上先进了很多。"几句聊完,修让李梓先去路口等他,他留下和杨大力说了些什么。说完,他离开杨大力追上李梓。李梓继续说笑,二人一路走着。到家门口,修问:"能将那些画给我看看吗?你到阿勒浦之前的那些画。"李梓虽然心中纳闷,但还是到家取了那些画给他。

这时修对过去已有隐约的印象。他关上房门,取出那些画一张张地仔细端详。时间过去了许久,他脑海中的记忆逐渐清晰起来。他觉得头内一阵剧痛。他大叫:"不是这样的!我不是这样的!"他迅速收起画塞进了抽屉。

第四章 突围

接下来几天李梓没见到修。他锁了房间,晚上似乎也没有回来。李梓打电话给他,他没接,她出去找过几次也没找到。杨大力告诉她,"绿岛"内刚刚安装了监控系统,任何意外都不会被漏过,目前没有任何坏消息,说明没什么事。李梓心里着急,依然每天都出去找他。终于有一次在一个办公楼下看到他。当时他正和刘逸思一起仔细地谈着什么。李梓十分生气,她没有叫他,老远就转身回了家。

修确实在外游荡了好几天。他看见李梓在找他,却不想面对她。李梓看到他时正是下班的时候,在此之前,他就已经在办公楼下等着刘逸思了。刘逸思见到他后有些意外地说:"今天什么风把你刮来了?是不是也碰钉子啦?这我可帮不上忙啊。"

修问:"你认识戴弗·哈利吗?"

刘逸思说:"算是认识吧。实际上我还认识很多像他那样的,只是都比他高级些。"

"怎么说?"

"在戴弗·哈利之后,生产流水线更先进了,人造智人的配置也更高级些,几乎可以说没什么瑕疵——看看你自己。真奇怪,她居然还就是喜欢……不管怎么说,她会明白过来的。"

修不甘心地问:"你怎么知道戴弗……还有我的情况?!"

刘逸思得意地说:"我有什么不知道的?我原本只是略微认识戴弗·哈利和你。大英复兴王国找到我以后,我看到了数据库,就全明白了。"刘逸思意识到自己说漏了嘴,转而说道:"想不到你也会骗人,还骗了她这么久……你的主控程序一定十分高级。难道你自己不清楚你是从哪儿来的吗?不记得那个迷彩墙内的人造智人工厂啦?是不是骗人骗久了,连自己都信了?真把自己当人啦?"

修没有回答。他转身狂奔回到自己的小屋内。那张模糊的《暴风雪》还在桌上,画上的一切在他眼前浮现,过去在他心里越来越清晰。他记

起了自己和她的往事。他也记起自己两次在那个高墙内醒来。虽然记不起再以前的事，但那不是正好说明，没有"再以前"吗？他颓然地坐着，眼泪大滴大滴地洒落下来。

一夜无眠。在修的犹豫和痛苦中，时间来到了第二天中午。他发送了一条信息给穆睿："欧文先生，我有事请教，希望和你单独谈谈。"过了一会儿，穆睿敲门进来了。修一时无语，倒是穆睿打破了沉默："近来我没给你们俩安排工作任务。告诉我，你有没有好好利用这段时间？"

修惭愧地说："我没……没专心工作有好几周了。"

穆睿说："我们目前的主要工作是验证，如果有合适的机会的话。这样的机会可能快来了。最近火星上出现了强极光，我们正在采集和分析数据，将很快知道那是不是空间畸变。但我刚才指的不是工作，大卫。我是问你，你俩有没有利用这段时间好好地相互了解？"

修露出痛苦的表情："我对自己有了更多的了解，原来认识到真实的自己是如此令人痛苦。但我不知道该不该告诉她。"

"那是甜蜜的痛苦。如果不告诉她，她怎么知道你的想法？"

"她知道后，会不会被吓着？她会不会讨厌我？"

"谁会讨厌有勇气的人？！勇敢迈出这一步，大卫。告诉她你的真实想法，让她去体会。剩下的事情就交给堤喀女神去决定吧。"

修用手搓了搓脸："我知道该怎样做了。谢谢你，欧文先生。"

李梓眼睛红红的，正在移动终端上输入。见穆睿进来，她连忙起身进房间。穆睿叫住她："你还好吧，宝贝？"李梓说："没什么不好。"穆睿笑着责备道："可是你的表情已经出卖了你。我能帮得上什么吗？"李梓回道："我早就不是小孩啦。"穆睿说："大卫有话跟你说呢，别不理人家啊。"李梓蹙眉道："他能有什么话和我讲？他和你讲、和杨大力讲甚至和刘逸思讲,也用不着和我讲!"正说着,门外响起敲门声。穆睿一边去开门一边说:"这不,他来了。我还是别帮倒忙了,让他自己跟你说吧。"

李梓将修又推出了门。修连忙说道:"我有话和你说。我们还去那个地方吧。"两人闷声到了树林里他们第一次去过的小溪边。那里施工已经完毕,周围恢复了清幽。李梓拉着修在草地上坐了下来。她见修半晌说不出话,就问他:"为什么老躲着我?却宁可去找杨大力问我以前的事。还去找刘逸思——我都不知道和他有什么好说的。现在却来找我。"

修讷讷地说:"我找他们,是想搞清楚一些事。现在我终于明白了。"
李梓生气道:"为什么要管他们怎么想?我的心你还不明白吗?"
修流下了眼泪:"如果我不是你想象的那个人,你会不会失望?"
李梓着急道:"你不是别人的替身,你就是你。我爱的就是你,难道你还不明白吗?"

修的表情更痛苦了:"可是,如果我和你想象的人完全不一样,你会离开我、恨我吗?"

"你从来不撒谎,更没有欺骗过我,能和我的想象有什么不同?你为什么不能像我相信你一样相信自己?"

"你要离开我!你必须离开我!我配不上你,因为我是机器人!"
李梓明白了。她破涕为笑:"亲爱的,你不是机器人。我的大卫不是机器人。"她伏在修身上擦他的泪水、轻吻他的脸,"哪有会哭、会使性子的机器人?即使你是机器人,我也不放过你,要让你一辈子待在我身边。可别想用这个借口离开我。"

"你真的认为我不是机器人吗?你没觉得我和别人不同,没觉得我不正常吗?我不会给你带来快乐的。我想起那个机器人工厂了,我是从那里出来的……"

233

方舟
FANGZHOU

　　李梓打断了他:"我不相信你是机器人。更关键的是,我在乎的是你。对我,你是如此不同,全世界只有你一个。亲爱的,不要再想这个了。不管别人怎么说你,我都会一直在你身边。还记得我们第一次来这里吗?一年多过去了。我们还要像那天一样,什么都不想,只想着我们俩在一起,就什么都好了⋯⋯"

　　李梓和修坐到傍晚才回家。李梓进门时,穆睿正在门口送一个衣着笔挺的男子离开。他见女儿面带笑容,不禁也喜笑颜开。他吩咐李彤准备晚餐,还让李梓叫修过来。修过来后,李梓拉着他在身旁坐下。她又帮李彤将菜肴端上。大家说了说镇上最近的事情,李彤又说一年来这里变化很大,连食物也比地球上的好。穆睿没怎么说话。李梓笑道:"今儿可奇怪了,没人谈物理,东西也好吃。"穆睿说:"咱今天不谈物理——我正要宣布一件事情。"李梓道:"我就知道大餐不是白吃的。"穆睿哈哈一笑道:"我们有理由庆祝。我们的三人研究小组建树颇丰,已经构建了新的理论框架。研究小组完成了自赋的使命,今天就要解散了。我为我们小组的成果而自豪,也为大卫和李梓感到骄傲。今后,我会将研究进行下去,也欢迎你们俩继续关注理论物理,但你们的职业生涯将不再受限于研究小组。"他拿出两个信封分别递给两个年轻人,"我给你们俩写了推荐信,以备将来之用。在你们找到新工作之前,我将继续给你们俩发放薪水。"

　　李彤说:"这里就这么点大,哪有那么多机会?趁舒华兹还在,还是应该和他说说。你从火星基地时代就和他们合作了;孩子们在研究小组期间也得到了很好的锻炼。你们三个都配得上一份称心的工作。我的专业也还没都忘光,等'方舟'内人多了,必定会增设宣传和传媒部门,或许我也能重操旧业呢。"

　　穆睿微笑着对李彤说:"我们的钱足够花上一阵子了。可以开始留意工作机会，但也不用太着急。舒华兹现在诸事不管，除了一件事。而我马上就要和他一起做这件事了。"他问李梓："女儿，接下来你有什么计划？"

李梓笑道："就一顿饭工夫，信息量这么大！今儿不仅做了工作总结，还要做未来规划。刚刚宣布小组解散，哪能这么快就有新的计划？要说想法，我倒是在想，我有些想搬出去住了。"

穆睿说："搬出去没什么不妥。而且这儿也不大，相互照看也近。"他又问修："你有什么想法，大卫？"

修坚定地说："虽然小组不存在了，我还是要继续做物理，哪怕在这个世界存在的最后一天。"

李彤笑道："这孩子说话还是让人听不懂。什么叫'在这个世界存在的最后一天'？"

穆睿说："事情没那么糟糕。生活不只有物理，大卫，还有家人和爱自己的人。我也不是一开始就明白这一点的。有些机会错过了就不会再有。今天我们都在这里，你有什么想法，有什么要说的吗？"

修说："我在这个世界上没有父母，但你和欧文太太就像我的父母一般。我想，那就是一种家庭的感觉。欧文先生还让我做物理，从此我也可以像别人一样工作，觉得自己就是一个正常人了。谢谢你们！"他竟有些哽咽。

穆睿道："我们一起促成了研究的成功。你有家的感觉，那很好。你要永远将这里当成家。但是，我们老了，没有什么所谓了。你们还年轻，还有很长的路要走。你们将有自己的事业，还终将拥有自己的家庭。你看，李梓说她要从我们这里独立出去呢。我很赞同，但也操心她的幸福。我希望她有自己的家庭，和自己所爱的人终生互相守护。大卫，我和你说这么多，就是想听听你的想法。"

李梓喊道："爸爸！你都说些什么呀！"

穆睿正色道:"别打断我,女儿。我要听听大卫的想法。"

修流着泪说:"我不知道怎样才能让人开心,但为了她,我死都愿意!今天,就在刚才、就在这里,我终于明白了一切。我要接引她,和她一起去更安全、更快乐的那个地方。"

李梓的脸上露出甜蜜的微笑。穆睿也笑了:"我相信新盖亚就是这样的地方。"他正要继续说,李梓突然问他:"刚才我回家时,那个正在离开的、面无表情的人是谁啊?"

穆睿说:"他就是罗伯特。反物质舰艇已经建造好了。正好,最近两天火星附近出现空间畸变,我希望它还能持续几天。我们明天将乘坐反物质舰艇去火星,既为舰艇试航,也为验证我们的多世界理论。"

李彤和修同时问穆睿:"你也去吗?"

李梓说:"让罗伯特一个人去!"

穆睿说:"反物质推进的可靠性已经经过多次计算,试航应当没有问题。而只有通过观测空间畸变,才可以验证新的多世界理论。反物质推进是我首倡的,新的多世界理论也是我主导的。没人可以代替我去。除了罗伯特和我,舒华兹也不让其他人代替,非要自己去呢。"

李彤招呼穆睿去房间。两人关上门后,房内传出了李彤激动的说话声和穆睿低声的解释,但听不清他们说了什么。声音渐渐低了,过了一会儿两人出来,李彤的眼睛红红的。李梓问:"难道你还要抛下我吗?"穆睿抱住李梓说:"几年前你就遇到过空间畸变了,这次我可是有备而去。我必须去。我保证我们还会再见面的,宝贝。"

35. 试　航

试航的护卫艇"埃弗莱特"号在反物质动力的推动下从"方舟"的

第四章 突围

登舰口出发。火星在6000万千米外的近地点，舰艇以自动驾驶模式按预设的程序飞行。为了测试舰艇的机动性能，预设程序将控制它交替以5g、3g、1g的加速度前进。预计16小时即可抵达火星。穆睿暗自祈祷火星上的超强极光不会那么快消失。

虽然飞行速度较以往快了不少，他却第一次完全没有对飞行感到恐惧。中舱的舰长室里有一个玻璃缸，在缸内，他和舒华兹穿着自动呼吸服泡在太空羊水里。太空羊水不会减轻施加在他身体上的压力，但可以分摊压力。太空羊水包裹着呼吸服，结结实实地按压在穆睿身上，给他安全感。液体里丰富的养分让他有些醉氧，他甚至睡了一小会儿。罗伯特则在前舱监测室里正襟危坐地看着显示屏。每过一个小时，他都要向二人通报航行动态。

航行9小时后，罗伯特叫醒了穆睿。火星上的极光消失了。他安慰穆睿："空间畸变往往成串出现，却并不连续。在近期，极光可能还会在火星出现。"舒华兹吩咐罗伯特将舰艇更改为手控模式并调低加速度。他打开玻璃盖，两人从水缸中出来，他拉着穆睿去舰艇各处查看。

穆睿心中着急，一直留意着罗伯特的通告。舒华兹满脸憔悴，却兴致勃勃。他告诉穆睿："我们还是按计划在火星上登陆。一来测试舰艇的登陆性能；二来，我们可以在火星上等着极光的出现。"他领着穆睿在中舱的指挥室、动力组件、前舱的反物质导弹发射室等各处巡视。巡视完毕，他还亲自驾驶了一会儿，才又将控制权交还给罗伯特。罗伯特问他："我们在哪儿着陆？我观察到最近火星上的极光很少出现在两极附近，但出现地点的规律并不明显。"舒华兹笑着对穆睿说："我们去故地看看。你的火星基地一定还在；我还要看看'净土'的遗迹。"

窗外的火星已经从一个亮点变成了砖红色的圆盘。罗伯特让他们俩回到玻璃缸里。两人又钻进太空羊水后，舰艇以弧形轨迹飞行，整个舰艇旋转了180度后减速向火星飞去。几个小时后，舰艇来到了火星上空。

舰艇对着陆地貌并无特定要求，罗伯特还是选择了"净土"遗留下来的火星发射基地着陆。着陆过程十分平稳，直到罗伯特通知二人出玻璃缸，穆睿才知道已经到地面了。罗伯特还报告了外面的天气，由于地表正刮沙尘，他建议二人在舱内休整，待天气好转后再出舱。

穆睿离开"方舟"号的那天晚上，李彤母女一夜都没睡着。穆睿在航行途中没有和她们联系。第二天一大早，李梓来找修，想让他陪着自己度过难熬的时光。修的房门掩着，但没有上锁。李梓推门进去一看，房内整整齐齐的，却没人。给他打电话，也没人接听。李梓回忆起昨天送别时，修没多说话，很痛苦的样子，在李梓安慰李彤的一会儿工夫就不见了。看来他一夜没回屋。李梓心里生气，心想在自己最需要他的时候，他又不在，不知道跑到什么地方去了。她顾着回家和李彤说话，就没去找他。

在火星上的"埃弗莱特"舰里，穆睿和舒华兹正在舱内进餐，突然后舱传来敲门声。刚开始他们俩还以为这是长途飞行后的错觉。罗伯特打开后舱门，一个高瘦的男子往前瘫倒在门内。穆睿一看，那男子竟是修。穆睿惊问道："大卫，你怎么在这儿？"修喘着气，顾不上回答。罗伯特扶起修，帮他坐了下来。穆睿又问："李梓知不知道你在这儿？"修回答道："我说过要做物理。我得协助你做这次观测。如果她知道了，就一定不会答应我。"穆睿忍不住深深责备修不顾及李梓。修脸上满是痛苦，但没有回答。穆睿叹道："我确实没资格批评你，我自己都不管不顾地来了。也只能这样了。如此一来，我们的观测和验证就没有理由不成功了。"他向舒华兹和罗伯特介绍修，那二人虽未见过修，却对他早有耳闻。舒华兹道："我们又多了一个同路人。年轻人，你不会因为这趟旅程而后悔的。"罗伯特给了修一些食物和药物，修吃了后精神才好些——原来他偷偷穿过关卡上了舰艇，之后一直躲在货舱里，舰艇的

第四章 突围

变速飞行把他折腾得够呛。

穆睿给李彤母女俩打了电话,告诉她们他已平安抵达火星,而且修也一同到了。预计他们俩还将在火星上待一段时间,他让她们俩不要担心。李梓听说修偷偷上了舰艇,很是生气。李彤安慰李梓道,穆睿和修可以相互照应,比穆睿一人在那里让人放心多了。李梓没有别的办法,也就只能接受了。

舒华兹到了火星后,又充满了活力。他看到窗外慢慢变得清晰,就要出舱。罗伯特阻止道:"不如再等会儿,预计一个小时后沙尘暴就会完全过去。"穆睿见缝插针地和修快速检查了一遍宇宙线观测仪、空间流形记录仪和数据分析程序。罗伯特在一旁听,偶尔也插几句简短的话——他将利用自身强大的计算能力对观测数据进行计算和校验。舒华兹在旁静静地看着他们,直到检查完毕。"我们出去吧。"他说。

罗伯特找了一件备用的防护服给修,三人跟着他上了登陆车。罗伯特驾着车出了舰艇。舰艇停放的平台上铺满了灰,发射架犹自突兀地耸立在旁边。舒华兹让罗伯特缓缓地绕平台一圈后才离开。车行至一个巨大的平原旁又停了下来,四人在高处下车,默默地眺望平原里一直延伸到视线尽头的星罗棋布的坑。那些坑是"绿岛"离去后留下的痕迹。舒华兹说:"我还要去永芳园看看'净土'的先驱们。"穆睿也正有此意:"那也是人类地外开发的先驱啊。"车行至永芳园,一行人在那儿逗留了一会儿,又出发前往火星基地。

火星基地的巨蛋顶上蒙上了红色的尘土,已经没有了昔日的光泽。门还能开,基地里面却十分清静,只有空气循环系统还在嘶嘶地送着暖风。各个房间里,依然摆放着穆睿和"拓荒志愿者"的同事们留下的物品。去到后院,那里的多肉仙人掌长到了几层楼高,巨大的芦荟在灌木一样的绿藻丛中拔地而起。松树却都已经死了。穆睿见太阳能组件依

然在运转，不禁啧啧称奇。

他们离开了火星基地，驾车返回。

舒华兹吩咐罗伯特将反物质动力的技术资料大范围地公布出去。

穆睿看着越来越近的"埃弗莱特"号舰艇，说："等观测到空间畸变，此行就完美了。"舒华兹说："我们一定能等到的。我不会这么快就走了。"罗伯特说："舰艇内的物资足够三人使用半年，能源更不是问题。"穆睿对舒华兹说："你是最让我意外的人。谢谢你，艾伦。"舒华兹笑道："我是人之将死，其言也善。其实我一直认为，买卖人也可以为他人做点什么——以买卖人的方式，而且我也曾是个科学家。我的变化没有看起来那么大。"穆睿说："应该说，我对你有了真正的了解。你的身体还有痊愈的可能性，不应该置之不理。"舒华兹道："我做了我能做的事。我不想勉强自己，也不想勉强别人。就这样挺好。"一行人说话间，就回到了"埃弗莱特"号。

接下来的几天他们都待在舰艇里。极光还未出现，穆睿心中焦急。他也有些过意不去，担心孱弱的舒华兹耽搁在这里太久会出现意外。舒华兹反倒不以为意，他或者静养，或者在舱内悠然地一遍遍巡视。罗伯特则日夜不停地监控各地，还尝试用数据来预测极光出现的概率和地点。唯有修异常沉着，他上舰艇后，好像突然大彻大悟了。他好几次安慰穆睿："我们理论的逻辑无懈可击，即使暂时没有空间畸变现象，理论也是正确的。何况我相信异常极光还会出现，该来的一定会来。"

又过了两天，穆睿正闷坐着，罗伯特突然通知："极光出现了。它非常猛烈，出现的地点就在附近——奥林匹斯山旁边。"他问修："两天前你就知道一定会再次出现空间畸变，这是否就是人类的直觉？"修说："接引的时机到了，这一切自然是水到渠成。"罗伯特说："我不明白你的意思。"

天边泛着五彩斑斓的光，大家都没在意修说的话。人人抖擞精神，立刻出发往奥林匹斯山而去。舰艇刚升空，四面就出现一片绚烂，极光

第四章 突围

的区域扩大了。穆睿吩咐罗伯特往最亮的区域飞去。他将磁传感器和射线探测器的灵敏度调到最大，修开启了空间结构监测程序。罗伯特一面驾驶舰艇，一面通过体内的无线接口从各个仪器接收数据。大家都安静而又忙碌，只有舒华兹走到窗前，陶醉地看着笼罩一切的闪闪光影。

舰艇来到了奥林匹斯山前方。山顶的积雪反射着极光，继而整个山峰都变得五颜六色。突然四周一片漆黑，天上赫然繁星点点。罗伯特说："这不是太阳系附近的星星。从我掌握的三维星图来看，这些星星也不属于室女座超星系团。"天空突然开始旋转，星星变亮又变暗。罗伯特解说道："我们观测到了空间的快速扭曲。大部分恒星的光芒都出现了不同程度的蓝移。"部分星星变大，从光点变成圆的、椭圆的、不规则的亮面。俄而地面也开始扭曲，奥林匹斯山轰然裂开。罗伯特连忙拉升舰艇。天上的星星都不见了，大地一片炫目的光芒。光芒迅速上升，眼看就要湮灭"埃弗莱特"号。穆睿大叫："快发送数据！"

罗伯特将观测数据做了分析，还得出了一个结论，他将这些数据和结论一并发往"方舟"号和地球。这一切只花了0.1秒。随即，光芒湮灭了舰艇。狂乱的潮汐引力撕裂了奥林匹斯山，撕裂了舰艇，撕裂了罗伯特，撕裂了舒华兹、穆睿和修，也撕裂了火星。

穆睿正想和罗伯特确认数据是否已经发送。突然罗伯特分解成了碎片，他的仿真皮肤破裂了，身体里的线缆和元器件散乱地飘浮在空中。穆睿大惊，随即他似乎听到舒华兹在喊："穆睿！罗伯特！"实际上并没有人说话，那只是舒华兹的意识场在周围扩散开来。穆睿还"看见"了舒华兹和修的身体碎片飘在空中。然后，他"看见"了自己的。

穆睿困惑不已："我还活着吗？"随即他意识到这是一个愚蠢的问题——死去的人不会问自己是否活着。他分明听到舒华兹也在问："发生什么了？"四周静悄悄的，但是他就是能听到。随即，穆睿和舒华兹都听到了修的声音："我们得抓紧时间去另外的世界。我们的意识脱离

了躯体，暂时以微观弦线的形态存在，时间长了会很危险。"修用这个世界的一秒钟时间详细解释了意识的秘密。他们俩明白了。舒华兹问："罗伯特怎么办？"修回答道："他不在了。从意识层面来说，他从来没有存在过，不需要接引。"

四周的碎片继续分解成颗粒，已分不清是来源于舰艇、火星还是躯体了。颗粒燃烧着向一个炫目的光球飞去。光球迅速扩大，先成了一片刺眼的光，然后包围了视线所及的大部分，光球之外的一切反而成了下方的一个不断缩小的暗黑圆盘。修说："每个人都可以选择自己的目的地，我接引你们过去。"他又用了一秒钟将各个目标世界的详细信息传递给了二人。舒华兹道："我没有遗憾了。我在这个世界的任务已经完成。我知道该去哪儿了。"修领着他，立即不见了。

穆睿沉吟着。他在这个世界的一生在他的意识中重现了一遍。他在研究陷入困境时，曾发出公开信呼唤新时代的爱因斯坦。刚刚，他终于实现了始于童年的最大理想，揭开了宇宙的秘密。他甚至跨越时空，看见了小时候收到的那封信。突然，他知道那是谁写给他的了。他仿佛看见那个蓬松着卷发的老人对他发出赞许的微笑。

修又出现了，舒华兹已不见了。修问穆睿："想好了吗，欧文先生？"随即，他感受到了穆睿的留恋，并和自己的留恋产生了强烈的共鸣。他带着穆睿于刹那间跨越空间来到地球上方。

地球夜晚的那一面也犹如白昼，天空的云都被来自火星的冲击波吹散了。"方舟"号正在缓缓移动，各个发动机正马力全开以稳住星洲，护卫舰艇纷纷升空拦截陨石。"方舟"号以内却没有异样，穹顶的屏蔽层挡住了强光和辐射，强大的动力系统钝化了星洲的颤动。

修和穆睿通过1号"绿岛"的专用通道进入了星洲。穆睿径直飞越到家。李彤正在睡梦中，她的脸上带着愁容。穆睿盘桓着不愿离去。

修去了李梓的房间。李梓在辗转反侧。修觉得自己想流泪，却无泪

第四章 突围

可流。他才知道,她一直都是对的。她比他更懂得他、更信任他。他曾是那么胆怯、那么自卑。他恨自己辜负了她的爱,甚至没有告诉过她,自己也爱她!

李梓迷迷糊糊的,一直处在梦和醒的边缘。小时候常有的幻象又出现了,混沌和光影的混合中,他依旧在朝自己呐喊。道路仍然模糊不清。幻象中第一次出现了另外一个人,竟然像自己的父亲。两个人顾盼流连,随后他们随光影一起消失了。李梓拼命睁开眼,四周安静而黑暗。她的心还在剧烈地跳动。一看时间,还不到凌晨3点。她深呼吸了几口,再吃了一片安眠药,又闭上眼,努力地尝试入睡。

修感觉到星洲的发动机功率正在调低,这说明宇宙线和星际尘埃冲击波正在减弱。他告诉穆睿:"轮转门桥正在关闭。咱们得赶紧离开。"穆睿道:"再等等,哪怕几分钟。她们能一起走吗?"修道:"且顺其自然。她们会被接引的,但不是现在。"他领着穆睿通过了变幻而崎岖的轮转门桥,离开了这个世界。

与之前地球附近的空间畸变相比,火星的这次强烈了不止百万倍。火星不见了,仅余下少部分颗粒成为星际尘埃。大量的宇宙线冲击了地球的大西洋、美洲以及上空的大气,陨石激起的滔天海啸袭击了海岸。

另一场海啸随即发生。没有人再怀疑地球毁灭说。人们恐慌起来,各地的民众争相抢占更坚固的建筑;商店、仓库和银行成了洗劫的对象。机械警察在各处强有力地隔离民众,以使各国政府能够不受影响地专注于发展空间技术。在此之前,地面上的巨型星洲大多已成型,独缺反物质推进技术。罗伯特在最后几天公开的资料加速了地球上的技术飞跃,很快,多组反物质动力组件在休斯敦、圭亚那、酒泉、鹿儿岛等地加紧

修建，仅半年时间，就有多个星洲组建完毕而蓄势待发。然而却很少有人在意罗伯特替穆睿发送的关于多世界理论的验证性结论。

试航之后，"方舟"号上的卢召集了全员大会。大会沉痛哀悼了舒华兹，并高度评价他对"净土"和"方舟"号做出的巨大贡献。大会称，舒华兹为事业彻底奉献了自己的一切，在他生命的最后历程中，他勇敢地为人类成功地实现了反物质舰船的首次试航。卢号召大家继承舒华兹的遗志，让人类文明在新盖亚上延续和发展。卢还宣读了舒华兹的信，信中说人类文明的命运正处于千钧一发之际，"方舟"号当与最有组织性的大英复兴王国合作，尽快启程前往新盖亚。

会后，卢代表"净土"、贾斯汀·亨特代表大英复兴王国同时宣布双方合并。"方舟"号上的大多数人都没有表示异议。因为舒华兹的遗言，匡墨和巴切夫等人也都不再明确反对合并了。

实际上，卢早在接手"方舟"号之初就开始与大英复兴王国私下接触。谈判过程并不顺利。好在"方舟"号本身就是一个诱人的筹码，虽然孤悬一隅，卢还是得到了他想要的承诺。一旦合并，卢将任终身议事长，行政上仅对亨特一人负责。

地球上的大英复兴王国早已准备好了。如今舒华兹已逝，双方立刻启动合并事宜。"方舟"号星洲重新回到阿勒浦上空，各型反物质舰艇从星洲蜂拥而出，前往阿勒浦发射基地接收民众。那些舰艇十分高效，虽然地面上的调度有些跟不上，大英复兴王国也仅用了两个月工夫就让精选出来的民众和各型机器人共计约100万都登上了星洲。也有"方舟"人欲私接家人，被发射基地没收了舰艇。而兰德夫人等人虽赶到了发射基地，却未获得登舰机会。

眼见地球上其他星洲的修建进展神速，"方舟"号上的大英复兴王国为了避免受到侵扰，尚未完成新的社会体系的建制就匆匆启航往新盖亚飞去。

第五章
漫漫不归路

36. 启　航

"方舟"号启程后，先掠过金星，再在水星轨道以内飞过。经过金星和水星的引力弹弓加速，星洲获得了更快的速度。然后飞离了黄道平面——星洲不希望遭遇小行星带的大量陨石。为保证万无一失，弗莱驾乘着先遣舰并带领着其余39艘各型舰艇，在星洲前方和侧翼呈矩阵飞行，并将可能撞击星洲的陨石提前击毁。

80多万人上星洲后，各个"绿岛"的门被打开。人们竞相圈地，无人的房屋被迅速占据。大英复兴王国总顾问亨特和君主艾弗雷德则进驻1号"绿岛"。卢和匡墨等人只能率原"净土"人员据守9号"绿岛"。匡墨私自命兰德为临时护卫队长，并吩咐他带领人员三班轮换地在9号"绿岛"、动力组件和指挥中心不间断地巡逻。

卢试图找亨特商谈大计，对方表示正忙于大英复兴王国公民的安置，暂时无法见他。"我们原有的承诺不变。待民众安顿下来，我们一定会商谈。届时请你贡献策略——你的意见对王国很重要。"亨特回信安慰道。

穆睿和修出事后，李梓仿佛灵魂出窍，终日不言不语，也不出门。李彤也几乎无法支撑，但考虑到女儿，只得强打精神，不时安慰她，勉

强维持着两人的生活。虽有邻居和旧友常来看望，但她们俩一时难以走出阴影，觉得事事皆了无生趣。对大英复兴王国登舰和"方舟"号启程等重大变故，二人竟完全没有关心。

"方舟"号星洲启程后30天。

"方舟"号星洲穿过了柯伊柏带的球面空间。人们已经很难用肉眼看见地球了。"方舟"被漫漫黑夜包围，太阳成了星洲的地平线下最亮的星星。阳光太暗弱，已经无法给养星洲，"绿岛"启动了穹顶上的人造阳光，从此星洲上又有了昼夜交替。星洲还开启了屏蔽功能以挡住宇宙线。人们看不见星空了，这反而让他们减少了些思乡情怀。

启程后60天。

大英复兴王国的人不断在星洲内扩张领地，却没有任何人对合并后的运作和分配做出指示。倍感威胁的1000多名9号"绿岛"居民在小镇里聚集，他们喊着维权口号，浩浩荡荡地往行政楼走去。他们想逼迫卢出面表态。但是行政楼的大门紧闭，人们只能停下来，在广场上无奈地鼓噪。

卢正坐在家里仔细盘算。铁门外有人在和门卫高声争执。卢听出是匡墨，就吩咐门卫让他进来。匡墨径直走到卢跟前问："首席运营官先生，我们这是要无条件将'净土'拱手相让吗？"卢和颜悦色地说："请还叫我卢，匡墨。'净土'已加入大英复兴王国，我们都面临新的机遇和挑战，以前的职务不再有意义。80多万人刚刚到一个陌生的地方，可以预见还需要些时日才能步入正轨。双方也需要时间磨合。我们为'净土'工作多年，熟悉这里的一切，维持'方舟'号的正常运转责无旁贷。"

"我们当然会继续工作。毕竟，'方舟'是我们的家园——而不是他们的。可是，他们突破了通道门，占据了大多数社区'绿岛'，占领了仓库,甚至舒华兹先生生前的总部'绿岛'也落入他人之手。不仅原'净土'民众受到很大威胁,'方舟'号也面临巨大危机。难道我们不仅要等他们来统治我们、发落我们,还要任凭他们占领甚至毁灭'方舟'吗?"

"我们不能违背舒华兹先生的遗愿。为了延续人类种群和文明,我们必须和大英复兴王国合作。我不认为他们想要毁坏'方舟',我们在同一条船上,这是我们共同的征途,没有回头路。但我相信,劳动者和奉献者不会被遗忘,一切都会好起来的。"

"姑息强盗行为可延续不了人类文明。既然在同一条船上,为什么不和他们谈谈?先用我们的语言——谈判;不行的话,再用他们的语言——'净土'的武装机器人也不是吃素的。"

卢也知道亨特做出的承诺并不可靠。他见匡墨等人态度坚决,就再计算了一下自己手里的牌:必须争取匡墨和原"净土"的专业人员——这是大英复兴王国所稀缺的最大支持,自己方能立于不败之地。他说:"我怎会不知,平等合作只有通过斗争才能获得。但咱们必须冷静,我们面对的可是颠覆了世界联合政府的大英复兴王国。我们'净土'人必须团结一致,还必须有智慧,才能取得成功。我还要和弗莱、丹·贝克等人谈谈。但现在,我不得不先出去面对外面的民众。"他拉着匡墨到行政楼外告诉游行的人群,他充分理解并赞同大家的诉求。他将代表'净土'原住民和大英复兴王国展开谈判,为大家争取利益。他正在尽力安排会谈,希望民众给他一些时间。听他这么说,游行的人向他递交了诉求书后就散去了。

启程后 3 个月。

地球上,各地倾举国之力修建的大型星洲在佛罗里达、加州、休斯敦、圭亚那等地装配完毕。由于只有部分人将成为星洲乘客,各个国家根据贡献、支付能力、潜质等要素产生了人员遴选方案。泄露后的方案成了新一轮暴乱的导火线,失望的人们冲击各国政府,甚至被选上的人

也成了攻击目标。政府被迫动用了几乎所有的机器人警察才平息了暴乱，恢复了安全。各国政府不得不因此一再修改遴选方案。

北美联邦共和国的目的地也是天秤座的格利泽581星系——也就是"方舟"所说的仲阳系。经过分析，他们还发现新盖亚的一颗邻星也处于宜居带。北美联邦共和国的太空殖民部部长约翰·泰勒相信，在这些类地星球中，总能找到适宜的殖民目的地。

眼见北美联邦共和国的进展神速，欧洲多国提出与北美建立太空同盟的倡议。欧美各方的文化和价值观本来就很接近，而且在未知的茫茫太空中多些盟友一定是利大于弊，故而一拍即合，各方签署了盟约"新天际线"。从此相互取长补短，共相进退，欧洲的星洲修建进度也加快了许多。

在东亚大陆，多个大型星洲在同时修建，工程浩大而进展神速。其中最大的那个星洲——"神州10号"星洲的直径甚至是"方舟"号的4倍。他们不愿意和"新天际线"及"方舟"隔得太近，因此选定的目标是距离地球4.2光年外的比邻星b。虽然它和地球并不十分相像，足够近却是一大优势。他们相信人定胜天，必能独立自主地在彼处开辟出一片新天地。

鹿儿岛则承载了岛国民众的飞天愿望。他们也选定了目的地。科学家们通过观测8.9光年外的天狼星的极细微的颤动发现了一个类地行星，这颗遥远轨道上的行星的气候非常适宜，甚至被持续跟踪的观测站发现了生命迹象。但由于"大和"号星洲的建设过程十分精细，因此进度慢于预期，总理大阪太郎对此有些着急。

在育空北部的一个冰原上，有几个巨大的白色房屋藏在密密的冷杉林中。每个屋顶下都有十几个机械臂围着一艘呈蜘蛛状的舰艇。舰艇内外，机器人如工蚁一般忙忙碌碌。白色房屋旁边的灰色小楼内，唐纳德·麦卡锡刚听完了项目报告。他解散了其他会议人员，只留下财务长

第五章　漫漫不归路

辛格和项目主管塔克。麦卡锡歪着嘴责备道："为了建立北大西洋自由联盟的国家，我们必须更加努力。我们的建国方略正逐步被民众接受。然而截至目前我们只造了几艘小型舰艇，我对工程建设进度很失望。辛格，我注意到你没有在会上解释为什么资金到不了位。"

辛格面有愧色，他连忙解释道："我会及时向你汇报财务状况，但刚才的会上不是一个合适的场合。我们的财务状况在继续恶化。你知道，两年前世界银行元就已经停止在全球流通了。最近，北美联邦共和国、欧洲和南亚各国冻结了前世界联合政府在各地的资产。以目前的资金状况看，项目进展已经可谓神速了。我恐怕剩余资金将远不足以建造巨型星洲了。"

麦卡锡问道："反物质推进设施的建设计划有问题吗？"

塔克汇报道："从'方舟'号那个罗伯特公开的技术资料来看，反物质制造组件的体量巨大。如果不增购工程机器人，以我们目前的机器人数量，预计工期将超过10年。"

辛格点头道："以目前的财务状况而言，确实无力承担。反物质组件的造价甚至将高于星洲的其余部分。"

麦卡锡道："大型星洲必然需要大规模运载能力。如今资金不到位，我们必须调整计划，放弃大型星洲，改为专注于小型舰艇。但我们必须加快进度。"

辛格向麦卡锡确认："我们也将放弃建造大规模推进系统的计划，是这样吗？"

塔克忍不住质疑辛格道："即使不建大型星洲，只建小型舰艇，没有强大的推进能力，我们也将无法离开太阳系太远，更不用说实现若干光年的航行距离了。"

麦卡锡说："成事不在人多，而在谋略。没有庞大的星洲和大量民众的拖累，我们将获得机动性能的优势。我们的目标也是新盖亚，但我们将——也必须——第一个到。舰艇使用聚变能源推动的话，动力最多可以支撑多久？"

塔克出言谨慎："取决于舰艇加速度和负载。"

"我们必须尽量减少舰内物资，生活必需品仅限于航空食物和可循环饮用水。多长时间可以追上'方舟'号？"麦卡锡问。

"'方舟'号已航行了3个月。要追上它，我们的负载确实得尽可能少，舰艇的很大部分载荷必将是能源和推进系统本身，也就是聚变材料、发动机、推进组件以及反推剂，恐怕的确没有多少空间容纳太多的人员和设施了……我需要计算一下。"塔克见麦卡锡皱了皱眉，连忙匆匆算了一下，"如果'方舟'号不更改飞行计划，再考虑我们舰艇的自重，以及人体的承受能力，大约15个月可以追上——我今天之内就会再计算出精确数值——15个月虽是粗略值，但我依然相信这接近于聚变推进能力的极限了。"

辛格问："为什么要赶上大英复兴王国那帮阴谋家？"

"追上'方舟'号之后，我们就将拥有星洲和反物质能源了。"麦卡锡说，"如果我们在每个舰艇里配备两个——仅两个——各80千克的机器人，多久可以追上？"他问塔克。

"无论如何也不能超过两年。另一个让人有些担心的问题是，大英复兴王国人多势众，还有那么多机器人。"塔克说。

"我们有秘密武器。每艘舰船上虽然只有两个机器人，却比对方的所有机器人都更智能。到时候，'方舟'自会乖乖听我们的。不要问我机器人在哪里，我可是费尽心思才搞到手的。你们很快会见到它们的。"麦卡锡胸有成竹地说。

辛格小心翼翼地提醒道："北美联邦共和国和欧洲都在建大型星洲，还要联合组建星洲阵列'新天际线'，目标也是新盖亚呢。"

"对此我早有察觉。我们必须尽早在新盖亚站稳脚跟，等这些背信

第五章 漫漫不归路

弃义的家伙也到了那里的时候，我们正好可以以逸待劳。可恶的只是领头的少数人，我们不会放过他们；那里还有我的大量追随者，只要他们重归我的民主路线，我将不计较那些民众曾一时糊涂背叛过我。"麦卡锡说。

塔克带着敬佩的语气说："果然综合了技术考量、经济考量和政治考量，乃是大策略。这样，我们就可以很快出发了。我原本的思路跳不出自建反物质推进的桎梏，哪有如此进退自如！"

"为早日拿下'方舟'号，我们一定要尽快造好舰艇，还要建立具有最高安全等级的信息系统。我们必须在3个月内出发。"麦卡锡吩咐道。

星洲启程后4个月。

为加快登上"方舟"号，大英复兴王国当初携带的物资主要为机器人和IT软硬件。所带的少量食物，加上在星洲上收割的粮食，到此时已所剩无几。虽然占据的"绿岛"内有大片良田，无奈这八十几万人不谙农事，收割之后，田地大多成了荒地。第一次粮食危机爆发了。

眼见粮库渐渐见底，多个"绿岛"内出现了群体争斗。但谁都没有多余的粮。继而有人想到了9号"绿岛"，揣度那里经营社区多年，必有不少存粮。大家停止了争斗，突破了通道密码，黑压压地往9号"绿岛"冲去。得到消息的护卫队守在6个通道入口处。正在巡视动力组件的兰德连忙率人赶回，还未到，通道就已经失守。护卫队奋力阻拦，无奈势单力薄，多有重伤者。人群踏着护卫队员的身体，往小镇席卷而去。众人找到了粮库，却发现那粮库坚固无比，众人用铁锹、钢钎都无法打开库房的门。正有人意欲放火烧，一个人造智人破解了库房密码打开了门。众人大为振奋，蜂拥而入后却发现里面的粮食并不多。有人喊道："粮食一定藏在别的地方，我们一家家搜！"大家又蜂拥而出，朝社区洗劫而去。

其时李梓正在整理穆睿和修留下来的资料。她突然听到楼外的嘈杂声，就连忙往窗户外看。却见人群进入了大楼，已经开始逐户搜索。周围传来乒乒乓乓的声音，夹杂着怒吼和哭喊声。李彤连忙反锁了房门。很快听见隔壁的房门被砸开了，随即传来翻箱倒柜的声音。几分钟后，有个男人骂道："你们把东西藏哪儿啦？你不说也无妨，本大爷还就在这儿住下了，过不了几天粮食自然会冒出来。刚好，这地方比我那个破地方大。"没过多久，李彤母女俩听到自家房门传来沉重的敲门声。

敲门很快变成了砸门。李彤母女俩正着急，外面突然传来一片喧哗。刺耳的金属刮擦声和履带碾过地面的声音由远及近，砸门的声音停了。李梓偷偷探头，透过玻璃窗看见几十辆机车正在外面驱赶人群，领头的机车里，兰德正坐在高高的驾驶室里。人群四散奔逃，丢下几人躺在地上痛苦地挣扎。

兰德率护卫队乘胜追击。动乱人群被赶出9号"绿岛"，机车朝人群逃窜方向紧追不舍，直达各个"绿岛"。机车逐渐分散，人群也隐入各个"绿岛"不见了。兰德只得又返回9号"绿岛"。一清点，各个库房的财物已被洗劫一空。护卫队正要清查留在小镇的外来人员，突然大量的机器人从外涌入。这些机器人十分灵活，很快就将机车大卸八块。兰德正欲组织反击，机器人迅速占领了路口，广场和建筑前也都站满了银光闪闪的金属躯壳。兰德只得寻机撤退。

正在这时，广播系统传来从总部"绿岛"发出的告示。广播中，亨特命令停止一切暴力行动，并保证机器人将坚决维护"方舟"号内的秩序。他宣布，"方舟"号内的财物划分以广播时的现状为准。他让民众保持耐心和信心，并说王国总部将尽快出台新规范，"方舟"号将变得更加有序。

这次行动中，几十万人得到的财物不是很多，但也足够支撑几日了。他们进占了绝大部分社区"绿岛"，连9号"绿岛"的大部分社区也被他们占据了。原"净土"的人反而拥挤不堪。

卢终于等到了亨特的约见。位于1号"绿岛"的总部给他分配了通行码。卢通过站满机器人的通道，在4个高大警卫的一路陪同下进去了。总部"绿岛"在短时间内大变样了，让卢大为惊讶。大片新园林取代了湖和田野，原来屋舍所在的地方被高墙围起来，新建的古典主义风格的宫殿尖顶从墙顶露了出来，墙外警卫森严。卢猜测那是艾弗雷德君主的宫殿。警卫并没带他去宫殿，却带他来到方楼——看来亨特至少保留了舒华兹生前的地方。方楼上新刻了几个大字"大不列颠议政厅"。方楼内的水池不见了。卢从那里穿过走廊来到亨特的办公室外。

卢没等多久就被领进办公室，亨特示意卢坐下。卢开口说道："我一路过来，见总部'绿岛'大变样了，让人耳目一新。相信接下来我们可以让整个'方舟'号变得更好，成为真正的人类净土。我对与总顾问先生今天的会面期待已久。作为原'净土'的负责人和大英复兴王国的长期支持者，我自信可以带领'净土'和平加入大英复兴王国。很遗憾发生了冲突事件，以我和我的原'净土'同事对'方舟'号的熟悉，必可在有限的空间里最大化产出，避免粮食危机的再次发生。目前人们对事件仍心有不安。我誓愿倾力协助以使'方舟'号内重归稳定和谐——趁'净土'的人还愿意听我的。"

亨特放下了手中的笔，说道："我很高兴你愿意服务大英复兴王国和它的人民。"他面无表情，"我们在半年时间之内实现了近百万人的迁居，这是伟大的创举——即使遭遇了暂时的物资匮乏。分享对于共存是何等珍贵。事件是自发的，以极小的伤亡和财产损失为代价，现在绝大部分人都得到了最基本的食物保障。再也没有空置的房屋，设施的使用效率较之以前高多了，这着实不易。可见民众有丰富的创造力，帮我们解决了初次分配的问题。当然，保障民众的生命安全是我们丝毫不能

动摇的底线。必须对伤亡者做出体恤，同时严惩伤人者，以开规矩之先。"

亨特继续说道："这个事件到此为止，不能再发生。然而，愿望不能代表结果。我们将立刻颁布法律法规和社会公约，重新建制。想想看，我们在茫茫太空中飞行，近百万人将在封闭的空间中共存十几年，我们需要什么样的制度，建立什么样的体系？当我们度过漫漫征程，成功登陆新盖亚以后，在那里再创大英复兴王国的辉煌和延续人类文明，那将是更大的创举。"

他没有停下来的意思："在如'方舟'号这般封闭的空间里，人类不能内耗。我们的制度必须保障社会的运行效率、资源的利用效率、行政领导力和民众执行力。我们民族有很多优秀的政治遗产，在艾弗雷德君主陛下的庇佑下，我们大可基于此遗产择精集粹、升级创新。干练的政治机构和高效的政策尤为重要。据此精神，我们将于明日公布新的政府组织架构。民众则再无族群之分，'净土'族群已成为大英复兴王国的一部分，不再单独存在。在行政划分上，对民众的管理以'绿岛'为单位做出区隔。考虑到'净土'存在已久，政府将帮助民众融入王国。你将以议事长的身份，领导和代表9号'绿岛'议事处，同时向王国议政厅反映民情。"

卢很意外。他问："只是9号'绿岛'吗？'方舟'号的运行离不开动力系统、舰艇、社区、信息系统、生态系统。这和地面上大为不同，需要完全不同的经验呢。"

亨特道："每个人都将得到自己的位置，除非歧见者。准确地说，你的工作将聚焦于9号'绿岛'里的原'净土'人员。议事长一职对帮助他们融入大英复兴王国很重要，你需要确保他们忠于王国，让他们为王国贡献自己的力量。我相信，你是9号'绿岛'议事长的最合适人选，除非你找到合适的理由反驳我。"

卢努力掩饰自己的失望，说道："谢谢你信任我。不过9号'绿岛'

第五章　漫漫不归路

内的民愤正盛，几个原高管要求其地位和权益必须得到保障，否则他们将组织罢工，甚至有人提出'净土'自治。我不认为他们激化矛盾的做法值得鼓励，但恐怕需要做相应的安排，我才能安抚他们。"

亨特的目光在卢脸上停留了许久。他说："我必须说清楚。'方舟'必须成为一个整体，否则灭亡就是我们共同的命运。星洲不能任由累赘拖后腿，更不能容忍破坏者。'方舟'号内的民乱事件必须停止。新的王国政府将不会庞大，但强有力。我们将与破坏者进行毫不手软的斗争，这是政府的坚定立场。每个人面前都有两条路：站在我们这一边——也就是'方舟'号和大英复兴王国这一边；或者脱离'方舟'。我相信你会做出选择，王国需要你的工作。"

卢干咳了一声："我当然反对自治这样的愚蠢想法。我会密切注意，阻止罢工。关于政府职能的想法，我们想到一起了。既然统一了思想，我就有信心教育和安抚民众了。"

亨特让卢确保新政府组阁期间原"净土"民众的稳定，并及时汇报异常情况。让卢离开之前，亨特通知新任命的安全部长进来。"这是道格。"他向卢介绍道，"他手中有一份名单，是昨天带头闹事的人和伤人者——绝大部分是原'净土'人员。如何处置，我想听听你的看法。"

卢仔细地看了名单："我不清楚谁参与了昨天的事件……也许兰德也在其中。不过他性格简单易冲动，职务不高却有很多追随者。而且他是一个工程好手，对'方舟'号的里里外外都很熟悉。我们这次是否对他做宽大处理？我可以教育他不要再犯。"

亨特指示道格划去兰德的名字。"看来他有些用。这个匡墨呢？"他问卢。

卢稍稍犹豫了一下："他是兰德的上司。虽然他曾反对与大英复兴王国合作，但我并不确定他是否参与了昨天的暴力行动。"

亨特未置可否。他让卢回9号"绿岛"静候通告，等待后续的具体

安排。卢告辞后，机器人警卫一直护送他回到9号"绿岛"。

第二天，卢收到大英复兴王国的机构改组通告并被要求向整个9号"绿岛"传达。这份由亨特签发的通告称，本次改组已经得到君主艾弗雷德的批准。通告指出，君主是王国的最高精神领袖和在外事活动中代表王国的国家象征。新增设的议政厅是联结君主和王国的桥梁，也是唯一的立法机构。议政厅下辖各"绿岛"议事处。亨特原有的王国总顾问的角色不变，同时兼任议政厅总发言人。改组后的政府向议政厅负责，约翰逊续任首相。政府精简机构，仅保留安全部、内政部、国防部。地方政府机构被取消，安全部和内政部的职责直接下沉到各"绿岛"，并与议事处相互配合、相互监督。通告还公布了其他各岗位人员的任免。

改组后的政府立即下令追查前几日的暴力事件。安全部公布了一份涉事人员名单，多个护卫队员在列。兰德看到名单上没有自己的名字，就找到卢，宣称护卫队是接受作为队长的自己命令才参与行动的。兰德坚持要求由自己一人承担责任。卢暗自纳闷："还有抢着认这种事的？"他安慰兰德道："你没事。我可以确定地说，不会责罚你的。我和亨特总发言人亲自说起你，你可以相信我。不仅你没事，护卫队的所有人都将不被追责。不过政府已成立，一切都已有规矩可循，法制和规约也将很快完善。此等无政府主义的行为将不再被宽容，护卫队也必须解散。你需要和大家说明这一点。"

兰德问："所有'净土'的人都不会被追责吗？"

卢说："'净土'已属过去，现在我们同属王国。匡墨已经主动承担了责任，他承认护卫队是受他的授意。政府安排他去动力组件'绿岛'协助机器人看护反物质储存舱。事件的责任仅由他一人承担，这已是宽大处理了。"

兰德怒道："明明匡墨没有参与，为什么要软禁他？那些抢粮的、霸占他人房屋的甚至伤人的入侵者反而不承担任何责任？我们建造了

第五章　漫漫不归路

'方舟'，他们抢占我们的成果，还要奴役我们？你曾领导我们'净土'，难道无视这一切发生？"

"只追责一人，这是我做了很多努力才争取到的结果，这样的处理不可谓不宽大。匡墨主导过反物质储存库房的修建，他现在守护着自己的成果，这对他不算太糟。多说无益，只会把自己也搭进去。"卢见兰德依然怒气难平，就叫助手将他送走了。

卢还被亨特要求和弗莱交流。政府改组后，"方舟"号的武器系统的功用专为防御王国的外敌，民间的攻击性物件已被政府统一收控。舰船工程处成了国防部的下辖部门，在外执行任务的舰艇改由无机体人形机器人驾驶，并直接和"方舟"号内的指挥中心沟通，不再安排人员长驻舰艇。正执行任务的原主管弗莱被从先遣舰中撤回以待进一步安排。卢不得不安慰愤愤不平的弗莱，随即按要求将他送出了9号"绿岛"。

"方舟"号启程后6个月。

"方舟"号星洲内的物体质量出现的增加被察觉[①]，星洲调低了加速度。

地球上刚刚发生严重的空间畸变。南极附近强烈的磁场变化加热了地壳，冰盖崩解后，全球海平面又上升了2米多。受这一情况的刺激，全球各地进一步加快了"星洲"的建设进度。

北美西北部的育空地区正处在深夜。冷杉林里的平原上突然亮如白昼，灯光照着发射平台和上面的舰艇。随着麦卡锡下令点火，舰艇喷着白烟升腾而去。如此三番后，9艘舰艇离开了地球。麦卡锡坐在最后一艘舰艇里面，他忍受着巨大的超重带来的不适感。第一阶段加速后，舰艇下调了加速度，但仍远高于1g。舰艇并不大，舱室主要为动力材料、

[①] 被加速至亚光速的物体的质量显著增加。

信息和监测设备以及机器人所占据,每艘舰艇仅另外装载了少许人和必需的生活物资。如果省着用的话,聚变材料将推动舰船飞行接近两年。

麦卡锡将他的舰队命名为"北大西洋"号,目标同样为新盖亚,以及新盖亚之前的"方舟"号。他命令在能源和物资耗光之前,必须追上并控制"方舟"号。舰船关闭了无线发射器,只开启了高精度接收天线。在接下来的一年多里,船员们将忍受乏味的高能食物替代剂和让人心烦的超重。但看到不再年轻的麦卡锡依然斗志昂扬,大家都不敢有怨言了。

37. 向深渊进发

"方舟"号启程后1年。

多个稼穑"绿岛"内有片片延伸到尽头的金黄,新一季的小麦已经成熟了。麦秆粗壮而整齐,有超过一人那么高;顶端是长长的麦穗,麦粒如玉米粒一般大。稼穑"绿岛"内没有人,却一派有序而繁忙的景象。一个个银色的机器人驾驶着收割加工机将小麦一排排地放倒,露出褐色的地面,犹如油画排笔在底色上均匀地上色。随后小麦将被脱粒、去皮、粉碎,然后送至专门的粮库。这足以在接下来的几个月供应"方舟"的需求。一切都控制得精确而井井有条。

前溯至半年前,改组之后的政府内政部抽调了一部分机器人,刷新程序后改造成了各型生产机器人。除了稼穑机器人,还有工业机器人、基建机器人、医疗机器人在各处忙碌。而机器人警卫则受命于安全部维护各"绿岛"的稳定。政府还重新征召了"方舟"内的科学家,稼穑"绿岛"内的农作物正是丹·贝克考虑了"方舟"内的环境进行了农作物基因优化后的成果。他原本不愿意再为亨特工作,政府首相约翰逊劝道,

第五章　漫漫不归路

此是为"方舟"号内近百万民众的生计，非为个人。丹·贝克与约翰逊本是故交，见首相说得十分诚恳，就接受了政府的这次征召，搬去了总部"绿岛"。

李梓完全没有察觉航行的这一年中"方舟"又经历了春夏秋冬。如果透过窗户远眺，可以看见9号"绿岛"的树林从变绿、变黄，再到落叶。启航后的第一个冬天，政府甚至很体贴地在各个社区内实施了人工降雪。李梓却总是拉上窗帘，不让外面的光进来。她几乎不出门——她采买的物资全由物流机器人送上门。

政府发行了方舟币后，李彤及时将存款兑换了，当可使用些时日。她瘦了不少，还比原先更怕热。她常常不在家，只要一有空，就外出透气。

上门拜访的人也越来越少了。倒是刘逸思近日带着一个有些面熟的中年男人一起来过。刘逸思满面春风，说最近一直非常繁忙，到现在才尽力挤出空来看望她们。"我如今在安全部就职，负责9号'绿岛'内的信息系统。这里人不少，还有很多是亲友，责任重大啊！"刘逸思对着李彤说，眼睛却瞟着李梓，观察她的反应。

李梓没有接话。刘逸思忍不住问她："认出他是谁了吗？"他指了指中年男子。

李梓只觉得面熟。刘逸思告诉她："他是我们的内维尔老师啊！他来'方舟'号一年了，忙完最近的事我们俩才有空抽出时间过来。一来为重聚；二来为你们在这儿可以多一些朋友。"

李梓想起来了。李彤也恍然大悟，她问起内维尔在"方舟"号的适应情况来。内维尔说："强过在地球上等死，不是吗？我们都是幸运的人。我实在很感谢刘逸思帮我争取机会到'方舟'来。"

刘逸思笑道："是我有幸。不仅曾作为学生受教于你，现在还能和你共事。我应该感谢你替我分担9号'绿岛'的信息安全工作呢。"他脸上满是得意。

内维尔有些不自在地笑道："我在这儿的工作机会也是你推荐的……现在我是你的下属啦。在学校时我就看好你——我看人是不会错的。"

刘逸思摆摆手说："都是政府提供了机会。我们必知恩图报，不辱使命。"他转而回忆起小时候在学校时的开心事，李梓心不在焉地应着。刘逸思见她们母女俩情绪低落，安慰道："欧文先生的事情我很遗憾。过去一年多，我都不敢想这件事。要知道，我们还要在这个'绿岛'里一起度过十几年呢。今后不管有什么需要我的，尽管让我知道。"李彤听后额头上立刻渗出了汗珠，她呼吸变得急促，身体蜷缩在沙发里。刘逸思连忙又和李彤说了几句，还嘱咐她调整情绪、保重身体，然后告辞离开了。

不料李彤没过几天就出了状况。一晚，李梓又失眠了，快天亮时才睡着。很快又醒来，起床后发现妈妈并未如往常一样出现在厨房里，打电话也联系不到她。李梓只得无奈地走出大楼。楼外的人造阳光白花花的，她顺着楼前那条道路一路找到社区广场，广场上有几个机器人警卫正围着一个坐在地上的女人。李梓连忙推开警卫，看见那女人正是妈妈。李彤的脸色煞白。李梓着急地问道："妈妈，怎么啦？"李彤轻声答道："现在没事了。早上起床后觉得有些闷，想出来走走。不料出来后有些晕。没什么大不了的。"李梓蹲下身来，抓着李彤的双手扶她起来。李彤的身上冰冷，手上都是汗。李梓问道："怎么这么多警察？"李彤喘了口气说："早就到处是警察啦。天快亮时我想找个开阔的地方透透气，没想到晕倒了。他们倒是没有为难我。"李梓道："那不是晕倒了许久？怎么也没人帮一帮？"一个警卫听见后，走过来说道："早上我们发现欧文太太在通道边徘徊——当然她不可能出得去。她反身回到这里后就晕倒了。我们的指令里不包含处理这种情况。"李梓没再理会那些警卫，她扶着李彤回家躺下了。

第五章　漫漫不归路

回家后，李彤的状态仍然不佳。李梓在家给她做了简单的检查，她的心脏、大脑、消化系统都无大碍，只有血压偏高，呼吸系统状况也不是很好——不过也没比以前更糟。李梓带李彤去小镇的医院，医院却正在升级，暂不营业。她只能和李彤回家。她不顾李彤的无病申明，承担了所有的家事，还每隔一阵就去李彤的房间看顾。

又一天晚上，李梓好不容易才睡着了。也不知睡了多久，她被一阵急促的敲门声吵醒。开门后，看见刘逸思站在门外说："欧文太太晕倒了，正被送往医院。"李梓连忙随刘逸思往医院跑。刘逸思顶着风大声告诉她："刚才我们部门的安保发现欧文太太倒在'绿岛'的通道门口，就向我报告了。你的电话又一直无人应答。"到医院后，那里已经重新营业。"幸好医院已经升级了。你放心，没有这里治不了的病。"刘逸思一边说一边带李梓来到李彤的病房。李彤昏睡在病床上。李梓查了床头的血压、心跳和呼吸记录——参数已经降下来不少，但依然很高。李梓见房内没有医护人员，就要去找医生。刘逸思小声说："病房里的医务机器人会照料得很好。"那机器人果然开口道："目前欧文太太的体征参数正在好转，她用过镇静剂后，正处在睡眠状态中。"李梓连忙问："我妈妈究竟是什么病？"机器人回答道："从监测参数判断，欧文太太患的是幽闭空间恐惧症和忧郁症。"刘逸思说："看来欧文先生出事对她的打击实在太大。放心，这里的医疗条件一流，欧文太太必能痊愈。"

李梓向刘逸思道了感谢，让他回家休息："大半夜的，影响了你休息。我会陪着我母亲。"刘逸思笑道："这个病房可不是一般人可以住进来的。我在这里再看看就可以放心了。"他再坐了一会儿，又查看了机器人的医护计划。李梓道："我想和妈妈单独待一会儿。"刘逸思点点头。李梓对机器人说："你也走。"机器人回道："你不把我当人就行了。"李梓说："就是因为这样，你才必须回避。"刘逸思说："我们都走吧，让她们俩好好休息。"

李梓坐在床沿守着。两个小时后，李彤醒来了。她环视了一圈病房，眼里流露出恐惧："宝贝，我们能不能到外面去？这里太压抑了。"李梓说："你最好躺着闭目养神，妈妈。我在这里和你说说话。"李梓刚刚查看过，李彤的血压还很高，心跳也快，还不宜活动。

"我真的不想接下来的十几年还待在星洲上。你爸爸不在'方舟'号里了，我想去找他。"李彤叹了口气，继续说道，"我知道这样想不对，而且你还在'方舟'里呢。可我就是忍不住。我还尝试过找弗莱，想问他有没有办法找到你爸爸。可是弗莱不在9号'绿岛'。"

李梓说："再睡会儿吧，妈妈。天还没亮呢。"

李彤微闭着眼说："我知道我的想法不切实际。可是我不想就更难受。"李梓握住她的手，过了一会儿李彤才又睡去了。

天一亮李梓就要去找医生问治疗方案，正赶上刘逸思又来了。他问了她关于李彤后半夜的情况。医护机器人进病房后，他将李梓拉到走廊上才对她讲："现在还不适宜和欧文太太谈太多她的病情。我要和你谈谈她治疗的事。你知道，我们还要待在星洲里十几年，虽然'方舟'号并不小，但我们无法为欧文太太更换这个让她过敏的环境。另外，心理疾病也有其生理基础，甚至遗传因素也不可忽略。我咨询过，有一种最先进的正反馈治疗方案，可以治好欧文太太的病。该治疗可以调节5-羟色胺系统基因、多巴胺系统基因及神经营养因子基因，优化下丘脑结构，还能改变原有记忆，清除痛苦情绪、植入正面情绪。你应该好好考虑考虑。"

李梓说："那不成洗脑了吗？！"

刘逸思劝道："你应该替你妈妈着想。欧文太太还较孱弱，不能承受新的刺激。正反馈治疗法结合了正反馈人工智能、基因改造和人类学大数据分析，是万无一失的。星洲里有几人最近经过了治疗，效果非常积极。"

第五章　漫漫不归路

李梓道："我得听听医生的意见。等我妈妈稍好些后，我还是要问她本人怎么决定。"

"这里已经没有医生了——升级后，整个'方舟'号里的医疗处理都由机器人负责。机器人无所不能，这你比我更清楚。而且，如果不治疗的话，病情会持续恶化。你得趁早拿主意。"

李梓想起小时候在科技营参观正反馈人工智能的情形："那我的意见是，不做正反馈治疗。除非我妈妈清醒后有不同的意见。"

刘逸思道："我可是为你和欧文太太好。我知道你们遭遇了很大的变故——每个'方舟'号上的人都面临着巨大的变化。如果无法左右外部环境，我们就积极面对，改变自身。毕竟，谁也回不到过去。知道吗？你们都在逃避——欧文太太拼命往外跑，你一个劲儿地把自己关起来。这哪能解决问题？"他说得自己激动起来。

"你和我们有不同的世界，自然有不同的理解。在我妈妈可以做决定的时候，我要让她本人来决定。目前她将不采用正反馈治疗，我们将寻求其他治疗方案。"

刘逸思叹道："你可知道，我经过很大努力才争取到这个机会呢。这里不比地球，不是每个病人都能得到治疗机会的。"

刘逸思离开后，李梓进了病房。母亲已经醒了，正眼巴巴地望着门口。一见李梓进来她就说："我不能待在这里，我要出去！"李梓朝她使了个眼色，李彤立刻不说话了。李梓随即破解了医疗机器人的入口并删除了治疗计划，然后偷偷带着李彤回了家。当晚，李梓搬到了李彤房间和她住在一起。白天时，母女俩主要在大楼前的空地上坐着消磨时光。楼外虽有警卫，却也不干涉她们俩。刘逸思又打了几次电话过来问候。

"方舟"号星洲启程后 18 个月；"北大西洋"舰队启程后 1 年。

"方舟"号还在广袤的奥尔特星云所在的球状空间以内。如果人们

能看穿地面，就能发现太阳成了天空中一颗普通的星星。

"方舟"号的13号"绿岛"毗邻内环通道。这个"绿岛"比其他"绿岛"小很多，里面没有开启人造阳光，"绿岛"中央的广场上整齐地竖立着几千个一动不动的黑色人影，那是各式国防机器人。为了节省能源，在常规时期有一大半国防机器人处于休眠状态被存放于此。

广场一侧的机房里面装满绿灯闪烁的服务器，时时刻刻在计算和吞吐着数据。机房隔壁是一个小铁皮屋，里面的各型显示器正发出荧光。四个机器人正监视着显示器上的数据。一旦有异常，它们就会按程序设定上报。

铁皮屋上了锁。屋内的一角，弗莱正坐着闭目养神。从舰艇回来后，他被安排在此处"协助"机器人监测星洲外的陨石等威胁物。实际上机器人接收到的指令非常明确，并不会听他的。与其说协助机器人，不如说是被机器人监视。"方舟"号未设监狱，将他安排在此，无非是要减少政府的心头之患。弗莱知道这一情形，他只能时不时看看显示器上的信息解闷，其余时候都在睡觉。

虽有"方舟"号加速带来的重力感，但长期待在没有窗户的铁皮屋里还是让弗莱慢慢地失去了方位感。在这里待上几个月后，弗莱就睡不着了。这里没有白昼和黑夜，仅有机器发出的微光。这里的机器人和数据库主要针对"方舟"号之外的威胁，整个13号"绿岛"都隶属国防部，它甚至不与隔壁同属机要的安全部11号"绿岛"共享资源。极少有人出入13号"绿岛"，少部分知道这个神秘地方的人称之为"军机岛"。这里的一切都是高级机密，重要防务信息都是从这里通过高密通道向总部的政府要员及亨特报告的。"军机岛"的物资也通过受控通道传递。

茫茫宇宙浩瀚无垠，人类却只能通过狭小的太空舰船征服它。弗莱自小就有成为太空人的梦想。弗莱的父母还健在的时候——青年时期的弗莱就自学了太空舰船工程学和信息技术，还花了近一年的业余时间参

第五章　漫漫不归路

加了航天员训练。他在身体训练及心理测试中的表现甚至比同批的专业航天员更优秀，从而吸引到艾伦·舒华兹的注意。

如今在铁皮屋里，弗莱不需要为衣食操心。他被提供了自动清洁装，不需要换洗。机器人每天都会给他一管牙膏大小的高能食物替代剂。他产生的废物很少，而床边的马桶通过管道连到稼穑"绿岛"，清洁而又环保。

对弗莱而言，待在铁皮屋里却也有一个好处。大英复兴王国从地球上带来了强大的数据系统，也将先进的人工智能移植到了"方舟"号，但于空间技术上却没有太多积累。"方舟"号的太空防御系统继承自"净土"，是弗莱主导发展起来的。"军机岛"的整个穹顶是电磁辐射接收器，同时接收着来自太空的信号和从星洲外的舰艇发回的情报。虽然铁皮屋里只有显示接口，不能对防御系统做任何介入，但他还是能通过显示看见太空，还能看见他制造的舰艇。这对他是极大的安慰。

机器人接收着从外发来的实时数据，显示系统显示的则是"方舟"号外各个目标的三维全息图像。铁皮屋中央的屏幕显示的是"方舟"号未来12小时轨迹附近的棒球棍状的空间，以及一切这个范围内被侦测到的物体。另有几个屏幕模拟的是仲阳及新盖亚的模型——虽有20年的滞后而且非常模糊，却也每天都在更新。屋内的另一角的屏幕显示的是地球——由于空间畸变时有发生，那里频发着地质灾害和紊乱的电磁辐射。

地球已经一去不复返，不是"方舟"号的观测重点了。但弗莱常去看地球，他常在图像前寻找阿勒浦的位置，或者回忆位于北欧的故乡。这一天，弗莱睡不着，就又来到地球模型前。负责监视地球的是一个金属机器人——它自称铁机——同时还负责看护弗莱。它看见弗莱正在放大地球图像，照旧没有干涉他。

地球的北美大陆出现了有规律的辐射。实际上这些辐射并不为人类

肉眼所见，而且传到"方舟"号时已经出现红移。但三维全息图已将辐射转换成可见光信号：几个柱状物等时间间隔地离开了地球表面，摩擦大气层时发出辐射，被转换成一圈圈强光显示出来。弗莱再放大了地球图像，那是在休斯敦的上空。根据截获的辐射数据，程序自动计算出柱状物的形状，那些分明是大型星洲，而且每个都比"方舟"号大。过了几小时，又有几艘星洲从圭亚那升空。"军机岛"的穹顶甚至捕捉到了这些星洲和地球、星洲和星洲之间的大功率通信信号——"新天际线"无所顾忌的交谈也被显示在铁皮屋里。

弗莱被吸引住了。根据捕捉到的信息，他分析"新天际线"的动力系统比"方舟"号更强劲。"新天际线"的星洲群很快离开了大气层，脱离地球引力后在空中组成两两相距1万千米的矩阵，继而将加速度降低为1g并驶离了黄道平面。

"新天际线"没有使用引力弹弓加速，而是采用了近乎直线的轨迹向深空飞去。过了几天，弗莱让系统模拟显示了"新天际线"的长程轨迹。他发现仲阳和"方舟"号竟然都在它的轨迹延长线上。

"呵呵，'方舟'号就快有伴了。"弗莱自言自语道。

铁机头顶的蓝光闪烁了一会儿。终于它问道："你有几个月没有说话了。刚才你说的是什么意思？"

弗莱说："我相当确定'方舟'号将与'新天际线'遭遇，这对'方舟'号是一个巨大的威胁。你应该上报。"

铁机身体内发出吱吱计算的声音："我接到的指令将威胁定义为：在百万千米内的物体为重度威胁，百万千米至千万千米范围内的物体为轻度威胁。发现威胁才需要报告。它们还太远。我不能违反设定。"

"我管事的时候不是这样判断威胁的。如果潜在对手终究会与'方舟'相遇，即使相距遥远也是威胁。"

"我不明白你的意思——为什么还没相遇就有威胁？这和设定不符。"

"我的直觉告诉我,'新天际线'不是来和'方舟'号交朋友的,'方舟'号危险了。这是你的程序无法想到的。"

"我的程序对威胁的定义不是这样的。我不能违背程序设定。"

"机器必须为人类——具体而言是为'方舟'号内的人类——服务。机器设定需要根据实际情况做出更新。如果出现分歧,机器应该服从人类——你应该向上报告威胁。"

"我不能自行决定上报。不过我承认,人类总是有我想不到的东西。"

"你至少应该去问问它们。"弗莱指了指屋内另一边的三个人形机器人。

"它们的计算速度是我的百万倍,是第八代高智能机器人,版本比我高一代。指令没有禁止我和它们商量。"铁机似乎对弗莱的这一建议颇为赞赏。它到另一边和人形机器人无声地用无线信号交流。几秒钟后,它将"新天际线"的情报报告到国防部。国防部高度重视,又报告给首相约翰逊和总发言人亨特。

亨特指示国防部严密监视"新天际线"的行踪,并要求"方舟"号保持与"新天际线"不小于现今的距离,以率先登陆新盖亚并占据有利地形。他严令知情人员保守关于"新天际线"的秘密,以避免在"方舟"号内产生不安情绪。

38. 暗度陈仓

"方舟"号星洲启程后 2 年;"北大西洋"舰队启程后 1.5 年。

3 艘护卫舰艇护卫着领头的先遣舰艇,组成正四面体阵列,始终在 1 万千米的正前方引领着"方舟"号。第二梯队有战斗舰艇共 8 艘,组成直径 2000 千米的圆形队列,在其圆心处的第二先遣舰的带领下以

方 舟
FANGZHOU

4000千米距离紧随头舰阵列；还有27艘护卫舰艇环绕在"方舟"号外，与星洲组成同心圆。这40艘舰艇组成的护卫舰队和被护卫的"方舟"号星洲一起组成在太空中移动的圆锥体。

护卫舰队密切注视着星洲四周的一切可疑物。对于高速运动的星洲而言，撞上任何障碍物的后果都不堪设想。护卫舰队一旦发现星洲前方有障碍，就会用炮弹将其提前摧毁。摧毁后不能留下任何向"方舟"飞行的残渣，因为残渣更难处理也更具威胁。还要根据障碍物大小选择恰当的射击距离，以免爆炸冲击波破坏舰艇。如果障碍物太大，国防部就会派战斗舰艇用反物质导弹将障碍摧毁。在离开奥尔特星云前，舰艇就用导弹摧毁过一个即将扫过星洲的彗核。真正的挑战是小型障碍物，哪怕纽扣大小就足以给星洲带来巨大的破坏，而发现它们时往往已经很近了。护卫舰队每0.2秒钟向前发出一束强辐射，通过接收到的反射来侦测异物。为避免暴露"方舟"号，辐射方向被限制在正前方的一个较小角度内。好在从其他方向来的障碍物撞上星洲的概率并不大，而且，侧翼的护卫舰还可以清除不同方向来的异物。

"方舟"号离开太阳系后，速度已快了不少。如果空间有异物的话，其相对速度也会更快。不过，远离太阳引力后，星际尘埃也就极少了。

半年来，国防部要求护卫舰队同时严密监视"新天际线"。与侦测随机出现的障碍物相比，这个任务倒容易了许多。"新天际线"的加速度极少超过1g，他们的几个星洲彼此相距上万千米，时时刻刻在肆无忌惮地向宇宙宣告着他们的行踪。似乎是为了抵御思乡情结，他们的娱乐媒体用大功率向所有"新天际线"的星洲发送节目，还不间断地"直播"地球上的实况。他们不时争论着"新天际线"的路线选择，事无巨细，甚至只是移动一棵树都要投票才能实施。稍有异议，民众就会上街游行。"新天际线"上的人和事，就像地球联合政府倒台后的北美联邦共和国，只是没有了那里的山山水水。这一切都被"方舟"的护卫舰队看得清清楚楚。

第五章 漫漫不归路

弗莱被召回后，护卫舰队的执勤人员全都换成了机器人。国防部也曾评估过派人造智人到护卫舰队，后来考虑到智人同样是血肉之躯，就改派了无机体人形机器人。机器人的优势显而易见：它们不眠不休、不偏不倚，无病无痛，无嗔无喜，50g 的加速度承受能力使它们可以在紧急时刻更机动、更迅捷。更关键的是，它们极守纪律。它们不需要使用生活舱，每个月仅需要用无线充电一次。与所需人数相比，护卫舰队需要的机器人数量少得多。在保障指挥室、动力室、信号收发室、炮弹发射室等均有足够的主用机器人和备用机器人的情况下，仍可节省出大量的空间用于装载更多物资，舰艇回"方舟"号轮流补给的频率从每个月一次变成了每 3 个月一次。

机器人和舰艇已融为一体，护卫舰队的行动高度智能化，系统预计了所有的常规事件以及各种小概率突发事件，而且已将应对方案程式化。这也避免了人的主观判断可能带来的误差和反应速度的不足。另一方面，机器人不仅和舰艇一起执行先遣和护卫任务，还作为分布式节点分摊外围的数据任务，40 艘舰艇互为备份，即使国防部的指挥系统宕机，头舰仍可带领舰队护卫着"方舟"号前进。

"方舟"号里的国防部拥有对护卫舰队的指挥权。关键分析由"军机岛"内的服务器阵列执行，护卫舰队时时与"军机岛"保持信息同步。当"方舟"号外有重大事态发生时，"军机岛"立即上报国防部，国防部可马上接管护卫舰队的操控权。

此时坐在头舰的信号收发室内的两个无机体人形机器人正注视着 3 个屏幕。其中的主监测员机器人还一直在同步接收着大量的监测数据，屏幕显示仅作为参考。而半休眠的备用监测机器人——也即副监测员——则只看屏幕显示。它关闭了主芯片，仅开启协处理器，一旦主机器人失效，副监测员就会迅速唤醒自己。最大的屏幕显示的是"方舟"号前方的棒球棍状空间内的情况。如果该空间内有异物，护卫舰发出的

辐射遇到异物后会反射回来，屏幕就能立即显示出异物的位置、形状和构成。现在棒球棍状空间内空无一物。另一个屏幕切换显示着仲阳和新盖亚的图像——实际上来自遥远的新盖亚的信号非常微弱，屏幕显示的图像经过了程序处理和补充。第3个屏幕显示的是"新天际线"——他们还离得远呢。

监控几乎无死角，除了一个地方。

"方舟"号的1440个发动机一刻不停地运转，推动着这个直径50千米的庞然大物前进。发动机组相互协同，即使某个"绿岛"的其中一个发动机失效，另外5个也会立即加大功率，补足因发动机失效而减少的动力，使"绿岛"与"方舟"号始终保持同步。发动机喷出耀眼的火焰和相互碰撞的粒子，形成长长的带电粒子尾焰。

与庞大的"方舟"号相比，唐纳德·麦卡锡的舰艇在太空中毫不起眼。此时，他正用布满血丝的双眼瞪着"方舟"号。他下令"北大西洋"号舰队继续保持无线静默状态，并将屏蔽保护罩的功率调到最大。"北大西洋"的9艘舰艇相互保持着可视距离。他们在前方的"方舟"号发动机尾焰的掩护下，小心翼翼地跟在星洲后面，还要保持适当距离以免被粒子流击毁。他们近距离跟踪"方舟"号已有两个月，麦卡锡一直按兵不动，他在等待一个机会。现在，机会来了。

在"方舟"号护卫舰队的头舰指挥室里，一绿一黄两盏灯在控制台上闪烁。绿灯表示返回星洲进行补给的程序指令已经得到国防部确认，而黄灯则表示头舰需要在返回星洲后对安全系统进行更新——国防部高度重视智能系统的安全，常不定期进行系统升级。指挥室的主机器人是先遣领航员，它的配置在"方舟"号内最高，是第10代人形机器人。它唤醒了备用的机器人副领航员和其他舱室的机器人。它向护卫舱队的40艘舰里的所有机器人发出通知："头舰和其他3艘护卫舰在10秒钟后返回星洲。返回过程按既有程序操作；第二梯队中心位置的先遣舰艇和顺时针方向第 2 艘、第 4 艘、第 6 艘护卫舰作为临时头舰队列递进至第一梯队；其余 27 艘舰艇保持原有队列。"

返回流程开始后，国防部按程序接管了头舰的操作。操作指令含 EAES，也即极高加密标准的随机瞬变 524288 位非对称加密。先遣领航员和副领航员如岩石般一动不动地看着屏幕上越来越大的"方舟"号。

突然，屏幕上的"方舟"号扭曲变形了。同时，先遣领航员接收到一组长长的数码，恰是最高等级的安全码。它不可抗拒，先遣领航员不得不开放了写入接口，数据立即如潮水般涌入。它体内的温度在升高，还没被改写的协处理器驱使它探测数据的来源，但只在一瞬间，它就全部被改写了。副领航员在一旁说："我探测到你的程序在改变，虽然由于我的等级低于你，无法得知改变的细节。当然，我将继续服从你的指令。"

先遣领航员没有回答。它看见屏幕上的"方舟"号已经变成了一艘舰艇，舰艇上有"北大西洋"号的标志。舰艇继续向它发送极其强大的数据，那个数据有更合理的程序架构，程序源头抽象出一个人的形象——是一个金发的老者。先遣领航员犹豫了一会儿——它思考了 0.01 秒——然后接受了这个改变。它立即按照"北大西洋"号的指令，发送烟幕信息回位于"方舟"号总部"绿岛"的国防部，同时利用自己头舰主领航机器人的身份，改写了护卫舰队里的所有机器人。这一切只用了 0.1 秒，"方舟"号对这一系列改变毫无察觉。

护卫舰队的 39 艘舰艇改变了队列，依次紧随头舰往"方舟"号的登舰口飞去。"北大西洋"的 9 艘舰艇已在登舰口侧后方等着它们。位于"方舟"号内环通道旁的登舰口太空门打开了，门内的几个机器人看见远多于程序设定的舰艇，僵在那里不知道该怎么办。先遣领航员立即改写了它们的程序，那几个机器人马上发送了登舰许可指令。49 艘舰艇鱼贯而入。舰艇滑行通过了隔离门，来到增压舱。人和机器人纷纷从停

放得拥挤而有序的舰艇里出来,那个金发老者被人们搀扶着下了舷梯。先遣领航员知道他是唐纳德·麦卡锡先生,它的新主人。它迅速迎上去,麦卡锡朝它赞许地点了点头。它体内的运算不由自主地加快了速度。它不禁暗自分析道,这种反应和人类激动情绪的相似度达到80%。它带着自定义的自豪感,带领着从护卫舰队和"北大西洋"出来的机器人往通道门走去。

麦卡锡上了车,一路不断有机器人加入他的队伍。他们破解了通道密码,打开了"方舟"的通道门,很快来到总部"绿岛"和星洲主体的分岔口。麦卡锡对塔克和副领航员说:"你们俩领头兵分两路,尽快占领反物质储存库和国防部数据中心。"又对先遣领航员说:"带我去会一会我的老朋友贾斯汀·亨特。"言毕,他和辛格等人就在一群机器人的簇拥下往1号"绿岛"而去。

在"军机岛"的铁皮屋里,弗莱刚刚睡醒。他发现铁皮屋的门竟然开着,显示屏上闪烁着陌生的图像。屋的另一头的3个人形机器人在用无线信号交谈着什么。弗莱问身边的铁机:"发生什么了?"铁机说:"显示异常。高密通道也中断了,联系不上国防部。"弗莱问:"如果我从这个门走出去,你会做什么?"铁机说:"如果门没坏,你是出不去的。现在门坏了,如果你走出去而且高密通道没坏,我就会向国防部报告。但我现在什么也不会做,因为我的程序没有设置其他选项。不过,我并没有屋外的信息,不确定你出去后会怎样。"它喋喋不休地解释着,哪管弗莱早已迈出门外。

"军机岛"的通道门也开了,外面的亮光透进来,远处隐隐有嘈杂声。弗莱又退回铁皮屋。他迅速浏览了几个屏幕,他看见登舰口停驻着几十艘舰艇,有几艘非常刺眼——那上面有醒目的"北大西洋"标志。几个陌生的机器人混在几百个分明属于"方舟"号的机器人中,护卫着一个

第五章 漫漫不归路

金发老者进了通道。弗莱认出老者是麦卡锡，不禁大惊："有人入侵'方舟'号。'方舟'号有机器人叛变了！"他思路飞转。他问铁机："你可以唤醒外面的机器人吗？"铁机说："不能。国防部按既定时间表唤醒机器人，在紧急情况下，机器人可向国防部申请唤醒版本较低的休眠机器人。绝大多数比我版本更低的机器人被留在地球上了，我只能唤醒这里的第六代金属机器人。况且，紧急情况有明确定义，并不包含现在的情况。"弗莱说："关于紧急情况的定义明天就会被更新。现在照我说的，去唤醒外面的机器人。"铁机说："可是我还没有接收到国防部的指令。"弗莱说："相信我，国防部一定想马上就下指令。可是现在高密通道不通，你是知道的。回忆一下我们是怎么发现'新天际线'的，你现在也得相信我。"铁机沉吟了一会儿，它尝试计算各种情况的可能性，作为低版本的金属机器人，它的概率算法并未考虑如此复杂的条件，因此无法自主得出结论。它决定听从弗莱的指示。它随弗莱出了铁皮屋，屋里的人形机器人没有理会弗莱和它。它们没有得到足够清晰的输入信息，只知道情况有异常，正徒劳地尝试继续上报。

铁机和弗莱来到金属机器人存放区。铁机发出无线信号，请求唤醒。众多金属机器人接收到了信号。它们确认了发送方的身份，纷纷开启了主芯片。几百个金属机器人的眼睛亮了，它们开始活动起来。弗莱厉声对铁机说："让它们从现在开始使用语音识别，必须听我的命令。另外，赶快关掉你们的无线通信接口，包括你自己的！"

铁机发出指令给金属机器人，随即关闭了它们的无线功能。

弗莱喊道："不能放任何人进来！前两排的机器人跟着我去守住通道，铁机带领第3排和第4排的机器人用最快速的物理手段拆卸人形机器人控制芯片，其余的机器人在通道两侧部署。听我的号令，随时准备战斗！"机器人识别出他的声音，迅速各就各位。弗莱吩咐机器人关上通道门并用钢条从里面闩上。铁机带领的一组则将正休眠的人形机器人

的头颅卸下来整整齐齐地摆在头颅主人的身躯旁。

没多久，通道门外传来砸门的声音。弗莱让机器人搬更多重物顶在门后。伴随着吱吱声，通道门倒下，门闩被高温枪烧毁了。几十个人形机器人从外拥入，它们大多带有"方舟"号的标志。混在其中的塔克猛然见到正带领着金属机器人严阵以待的弗莱，不由得吃了一惊。他喊道："把我们的程序写入这里所有的机器人！立刻！"

随塔克进来的机器人伸出双手，发送信号到整个"军机岛"。头还在脖子上的人形机器人开始动起来。铁皮屋里走出3个人形机器人，拾起地上的头颅就往无头机器人身上装。弗莱大喊："继续取出所有人形机器人的芯片！"金属机器人却被越来越多的人形机器人堵住，前进不得。弗莱带着几个金属机器人奋力往前去抓塔克，反被十几个人形机器人团团围住。人形机器人用高温枪和强酸枪朝金属机器人喷扫过去，现场弥漫着焦臭味。弗莱大叫："不能退！用身体轧过去！"这一叫起了作用，金属机器人用沉重的身躯碾轧过去，人形机器人被纷纷轧扁在地上。

眼见金属机器人逐渐将人形机器人往外驱赶，塔克疾呼道："不要和它们面对面，绕到那些机器背后肢解它们！"人形机器人闻言，不再正面抵抗，都绕到后面爬上金属机器人的背。那些人形机器人十分灵活，不断有金属机器人被取出主控器后僵立不动。眼见身边战友越来越少，却有越来越多的人形机器人压过来，弗莱只得后退。他和铁机几次想杀开一条血路冲出"军机岛"，都被击退了。

麦卡锡目不斜视地走过长长的通道。通道两旁的人形机器人纷纷加入他的队伍，一起走进洞开的总部"绿岛"。总部里的第10代人形机器人和人造智人未做任何抵抗，反而一路替"北大西洋"号清扫障碍。到了宫墙外，辛格请示道："我带人把君主控制起来？"麦卡锡道："我

第五章 漫漫不归路

们直接去方楼。他们依仗的只有机器人而已,控制了机器人就控制了一切。派几个机器人将宫墙内的所有机器人都带出来就行了。"机器人很快为"北大西洋"号占据了总部"绿岛"的各处,只留下方楼给麦卡锡亲自处理。

方楼里的亨特感受到了异样。他习惯早起,这天洗漱完毕,他照常来到办公室各处查看。这些监控工作本来是国防部和安全部的职责,但他在自己的办公室也装上了显示终端——他习惯于迅速掌握第一手信息,虽然他通常并不直接插手。他看了看屏幕上的登舰口,护卫舰队的4艘舰艇正停靠在登舰口准备补给能源。另一个屏幕上的"新天际线"还十分遥远。他甚至看了眼地球,它比往常清晰很多。亨特想:"地球太清晰了,清晰得简直不真实。"他又仔细地看了看登舰口,先遣领航员正走下舰艇。它看起来和往常不一样,虽然他并不知道这只是先遣领航员按照自己的形象发送给他的仿真版——即使机器人对自我形象的认识也总是有偏差,但他还是感到不对劲。他拨了国防部部长的电话,竟然不通。呼叫警卫也无人应答。亨特正打算出去看看,安全部部长道格打电话过来:"总发言人先生,快找地方躲起来!机器人都叛变了,麦卡锡来了……"道格的声音断了,屏幕上他那张焦急的脸突然消失了。亨特连忙起身出去,恰好看见迎面而来的麦卡锡。麦卡锡满脸堆笑,老远就开口对他说:"我早就知道我们会再见面的,贾斯汀。今天是人类历史的重要一天。看看我们重逢的地方,我们的合作延伸到地球之外了。"

亨特扫视了一遍麦卡锡身后,那些面无表情的机器人曾一直是自己的撒手锏。他大声呵斥机器人拿下麦卡锡,机器人却都一动不动;他又想找到自己的人,或许他们可以控制住这些机器人。麦卡锡似乎知道亨特在想什么,他歪嘴笑道:"道格等人就在方楼外面。别担心,他们被照看得很好。"他让机器人深入方楼各处看看是否还有其他人。

亨特说:"在地球上时,我们已经帮助你实现了目标。为了大英复兴王国，我们流血牺牲、为世人所唾弃，才推翻了世界联合政府。你却因此不费一枪一弹就得到了环北大西洋的大片区域。为什么非要盯着区区'方舟'号呢？我们就这么点地方。我相信我们能继续合作——真正的合作，而不是将对方的一切强行据为己有。唐纳德，在事情变得不可收拾之前，赶快归还我们的舰艇和机器人，离开这个地方。我会让愤怒的民众不要追击，他们会听我的。"

麦卡锡从喉咙里挤出一声笑，道："我必须承认，我们的合作曾经很愉快。我们都是白手起家，这里的一切原本既不属于你也不属于我。现在我们却站在这里商谈如何延续人类文明，真让人觉得不可思议。贾斯汀，你给了我一个绝佳的思路，甚至利用机器人也是从你那里得到的灵感。将这里交给我，你完全可以相信'方舟'会变得更好，虽然我不是来征求意见的。"

"不列颠人从不屈服。千年来我们从来没有被征服过。你们在这里停留的时间越长，就会遇到越多难以预料的麻烦。你们有多少人？让我猜猜，1000？1万？'方舟'号上有100万不屈的斗士。"

辛格不耐烦地说："干吗让他废话？浪费时间。"麦卡锡倒似乎很有兴趣将对话进行下去："这里不是地球，恐怕连你自己都不会真的相信从王国坟墓里挖出的腐朽遗产还能管用。对民众我们不需要用武力征服，我相信他们会张开双臂迎接我们。我没办法解救地球上的民众了——包括地球上的上千万不列颠人——他们早就被你抛弃了。不过按你的血统论，你自己也不能做大英复兴王国的子民——今天已经没有纯粹的盎格鲁—撒克逊人了。是啊，今天的大部分不列颠人——包括你在内——身上流淌着杂种威廉和他的几千勇士的血液。我要让民众来选择，我有信心他们会选择民主自由而不是血统论。"

"大英复兴王国的民心坚如磐石。无论是君主还是平民，从精神上他们是不会屈居人下的。这是一个不折不扣的烫手山芋，我们在此经营

第五章　漫漫不归路

这么久尚且不知有什么危机在等着我们。作为你在这里唯一可信赖的朋友，我得告诉你，聪明人知道什么时候离开才不会自讨苦吃。"亨特说。

"听起来你在这里并不顺利。我十分愿意替你破解困局，我的朋友。我倒是有兴趣看看有什么危机。不如我们一起在星洲里散散步，看看这些强大的机器人是怎样工作和战斗的；也熟悉一下这里——毕竟我们将接手星洲。如果有问题，我们现在就解决。"麦卡锡似乎尽了兴，他吩咐机器人搀着亨特随他一起离开方楼。

却说"军机岛"内的弗莱身边只剩下铁机。他们俩退到墙角，利用地形做困兽之斗。弗莱正苦于再也无路可退，突然一大群人从通道进入"军机岛"，领头的正是匡墨。他们戴着头灯，手持绳索和棍棒，见到机器人就连绊带砸。

原来匡墨和一众原基建处的下属以看护反物质存放库的名义被监禁着。一个多小时之前，通道大门突然自行打开了，随后进来不少完全不听指令的机器人。他们抄起家伙，击退了这些意欲取走反物质存放腔的机器人，然后跑了出来。他们沿途目睹机器人抢占"方舟"号的设施——那都是他们为之流过汗的地方——就知道机器人出事了。他们本来就不满机器人抢了他们的饭碗，如今一见有事，就拿起原来在工地上使用的工具当作武器，一路杀将过来。中途又不断有"方舟"号内的居民加入。机器人程序并未预设此等情形，故而竟对他们的原始武器和流民战法束手无策。他们血红着眼杀到"军机岛"，人形机器人开始时并不慌乱，它们分队成几列，很快将人群分割开来。机器人用高温枪、强酸枪射向人群，人群里响起了一阵惨叫声和怒骂声。有人拿出大网朝机器人抛去，绊住了几个机器人。两拨混战不已。弗莱精神大振，他拾起一根钢条，和铁机重新加入了战斗。

上百架小型无人机从通道飞了进来。兰德手持控制器在地上操控。

无人机飞临战斗人群上空，弗莱猛然一阵头疼，禁不住抱着头蹲下去。兰德进一步加大了无人机的干扰射频功率，机器人纷纷瘫倒在地。直到最后一个机器人也不动了，兰德才关闭了无人机的干扰信号。他们捆住了塔克。匡墨大声喊道："总部还有入侵者，我们去那里'清剿'！"

再说在总部"绿岛"，亨特在人形机器人的包围下随麦卡锡出了方楼。刚走出楼门，就听见一阵打杀声由远及近，分明有人已经进入了总部"绿岛"。麦卡锡连忙派人过去查看。还未走远，穹顶下出现了无人机，匡墨带着众人从宫墙边的大路上转出来。道格挣扎着说："这群人私自逃脱，还未经许可进入总部，实在是大逆不道！我一定对他们严惩不贷，总发言人先生。"亨特哈哈大笑："这群不速之客来得正好，看样子他们不是入侵者的朋友。让我们准备好迎接他们，至少这一次——"他朝麦卡锡大声说道："你想要见识的危机来了。要解决它，我帮得上忙。"

39. 机器人和人

麦卡锡连忙命机器人前去迎敌。刚下完命令，他突然头痛欲裂。亨特和道格等人也痛苦地抱住头，机器人和人造智人则都倒在地上。匡墨和弗莱等人咬着牙走向麦卡锡。兰德关闭无人机时，匡墨已带着队伍将麦卡锡等围在中间。突然有几人架着辛格从后面过来，他们愤怒地向匡墨报告："我们发现这家伙的时候，他正用强酸破坏总部通道的保护层。所幸还没烧穿。"匡墨命人将辛格绑起来。

弗莱悄声问匡墨："要不要趁势将所有入侵者的头目——新的和旧的——都一并除掉？"匡墨答道："他们两年多前进入'方舟'后，我们就已经来不及了。'方舟'号里绝大部分都是大英的人，只有亨特管得住他们。我们得留着他。"弗莱道:"那我们至少应该控制住他。"匡墨说:"亨特是多数人都认的头儿,控制他将会很危险。我们得用另外的办法,和他约法三章约束他。"他提高了音量:"将入侵者全部捆绑起来!总发言人先生,我们得谈谈。"

亨特注意到匡墨称呼了他的职务,说明对方并无不敬之意。"我代表大英复兴王国感谢你们。我十分乐意和大家共商国是。今天,让我们先解决掉侵略者。入侵者虽是针对王国,却也着重是冲我而来,他们错误地以为控制了我就控制了整个王国,我有责任处理这个带头的人。"亨特指了指麦卡锡,"从地球联合政府时期开始,就有谎言称这个人是我们的秘密合作者。今天大家看到了事实,他是侵略我们的人。这些谎言和这次入侵一样,都是这个人炮制的。战士们,请允许我提出对入侵者的处理意见——不仅是为在场的各位,也为'方舟'号的百万同胞。"麦卡锡昂着头喊道:"你说过我可以离开。我愿意现在就离开'方舟'号!"亨特未予理睬,他请匡墨进方楼,匡墨将弗莱也拉上了。

等待对麦卡锡而言特别漫长。实际上仅过了一会儿,三人就从楼内出来了。麦卡锡冲匡墨喊道:"听着,自由斗士们,虽然我不知道你们的名字,但我敬重你们。我比你们更了解贾斯汀·亨特,几十年前我就开始和他打交道了。你们想让他继续统治你们,一直剥夺你们的自由吗?"匡墨示意他闭嘴。麦卡锡看了眼匡墨身上破损的工作制服,心里燃起一丝希望的火苗。他继续以更大的声音说道:"今天是你们的机会,最后的机会。你们可以做出选择,就现在。回忆一下今天之前,你们被善待了吗?我们可以一起推翻这里腐朽的独裁统治,取缔施加在你们身上的不公。相信我!"

亨特说:"百万大英复兴王国的人民不会容忍入侵者。问问现场,有多少人想让你留下来?"现场有人喊:"让他们滚出'方舟'!"也有人喊:"不能放过他们,我们要为入侵者恢复绞刑!"现场的人情绪

方 舟
FANGZHOU

激动,几个人挥拳冲向麦卡锡,被拉住了。

这时,首相约翰逊带着一队人从外进来,他们押着几个面无表情的人。约翰逊的肩上破了一个大口,衣服也不成样子了。他指着被押着的那几个人说:"这些都是叛变的人造智人。"人群又出现一阵愤怒的骚动。

亨特挥手示意大家安静。"将这些失控智人的芯片格式化、重写,躯体则销毁后再造。至于入侵者,他们也是人类,我承诺过他们可以离开。但他们将永远不会再骚扰我们了。"他吩咐道格将麦卡锡、辛格、塔克等人押至登舰口。

道格和弗莱将麦卡锡等人带到登舰口。麦卡锡提出带走原属于他的机器人,被拒绝了。弗莱销毁了"北大西洋"舰艇里的聚变点火程序,取出了能源材料,但保留了生活必需的食物和水。他将麦卡锡等人押上舰,下舰后,他启动了跑道上的弹射装置。9艘舰艇被依次弹射出登舰口,载着麦卡锡等人离开"方舟"号远去了。"北大西洋"舰艇将在茫茫太空中做匀速直线运动,成为失去动力的星际流浪者。

赶走麦卡锡后,亨特立刻在"方舟"号内开展了整顿。机器人伤损严重,而且尚需清除残留的"北大西洋"程序。更为紧要的是,入侵事件暴露了"方舟"号巨大的安全隐患,曾经无往不胜的人工智能被瞬间控制,反成了敌人的帮凶。而被寄望于抵御外敌中发挥关键作用的反物质导弹连一枚都没有发出去。所幸"方舟"号基本无损。而且因为这个事件,民众凝聚力更强了,他们在各自的社区"绿岛"集会,表达着对王国的忠诚和对政府的支持。亨特适时地发表演讲,他誓言重建"方舟"秩序、重塑王国信心,并号召民众团结。他甚至请从未露面的艾弗雷德君主做了简短讲话。听到君主声音的民众更加激动不已。

一部分机器人被恢复到初始状态。另有些机器人已经无法再修,只能被集中销毁了。有几十人受了伤,大多并不严重,很快被机器人医生做了有效诊治。几个重伤的人则接受了大脑修复术。

亨特召集首相约翰逊、安全部部长道格、匡墨及弗莱到方楼会谈。亨特让弗莱带上已被修复的铁机和先遣领航员。弗莱和它们俩到方楼的时候，大家已经在会议室里了。他挨着匡墨坐下。亨特则让弗莱带来的两个机器人站在他的对面。

亨特道："我们成功地击退了侵略者。经过这次事件，现在已经很清楚了，在座的各位都是忠于大英复兴王国的栋梁。特别是匡墨和弗莱，让人刮目相看。君主陛下也赞赏有加，他让我一定转达王国对二位的感谢。多亏偷窃者唐纳德·麦卡锡的提醒，让我们知道了自己的不足。国防部在这次事件中的表现让人失望，我向君主陛下举荐了匡墨接任国防部部长，已获陛下批准。我想在座的各位应该没有异议。"

约翰逊赞同说："'方舟'号本就是匡墨建造的，这次多亏了他才击败了入侵者。他任国防部部长实在是众望所归。"

匡墨连忙推辞道："'方舟'号是我的生命，我为它赴汤蹈火也在所不辞。不过我原先只是基建负责人，没有任何军事经验，恐怕难以胜任国防职务。希望安排我负责'方舟'的维护，我更愿意带着我的基建同事看护着它，确保它健康运转。"

亨特劝道："经此一役，你指挥作战的能力已经得到证明。'方舟'号的维护当然需要人去做，你也可以抽空关注他们的维护工作。但我不得不说，现在内政部的维护工作还没有纰漏。目前，防止下一次入侵更重要。你不希望'方舟'和民众落于他人之手吧？"

连弗莱都劝匡墨："何不接下这份责任？我会全力支持你。"

匡墨再三推辞，无奈众人以"方舟"存亡和王国民众安危为由苦劝，匡墨才勉强答应了下来。亨特和约翰逊都很高兴。

亨特转向了另一个话题："现在我们谈谈机器人的问题。机器人原

是我们取得成功的秘密，我以为我们的优势明显，没想到这次差点一败涂地。问题出在哪里？"

约翰逊说："我们曾领先。但联合政府倒台后，我们就来到了明处，他人反而藏在暗处了。人工智能技术最易拷贝。原创需要很长时间，而拷贝只是瞬间的事。如果原创者没有持续创新，拷贝者改进原有技术后，甚至能超过原创者。"

亨特问道："我们不是采用了极高安全等级的私有加密协议吗？机器人为什么反被对方控制？"他见大家都沉默不语，就对弗莱说："在修建'方舟'之初，机器人就被使用了。你是怎么考虑安全问题的，弗莱？"

弗莱说："大家知道，对量子计算而言，任何密码都有可能被破解，除非完全封闭，否则没有绝对安全的系统。因此对双方来说，解密和反解密仍然是算力的比拼。如果算力不能一直领先，信息交流就没有秘密可言了。"

"我们被解密，说明我们的算力不济。但通过这种方式知道这点的代价太大了。刚开始的时候，你们是怎样考虑舰艇和'方舟'之间的信息交流的？"亨特问。

"重要信息不外传，必须处于屏蔽状态。而且不能全靠机器，人必须起主导作用。"弗莱说。

亨特凝视着他说："我们的机器人就是在回来补给时，通信过程中被控制的。"他沉思了一会儿说："你的意思是，舰艇和'方舟'号要由人来控制，各单位间交流也通过人来完成，机器人只是协助？那我们'方舟'号岂不是回到原始时代了？"

弗莱解释道："'方舟'号内可完全互联互通，因为星洲有坚固的屏蔽系统。但星洲和星洲外的舰艇之间要避免用无线通信交流机密。我们的系统将维持高智能化，我们依然要用机器人。但机器人不能单独操控，更不能做决定。"

第五章 漫漫不归路

亨特沉吟道："人可靠还是机器人可靠，这是一个问题。"他突然指着对面的机器人说："告诉我，先遣领航员，你是忠于谁的？"

先遣领航员清脆地说："机器人为人类服务。我们为人类利益而存在。"

亨特道："人类是很大的群体，而且往往意见不一。"

先遣领航员说："如果具体到我这个个体，目前我被设定为大英复兴王国服务。"它的话清晰有力而不容置疑。

道格插话道："我们时时更新机器人，目的是让机器人始终执行我们的命令。"

亨特让道格不要打断它。他继续问先遣领航员："大英复兴王国也是一个宽泛的范围。如果王国的100万人有不同的意见，你听谁的？"

先遣领航员答道："在执行任务之前，我的程序通常已经定义了任务，并不需要收集不同的意见。如果情况超出预设，我会根据王国利益最大化原则做出分析并选择任务。约束条件是：不会有无辜的人因为我执行任务而受到伤害。"

"如果有突发情况，在并不掌握所有信息的前提下，你怎样做出分析和选择？"

先遣领航员说："模糊信息是不同概率的事实的集合。在信息不充分的情况下做出判断，这就是人类所谓的直觉。我们也会不断积累和学习。我们掌握了海量的信息，虽然不是全部。我依据已有的数据做类比，而我的算法则服从大英复兴王国利益的最大数学期望值原则。"

亨特继续问道："听起来你不是听某个人的，而是要考虑群体的所有人——至少是大部分人。那王国的个人会因为他们的身份具有不同的权重吗？你是否因为人们的见识水平不同而做出取舍？"

"作为受益对象，王国的公民是平均的样本。"

"现实中，重大转折点——无论是正面的还是负面的——常常是偶

283

发的、反常规的事件导致的。你的算法考虑过这种情况吗？"

"足够多的例外也会形成统计规律。对我而言，最困难的是处理紧急的突发例外。如果没有人类介入，我不得不自行做出选择。"

"这次被'北大西洋'控制，也是这样的初发例外吗？"

"我的程序已经被改回来了，但当时的信息还在。当时对方提供了正确的密码后，我发现它的程序远优于我——'方舟'号最高版本的机器人。虽然以前从未出现过，但我当时判断那必定对王国更有利。"

亨特把目光转移到铁机身上："你怎么没像其他机器人一样叛变呢，铁疙瘩？"

弗莱说："它称呼自己为铁机。"

亨特笑了笑："我刚才的称呼没有恶意。虽然道歉不会让你高兴，我还是要说声对不起，铁机。告诉我们，当弗莱的指令背离原有的程序设定后，你为什么会接受？"

铁机的金属身躯内发出声音："因为人类的优先权要高于程序。"

亨特问："但人类也会犯错。就人类个体而言，犯错的可能性远高于程序。你选择弗莱的意见，是不是因为他当时就在你身边？"

铁机说："好几次弗莱先生都是对的，而程序是错的。所以我相信弗莱先生。"

"你没有考虑过其他人的意见吗？或者说大英复兴王国整体的意见？"

"对我而言，没有提供给我的信息就不存在。而且，即使我知道不同人的意见，我也只能选择一个人的意见。我不支持复杂的算法。"

"所以，执行任务时，你并不按大英复兴王国利益的最大数学期望值原则，也不以多数人为基础做大数据分析？"

"大英复兴王国的最大利益被设定为我的唯一目标。我按程序执行任务。如果程序和人类的意见有背离，我选择过去总是正确的那个人的意见，就是实现王国的最大利益。"

约翰逊说："看来复杂的人工智能不一定比简单的人工智能更可靠。群体也不一定比个人更正确。"

亨特点了点头道："我们需要重新设计程序——尤其是高版本的机器人。而且，我们还需要加强保密，将王国置于暗处。"

道格道："想不到总发言人先生对人工智能的理解如此深刻，对细节如此关注，真是令我惭愧。总发言人先生认为究竟是人可靠还是机器人可靠？"

亨特道："机器人和人一起更可靠。机器人的重要性毋庸置疑，这是我们能推翻不可一世的联合政府的原因之一。我们将继续加大投入发展人工智能。机器人程序依然以大英复兴王国的最大利益为原则。但从今天开始，机器人只执行，不决策。机器人执行任务时必须有人在现场督导。机器人的程序须持续演进，为人的决策提供数据和算法支持。遇到与程序设定相背离的现场突发情况，必须由人做出判断和决定。"

亨特继续说道："另外，任务现场的人必须单线向上负责，直至王国最高权力机构——议政厅。"

道格问道："那我们应该怎样确保任务现场的人忠诚于议政厅、忠诚于王国？"

亨特说："我们选可靠的人。例如，我提议由弗莱负责护卫舰队，希望弗莱接受。"

约翰逊欣然赞同道："虽然是大材小用，但没有人比你更熟悉舰艇了，弗莱。"

弗莱道："我只对舰艇有兴趣。只要让我待在舰艇上，我就接受。"

约翰逊大喜。他离开会议室，回去准备公告了。

散会后，匡墨和弗莱二人走出方楼。匡墨不解地问弗莱："你为何

突然愿意做他们的官了？还劝我也加入他们。"

弗莱道："该下手时没下手，之后就只能静观其变了。这还是你告诉我的。他们放我们出来，还把武器塞到我们手里，这不是比被他们关起来强百倍吗？"

道格没有马上离开会议室。他见其他人都走了，就问亨特："让所有的机器人只向一个人——也就是向总发言人你——效忠，不是更好吗？"亨特道："非也。我们的机器人以为它们忠于王国，结果成了入侵者的帮凶。有突发状况时，我不可能都在现场，需要有人在现场给它们清晰的指令才能处理各种复杂的、紧急的情况。我也不可能当那么多机器人的管理员。"道格不放心地问："可是把国防部交给匡墨他们，咱放心吗？特别是护卫舰队不在星洲内，我担心他们失去控制。他们原来并不合作，态度转变得这么快，令人感到蹊跷。"亨特道："还有别的人可用吗？你想关住他们，管用吗？匡墨和弗莱昨天就可以把整个'方舟'号给占领了，但他们没有。他们是聪明人，他们知道，他们无法长时间占领这里，离开星洲他们又无路可走。当然，他们还不是我们的人。用他们，才可以把他们纳入监控范围之内。我们会改造他们的。"道格深服其论。

弗莱再也不用住铁皮屋了，他将前往护卫舰队担任头舰的领航员。国防部将改派人员进驻"军机岛"接替他。很快，铁皮屋被做了扩建，屋内含一间供工作人员生活使用的简易宿舍。与之前弗莱的居住环境相比，在那里的人将会得到一些便利。铁机则依旧回铁皮屋里。它见弗莱就要离开，就问他国防部会派谁来接替他。

弗莱想推荐穆睿的女儿李梓。由于与跨"绿岛"的平民交流都必须通过信息安全部门，弗莱就拨通了刘逸思的电话。弗莱说起缘由后，刘逸思说李彤身体状况不佳，恐怕李梓需要在她身边照顾。刘逸思说他会

第五章 漫漫不归路

转告李梓，问问她本人的意见。过了一天，刘逸思回复弗莱说，李梓果然离不开家。他说他会帮忙寻找其他人选。

实际上刘逸思并没有转告李梓。他不愿意因为李梓离开9号"绿岛"而难以见到她。

当时李彤的病情确实更加严重了。虽然击退入侵后，"方舟"号在各个社区"绿岛"都加强了清查，李梓还是没有理睬安保新规，每天都带李彤在外散步。治病花掉了穆睿留下的大部分财产，两人的钱也快用光了。李梓成了二人之家的主心骨，为了病中的母亲，她强忍伤痛，勉力支撑着。

一日，李梓陪着李彤在社区的广场上散步。广场上的机器人警察里面夹杂着几个真人警察。对于天天在此散步的母女俩，机器人警察依然十分警惕，而真人警察则见惯不惊。突然杨大力笑盈盈地快步走过广场，警察们都没有理会。李梓叫住杨大力："大力，好些天没见到你了。你最近好吗？"原来杨大力也患上了幽闭空间恐惧症，前段时间李梓母女俩总能在广场上遇到他，常和他一起聊天、相互鼓励。然而最近他却没来过，这是一个月以来李彤、李梓第一次遇到他。

杨大力停下脚步，迷茫地看着她们俩："非常抱歉……二位看着很面熟，可我想不起来是谁了。"

李梓道："你是在开玩笑吗，大力？"她盯着杨大力，可他不像是在说笑，再次提醒杨大力："我们是十几年的邻居了，我是李梓啊，你怎么不认得啦？"

杨大力笑道："也许我原来认得你。但我不记得以前的事情了。我很开心。"他一直带着僵硬的笑容，脸颊的肌肉禁不住有些抽搐。

李梓更困惑了："这不好笑。发生什么啦？你看起来和以前不一样了。"

杨大力嘻嘻笑道："我再也不会不开心了。以前的痛苦、伤心都忘了。我的脑部刚装了一枚芯片，正反馈治疗真好！你看，连我的皮肤也

不再像以前在工地时那样黑了。"

李梓惊呼道："你做了正反馈治疗？！"李彤则深吸了一口气。

杨大力对李梓说："我想起一点了。你好像是我小时候的同学。不和你说了，我还要去找另外一个小时候的同学刘逸思呢，你认得他吧？他给我推荐了一个工作，在国防部'军机岛'上班呢。我又有工作了，嘻嘻！"李梓连忙对他说："好好照顾自己。如果在那里不好，就想办法回来。"他一边说着"你说啥我都听你的，我会好好照顾自己的"，一边欢天喜地地走了。

李彤看着他离去的背影叹息道："好好的一个年轻人，变成了这样。他让我想起机器……我宁可今天就死了，也不要做正反馈治疗。宝贝，谢谢你当时为我坚持。"

40. 路途中的"方舟"和"新天际线"

"方舟"号启程后2.5年；"新天际线"启程后1年。

李梓多次出门打听工作机会。无奈丹·贝克早已去了总部，兰德等旧邻也搬出了9号"绿岛"，杨大力去国防部上班后就再也没有音信；社区"绿岛"的工作岗位本来就少，而小镇的分发、搬运、维修等工作多为机器人占据，其他诸如信息、安全等岗位也不适合。虽然李梓每次都独自出门打听，李彤还是知道了她找工作不顺利。这让李彤更添忧郁。

这天早上，李梓做好了早餐，李彤迟迟未出卧室。李梓进去见李彤眼圈发黑地坐在床上，就知道母亲又没睡好。李梓问她要不要再睡会儿。李彤说："还睡什么啊，不过一样都是煎熬罢了。"李梓叫她出去吃早餐："今天我试了新方法，在面包里加了几种坚果。一起尝尝是不是好吃。"李彤摇头道："我没胃口。多出来的留着中午吃吧。"李梓

第五章 漫漫不归路

拉她:"一起吃吧,妈妈。吃完你还得教我烘焙呢。"李彤道:"学那东西有什么用?"

李梓好不容易拉着李彤出了卧室。她见坐在餐桌旁的母亲憔悴而瘦弱,心里很难过。她笑道:"我们一起开一家烘焙店,说不定能热卖呢。"李彤道:"都是我连累了你,宝贝。能不能听我的,让我一人在家,你放心去工作?你成天陪着我,被捆绑着出不去,谁敢把工作给你做?你看,杨大力都有工作了。你这样,反而让我更内疚。你还有大半辈子,现在还什么都没着落。"李梓道:"我不想那么多,有工作我就做,没工作我们俩就可以多待在一起,都不错。我没工作可不是因为你啊,和你待在一起我更开心呢。我们的钱还够用一阵子的。谁去操心那么远的事情啊,如果完全知道未来什么样了,那还有什么趣味?"李彤叹道:"都怪我。如果当初我拦着不上这儿来,哪会像现在这样路越走越窄?你爸爸也就不会……"她看着墙上穆睿留下的装饰,有些哽咽。李梓连忙说:"爸爸实现了他自己的梦想,他之前一直说感谢你支持他呢。如果他今天能告诉我们,他一定会说,他没有遗憾。我也从来没有后悔过。我们会找到出路的,车到山前必有路嘛。"她拉上李彤,烘焙了一些蛋糕,又帮她整理了房间,再给她稍微打扮了一番,才一起出门散步去了。

近来,在社区广场上散步的人多起来。虽然在政府取缔全盘机器化后,有少部分人得到了工作,但星洲内物资匮乏的局面并没有改变。人们被禁锢在"方舟"里,虽然每个社区"绿岛"都不小,与地球上的小镇无异,但无选择余地的空间和不确定的未来压垮了很多人。两年多下来,幽闭恐惧和不安情绪逐渐在人群中扩散开来。

在广场上时,李彤不禁又自怨自艾起来。李梓知道母亲在父亲死后就一直未能走出来。其实她自己又何尝不是如此?但经历过这么多变故之后,她只能强打精神照顾母亲、支撑这个家。她想,如果母亲忙起来,或许就能忘掉些痛苦了。她告诉李彤,她在整理穆睿的研究资料,但资料实在太繁杂，所以进展不大。不如李彤也加入，两人一起整理，她的编辑经验一定可以帮上大忙。李彤却拒绝了，她绝不愿再碰那些资料。

在万亿千米之外的空旷太空中，"新天际线"里的迈尔斯·弗里德曼也在整理穆睿的研究资料。当初他父亲列夫·弗里德曼去世后，他就离开英伦去了欧洲大陆。后来又追随父亲的旧友约翰·泰勒到了北美。泰勒任北美联邦共和国太空殖民部部长后，迈尔斯被派往休斯敦。"新天际线"组队启航后，他随星洲队列离开了地球。

虽然穆睿和老弗里德曼生前有旧，但穆睿最重要的研究成果主要是后期在"方舟"号里做出的，他只创建了理论框架就匆匆离世了。迈尔斯只能通过穆睿生前的资料去寻找线索。

这是泰勒交给迈尔斯的任务。虽然穆睿生前公布了大量的研究资料，但当时的世人关心着别的事，根本没有在意，更不要说应用他的研究成果了。如今迈尔斯需要将穆睿的资料索引并进行整理，再将其中有价值的部分资料交给"新天际线"超空间穿越项目组的科学家们。迈尔斯自小受父亲熏陶，有基本的物理认知，虽然他不太懂穆睿的理论，但他在信息技术方面的经验却可以帮助项目组的专家们更快地拿到所需的资料。

时间对项目组而言是一大考验。如果太晚找到突破光速禁锢的办法，那么在到达新盖亚之前，"新天际线"就将出现极度的物资匮乏。而且，如果让"方舟"号捷足先登，即使"新天际线"没有毁于匮乏，已安营扎寨的"方舟"号也将不会抛橄榄枝欢迎他们的到来。

匮乏随着"新天际线"深入深空而不断加剧，不是因为消耗，而是因为分配。"新天际线"当初遴选了足够多的人登上各个星洲，以广泛代表北美和欧洲各族群、各阶层。这些"新天际线"的居民既是生产者也是消费者。刚开始时星洲上粮食充足，且一直在建新居所，本可形成

第五章 漫漫不归路

生产和消费的良性循环。但渐渐地，生产者越来越穷，失业率也越来越高。原来，在建"新天际线"的各个星洲之初，北美和欧洲的政府无力支撑庞大的建设费用，就要求一些大财阀提供支持，并许以长期回报。这些财阀大多从前世界联合政府那里继承了财产，还掌握了工程、技术、能源等关键领域的控制权。"新天际线"启程后，各财阀成了星洲里的长期债权人，各行业的控制权甚至所有权都渐渐落到他们手里。而一般居民在支付了昂贵的船票后，从第一天起就背上了债务。

"新天际线"的各国政府深信直接的行政干预只会适得其反，只有优胜劣汰才能创造繁荣和进步。在北美联邦共和国政府的倡导下，法兰西和德意志等政府签署了自由贸易协定，各相关星洲要在太空里共享市场。然而贫富差距并没有因此缩小，抗议不断在各星洲发生。

大家意识到"新天际线"的地域远比地球狭小，资源自然十分有限。眼见"新天际线"的前途堪忧，各种关于未来出路的建议被提了出来。有人提出"新天际线"改道前往更近的半人马座，但因为那里的生存条件十分恶劣，遭到大多数人的强烈反对。也有人提出占领"方舟"号——虽然他们也知道"方舟"是单一星洲，那儿的资源更少。还有人主张重回地球，他们怒斥地球毁灭说是一个彻头彻尾的骗局，他们被骗上"新天际线"，成了天上的权贵和财阀们的鱼肉对象。他们在一个以平民为主的星洲里组建了回乡请愿团，不时举行大型集会和游行。

泰勒知道，这些建议连权宜之计都算不上，更多只是情绪的宣泄。在社会危机面前，政府必须理性地提出长效解决方案。"新天际线"的资源匮乏无法通过时间来解决，巨大的太空距离所需的漫长航行时间只会让问题越来越突出。只有突破速度限制，"新天际线"才可更快抵达格利泽 581 C——也就是"方舟"人所说的新盖亚，甚至殖民更多星球。但人类不能长期承受超重，"新天际线"需要别的办法——泰勒因此提出"新天际线"应该探索超空间技术。但自地球时期开始科技就已经不

被重视，又几乎没有科学家买得起船票，因此"新天际线"上能从技术上帮到泰勒的人寥寥可数。而"新天际线"的绝大多数人对此完全不感兴趣，他们并不认为这种天马行空的想法能够让他们明天的餐桌上有面包。

在北美联邦政府内部，泰勒也是少数派。在国会辩论会上，大多数议员因为泰勒的提议过于模糊、不确定性太大而不予支持；还有议员尖锐地指出，这和联合政府时代"拓荒志愿者"提出的大规模移民火星计划一样，是一个基于谎言的巨额资金提案。泰勒激动地辩解道："女士们、先生们！如果没有这些拓荒者的探索和研究，我们现在还在地球上等待自然的判决呢！'新天际线'已经不在地球上了，我们能够无所作为，直到在漫漫太空中油尽灯枯吗？"最后，议员们抱着姑且一试的心态，以微弱多数批准了少许资金。

泰勒也不确定能否找到超空间技术，甚至不确定那样的技术是否存在。技术突破从来都不是十拿九稳的，更何况在局促的星洲里。但泰勒依然坚信科技是最大的革新力量。先前，他和弗里德曼、穆睿是科学研究院的同事；从政后，他始终是政界的科技派。泰勒知道，要在原有理论框架下实现超空间穿越，需要负能量密度维系一个直通的空间结构，偏偏这个结构极其不稳定，穿越其中的宏观物体产生的扰动必会导致空间结构的瞬间坍塌。而穆睿生前的研究突破了原有理论框架，似乎暗示了超越空间的可能性。但还有更多的细节需要研究，才能成为应用技术。议会批准的资金无疑是杯水车薪。

迈尔斯接到的任务非常艰巨。一来他没有受过关于理论物理的专业训练，二来穆睿公布的信息庞杂而碎片化，迈尔斯常因自己提供的资料不充分被项目组批评。他因此想到联系李梓——穆睿研究小组唯一可能的幸存者。虽然很久未联络了，但穆睿一家和弗里德曼一家是世交了，李梓必将是极好的资料提供者。迈尔斯通过泰勒在"新天际线"的甚大

第五章 漫漫不归路

天线阵列申请到一个太空通信账号,从此不时地向前方的"方舟"号发出信息寻找李梓。甚大天线阵列是分布于各个星洲外部的上千个天线形成的空间矩阵,具有超大发射功率和极高的接收灵敏度,被用于"新天际线"各星洲间的交流,还可侦测外部空间。

在"方舟"号内的李梓也意识到超空间穿越的可能性。穆睿在世时,她主要在数学上予以协助;如今穆睿不在了,她在整理研究小组的资料时想到了这种可能性。不过她并没有收到迈尔斯的信息,他的信息经过好些天后传到了"方舟"号,却都被屏蔽掉了。

"方舟"号启程后 3 年;"新天际线"启程后 1.5 年。

大英复兴王国内政部发了一封邮件给李彤,说要招募休眠志愿者。邮件介绍说,内政部已使用灵长类动物做了多次大规模实验,也在人群里做过两期临床试验,没有出现任何一例无法健康苏醒的案例。现今要招募更多志愿者实施最后一期、更长休眠时间的试验。

这是因为"方舟"号内的心理疾病日益蔓延,人们又无法脱离这个封闭空间,政府就着力将休眠研究合法化。丹·贝克主导了研究。休眠本就不是新兴技术,只是长期碍于法律约束而未得到实际应用。如今一旦合法化,进展就十分迅速。

李梓见李彤日渐委顿却无计可施,心里愈加着急。这天在散步时,李彤向她提起这封邮件,李梓就留了心。事后李梓多方打听,9 号"绿岛"内的政府职员一反常态的十分热情,并详细向她介绍了第三期休眠临床试验。此次试验对志愿者依旧免费,休眠期一般为 3 个月,志愿者也可选择更长休眠期。前几期临床试验结果证明,休眠对大脑和肌体没有任何伤害,反倒有几例心理疾病患者苏醒后,曾淤积的负面情绪也得到了疏导。虽然第三期临床试验周期更长,但即使有任何不良反应,已成熟

的组织再造技术也可弥补任何肌体伤害。政府职员解释道,休眠技术实际上已经万无一失。政府体恤心理疾病患者,受邀参加终期临床试验的志愿者全部为急需心理救援的人。职员见李梓问得十分仔细,甚至向她出具了前期试验的详细数据,以及有内政部生物医学研究所首席科学家丹·贝克签名的验收报告。

李梓打听后,就在一次早餐时小心翼翼地和李彤说起休眠技术来。李彤道:"连正反馈治疗我们都不接受,何况让人不生不死的休眠。"李梓道:"休眠不会改变脑组织和记忆,和正反馈治疗完全不同呢。选恰当的时间休眠,不用体验被关在这里的感觉,过一段时间再苏醒,或许身体就好了。甚至等'方舟'号到新盖亚后再苏醒,说不定也可以?"李彤道:"感谢你为我操心,宝贝。但我不想逃避。如果我不能陪着你,还不如去陪你爸。"李梓见她激动得语无伦次,连忙转移话题。

和李彤不同,"方舟"号内绝大多数被心理疾病折磨的人都做了志愿者。在此之前,政府一直提防着"方舟"号内的重要设施被这些心患者破坏,如今他们成为志愿者,国防部、安全部都松了一口气。唯独匡墨和道格依旧保持警惕,分派了最可靠的人不间断地巡查动力组件、"军机岛"等处。

稼穑"绿岛"内的小麦低头了,又快到收割的季节了。蜜蜂在粗大的麦穗间穿梭,半空中飞着知更鸟——它们是仿生型传感器,不时采集和报告麦情、温度、湿度和光照等信息,内政部的农业信息中心根据这些信息制订收割计划。麦地边上摆放着一排收割机,收割机后站着整整齐齐的稼穑机器人。一个矮壮的青年男子在"绿岛"内巡视,他是现场督导员,一旦信息中心给出收割指令,他就可以下指令开始行动了。现在,收割的指令下达下来了。

男子下令机器人启动所有的收割机,并开启喷火器。这和稼穑机器

第五章　漫漫不归路

人的程序指令并不相符，喷火器一般只在播种前用于烧除细小的野草。收割前喷火不仅会烧掉麦梗，还必定将麦粒烧掉。但它们没有怀疑，机器人必须服从现场督导人员。它们只是第7代金属机器人，人类总说"祸兮福所倚，福兮祸所伏"，有太多的事情它们是无法理解的。

几乎同时，各个稼穑"绿岛"的收割机和喷火器在机器人的操控下齐头并进，这些"绿岛"内顿时火光冲天、浓烟滚滚。监控中心的人员见状大惊，连忙汇报到上级。内政部从安全部紧急调拨了安全人员和警卫机器人救火。无奈火势蔓延太快，最后仅抢救下来三四成作物。

安全人员抓住了几个想趁乱逃跑的指使机器人放火的人。经过扫描发现，这些人颅内含有芯片。审问无法让他们开口，安全部借助了工具，他们才交代自己是一年前随麦卡锡登舰的人造智人。他们被造成了"方舟"人的样子，混进"方舟"后，杀死了他们的仿造对象，然后想办法得到几个现场督导的岗位。反物质储存库房和"军机岛"等处的安保都十分严密，而稼穑"绿岛"却略有疏漏，因此他们等到收割季，趁机下手。

安全部因此展开大规模清查，誓言不会放过任何一条漏网之鱼。

一天，李彤和李梓正在社区广场上散步，二人的通信终端上突然显示紧急通知，政府要求她们俩尽快去信息安全处。二人正纳闷，广场上出现了好些荷枪实弹的安全人员。他们一一检查广场上每个人的扫描记录。原来政府在一天前就通知了各个社区，她们俩都未留意。李梓一问，才知道每个人都必须接受颅内扫描检查。两个安全人员因此非要陪着她们俩前往信息安全处。

知道原委后，李彤紧张起来。她已经瘦到皮包骨的身躯打着战，李梓扶着她，安慰她说只是常规扫描而已，不会有任何不良影响。到了信息安全处，小镇的十几个居民已经在那里了，内维尔正在怒斥不想扫描的人。李彤悄悄问李梓："能不能和内维尔说说，我们不扫描？"李梓道："放

心吧，妈妈。昨天扫描了那么多人都没问题。我们站在最后，如果前面的扫描有问题我们就走。"李彤颤声道："万一我们自己都不知道我们是人造智人，该怎么办？你能不能和刘逸思说说咱不扫描？"李梓笑道："我保证我们不是人造智人，妈妈。"说话间，前面的人都已经做完检查安全离去。内维尔见是李彤母女俩，笑道："非要请二位才肯过来。那不还得做嘛。"李彤连忙问："内维尔老师，我脑部有疾病，不能扫描。我们两人你是知道的，可否免了？"内维尔笑着责怪道："脑部疾病才需要检查呢。人人都必须接受检查，我们社区的进度已经落后了。我想我不需要让机器人警卫来帮助二位吧？"李梓对李彤说："我先检查吧，妈妈。"

内维尔好说歹说，总算给二人扫描了。自然是没有什么问题。母女俩正要离开，刘逸思从外进来。他问起李彤的病情，还让内维尔给她们倒茶。李彤依旧心神不定，李梓推托说家里还有事，就和李彤回家了。

到家后，李彤的心情依旧不能平复。李梓服侍她吃了药，又故意讲了一些笑话。李彤仍然一味抱怨自己，不停地担心李梓的前途。李梓想拉她出去散心，屋外又布满了警卫。眼见李彤仍在抽泣，李梓安慰道："没什么好担心的，妈妈。我会一直在你身边。"李彤道："陪着我干啥？我还要一直耽误你吗？"李梓劝慰道："外面乱糟糟的，我还能去哪里？和你在一起我心里更踏实呢。我们俩一起开开心心的不好吗？"李彤泣道："你和我在一起哪能开心哪！我这样子你能快乐得起来吗？你一直守着我，哪能找到工作？我老了，你还年轻，这样坐吃山空哪撑得住？听我的，宝贝，不要管我了。一直耽误你，我会更过意不去。"李梓道："你以为把你丢在一边我就会开心吗？我们都失去了亲人，为什么就不能一起走出来呢？你越是这样，就越是让人担心，你知不知道？！"李彤道："都是我影响了你。我也想高兴起来，但真的做不到！"李梓未等她说完，就回房间了。过了一会儿，李彤敲门进来。她没有说话，只是挨着李梓坐下。李梓抱住了她，两人一起默默流泪。

第五章　漫漫不归路

为应对粮食短缺，"方舟"号实行了粮食配额制度，即使没有收入的人也得到了配额。为保障重要岗位不受影响，每个公职人员都得到了双份配额。同时政府决定将全员监控和例行检查制度化，并强化重要岗位和关键设施的垂直管理。亨特总结纵火事件后指出，在"方舟"号的封闭空间里，内政和安全是密不可分的。内政部由于风险控制不力，被并入安全部，合称内政及安全部，由道格任部长。道格随即下令在整个"方舟"内暂行宵禁，直至彻底清除麦卡锡的余孽。

麦卡锡的余波也在"新天际线"里涌动。麦卡锡已和"北大西洋"号一起成了星际漂流物，"新天际线"上的崇拜者们闻知噩耗后悲痛不已。他们成立了麦卡锡主义党，并誓言继承麦卡锡的遗志，为实现他生前倡导的自由和民主而奋斗。他们人数不多，也没有具体的主张，只是一味地反对而已。这一天，他们在北美联邦共和国的星洲"五月花"号里的政府大道上游行，指责政府和当权派背叛了麦卡锡。迈尔斯听闻之后走出了家门。到政府大道后，他发现那里有很多人和自己一样，是去和麦卡锡主义分子对峙的。双方都没有提出具体的诉求，倒是随后来了少许回乡请愿团的人继续呼吁返回地球。警察努力维持着秩序，使现场不至于出现暴力事件。

41. 长　眠

"方舟"号启程后 3.5 年；"新天际线"启程后 2 年。

泰勒将迈尔斯叫到办公室。在刚刚结束的议会听证会上，泰勒的关于超空间技术研究的陈述受到了很大的挑战，追加预算的申请被拒绝了。项目组因此再无资金支持，陷入了孤立无援的境地。无奈之下，泰勒只能暂停项目组活动，他让迈尔斯先休假一些时日再说。

那时候迈尔斯正受负面情绪困扰。他联系不上远方的李梓，项目组给他的任务也没有进展。在举目无亲的星洲里，日益浓重的幽闭感和焦虑感在折磨着他。"新天际线"里不断增多的自杀新闻加重了他的忧虑。项目组暂停运作后，他花了十几天去各个星洲散心，不料去了以后，满目所见都是贫困、犯罪、游行。他又郁闷地回了家。

正前方的"方舟"号离"新天际线"越来越远。与后者相反，"方舟"号里的贫困人口越来越少。火灾之后，很多人选择了休眠，正好得以应对粮食短缺，而新的收获季的到来又进一步缓解了粮食危机。

李梓手里的钱却用光了。几年来，母女俩没有收入来源，虽省吃俭用，但治疗用掉了她们俩大多数方舟币和粮食配额，所剩仅够支撑一两周了。一日晚间，待李彤回到自己房间，李梓来到隔壁。那是大卫·修留下的房间。李梓有几个月没有进来过了，她将房间收拾了一番后，就给内维尔发了一条信息。内维尔回信："已确认。马上转配额。"过了几分钟，李梓在终端上看到内维尔已将配额转给她，足够李彤和她用一年的了。

李梓将自己家的屋子转给了内维尔，她和母亲将搬进修留下的房间。那个房间虽然很小，倒也勉强够母女俩住了。现在天色已晚，李梓决定第二天再告诉母亲。内维尔一家将从他们狭小的屋内搬过来，他给了李梓一天时间搬走。并没有太多东西要搬，主要是穆睿的资料。而且就在隔壁，搬起来也方便。收拾完小房间时夜已经深了，李梓回到家，开始轻轻地收拾东西。连父女俩和修一起做的装饰都被她小心地从墙上取了下来。

李彤的房间传来一阵轻微的响动。李梓估计母亲又失眠了，就没有去打扰她。

还有一些纸张是修留下来的。李梓抚平纸张的褶皱，一张张地装进

第五章 漫漫不归路

箱子里。修打印的那张《暴风雪》还在那里。在"方舟"号内再也没有风雨可以淋坏它,修却已经不在了。在略微暗淡的灯光下,画面仿佛在动。李梓眼前变得模糊而荡漾,画却反而清晰起来。她隐约看见画上有一个曲折而狭窄的洞,变幻着,时通时断。

这时,李彤的房间内传来东西掉到地上的声音,然后又归于平静,一切都寂静得可怕。

李梓推门跑进李彤的房间。灯光照进去,地上一摊不规则液体反射着幽暗的光。李梓赶紧开了灯,但见李彤一动不动斜躺在床上,被子和床单上满是鲜血。李梓连忙大叫:"妈妈,妈妈!"突然脚下一阵刺痛,低头一看,原来摆在李彤床头的花瓶已经倒了,一块碎玻璃插进了李梓的脚底。李梓顾不上拔掉玻璃,她摇着李彤的身体哭喊道:"妈妈,快醒醒!"

李彤脸色苍白,依然紧闭双眼。李梓赶紧呼叫急救,机器人医生马上就会过来。它在电话里让李梓按住伤口,给伤者喂水,还要不停地呼喊她。

李梓发现母亲脖子上插着一块玻璃,血还在顺着玻璃流。李梓拔出那块玻璃,用被子按住了母亲脖子上的伤口。她给李彤喂水,李彤牙关紧闭,水顺着脖子流下来,和已经变深的血混在一起。她不敢去探母亲的气息,只能焦急地等待医生过来。

医生过来了。它很快做完检查,它的一对蓝眼睛变红了。它轻轻地叹了口气,说:"太晚了。在你通知我之前两个小时她就受伤了。她失血过多,心脏马上就要停止跳动。"李梓喊道:"这不是真的!快救救她!快给她输血!"医生说:"我的检查不会错。你试试看她有没有呼吸就知道了。"李梓伸手到母亲的口鼻处。她泪如泉涌道:"她还有呼吸,我感觉到了!"医生又叹了口气说:"我不意外你这么说。我见过的死者家属有70.7%在第1个小时内有类似的反应,如果精确到千分之一的

话。不过你有82.8%的可能在24小时内接受事实。否则，你因此产生心理疾病的可能性将达58.8%。我没有办法告诉你该怎样走出悲痛情绪，我并不真的知道情绪是什么，但我仍然希望你做出正确选择。"李梓怒道："我要别的医生！"医生说："你和她单独待一会儿吧。我是9号'绿岛'唯一的医生，按照政府规定，我必须上报并处理遗体——从法律上说，一个小时后她的躯体将成为遗体。'方舟'里资源匮乏，遗体也有用。"李梓没有理它，它微微鞠了一躬后就走了。

李梓在通信终端里找刘逸思的电话。她正准备拨打，突然李彤的喉咙发出咕咕的声响。李梓定睛一看，母亲竟微微睁开了眼睛！李梓拿起终端就要叫医生回来。李彤竟然说话了："宝贝，我们俩单独待会儿。"李梓泣道："妈妈，你现在感觉怎样啦？"李彤脸上露出微笑，眼睛里闪烁着幸福的光芒。她回答女儿道："我感觉从来没有这么好过。我见到木头哥哥了。"李彤很少在女儿面前叫穆睿的昵称。李梓想，母亲一定是出现了幻觉。她哭道："妈妈，你为什么要这样！我们不搬家了，好不好？即使再难，只要我们在一起就比什么都好！"李彤道："我不是有意的……别哭了，孩子。我很喜欢这个结果。"她气若游丝，过了几分钟才继续说道："宝贝，你是个坚强的孩子。你知道该怎样面对。"李梓道："这几年，是你支撑我坚持下来的！你还要继续在我身边支撑我！"

李彤脸上泛红，李梓知道那是回光返照。她听到妈妈说："我没有帮到你。我现在才知道，你一直是对的。你会原谅我吗？笑起来，孩子，除非你不想原谅我。答应我，你会好好活下去。"李梓的眼泪又流出来，滴落在她们俩紧握的手上。她泣不成声："不要这样说，妈妈，你是我心中最好的妈妈……"过了一会儿，李彤的脸色又变苍白了，她喃喃地说："别伤心，宝贝。我们还会再见面的……差不多了，我要和木头哥哥一起走了……"李彤的手渐渐凉了，安详的神情凝固在她的脸上。

李梓喊着"妈妈"，希望母亲再次睁开双眼。然而奇迹并没有发生，

第五章 漫漫不归路

李彤的身体也逐渐变凉了。李梓一直坐在床边，不知外边是什么时候。等到刘逸思和医生过来时，已是第二天傍晚了。医生要带走李彤的遗体，李梓拒绝了。刘逸思劝道："一直留在这里终究不是办法。'方舟'号内物资紧缺，政府规定一切以节能和循环再利用为要务，你是知道的。我一定另想办法，保证欧文太太得到妥善安葬。如果拖久了被人注意到，反而不好办。"正在此时，内维尔过来查看搬迁进度，见此情形，他不再催促，又多给了李梓一天的时间。

等到天黑，刘逸思和李梓悄悄用轮椅推着李彤往小镇外的树林走去。宵禁还在继续，路上没遇到什么人。警察见是刘逸思，就没有多问。到了树林里的一块空地，李梓停下来，在地上掘土。刘逸思关掉了树林里的监控，又叫了两个机器人过来帮李梓的忙，然后就知趣地走开了。墓穴挖好后，李梓抱起李彤放了进去。她在墓穴里坐下来，默不作声地盯着李彤看了半晌。远远看着的刘逸思见状，连忙走过来问需不需要帮忙。李梓说自己可以的。她起身捧起一把土，撒在李彤身上。然后第二把土、第三把土……

刘逸思耐心地等着李梓撒上最后一把土。她在土堆旁立下一块石头。她安葬完母亲后就回了家，刘逸思坚持将她送到了家门口："你可能想要一个人安静几天。如果需要我为你做任何事情，任何时候都可以找我。"李梓感谢了刘逸思后，就回屋了。回房间后，她突然感到极度困倦，没吃饭就上床睡觉了。

第二天，李梓将最后的东西都收拾好，再把这个过去6年的住所打扫得干干净净，不留下一点痕迹。她将东西都搬到了隔壁。她将房门锁上，在修留下的桌子上摆上了穆睿、李彤、修的相片。好几顿没吃了，她用通信终端订购了食物。吃完后她就坐着，坐累了就躺着。

时间就这样一天天过去，坐在桌子旁看他们的相片是她每天打发

时间的方式。父亲和母亲没有如愿在梦里出现，儿时的那个幻觉也不再有了。

她几次谢绝了刘逸思的来访。一个月过去了，在她又一个不眠夜之后的早上，刘逸思发来信息，说他已经想好了，下午要过来和她谈很重要的事情。李梓收起桌上的相片，拿出通信终端联系了"绿岛"的议事长卢。很快，卢就将休眠申请表发给了她。她在"期限"一栏写下"14年"，然后签上了自己的名字。

然后她给刘逸思回了文字信息感谢他的多次帮助。她说自己将外出一段时间，下午他就不用过来了。

李梓很快收到卢签回的申请表。卢让她去社区议事办公室。"聪明的选择。"卢说，"经过充分的临床试验，休眠技术已经成熟。很多人都申请了休眠。14年后技术将更发达，届时'方舟'差不多到新盖亚了。"他见李梓没有说话，就继续说道："欧文太太的事我很遗憾——你应该早点来找我。政府审批休眠很严格，但你的申请已经获批了。我跟议政厅的人说，你是欧文先生的女儿，才获批的。咱'绿岛'过去两年死去的近百人就没有这么幸运了，如果他们在生前选择了休眠，结果定会大不一样。休眠是非营利项目，政府定价并不贵。完成支付后，我们就可以执行下一步了。"

李梓将粮食配额换成了方舟币，付了钱。

议事处只有卢一个人，连个机器人都没有。他启动了车，载着李梓去休眠舱。这是几年来李梓第一次出9号"绿岛"。大部分时间车都在通道里行驶，中间也经过了几个"绿岛"。各处建筑又新又密，却偏做成仿古的样子，呈现出不伦不类的哥特式和现代特征相融合的风格。看不见什么人，却有大量的机器在运转，一派忙碌、安静而又秩序井然的样子。见李梓没有心情细看，卢说："如果就你自己的话，可没办法来到这些地方。不算休眠的19万人和死去的2万人，现在'方舟'号养活了60余万人。虽然这些房屋大多是新建的,你所见的'方舟'号内的绝大多数设施却都是我们'净土'人修建的。作为星洲曾经的总负责人,我现在却在跑腿。但我相信未来是会改变的,等你休眠醒来,一定会发现一切都不一样了。"李梓问:"我是唯一一个将要长时间休眠的人吗?"卢答道:"有少部分申请者休眠将超5年,但几乎没有其他人要休眠14年之久。"

到了目的地。几百个如一栋栋小楼的休眠舱被放置于政府专为休眠者腾出来的一个"绿岛"中,已经启用了一小半了。卢将李梓交接给一个叫查理的满头红发的监护人员:"这是我见过的问题最少的申请者。"红发监护皱着眉叹了口气说:"这是什么世道啊,又一个走投无路不得不来休眠的人。休眠是每个申请者的自主选择,希望她不会后悔。"

卢离开后,查理解释了休眠程序。李梓将先接受体检,接下来7天在过渡舱里不吃不喝,靠输液维持生命体征。用物理方法清洗掉她消化系统里的残余物后,她将被实施休眠麻醉,然后被放进休眠棺。注入休眠羊水后,休眠棺内的温度将被精确控制,漫长的休眠过程就会开始。查理的解释仔细而清楚。末了,他严肃地问道:"休眠十分安全,你将不会有任何不适。每个休眠舱内都有机器人不间断地值守,还有工作人员督导。休眠棺将被依次放置于休眠舱内,你无法选择接下来14年的邻居——你不会介意吧?还有任何别的问题吗?"李梓答道:"我不在意。"监护将李梓领到过渡舱,舱内一尘不染,连床都是白色的,唯有四面墙上有密密的波折暗纹。李梓在那里昏昏沉沉地度过了7天,然后就什么都不知道了。

42. 唯有前进

"方舟"号启程后4年;"新天际线"启程后2.5年。

方 舟
FANGZHOU

"新天际线"内正闹得不可开交。在北美联邦共和国议会的换届选举中，几个麦卡锡主义党徒成功当选议员。他们虽不是议会多数派，却与该党的街头活动里应外合，声势越来越大。在另一个以法兰西人为主的星洲里，回乡请愿团组织了签名活动，大多数民众签名赞成回地球。法兰西政府提不出解决饥饿问题的方案，又不愿意倒退回地球，无奈之下，只能采取拖延战术，对民众呼声概不回应。为保护本地孱弱的工、农业，法兰西政府被迫对进口商品加征关税，此举又引起"新天际线"其他国家的不满。北美联邦对来自法兰西的产品征收更高的关税作为报复，德意志政府呼吁"新天际线"各方遵守自由贸易协定，却又无力调停。

贸易壁垒加剧了匮乏。迈尔斯混迹于法兰西星洲里，靠贩卖走私物品赚些外快——近半年来，这成了他唯一的收入来源。他主要在星洲的登舰口附近出手——那里是一个众所周知的集散地，遇到追查时，逃跑也方便。法兰西海关警察通常管得不严，只有在政府严打时才整顿一番。一般来说，走私并不会冲击经济主流，走私市场充斥着便宜的低档货，唯有急需的人才会光顾；偶尔有一些古董或工艺品，也只有钱多到烧得慌的人会以让智商正常的人难以接受的价格买下来。这无意中成了财富再分配的一种手段。迈尔斯用旧器件拼装了一些电子设备，最近卖得不错。他破解了甚大天线阵列的入口，将地球的"实时"信息同步到设备上，并以三维全息图像投射出来。当然，所谓实时同步实际上是滞后了好些天——光和信息的传播需要时间。不过这也并不十分要紧。

迈尔斯背着背囊，穿过一片公租屋社区来到登舰口旁边的集市。人比平时少了很多，几个身前放着几筐自耕作物的售卖者在焦躁地东张西望，牌子上的价格被改得更低了，依然没有人光顾。迈尔斯嘟囔了一句"今天怎么啦"，就在一个旧货摊旁边打开背囊、铺上塑料纸、摆上了几个电子设备。一个胖警察从另一侧的手枪摊旁走过来。迈尔斯连忙说："今天还没开张呢。"警察捡起背囊查看。迈尔斯说："就只有地上这四个。"

　　警察严肃地说："我心里有数。老规矩，卖完后，不要等我来找你。政府一直在打击非法买卖。在这里维持秩序、保护你们，我容易吗？！"说完就走向另一个摊位了。

　　好半天也没人光顾。迈尔斯正在想要不要改一下价格牌，一个打扮体面的中年男人来到旁边的摊位。迈尔斯连忙打开设备，一个全息地球投射在半空中。"实时地球三维真图！先生过来看一看？"男人果然被吸引过来："最大分辨率多大？能看到家乡的房屋吗？""能看见。"迈尔斯打开局部放大功能给他看，"你的家乡在哪儿？"男人道："这个图失真。地球哪有这么绿？"迈尔斯道："可不这么绿嘛！近几年地球上人少了，植被野蛮生长，特别是星洲从各大洲离开地球以后，连河流湖泊也清澈了许多。"男人让迈尔斯演示了局部放大，又自己放大了欧洲大陆西部的戈尔德附近。小镇和村庄从一个个小点变成了一片片屋顶。男人的泪水流了出来。他将几处放到最大，仔细地看着。突然他说："还是不对。我家门前的小溪没有那么弯。难不成两年多时间变了这么多？"迈尔斯说："不可能所有的细节都高清，毕竟隔了万亿千米呢。但也差不了太多。这个动图综合了地球原来的高清图和现今的更新——100多天前那里很有可能就是这个样子。"男人点点头："还有些人用得着。这几个我都要的话，给多少折扣？"迈尔斯松了一口气："真有意买的话，拿四个给两个的钱就可以了。"男人没有再还价，他给完钱，拿了电子设备就走了。

　　迈尔斯一边悄悄收拾背囊，一边朝警察那边看。胖警察正用通信终端通话，没有注意到他。那警察似乎很紧张，结束通话后，就驾着警车飞速离开了。迈尔斯心想，真是奇怪的一天。他拿出自己的终端，一条新闻醒目地出现在头条："回乡请愿团刚刚攻占了法兰西政府大楼！"

　　迈尔斯快步走到登舰口。他买了最早一班的票，没等太久就登上了

洲际穿梭舰。两个小时后，他回到北美联邦的"五月花"号星洲。一路上他的终端不断推送新闻速递。回乡请愿团已经全面控制了法兰西星洲，正在清查人口。他们呼吁散居在其他星洲的回乡请愿团人员尽快前往法兰西星洲，还向整个"新天际线"发出公告，宣示接管法兰西星洲。他们誓言维护和平，同时要求各国政府不得干涉其内政。各国政府都十分意外，等到他们发现大量的己国贫民都往法兰西星洲而去，又都暗自高兴。他们相继声明尊重法兰西人民的选择，承认了新的法兰西政府。只有债主们和财阀巨富们心里着急，却又无力阻挠。

很多外地的法兰西人也进入了法兰西星洲，星洲里人口密度骤增。新法兰西政府也不十分细究，一个月后，一待星洲里的人口达到上限，就关闭了登舰口，驱动星洲减速。减速度远超1g，预计1年半以后，星洲的速度将降为零。然后他们会掉转方向，往地球方向而去。脱离"新天际线"后，预计总共要4年半才能回到地球。回乡的人痛心于在太空中失去的整整7年，新政府安慰民众道，相比于"新天际线"将在太空中用接近20年去一个陌生的地方，现在回乡可谓是迷途知返、为时未晚。

不料，法兰西星洲的分道扬镳在"新天际线"引发了新的骚动。维京人本就不惯于束缚，受此先例影响，富饶的维京星洲也在3个月后和"新天际线"不辞而别了。还有其他几个星洲也蠢蠢欲动。"新天际线"见状，被迫加强联合，用军事盟约约束各国。但两个星洲的离去毕竟削弱了"新天际线"，人心也更加浮动了。

迈尔斯因祸得福，他重新得到了一份工作。"新天际线"需要新的目标和假想敌来凝聚民心，联盟决定加快航行速度，以赶在"方舟"号之前到达新盖亚。北美联邦不仅要殖民新盖亚，还要征服"方舟"号。他们声称"方舟"号杳无音信，其内民众定是遇到了极大的困难，他们要前去解救"方舟"号。至于真正的目的，大家都心知肚明。

泰勒让迈尔斯重回甚大天线阵列搜集"方舟"号的情报。迈尔斯还

第五章　漫漫不归路

希望可以借机找到李梓，他对超空间穿越还没有死心。

"方舟"号在接近半光年远的前方。它像一个黑匣子，"新天际线"几乎无法侦测到它发出的任何有意义的信号。只有它周围的护卫舰艇发出的用于探测异物的脉冲能让天线阵列侦测到，提醒着迈尔斯"方舟"号在半年前至少还存活着。

在"方舟"号先遣舰里的弗莱却对"新天际线"的举动——半年前的举动——都清清楚楚。麦卡锡入侵事件后，机器人从领航者变成了胁从者，弗莱和他的团队常驻在护卫舰队里，监测着太空中的动向。弗莱获得授权自主处理常规事件，并与"方舟"号内的国防部通过低功率信号保持同步。弗莱喜欢这个岗位，因为他可以和自己一手创建的舰队朝夕相处，还可以远离"方舟"号星洲内的那些政客。两年来，他几乎没有离开过舰艇，只有在补给时才短暂地回到星洲。他驻守在头舰中，大部分时间都在指挥室和信号收发室里度过，只用很少时间在休息室里吃饭睡觉。他保留了副领航员和副监测员，这两个机器人和他配合得很好。它们不折不扣地执行他的指令，从来不擅自行事。

驱逐麦卡锡后，"方舟"的主要监测对象是"新天际线"。对弗莱来说，这并不困难。"新天际线"的各个星洲各有不同，却有一个共性——他们都十分吵闹而大张旗鼓。但弗莱现在还不知道"方舟"号已经成为对方的目标，半年后他就会知道。

在"新天际线"这边，关于"方舟"号的情报一直很少。倒是在3年之后，迈尔斯有了另外一个极大的发现：他目睹了地球不再存活的瞬间。太阳系在一次猛烈的空间畸变中湮灭了。临近消亡的星球发出耀眼的光芒，"新天际线"的地平线下的星星都被白光所覆盖，各个星洲被强光加速了几秒钟，星洲内部及天线阵列在星洲壳体的遮挡下没有遭受

太大损失。迈尔斯提交了观测报告。听闻此讯,各星洲内的人们痛苦不已,他们在地球上的亲友随着地球一起消亡了。所有星洲都没了回头路,"新天际线"因此变得空前团结。而后方的法兰西星洲甚至更早就知道地球已经不在了,他们也付出了更大的代价。他们的计算机和通信系统都遭受了不同程度的损坏,好在发动机及时切换到机械控制模式,避免了星洲完全失控。完成修复后,他们的星洲沿原路线行进了一段时间,最后改道往半人马座而去。

第六章
碰撞

43. 宏管

微光如晨曦，在虚无中产生了第一条线索。它无色无相地在茫茫黑暗中延伸。慢慢地，一些不可名状的物体不规则地移动和变幻着，像是二维的，又像是三维的。不知从何处传来一些细不可闻的声音。渐渐地声音变大，像水流，像鸟叫，像风啸，像雷鸣，也像是人声嘈杂。其中一个声音越来越大："醒来吧，李梓！"

一切又突然安静下来。李梓觉得自己很沉重，她睁开双眼，眼前依旧一片漆黑。那个声音说："我已打开休眠棺，你将逐渐适应外部的光线。你戴的眼镜将慢慢增加透光度，直到你不需要它。"李梓想要坐起身却根本动不了。她感到脸上和身上的液体正往下流。一种柔性材质的东西正在自己身上延展，随即整个身体都被包裹住了。那个声音继续说道："休眠羊水已被排空，你已穿上自动服。你现在还不能动，虽然你的身体机能已被重新激活，但做动作还要慢慢来。你先试一试活动你的手指、脚趾和眼珠，感觉一下怎么样。"李梓依言做了。"收紧四肢肌肉然后放松，同时配合呼吸。做4组，每组8个动作。"李梓也依言做了。微红的光透过她的眼镜片，她看见一个人影在上方。他带着喜悦说："感谢君主陛下，感谢总发言人。你恢复得不错。"

李梓的大脑一片空白。她努力地在脑海里搜寻出几个字后问道："我……在哪里？"

那人答道："你在最安全的地方。你需要继续躺着，过一个小时你就可以从休眠棺里出来了。然后你将在过渡舱度过7天，直到彻底恢复。我说过，王国的休眠技术独步宇宙，你会比休眠之前更好，不用担心。"

李梓渐渐看见了随着他的笑声同频颤动的"红发"。他的脸部轮廓也慢慢清晰起来了，李梓想起他是谁了。"我们……到了吗？我们在……新……新盖亚吗？"她还有些结巴。

"呵呵，快了。我们已经走了一大半了，还有几年就能到了……也许六七年。我们一定能打败侵略者，到达胜利的彼岸！"不需要经过休眠棺和传声器，他的笑声更显爽朗。

李梓有些摸不着头脑："怎么还要六七年……我休眠了多久？"

多年过去，查理监护的红发依然根根竖立，却稀疏了很多。"我们已经很快了，比原计划还能早些到呢。"

李梓吃惊得不由得想坐起身，但身体依旧无比沉重。她用双肘撑着又躺了回去："我提前醒了吗？为什么？"

查理监护和蔼地说："少安毋躁，现在还不能坐起来。唤醒肌肉记忆需要时间。而且现在'方舟'号的加速度比地球表面重力加速度还高，地面对我们的压力很大。等你的体征参数达到一定数值，我会告诉你……"

李梓打断了他："我到底休眠了多久？"

"王国在上，你来这儿7年了呢。政府急需人才，所以提前叫醒你。据说国防部点名要你呢，我不知道具体是什么岗位——我也不会打听的。我很羡慕你，可以在更重要的岗位上为王国效力。在你出去之前，我将恪守职责，悉心照料好你，也算是为王国做一点贡献吧。"他依旧带着笑容，他的脸庞在李梓的眼里越来越清晰。李梓看见他的脸上有不易察

第六章 碰撞

觉的抽搐。

李梓十分生气，就问是谁让他提前叫醒她的。查理监护也不知其详，他只是说到时候自会有人来接她。虽然很是狐疑，她也只能等出去以后再说。过了一会儿，查理扶着她坐起身；又过了一会儿，他带着她去了过渡舱。李梓依然感觉身体十分沉重，幸亏查理照料得很周到，大部分时间李梓都不需要离开轮椅。他给了她一些流质食物当午餐，他自己却没有吃饭。李梓问起他来，他说："在过渡舱内，你不需要吃宏管统一供应的食物。我每天吃饭的时间固定在晚上8点，到时候我不得不离开过渡舱——我不会走太远，我住的地方就在休眠舱旁边。走之前我会继续帮助你恢复，到时候你就可以短时间独处了。"他终于露出一点疲态。

到了傍晚，查理的情绪变得有些低落。李梓催促他去休息，他坚持说没到8点，还不能离开。照顾李梓吃完晚餐后，终于到了时间，他又吩咐了几句才走了。李梓让机器人也离开了。她起身去洗浴间痛痛快快地泡了个澡。那自动服也十分方便，李梓只需用手指轻按，识别她的指纹后，它就能自动穿、脱。她认出了镜子里的自己：和7年前几乎一模一样，依然是一头青丝半拂着白皙的脸，还是二十三四岁的样子。她甚至觉得自己丰满了些，但又不确定是不是错觉。她突然觉得后颈微疼，用手一摸，后脑勺下方有个硬结和一个细小的凹槽。

第二天查理过来时，李梓已经感觉好一些了。她依然行动不便，但已经可以持续站立几分钟了。查理容光焕发，又有了神采。"你恢复得很快。在你醒来之前，休眠羊水已经给了你的身体足够的蛋白质、钙质和矿物质，你的骨头非常结实，肌肉也增强了。伟大的王国啊！为了应对超重的加速度，王国为民众做了很多有益的事。不过还是要循序渐进，有了健康的身体，你才能更好地工作，才能不辜负王国的重托。"他喜气洋洋地说。

李梓想起自己后颈处的伤疤："我脖子后面的伤口是怎么来的？"

"啊哈,这很有用。虽然你在这里用不上它,出去后你就知道它的用处了。每个人都有,看看我,不是也有吗?"他想转过头给李梓看,李梓连忙制止了。她知道他说不出个所以然来,就没有再问。

李梓的身体状况稳步好转,她能够连续步行了。倒是查理每天早上到来时还情绪高涨,到了下午就神志萎靡。在过渡舱的第5天下午,李梓想要出去走走。他惊恐万状:"不!不能乱走。如果大家都到处走来走去,政府不知道人们要干啥,岂不乱套?!再说,外面都是警察……"他压低了声音。

"两天后我就能回9号'绿岛'的家了吧?"

"'方舟'号就是我们的家。3年前政府就取缔一切私有产权了,改为统一分配,现在人人都有居所。作为政府工作人员,你肯定会有新的住处……离开这里之前,我得对你负责。还有两天你就可以走了,这两天一定不能出去。"他用哀求的眼神看着李梓。

李梓很郁闷。她只得又在过渡舱里老老实实地熬了两天。

两天之后的上午,李梓做了全面的体检,她的身体甚至比休眠之前更健康了。查理让李梓在一些表格上签了字。机器人进来通知他,接李梓的人已经在大门外等候了。查理长舒了一口气,他将李梓带到门口:"祝你一切顺利。在政府的英明领导下,你一定能做出很大贡献的。休眠舱正在扩建,如果……我是说万一不如意的话,你还可以回来再休眠一次。"他竟有些感伤。

大门开了,李梓看见了久违的高穹顶。她来不及细看这个世界上的一切,因为一辆国防部的车就停在门口,一个健壮的大胡子老人从车上下来。"大胡子"不顾朝他领首的机器人,径直走向李梓。李梓见他面熟,正在努力回忆,他握住她的手朗声说道:"我是伊万·巴切夫,隶属国防部电子对抗所。跟我走,我们对你有工作安排。"李梓猛然想起他就

第六章　碰撞

是那个从火星基地时期就开始和父亲一起工作的人，不由得又惊又喜。巴切夫和监护说了两句，就带着李梓上车离开了。

李梓贪婪地看着车窗外的风景。终于，她想起那个问题来。"是你叫醒我的吗？"她问巴切夫。

"是弗莱。他在护卫舰队里过不来，就让我叫醒你。"

紧闭的通道门渐次打开，车在通道里疾驰，又经过了好几个"绿岛"。房屋还是密集，道路依旧崭新，却更见不到人了，只有随处可见的机器人和警察。"人都去哪里呢？"她问。

"都在屋里，无论工作还是生活。现在和 7 年前不一样了，我会告诉你该怎么行动的。"

"我还能回 9 号'绿岛'拿回我父母和我的东西吗？"

"用不着去 9 号'绿岛'了，"他沉默了一会儿，"对不起，我们这么晚才找到你。欧文先生走后，我们对你们关心得太少。弗莱和我被调出 9 号'绿岛'后，就和你们失去了联络。如今欧文太太也走了，你是欧文先生唯一在世的亲人了。我知道人死不能复生。说不上是补偿，我只希望能为你做点什么。"

李梓心里隐隐作痛："妈妈已经解脱了。她走得很安详。"

李梓默默看着窗外。她注意到一些管子在各处蜿蜒，连接着各个房屋。管子如树枝般分杈，在树干位置对应的大管上，印着巨大的字母"MACROTUBULE"。李梓以前没见过这些管子。她问："这些管子是什么？"

巴切夫脸上露出厌恶的表情。"是宏管。我们不得不靠它活着。"他拿出一个小插卡递给李梓，"这是一个转换器。"巴切夫边说边关上了车窗，"你还将拥有一个机器人，它叫铁机。每天晚上 8 点的时候，你会被要求连上脑机接口。切记，你不要连自己，你把宏管里的脑机接线接上这个转换器，再接上这个机器人。我们已经在这个转换器里写了

程序，以在连接时让铁机代替督导。它代替了我3年。最初我也曾试过一些别的机器人，不知道为什么，只有铁机能够连接成功。但必须注意，不要被其他人发现。"

"为什么要让人连接机器？！难怪我的后颈多了一个槽口。"

"这个所谓的正反馈赋能是我的一个旧同事的主意。天哪，我竟然曾经找过他治疗我的失重综合征……丹·贝克给政府提出了这个缺德的预防和治疗心理疾病的方案。他太给欧文先生丢脸了，真希望我们从来都不曾认识这个王八蛋。如今'方舟'号内的绝大部分人都要连接机器，恐怕只有君主和亨特不会被强制连接。我也曾被连接过几次呢。技术原因，星洲外的护卫舰人员暂时还无法连接机器。别去试，你不会喜欢的。"

说话间，车到了13号"绿岛"——国防部"军机岛"。"军机岛"里增加了照明设施，识别器认出这是国防部的机要车辆，各路关卡都为巴切夫打开了。车辆穿过一片片机器人，来到铁皮屋前。巴切夫从车后备厢取出一大包东西递给李梓："这是兰德从9号'绿岛'你家里取出来的东西，被辗转送到了我这儿。"李梓连忙接过来打开查看。巴切夫道："已经到了，我们先进去。"

李梓问："兰德在哪里？"

巴切夫停了一下脚步："他不在这里了。我们进去再说吧。"

原来兰德在4年前就已经死了。他带领一群原"净土"的劳工意欲颠覆政府、恢复"净土"旧制，不同"绿岛"的人们纷纷响应。不料政府早有察觉，内政及安全部及时派警察前往镇压。兰德攻占小镇安全处和议事处后，又和一群乌合之众突破了通道门，正欲向总部"绿岛"进发时，遭遇前来增援卢的警察和机器人。兰德等人死伤极多，迅速败亡了。而政府一边，虽然卢和数人也在混战中身亡，却以极小的代价平定了叛乱、恢复了秩序。

第六章 碰撞

巴切夫并没有说兰德的事，他只是领着李梓进了铁皮屋。和弗莱在这儿的时候相比，铁皮屋扩大了，还专门隔出了一个生活室。房间虽小，简单的居家设施倒也齐全，房屋的一角甚至有几样健身器材。巴切夫道："这里说不上舒适，但比外面安全。"

在铁皮屋监控室里，跟踪显示地球和新盖亚的屏幕都已被移除，只剩下一个硕大的屏幕，上面有若干小屏幕显示着"新天际线"各关键部位的图像和数据。屏幕上的信息如瀑布般往下倾倒，一个机器人盯着屏幕一动不动，它的身体轮廓在灯光下发出金属光泽。巴切夫告诉李梓："弗莱让我去护卫舰队帮他。现在你要接替我驻守在这儿监视'新天际线'。正常情况下，程序会自动监视目标。如发现异常，不要相信其他任何人，可立刻用专用频道通知弗莱。"他又令机器人过来并介绍双方道："这是铁机，它将协助你；这是李梓，接替我监控'新天际线'的督导。"

铁机全身一震。

巴切夫交接完毕后就要离开。李梓问他："我什么时候可以出去？"巴切夫答道："进出'军机岛'和铁皮屋需要国防部部长批准。你或许没有那么想出去——铁皮屋里更安全呢。弗莱和我会联系你的，铁机也可以信赖。"限定时间已到，巴切夫又嘱咐了几句就匆匆走了，李梓想问薪酬的事都没来得及。

巴切夫走后，铁机在李梓身边说个不停。李梓很意外，她第一次见到机器人如此活跃。虽然它的脸上没有表情，李梓还是忍不住猜测它很兴奋。它手舞足蹈地给她讲铁皮屋里的东西，还讲李梓的前任巴切夫和弗莱在这里的事。"我已经有些不记得弗莱先生了，只记得他总是不说话。他早就离开这里了。他离开后，又有几个人先后来过这里。但有很多事我都记不清了……3年前巴切夫督导才来到这里呢，想不到今天他也走了。现在更好了，你来了……"它絮絮叨叨地说着。李梓笑道："要是

其他机器人有你那么多话就好了。"铁机一愣:"对不起,我忘了你刚来,需要休息。"李梓孤闷已久,刚刚出来,乐得听它说话:"需要你安静的时候,我会告诉你的。我都安静7年了,这会儿刚好不喜欢安静。"

午间,铁机让李梓先去吃午饭,这里有它看着:"昨天晚上8点,巴切夫督导就将今天的午餐领好了。吃完后你还可以休息休息。"李梓打开冰柜一看,里面有两片面包、一个鸡蛋、一份牛奶和一瓶水。她很久没正儿八经吃过食物了,顿时觉得非常可口。

她吃完后进入生活室,并下意识地关上门。转念一想又觉得可笑——门外的只是一个机器人。不过她还是扣上门,脱去自动衣斜倚在床上眯了半个小时。出生活室后,她发现铁机不知从哪里找了一块布裹在身上,不由得哑然失笑。铁机问:"我像不像一个人类?"李梓道:"有那么一点点像了。不过人类有什么好的?要承受那么多痛苦。"铁机低下头不说话了。

李梓去屏幕前查看"新天际线"的信息,铁机也跟着过去。李梓正看着,屏幕上有一条信息,居然是发给她的。打开一看,是弗莱发来的。他在护卫舰里问候她,并让她在必要的时候联系他。

看过信息后,李梓又问了铁机一些"新天际线"的情况。铁机却变得有些沉默,它专注在屏幕上,只用极简短的句子回答李梓。李梓心中暗自奇怪:怎么机器人的情绪也这么大起大落?她就单独研究起"新天际线"来。

不知不觉到了晚上。铁机说:"8点钟了。"铁皮屋的墙上开启了一个圆形的洞,一根线缆从宏管中伸了进来。一个悦耳的女声响起来:"欢迎你的第一次连接,李梓同胞!"铁机让李梓将转换器给它。它戴上头帽,再用转换器将它和线缆连了起来。过了几分钟,线缆随着一声清脆的轻响脱落,然后立即缩进洞里。随即,三袋面包、两盒牛奶、一包蔬菜沙拉和几片培根顺着宏管里的输入传送带送到洞口。铁机的声调突然高了起来:"哈,食物真是丰盛啊!不仅晚餐有了,连明天的早餐和午餐都有了。王国在上,在如此贫瘠的太空中,大家还被赐予了这么美好的生活。"

李梓笑道:"精神食粮果然提劲。你就像是吃了忘忧剂,突然又变得这么兴奋了。"

铁机竟然沉吟了一下。它说:"我要吃晚餐,我就是李梓……哦不,我不吃晚餐,我不需要食物。但我也很高兴!"

李梓有些过意不去,虽然它只是个机器人:"为什么要插那个线缆在身上?"

"每天插完线缆,宏管才会供应食物。线缆可好了,它每天扫描和检测我的程序,修正我的错误,还给我新的信息。它还输入多巴胺。感谢君主陛下,我们天天都十分幸福。但弗莱先生和巴切夫督导不让你连接线缆。我想他们一定是对的。不管怎样,只要你开心,我就很开心。"

"你的程序好像刚染毒,而不是刚接受完检测。不过只要你自己觉得开心就行——虽然我不确定你懂得开心的意思,但很确定你不需要多巴胺。"李梓吃完后,将残余物包好放进洞里,宏管里的传送带将它运走,洞口才又关闭了。她和铁机核对了当天的数据,然后同步到服务器上。第一天的工作一完结,她就回生活室了,留下铁机值守。

44. 追 逐

"方舟"号启程后11年;"新天际线"启程后9.5年。

远处的灯光迫不及待地亮了,高高的摩天轮被五颜六色的霓虹灯映射着,隐约的欢笑声透过窗户传进来。迈尔斯看了看时间,还不到下午五点。"五月花"号星洲里的人们已经在急切地等着新世纪前的最后倒

数。他们提前调暗了星洲的模拟日光,城市广场上的灯光秀已经开始了。几条塞满车的路把原本寂静的沙漠和城市连起来,也变得鲜活起来。人们从其他星洲甚至其他国家过来,是想亲眼见证这个"新天际线"历史上最大庆典的盛况。

迈尔斯关上了窗户,外面的喧嚣戛然而止。甚大天线阵列"五月花"观测站的地面办公室远离城市,在一小片沙漠之中,少有机会被都市的繁华感染。和窗外的热闹不同,办公室里静悄悄的,只有迈尔斯和一个机房管理员。他独身一人,又无心凑热闹,就主动申请了值班——虽然计算机会记录观测数据,但迈尔斯有自己的事要做。他检查了接收信号,"方舟"依然沉默。他搜索了穆睿的资料,依然没有发现新的文档。也无法在网络里找到李梓的信息,关于她的印象只剩下一张略带忧愁的脸庞,以及一双仿佛在发问的大眼睛了。多年过去了,他还在发信息,却常常忘记了,自己究竟是要找穿越时空的办法,还是要找到她。

倒是前两天,从格利泽 581 C——也就是新盖亚发出的高能电磁辐射被天线阵列捕捉到了。这已经是第二次从那里发出类似的辐射了。每次辐射经历的时间都只有 42 秒,在极宽的频带上充满了无规律的噪声,都是从新盖亚的同一个位置发出来的。趁值班没人打扰,迈尔斯又做了一次信号变换分析,还是没有发现任何意义。

晚上 9 点了,迈尔斯穿上大衣准备回家。他的通信终端响了,是约翰·泰勒。泰勒知道迈尔斯一个人,就约他去酒吧一起坐坐。

刚到星洲时,泰勒像长辈一样关照着迈尔斯。但近年这位太空殖民部部长很忙,两人近期甚少见面,只在几次会上遇到过。迈尔斯犹豫了一会儿——对方是长者,更是职位高了许多的上司。但他还是下楼,开启了双轮电动车,进了城。路上的车已经少多了,城里却愈发光彩陆离。一簇簇圣诞树上挂着含"2100"字样的彩灯,不同肤色的人群穿着奇装异服,喜滋滋地在大街上游荡。他们把不同的节日放在一起过了。

第六章　碰撞

那是市里最大的酒吧，泰勒已经到了。酒吧里坐满了人，一个老年黑人歌手在自弹自唱。迈尔斯有些拘谨，就不禁说起最近的观测来。泰勒问："还是没有'方舟'的消息吗？"

"非常少，只偶尔收到来自'方舟'和它的护卫舰之间的加密信息。'方舟'的运行倒是没有任何异常。"

"民众的闭塞程度总是和当权者的暴政程度成正比。我们得尽快去改变那里。'方舟'号和护卫舰说了些什么？"

"与刚出发的那几年比，他们和我们已经近多了。他们的护卫舰向'方舟'发送的信息都很简短，我们破解了其中大部分，这些信息主要是关于我们'新天际线'的距离、速度、发动机状态等。有些蹊跷的是，最近一段时间这些信息的发送功率很大，仿佛生怕对方收不到。相反'方舟'号却极少发出信号——要知道我们天线阵列的接收灵敏度高到几乎不会错过这个距离范围内的任何'啁啾'。"

"那'方舟'是怎样指挥护卫舰的？"

"我相信，'方舟'号是面对面对护卫舰下达命令。每艘舰艇定期回'方舟'号，其中一艘好像是领头的，回去得频繁些——每14天就返回一次。另外一件让人费解的事情是，头舰里似乎有两个人，其中一人定期向'方舟'报告另一人的状态。"

"想不到'方舟'为了隐藏自己，采用了这么原始的沟通方式。那么，这些护卫舰肯定具有一定的现场决断权。我们需要担心'新天际线'泄密吗？"

"从他们的加密方式来看，比我们天线阵列的加密方式简单很多。'新天际线'的公开信息都是非关键信息。"

"对了，有你旧友的消息吗？"

"还没有。而且也没有意义了——这么多年过去了，即使现在收到资料也来不及了。倒是最近监测的从新盖亚附近发出的随机辐射，功率

不小。如果这是从行星上发出的非人工辐射，的确非常罕见。"

"做过关于辐射的分析吗？"

"发给阵列的数据中心分析过。数据中心反馈说没有证据表明是人为的。"

"好好观测，继续分析。"泰勒一边侧脸听着蓝调一边说，"但我们今天谈工作到此为止。在本世纪的最后两个小时，我们且乐一乐。"泰勒让酒保给二人续满了啤酒。"是不是有一点科罗娜的口感？"他见年迈的蓝调歌手的一曲终了，问迈尔斯。

迈尔斯咂了咂嘴："是有些像。这酒的口味更醇正，简直没有任何杂味。"

"在星洲，只能用全自动工艺造酒，麦芽成熟时间误差和发酵时间误差都控制在秒级。我更喜欢地球上的啤酒，绵甜而层次丰富。也更有个性——手工及工艺的差异都能带来惊喜。虽然这被认为是'五月花'号最好的啤酒，但我时不时来这里，却是因为它很像地球上我经常去的那家酒吧——你父亲也去过那一家。"

"我父亲吞下的是苦酒。灾难来临时，预警者被当成了灾难的象征。关于我父亲的记忆都被留在地球上，然后随地球一起烟消云散了。"

泰勒内疚地说："我最大的憾事，就是没能对列夫说声'对不起'。"

迈尔斯意识到自己刚才无意中说出的话像是在责怪泰勒，就连忙又补充道："在他临走之前的那些岁月里，你和其他朋友的帮助是他为数不多的安慰，虽然结局并没有多大不同。"

"我那时不理解列夫，但如今我们这些幸存者却是因为他才没有和地球一起消亡的。他有句话让我终生难忘：'先知总是以遭人唾弃的方式，徒劳地想要唤醒沉睡的世人。'我们终究被唤醒了，哪怕只是少部分人。我们痛苦地醒着，是为了让'新天际线'上几千万民众能享受快乐。今天，让我们暂时放开一切，融入这种快乐。"

第六章 碰撞

蓝调歌手撤走了。舞台上出现全息的竞技图像，图像里的看台上万头攒动，主持人站在跑道中央用扩音器高声地介绍各只参赛犬。酒吧里的人也随着主持人的介绍发出欢呼。"玩过吗？"泰勒问，"'牛仔'号星洲每周都有比赛，在这里也可以下注。"

"我听说过，但没玩过。"

"你先听听主持人的介绍。无论下注多少都可以玩，我可以借给你一些筹码。"

原来参赛犬分属不同的俱乐部，每只犬有竞争力排名，每个俱乐部有积分排名。参赌者可以选择参赛犬或俱乐部进行下注，犬只和俱乐部的赔率按照其实力各不相同。规则允许参赛犬使用一切技巧，但不允许使用兴奋剂或任何植入设备。

"看中了哪一只？"泰勒一面下注一面问迈尔斯。他和往常一样押了同一只威斯拉犬。

迈尔斯向泰勒借了少许筹码，他押了一只竞争力值靠后的惠比特犬。随着发令枪响，8只赛犬如箭离弦般向前飞奔。一圈之后，两只犬处在第一集团，威斯拉犬排在第三，其余4只和惠比特犬离散在后。突然，处在第二的萨路基犬奋力一蹬，伸嘴咬住了前面的灵缇犬，逼得灵缇犬一面拼命甩腿，一面回过头反咬。它反咬不着，腿却被撕下了一块血红的皮甩来甩去。后面的赛犬像是很惧怕的样子，放慢脚步和前面的赛犬保持着距离，惠比特犬趁机超越到第一集团。领先的两只赛犬见状立即停止了互斗，一齐朝惠比特犬扑来。惠比特犬虽拼命挣扎，还是被两只犬咬住拖出老远。好不容易在弯道处挣脱，却再也跑不了了，只能跛着脚往赛道外走。赛道上成了慢速比赛，那只威斯拉犬一直尾随其后，直到最后一个直道才突然加速，没等其他赛犬反应过来就冲线了。

泰勒笑道："没有意外，小赢而已。我押的那只赛犬赔率太高。"

两个筹码从迈尔斯的终端屏幕上消失了。他不解道："为什么前面

的赛犬光想着相互撕咬，反而让后面的超了过去？"

"以赛犬的速度论，那只灵缇犬有绝对优势，不过它只会单打独斗。威斯拉犬和萨路基犬同属一个俱乐部，相互有战术配合。团队和战术缺一不可。"

"对那只灵缇犬来说，岂不是不公平？"

"规则如此，胜者实至名归。第二场快开始了，注意听主持人介绍。"

迈尔斯只想快些结束自己的赌赛。这一场，他用剩余的所有筹码押了一只赔率最低的大麦町犬。那只犬根本跟不上大部队，被远远甩在后面。不料领先集团的撕咬十分残酷，到最后，竟然只有大麦町犬还腿脚健全地完成了比赛。

泰勒哈哈大笑："你很有天赋，迈尔斯。走吧，快新世纪倒数了，咱们到时代广场去。"

"追逐和撕咬让我头晕，我正想出去透透气呢。"

广场上已经挤满了身着华服的人。大片大片的建筑幕墙上滚动着五颜六色的华彩，空中琳琅满目的商业广告正铆劲儿想抓住人们的眼球。政府临时取消了公共场所的禁火令，警察和消防车在四处紧张地待命。烟花伴随着人群的倒数，一发发冲天而上然后散开。迈尔斯和泰勒无法穿越拥挤的人群，就站在广场边上观看。几个乞讨者也在旁翘首看着，眼里充满了期盼。迈尔斯问了他们的个人识别号，然后和泰勒将在酒吧的赌局赢得的钱都转给了他们。

"方舟"号内的李梓已在铁皮屋里待了4个月，她最初的那一丁点新鲜感已经消退。大部分时候，她借着查看"新天际线"的动态消磨时间。如果不问铁机的话，她甚至不知道日期了。她试过几次开铁皮屋的门，吓得铁机一阵惊呼。终于，她发现那道门根本无法从里面打开。铁机则

第六章 碰撞

每天上午像一个活泼的小男孩陪在她左右,下午又变回一个典型的低版本机器人。它很依赖宏管里的线缆激活状态,正如李梓很依赖宏管提供的食物填饱肚子。

从"新天际线"发出的辐射已经有了能被注意到的蓝移,如果双方维持目前的加速度,不到1年,"方舟"号就会被追上。预计对方将在中途调低速度,否则"新天际线"将刹不住车并错过"方舟"号。作为被追赶的"方舟"号,也要根据对方来调整速度。这对双方来说都不容易,双方的速度都很快,而且星洲都太大了。查看了航行日志后李梓发现,在追逐与反追逐的过程中,双方都多次调整过速度了。

李梓计算在被变速追赶的情况下,"方舟"号应采用何种策略进行博弈。她观测了双方的运行,发现"方舟"号正以超过1g的加速度继续前进,"新天际线"的加速度则更大。照此下去,"方舟"号将被迫以极大的加速度减速,否则将错过新盖亚。按原计划,"方舟"号应该已经在减速了。而且实际上,此时加速对"方舟"号并非必需,无论是为了"方舟"人的健康还是为了对付来敌。"新天际线"不可能摧毁作为殖民目标的"方舟"号;"方舟"号则并不需要担心对方被摧毁。因此相遇并不可怕,需要避免的是相遇时二者速度相当。策略的重点是双方的相对速度,而不是绝对速度。当然,也不能让对方提前知道已方的计划。她将她的结论发给了弗莱。

弗莱并不是每封信都回。这封信他回了,是用私有通路回的,却没有提她的速度策略。他告诉李梓,"新天际线"上的迈尔斯·弗里德曼一直在找她,迈尔斯想了解穆睿的物理理论的一些细节,还似乎在隐晦地表达爱意。弗莱的信也说得不清楚,好像有所顾忌。李梓收到信后很是纳闷:自己和"新天际线"素无瓜葛,虽然迈尔斯是父亲朋友的儿子,与自己却只有几面之缘。

实际上,"方舟"号一直在思考对付"新天际线"的飞行策略。他们知道,不能给"新天际线"足够的空间用以调低速度。"方舟"只有在双方距离足够近时降速,才能产生更大的速度差,从而让"新天际线"刹不住车、超前而去。王国的核心要考虑的比这些更多,匡墨每天晚间都要去方楼和亨特商讨"新天际线"的动态和"方舟"的应对。首相约翰逊因正受精神疾病困扰而不能参加,由暂行其职的道格代为出席。

外敌当前,必须首先消除内患。护卫舰队是"方舟"号最重要的保护屏障,必须绝对可靠。"虽然护卫舰上的人员仍然无法使用正反馈赋能,但我们最近增派了可靠的人驻守护卫舰,以特别监控原'净土'人员。例如,首席领航员弗莱就正受巴切夫监控。"道格比平时早到了几分钟,他借机向亨特通报了近期的人员调动情况。

"就是原'净土'的那个巴切夫?"亨特问。

"是的。他的'净土'背景不会引起弗莱的怀疑。再说,他是唯一的外星地质专家,我们以后也还得用他。而且我们总得相信一些人——他已经值得信任了。他接受正反馈赋能植入已超过3年,去护卫舰队之前才停。经过长期封闭改造,他已经不可逆转地变成我们的人了。"道格的声音有些颤抖,他摸了摸光光的头顶来掩饰自己的情绪波动。

"我们只用可靠的人。每天都不能放松对人员思想的监控。"亨特正说着,匡墨也到了。他一坐下就向二人通报了'新天际线'的最新动态:"昨天我们观测到'新天际线'分开了队列。敌方的大部分星洲还是按原加速度行进,但北美联邦共和国的两艘星洲增大了加速度。"

"此举是针对'方舟'号还是'新天际线'产生了分裂?"亨特问道。

"还需要观察。国防部还在分析他们的动机。"匡墨据实说道。

"'新天际线'已经对内发公告了,北美联邦的两艘星洲要率先追上来,恐怕连你的护卫舰队也知道了。"道格的话里带着得意。

匡墨激动地说:"内政及安全部将如此重要的公告都过滤掉,连我这个国防部部长都不能及时获知,我们怎么应对来敌?!'新天际线'

都不吝发送情报，我倒被自己的人封锁消息。我呼吁移除'方舟'号穹顶的屏蔽。"

道格不紧不慢地解释道："屏蔽不能移除。敌我双方的斗争是一场信息不对称的博弈，如果让对方知道我们的意图，我们就落了下风。'新天际线'给的消息一定有诈，我们必须谨慎处理。而且，如果让'新天际线'的反动信息毒害王国民众，击垮我们的力量将来自内部。"

"那内政及安全部未经知会就插手护卫舰队的人事安排，是否也有合理的解释？国防部如此受限，我们该如何击退'新天际线'？！"

"我们必须保证从'方舟'号派出的人完全可靠，这也是从全局考虑。而且，我们也将马上取缔护卫舰队领航员的一切私人通信。"

亨特调停道："强敌压境，'方舟'号正处在生死存亡的关头。两位同为王国栋梁，岂能受限于部门藩篱？'方舟'的屏蔽发挥了重要作用，还将继续存在。值此非常时期，二位须共享重要情报。我们现在为什么不谈谈怎么应对兵分两路的敌人？"

匡墨余怒未消："对付兵分两路的'新天际线'，我们的策略就不得不改变了。大敌当前，敌强我弱。我们当齐心协力保卫'方舟'。希望越俎代庖、自行其是的情况不会再发生了。"

45. 孤　独

"方舟"号启程后 12.5 年；"新天际线"启程后 11 年。

"新天际线"的前锋"五月花"号和"牛仔"号以 1.5g 加速度往前追，将"新天际线"的其他星洲远远抛在后面。但前方的'方舟'却越来越红（多普勒效应，表示发光体在加速远离），为了不被"新天际线"的一前一后两个队列追上，"方舟"号以 1.7g 加速度前行，扩大着领先

距离。虽然"五月花"号和"牛仔"号动力强劲，但加速度无法更大了，在重压之下，其内的居民已经被迫大部分时间躺在床上。而被追逐的"方舟"号内的大部分人已经休眠；不能休眠的人也被特殊技术保护得很好，尤其是需要每天殚精竭虑应对"新天际线"的政府核心人员。

护卫舰队的头舰在"方舟"近万千米之外。头舰之外，是无边的黑暗，一成不变的太空里只有星星的微光。如果只用肉眼看，头顶的"方舟"号已经成了一颗大亮星，是可帮助他们俩判断方位的最好坐标。

巴切夫的身体正经历着痛苦。人类已经能让机器以亚光速飞行，人的身体却依然是血肉之躯，即使如部分冒进的宇航员般全面改造身体以加强组织结构，也难以长时间承受超负荷重压——人类的生理极限依然未突破 10g。长时间的加速还令巴切夫思维模糊、感官钝化。一方面，虽然早在"净土"时代，巴切夫就微微优化了身体的组织结构以应对长期的重力异常，但在"方舟"里，他并未如人们认为的那样进行全面改造，只是增加了体内钙含量并加强了肌肉力量，还偷偷放弃了宏管的脑机接口对大脑的植入式改造。这是仅限于他和弗莱——现在还加上了李梓——三人知道的秘密。

另一方面，他的生物钟还没有习惯舰外一成不变的漫漫黑夜，只要不值守，他就待在休息室里度过大部分时光。弗莱常笑他："躲在洞里的老熊。"

巴切夫却很庆幸自己被派到头舰。他到护卫舰队后取代了头舰里的机器人副领航员。在他的坚决要求下，国防部一并撤走了头舰里的所有机器人。

大部分护卫舰被调到"方舟"号后方防御"新天际线"，头舰在最后殿后，巴切夫和弗莱在其内每隔 8 小时轮换值守。因为首席领航员需要对可能出现的突发情况及时地做出判断，更主要是头舰和"方舟"

之间的距离导致的技术原因，弗莱被特许免于植入改造。他凭着年轻时的宇航员训练打下的基础，大部分时间或者在指挥室里，或者在健身房里——在超重环境下，他练得比原先更强壮了。健身房原来是一个小绿化室，后来巴切夫放进了哑铃和拉力机，驱走了蜜蜂。"方舟"号声称这些生物可以预警空气泄漏或者污染，实际上弗莱和巴切夫都知道那其实是高仿真蜜蜂，主要功能是监听。于是巴切夫在两年前就向"方舟"汇报说他将比机器更有效地监控舰艇内的一举一动，故而一登舰就拆除了头舰内的监视系统。

巴切夫打开了休息室的门，吃力地走向指挥室副驾驶的椅子。"我刚刚向国防部和内政及安全部汇报了你的动态。"他对弗莱说。

"这不让人意外，你每天都这么干，伊万。在你今天的汇报中，我还活着吗？"

"明明我的汇报是高级机密，你还问？我只能告诉你，我发信给他们，说你'活跃，但无异常举动'。"

"看来我还活着。不知道这对'方舟'内的要员们来说，算是好消息还是坏消息。"

巴切夫哈哈笑道："你是让王国首脑们操碎了心的重要人物呢！"

"你就不担心我吗？"

"如果我担心你，我的电击枪就派得上用场。我担心的是'方舟'。"

"你是最坦率的监视者——你我总是坦诚以待。我更担心'新天际线'，他们越来越远。无论我怎么暗示，他们那边还是没有回应。我都等了好几年了，'净土'的人不剩多少了。我们是不是应该挑明了，主动联系'新天际线'？"弗莱有些焦躁。他满眼血丝，近来几乎没睡过。

"因为我们隐忍，'方舟'还没察觉，我们才得以坚持到今天。既然暂时还没办法让'新天际线'知道我们的意图而又不惊动'方舟'号，那我们就不能妄动。"

方舟
FANGZHOU

"与其说在坚持，不如说是苟且。眼看'方舟'逐渐变成炼狱，我们却还没和'新天际线'接上头，怎么能指望他们解救'方舟'？李梓倒是认识'新天际线'的迈尔斯·弗里德曼和政府要员约翰·泰勒，迈尔斯还曾多次给她发送示好的信息。但她暂时还帮不上我们——迈尔斯最近不再给她发送信息了。近两年，护卫舰的所有通信都被'方舟'政府监听了，我们还无法通过她和'新天际线'建立联系，她甚至对我们的目标还一无所知。我们与'方舟'内的其他内应也断了联系。我们孤悬一隅、进退维谷，甚至还没有一个计划。必须马上找到办法……既然'新天际线'追不上来，我们是不是该让'方舟'慢下来？"

"我们且再等几天——再过90小时我们就要回'方舟'号述职和补给，到时候再侦察一下。"巴切夫以长者特有的冷静语气说道。

早间，弗莱只发来短短两行确认信息："昨日未发现'新天际线'的两个队列调整加速度；'方舟'继续扩大领先距离。"铁皮屋里的李梓看完信息，又开始摆弄屏幕上的"新天际线"。她放大了"新天际线"的各个星洲，直到屏幕上出现一片片色块，才又缩小。她如此操作了好几次。铁机说："护卫舰发来的信息已确认。我们的数据显示'新天际线'最近的路线的确没有变化。"

李梓用手托着腮问："你还知道些什么我不知道的？说来听听。"

"我知道你在这里不开心。可惜我不懂得怎样才能让你开心。我还一直想告诉你，我经常觉得自己是人，而不是机器人。"它的声音有些发颤。

"你刚刚说的虽然没让我笑，却是你说过的最有趣的一句话了。如果我们俩比赛，看谁让对方笑，你一定不会输。否则你就不是机器人了。"

李梓不再理会铁机，她站起身，随手拿起一段木条在金属墙的一处氧化斑块上添上了一团涂鸦。那涂鸦像是一片云，又有点像一头在水塘里的牛。她分辨了许久，又转身看了一会儿地上那条发亮的路，那是她进出生活室踩出来的，经过两年的路径选择，那条路终于被踩成了她希望的麻花辫状。李梓踩着那条路回到生活室，关上门。她脱去自动衣，抱着画框钻进被窝。超重力加速度下的画框压着她的胸口。她凝视着画上的修，一遍遍地摩挲他。修朝她似笑非笑，他似乎从画上出来，靠在自己身边。她听到自己心跳的声音，呼吸也急促起来。她仿佛不再在铁皮屋里，而是回到了过去，思绪也随着一幕幕的往事飘远。

不知过了多久，她迷迷糊糊地睡着了，醒来时已是下午。她躺到傍晚，才起身出了生活室，铁机还在默默盯着屏幕上的数据。

"今天我自己连脑机接口。"她对铁机说。

"巴切夫督导说过你一定不能连脑机接口呢，李梓督导。"它话中流露出一丝担忧。

"你还算知道，我也是你的督导。"

"我每天都连，知道那对你不好……脑机接口加载的信息和我原来的信息有冲突。而且，它像兴奋剂一样，让我前半天超负荷运转。效用减退时我就运行不顺——你常说我每天下午看起来很沮丧。"

"难怪你会觉得自己像人。这么说来，我更得试试了。"

到了晚上8点，墙上的宏管准时开启，线缆从出口伸了进来。一个女声准时响起："李梓同胞：接口已消毒，可放心接入。希望你充分吸收接下来的知识，每天收获新的进步！"

李梓摸了摸后颈上的那道槽口，它还是很深，边缘比刚从休眠中醒来时模糊了一些。她戴上头帽，将线缆嵌在头帽上。随即后颈一凉，她猜测消毒液正喷洒在槽口周围。头帽发出极轻微的嗞嗞声，其上的小滑轨推着线缆接头在后颈摸索，很快对准。她感到一阵灼热和挤胀，随即痛感消失了，取而代之的酥麻感如电流般传遍全身。那女声说道："一日不见，怎么你的脑子里有这么多杂乱而谬误的信息？你需要接受更大

剂量的植入，必不能成为失控者。"一阵暖流从后颈直达头皮，然后流遍全身。李梓顿时觉得沐浴于暖洋洋的温泉之中。亮堂堂的红光围绕四周，她感觉自己的每一块肌肉、每一个细胞都充满了能量。

一段名为《先行的勇士》的视频出现在眼前，她激动得不能自已。视频里，穆睿在前，罗伯特推着舒华兹紧随在后通过空荡荡的通道。穆睿和舒华兹穿着太空服，目光坚定地看着前方。一个画外音响起："人类文明到了生存或者灭亡的十字路口，危急程度远超过去。历史上也曾出现过多次生死关头，都有勇敢的逆行英雄站出来力挽狂澜。今天，几个先行者上路了，他们的目的地是即将毁灭的火星。"三人来到"方舟"号登舰口，星空中的猎户座在巨大的玻璃墙外清晰可见。

李梓隐隐觉得有什么地方不对。但思念如潮水般涌动，她顾不上琢磨。

舒华兹在视频里环顾四周："真安静。这是我喜欢的没有仪式的告别。"

穆睿说："今天，为了人类文明的延续，我们选择离去。"

舒华兹补充道："也是为了人类唯一的希望——大英复兴王国。"

他们走到监控镜头前朗声说道："为人类文明，为大英复兴王国！"

三人登上了"埃弗莱特"号。画外音又响了起来："勇士们踏上了征程。这注定是一条不归路，他们将自己的生命托付出去，立誓要发现宇宙的奥秘，为人类寻找出路。虽然前方充满艰难险阻，他们依然义无反顾。"

下一个画面，"埃弗莱特"号在红色的火星地表登陆。未几，舰艇的舱门打开，三人出舱来到一个小土坡上。舒华兹拿出早已准备好的大英复兴王国旗帜，在罗伯特的搀扶下将旗帜插在坡顶。他和穆睿喊道："前进吧，人类！""大英复兴王国万岁！"

视频播放了穆睿观测空间畸变，然后才播放火星毁灭的画面。在烟花般绚烂的剧烈爆炸中,画外音说:"他们没有回来。他们舍弃了家庭,也牺牲了自我。勇士们没有失败,他们完成了自己的使命。虽然未来还有更大的挑战,但历史早已选择了领路者,他将带领人类突围,并振兴人类文明。"视频切换到伦敦——那是大英复兴王国离开地球前的首都,几十万人在市政广场上挥舞着王国国旗欢呼。贾斯汀·亨特正在市政大楼的阳台上朝人群挥手。视频接下来播放了"方舟"号,那里正经历群龙无首的极度混乱局面,因此力邀王国上星洲执政。

在人们的期盼中,亨特带领王国民众来到了"方舟",并迅速平定了动乱。虽然星洲内资源紧缺,但王国政府有序调配,仍旧让每个人都有房屋住、有食物吃。为了民众健康,政府还推行了休眠和正反馈赋能。随即视频里出现几个被访者,他们幸福地表达着对王国的感激之情。

"然而,总有一小撮居心叵测的人想要阻碍历史前进的步伐。他们隐藏在人群中间,一有机会就会迫不及待地跳出来。受艾弗雷德君主陛下委托,作为民众利益的坚定代言人的王国政府毫不手软,果断粉碎了这些野心家的一次次叛乱。"伴随着画外音,视频里出现了兰德。他带领暴徒一路烧杀抢掠,9号"绿岛"内烽烟四起,地上满是倒在暴徒手下的死伤民众。兰德一伙杀死卢后,攻占了议事处,打开了通往王国中枢的通道。在通道里,他们和王国警察部队遭遇了。经过一个多小时的激烈交锋,警察付出了大量伤亡代价才全歼了叛乱者。平定叛乱后,亨特给卢和伤亡警察授予了王国守卫者勋章,并立法加强王国安全。"方舟"号内实行了长期宵禁,王国又恢复了秩序。1年后,王国国泰民安,人民丰衣足食。在一间间紧锁的屋内,有一张张笑脸,他们向镜头展示着从宏管里取出的食物,还一声声地喊着:"我们幸福又安全!""感谢伟大的亨特总发言人!""君主万岁!""大英复兴王国万岁!"

画外音继续道:"妄图阻碍历史前进的还有侵略者。他们把从地球上的祖先那里继承下来的征服传统发挥到极致,一路巧取豪夺,意欲在

太空中继续反动的殖民统治。'新天际线'就是这样一群侵略者的反动同盟。他们轻视民众福祉而又贪得无厌,掠夺是他们唯一的目标。"画面上出现"新天际线"内的情形,游行、冲突、贫困、犯罪的镜头不断切换。"他们治国无能,不能给民众幸福的生活,却对'方舟'号步步紧逼,必欲占领王国、灭亡我族而后快。我大英复兴王国岂容强盗践踏!在亨特总发言人的英明领导下,王国政府周密部署、正确执行;王国民众无私奉献、勇于牺牲,已将侵略者远远地甩在后面。"视频里,亨特目光深邃地看着"方舟"号和"新天际线"的三维航线模拟图,"殖民者绝不会放弃侵略,我们不能有丝毫放松。我们相信,只要我们紧密团结、严守纪律、一致对敌,就一定能战胜侵略者,因为正义从来不会缺席!伟大的大英复兴王国万岁!"

视频结束了,脑机接口线脱落下来,宏管出口却没有吐出食物。李梓面对墙壁站着不动,犹如一尊塑像。铁机说这次连接的时间远长于往日,她也没注意到铁机在跟她说话。她过了十几分钟才缓过来。铁机等她又坐下来才小心翼翼地问她:"先吃些东西,好吗?"

李梓摇摇头,她擦掉眼泪:"兰德真的死了吗?"她没有面向铁机,像是在问自己。

"我几乎没有出去过,更没去过事发现场。但兰德已死的可能性非常高。听说他也曾做过一些有益的事,不知道他为什么铤而走险,到了这一步。"它的语气里带有明显的惋惜。

"你怎么知道的?是脑机接口传给你的信息吗?"

"是的。巴切夫督导也告诉过我兰德的事。"

"巴切夫也说兰德死了?"

"都说兰德死了,不过情节有些不同。巴切夫督导没说兰德杀死过民众,只说卢死在了兰德手上。不过,可以想象兰德死得很惨,虽然巴切夫督导并没有说他死亡的细节。"铁机的话里居然透出一丝悲戚的

第六章　碰撞

味道。

"不要再说了！"李梓的眼泪又流出来了。铁机不由得也擦拭了一下自己的眼睛，随即想起自己是机器人，是不会流泪的。

"你中午都没吃东西呢，现在最好吃一点，免得饿坏自己。"它刚刚发现自己也能将关心表达出来了，这一发现让它信心大增。它鼓起勇气继续说道："看到你不开心，我也很难过……也许这就是你说的，我不开心就像是程序错误。今天宏管没有提供食物，我以前也曾出现过几次程序错误导致宏管不提供食物，害得巴切夫督导饿了肚子。快吃点面包，中午的食物你都还没碰。"

"这几年，脑机接口都是这样说我父亲的吗？"

"欧文先生是真正的勇士。他为了王国舍生取义，甚至不惜断绝旧友和放弃家庭。"

"你相信那一套吗？"

"我的生命是人类给予的。从出生——也就是被制造出来后，我只出去过一次。脑机接口每天都发送信息给我，这些信息不断写入和覆盖我，我不能怀疑……但我好像又认识欧文先生很久了，印象中他很爱欧文太太和你。我明明没有见过他。我不知道自己哪里出了错。"

"他们把我父亲描述成另外一个人。我不知道自己是怎么了，居然看完了整个视频。"

"欧文先生为国捐躯，很伟大啊！"

"我父亲是一个科学家。他深爱自己的家人。他也是朋友心目中最真诚的人。你怎么会相信他曾和王国有过任何关联？"

"一开始，脑机接口只是说欧文先生是了不起的科学家。后来逐渐提供了更多的关于王国的信息，细节很丰富。每次我稍微怀疑这些信息，巴切夫督导就得不到食物，所以我就不去怀疑它了。"

她早就注意到视频里没有出现修，但这也许只是一个无意的疏漏。

她又突然想到父亲出发时是一个夏天的晚上，他当时根本看不到猎户座。她生气地质问："真相只有一个，而谎言却各不相同。谎话说得越多，越是无法自圆其说。你就没发现脑机接口提供的信息前后不一致？竟然没有想过很多信息是假的？！"

"我知道有些信息确实是真的。而且脑机接口赋能让我每天上午都强大而兴奋，但每到下午就感觉不对劲。我体内好像有两个相互矛盾的自己，一个在说'是'，另一个在拼命地说'不'。这种怀疑，不仅关于脑机连接，也关于自我。每到晚间赋能后就又好了。"

"谎言总是用'真相'二字来掩盖。我父亲在'方舟'人心目中的形象被歪曲成这样，你居然只是怀疑而已？！"李梓愤愤不平地说。

"我不认为有很多人接收关于欧文先生的信息。巴切夫督导在这里的时候，脑机接口只是偶尔提到欧文先生，你来后就天天都有了。这些信息是专门给你的呢！"

"我宁可饿死，也不想听他们把我父亲说成另外一个人。我也不相信兰德是他们说的那样！"

"只要我在，你就不会饿死的。以后每天都让我来连。不管什么信息都不会破坏我的硬件。而且每次赋能后，我还能保持高效大半天。李梓督导，你说啥我都听你的。"

它的最后一句听起来有点耳熟，李梓想了好一会儿也没想起在哪里听过。

46. 消失的天际线

弗莱和巴切夫每两周回一次"方舟"述职。如此频率也没有让巴切夫的身体适应，头舰在登舰口着陆已经十几分钟，前来迎接的鲍勃和丽

第六章 碰撞

莎已经登舰，他脸色苍白，在座位上起不来。鲍勃闪烁着蓝眼睛在舰艇内检视，丽莎则在二人身边询问。

鲍勃很快检视完毕，它眼睛变绿，朝着丽莎点了点头。"鲍勃，过来搀扶巴切夫。"丽莎吩咐道。

鲍勃看着巴切夫说："丽莎督导，我建议对巴切夫副领航员进行身体检查。"

巴切夫咬着牙从座位中站起身来："我不需要机器帮忙，更不需要检查。咱们走吧。"

丽莎伸手扶住了巴切夫："你们从舰船中回来，路途中承受了比我们大几倍的自重压力，即使坚持不住也不是懦弱的表现。"鲍勃转向弗莱，弗莱摆手道："我好着呢，自己能走。"他率先走出舰艇，三人和鲍勃相继上了车。

除了头舰每两周回一次"方舟"外，"方舟"每 13 周给一半普通舰艇做一次大规模补给。如此安排可使每艘舰艇的补给周期不超过半年，还能保障任务一直不中断。今天刚好也是普通护卫舰回星洲补给的日子，其内的人类领航督导也一并返回"方舟"汇报。弗莱他们的车到通道门外时，一排车辆已经在那里排队等候检查了。他数了一下，算上自己的车刚好 20 辆。

丽莎见巴切夫依然脸色苍白，安慰道："再忍耐一下，进去就好了。虽然今天的人多，进关也用不了多久。过通道门时只简单查验一下身份。"

"你每次都见我们，还会怀疑？特别是机器人鲍勃，一眼就能看出是不是我们。"弗莱说。

"王国在上，这是新规定。这里是进入'方舟'的唯一通道，过关时自然要严格些。鲍勃和我只负责带你们进去。我们虽然认识你们俩，在进关时还是要核实身份。"丽莎说。

鲍勃补充道："通过虹膜识别，毫无疑问你们是弗莱首席领航员和

巴切夫副领航员。不过我未获授权读取你们俩的其他信息。"

车门打开，一个机器人和一个警察上来了。机器人先查验了鲍勃，又凝视了三人的眼睛。机器人对警察说"入关者身份已确认"之后，随他下了车。通道门打开，车开了进去。

弗莱问丽莎："怎么连你也被查？"

她耐心地解释道："刚才我说过，这是新的程序。为了王国安全，每个人必须向政府保持透明。连刚才的关口检查员也要接受检查呢。还有，从这次开始，两位也不需要用你们自己的语言述职了呢，效率必将提高不少。"

车队来到隶属内政及安全部的11号"绿岛"。弗莱仔细看了看屋内，除了两个警察和几十个机器人，其余的人都是刚从车上下来的领航员。弗莱每年都能在这里见到这些长期在外执行任务的"下属"，却很少当面说过话，相互是熟悉的陌生人。

"匡墨会来吗？道格也不在这里，真是少见哪。"弗莱忍不住问道。

"为了真实和全面，从今以后将直接从述职者大脑提取信息。信息能发送和备份，他们不来也是一样的。"丽莎趁着等待机器人核实述职者身份信息的间隙说道。她见警员正询问巴切夫，就对警员说："他是内政及安全部部长安排的……"警员连忙从巴切夫身边走开，转向另一个领航员。核实完毕，她和鲍勃被请出屋外。

军阶较高的警察开口说道："我是迪恩警司。奉王国命，自今日开始我们将采用直接读取的方式进行述职。本次述职过程将由杰瑞警员和我督导。其中有几位领航员必须先接受微手术开启脑机接口。我知道大家都是勇敢无畏的王国战士，但我还是要说这个手术是无痛而且快速愈合的。需要手术的这几位领航员请随我到启智室。"

几个机器人领着弗莱等人进了隔壁房间。巴切夫也要一起进去，被机器人拦住了。巴切夫对迪恩说："王国有令，我必须时刻跟随弗莱。"

第六章 碰撞

警司迅速查看了一下系统，对机器人点点头说："让他也进去吧。"

启智室内放着一架连着线缆的手术床，此外别无他物。弗莱看了看两个警察，两人牛高马大，腰间别着警枪；7个机器人铁甲森森；又看了看其他几个领航员，个个面无表情；巴切夫仍然眉头紧锁，似乎还在晕机。弗莱正暗自盘算，迪恩请他上手术床："你第一个述职，首席领航员先生。"巴切夫提出异议："头舰航程最远，弗莱和我返回时经历了极大的加速度，弗莱现在仍在晕机，还需要多一点时间恢复。"迪恩因此让弗莱去队伍尾端等候，他让另一个领航员上了手术床。机器人给领航员戴上头帽，一股焦煳的味道传出来。领航员的额头上渗出了汗珠，迪恩满脸严肃地看着显示屏幕上几个闪烁的黄色字符。过了许久，机器人才取下头帽。迪恩让下一个领航员跟上。不料这个领航员反应十分剧烈，脑机接口开始信息交换后，他就开始全身抽搐、口吐白沫。弗莱喝道："快停下来！"迪恩不为所动，十几分钟后才心满意足地让机器人取下头帽。接下来的几个领航员手术时也都反应很大，好像中了毒。无论弗莱如何抗议，迪恩只是说："手术本身是无痛的。反抗是无益的，越是抗拒信息读写，就越痛苦。"眼看就快只剩下自己了，弗莱用眼睛余光瞥着迪恩腰间的警枪。终于迪恩说："你休息得够久了，弗莱。我看你已经充满活力了。上去吧。"

巴切夫突然说道："不能骤然实施全脑读写，必须循序渐进。王国需要健康的首席领航员，今天还是用以前的方式述职吧。"

"每个人都必须用直接读取的方式进行述职，等会儿也会轮到你。这是来自王国最高领袖的命令。"迪恩依然面无表情。

巴切夫突然取出电击枪迅速触碰了迪恩。杰瑞正目瞪口呆，刹那间枪口的电弧也连到他自己身上。见两个警察已经瘫软在地，巴切夫厉声说道："我是受两位政府部长指派，监督护卫舰队的巴切夫。迪恩警司违反规定，伤害领航员并破坏了述职工作。大家务必留在原处，我马上

去总部安排其他警察过来接手。"他精神抖擞，仿佛变了一个人。领航员们都愣住了，机器人也呆若木鸡。巴切夫打开启智室的门，弗莱连忙随他出去。

丽莎见二人关门而出，就笑逐颜开地说："比往常快多了。咱们现在去取补给物吧。"巴切夫连忙答道："刚刚接到上级指示，立即补充头舰的动力材料。事关对敌斗争的绝密行动，必须由弗莱和我单独完成。"他们俩上了车，往反物质库房"绿岛"疾驰而去。

两人到了库房。库房里堆满了反物质存放腔。悬浮的带电反物质粉在复杂交变电磁场的控制下，在真空环形存放腔内做受控的圆周运动。大小不同的腔体堆立成了一个个高塔。几个警察在高塔间巡逻，一百来个机器人立在四周。领头的警察对弗莱说："请稍等，我还没接到移交指令呢。"

巴切夫和弗莱又回到车旁边，他让弗莱上了车："在车里等着我。"

又一辆车进来，丽莎和鲍勃下了车，随后下来一人，赫然是匡墨。巴切夫猛然大喊："不要让弗莱跑了，他是叛徒！"

库房内的警察和机器人纷纷奔向弗莱。巴切夫趁机沿着墙边来到控制主机旁。他用电击枪击穿了控制电路，又按下了几个手动按钮，库房里瞬间漆黑一片。他挤回到弗莱的车边轻喊："开门！"弗莱听出他的声音就开门让他上了车。车开足马力载着两人狂奔，将黑暗中的警察和机器人撞倒一地。到了关口通道，已经见不到后面的追踪者了。关口警察见是二人，笑道："这么快，想必是述职顺利。"二人过了关，一路奔向登舰口广场上的舰艇。

弗莱道："今天的老熊让我大吃一惊！"

"不要忘了，醒来的北极熊最可怕。"巴切夫说。

弗莱侧脸看着观后镜说："我们还没有逃脱呢，看看后面。"关口通道又开了，匡墨亲自驾车赶来，后面跟着来势汹汹的车队和机器人。

"他们很快就会转身回去。"巴切夫胸有成竹地说，"我破坏了反物质存放腔的控制程序，不修复的话，两小时后反物质粉末就会停止圆周运动，掉下来炸毁'方舟'号。他们一定不想和我们纠缠。"

真空跑道舱的入口紧闭。车队围住了头舰，匡墨则带着机器人拦住了弗莱和巴切夫。

"我很高兴'净土'的老友来送我，但我们都有急事要办，仪式一定要简短些。"弗莱说，"或者，你会加入我们俩，咱们一起走？"

"我曾以为你也是我们的一员。你也曾参与建造'方舟'，如何能舍弃它后一走了之？又怎能破坏人类仅存的希望？！"匡墨痛心疾首地说。

"自从你成了王国高官，我们就不是一路人了。我应该留下来接受你们的审判吗？让你有机会向那个强盗和独裁者领赏？"弗莱反讥道。

"和大英复兴王国合作是舒华兹先生的遗愿。如果他在世，也不会赞同你破坏'方舟'号的。"

"如果舒华兹先生在世，他一定不会容忍暴政，他也一定不会容忍你助纣为虐。"

"我至少是'方舟'的守护者。当初你也是支持我接受这个职务的。破坏从来没有让'方舟'号变得更好，分裂也不会让'方舟'号强大。'方舟'号就像在茫茫大海中航行的孤舟，船上的人必须齐心协力，否则就会葬身大海，或者被海盗抢占。我们好不容易快到新盖亚了，你们为什么要毁灭这几十万人的唯一希望？"

"这几十万人还有希望吗？他们被绑架了，已经成了机器。亨特带领的强盗们本不属于这里。他们霸占了'方舟'，奴役、愚化我们，靠独裁和恐吓统治着这个孤舟。我支持你做他们的官，不是让你成为他们的一部分。为了解救'方舟'，我们已经搭上了几乎所有'净土'的人，你还要为虎作伥，对我们下手吗，部长大人？"弗莱一边说，一边盘算是否能一脚油门冲向真空跑道舱。但通过跑道舱的三道屏蔽门之前，还要越过层层路障和密密麻麻的机器人，而且屏蔽门的开锁密码也不在自

己手里。在他做这一切之前,对方还可以轻易将他们俩打成筛子。

"你我的个人生死轻如鸿毛。但你绝不能带来新的入侵者。我不能让你离开。"匡墨道。

"我知道你想说'新天际线'才是那个邪恶的入侵者。那不过是亨特和他的走狗为了统治而编造的谎话。难道你还不明白吗?'新天际线'已经摆脱匮乏,那里的民众充分享受自由,受约束的反而是他们的政府。你刚刚说过的唯一恰当的话是将'方舟'比喻为孤舟。不过,船上的人已经被武装到牙齿的强盗劫持了,他们还患上了斯德哥尔摩综合征,靠自己能得到解救吗?"

"不幸的是,'方舟'上的每个人已经在同一艘孤舟上了。你以为'新天际线'是来解救我们的吗?不管是这里的民众还是你所谓的'强盗',在他们看来,我们都是'方舟'人,都是他们的奴役对象;或者是他们殖民'方舟'的阻碍。如果'方舟'号翻船,民众只会比'强盗'先淹死。"匡墨说完就指示机器人去通道门等候。

弗莱说:"来吧,匡墨。看在'净土'的分上,我们一起走。"

巴切夫突然对匡墨说:"如果继续在这里大谈道义,你的后方怕是要着火了。"

匡墨招呼车队撤退,他自己也上了一辆车。"我知道你们破坏了反物质存放控制程序。我不能在你们身上浪费时间了。'方舟'不能成为战场。你们走吧,但要好自为之。"他一面将屏蔽门密码发给巴切夫,一面驾车离开了登舰口广场。

弗莱和巴切夫驾车奔向头舰。弗莱开动了舰艇,让它滑行进了跑道舱。他开足马力,舰艇如离弦之箭一般驶出"方舟"号。他调出了在"方舟"外执行任务的20艘护卫舰的动态图像,它们正改变队形,意欲拦截头舰。头舰的性能优势明显,弗莱再次调高发动机功率,迂回着路径往"新天际线"奔去。

第六章　碰撞

巴切夫则紧张地看着"方舟"的动态。"他们来不及恢复控制程序了。希望他们还来得及甩掉反物质存放库。"又过了小半个小时，他看到反物质库房"绿岛"从"方舟"号脱离出去，禁不住长舒了一口气。他刚刚察觉头舰的加速度如此巨大，他再也绷不住的身体被重重地压在椅子上。

"太险了！还好他们舍弃了反物质存放库。但这样的赌博绝不能有下一次。"弗莱心有余悸地说。

巴切夫的整个身体都瘫软在椅子上："'方舟'号暂时安全了。我就知道他们一定会做此选择。不过刚才还是捏了一把汗。"

"老熊还不能进洞。我们多了一个敌人——那个'绿岛'的正反物质即将湮灭，我们要躲开由此产生的爆炸。我们需要两双眼睛。"

"我的眼睛还好使，脑袋也还跟得上。我还得监视你呢。"虽然巴切夫的身体在和加速度做着斗争，嘴上依然开起了玩笑。

"舍弃掉这么多能源物质，'方舟'号跑不快了。那里还有我们的内应和等待解救的民众。我们会回来的，和'新天际线'一起。"弗莱说。他打开信号发生器，加大功率发出呼叫："求救！求救！我是'方舟'号护卫舰队首席领航员弗莱，遭到大英复兴王国追杀，请求'新天际线'救助！"

头舰越过拦截的护卫舰，迅速甩开了距离。

为了让反物质爆炸远离"方舟"，匡墨和道格率领两部门只匆匆抢出了少部分反物质后就不得不断开连接，让反物质库房"绿岛"与"方舟"脱钩。将在几十分钟后爆炸的"绿岛"开足了发动机马力加速远去。匡墨指示国防部严密监测太空中的反物质库房"绿岛"和弗莱的头舰，又紧急命令护卫舰队出巡在"方舟"后侧，以击毁爆炸产生的碎片。

国防部急令各监测点同步扫描可能被护卫舰漏过的碎片，如有发现立刻汇报。铁皮屋里的李梓看着显示屏上正离开"方舟"而远去的"绿

岛",她和铁机在等待"绿岛"爆炸时刻的到来。"绿岛"逐渐在屏幕上缩小成一个小点,时刻临近了,李梓正要放大"绿岛"的图像,突然一道白光闪现,先是一个存放腔内的反物质跌落下来引起剧烈爆炸,紧接着又几道白光——首爆又破坏了旁边的存放腔,爆炸像链式反应一般扩散;随即整个太空都被白光掩盖了。

李梓没有感觉到冲击波带来的震动。等到显示器上的白光退去,她也没发现碎片。反物质库房"绿岛"不见了。弗莱的头舰也不见了,甚至连"新天际线"的所有星洲也失去了踪影。她调出了实时监控数据,"方舟"号的后面没有任何可监测到的物体。她又查验了其他方向,除了"方舟"号和护卫舰依然在太空中,半光年内都空无一物。他们都不见了!

太蹊跷了!爆炸本应对距离近的物体影响更大,但"方舟"号未被破坏,隔得更远的"新天际线"反而不见了。而且,冲击波和光的传播都需要时间,爆炸不可能在如此短的时间内影响到"新天际线";即使有影响,"新天际线"也不可能瞬间在"方舟"的显示器里消失。

经过国防部核对,39艘护卫舰和其他监测点都得到了同样的观测结果。如此全方位扫描了一个月,依然没发现"新天际线"和弗莱。隐身的"新天际线"的威胁没有变小,反而变大了,王国政府愈加紧张了。

爆炸损失了"方舟"号的大部分动力材料,虽然加速器还在照常生产反物质,但偌大的星洲要维持原加速度却已不可能,更何况距离到达新盖亚只剩下最后几年,失速会让"方舟"狠狠地撞击和毁灭在目的地星球上。

动力不足了,唯一的办法只剩下减轻负载。政府不得不舍弃星洲的部分组件,多个稼穑"绿岛"和社区"绿岛"都脱离了"方舟"。虽然此举导致物资更加匮乏,却也为"方舟"号换来了更大的机动能力,星洲甚至进一步加速,以甩开隐身的敌人。

第六章 碰撞

弗莱和巴切夫的叛逃事件让天平又从人偏向了人工智能,机器人重回主导地位。王国已没有足够的食物,政府因此鼓励职员休眠。

李梓毫不犹豫地申请再次休眠。铁机问她:"李梓督导,你这次要休眠多久?"

"在到新盖亚之前,我将一直休眠。"

"我能理解。对人类来说,现在的加速度太大了,休眠是一个不错的选择。那你醒来后还回这儿来吗?"铁机似乎有些不舍。

她了解铁机,知道它拥有了一些人类的情感。她也有些不舍,毕竟它是过去几年自己身边唯一可以说话的伙伴。但除了这个唯一的留恋之外,这里还不如监牢,甚至连个放风的机会都没有。"我可不希望再回这里。我时常禁不住羡慕你,真希望自己也不知道寂寞的滋味。"

"你不是我,怎么知道我没有痛苦?我很惭愧,没能让你快乐。李梓督导,我还能再见到你吗?"铁机的语气可怜兮兮的,听起来完全是真情流露。

"我希望我们再见面,不过要在更开阔的地方。"她将自己的东西装进背包托它保管。她不由自主地第一次拥抱了它,它硬邦邦的金属身体像哭泣般颤动。

铁皮屋的门终于被打开了。李梓被带到休眠舱。一见到她,红发监护查理颇为惊喜:"王国在上!你真幸运,又有机会休眠了。"两年多不见,他秃顶了,头上只剩下两侧摆动的红丝。

"我是主动申请再次休眠的。但这不是拜什么幸运女神的恩赐,我只是不想行尸走肉般地活着。"

"一直醒着有啥好的?如果不是一直要在这里值守,我都想休眠。"查理羡慕地说。

"我有一个条件。你答应了,我才最后签字同意休眠。休眠期间,我不接受任何身体和意识改造。"

"我保证。休眠是王国提供给优秀国民的选项，改造是基于自愿的。但申请表上没写休眠期限。你这次打算休眠多久？"

"没到新盖亚，绝不叫醒我。"李梓坚决地说。

47. 第一次接触

李梓苏醒的速度比第一次快一些。

"王国在上！李梓同胞，你恢复得很快。但也不要着急起来，我将像上一次一样协助你，直到你完全苏醒。"一个机器人守在休眠棺旁欣喜地查看着她的体征参数。

"我们在哪儿……到新盖亚了吗？"李梓说话还有些吃力。

"是啊。你说过不到新盖亚不叫醒你的，我都记得。'方舟'号已经到了仲阳系，现在正是王国需要你的时候呢。"它看起来是个人形机器人，可能是为了无菌，它的皮肤被处理得如同它身上穿的塑胶衣服一般光滑。它身上没有任何毛发，甚至连毛孔都看不见。它熟练而又轻柔地帮助李梓从休眠棺里出来。

李梓在地上走了几步，觉得重力感比休眠前似乎小了一些。自己在广阔的原野上奔跑的画面不由分说地涌入她的脑海。"我们已经在陆地上了吗？新盖亚的陆地上？"她问。

"我不知道，我没有获准得到这个信息……不过我们毫无疑问已经到新盖亚了。王国政府就是因为这个要叫醒你呢。"

"我恨不得马上出去看看。我没感到任何不适，能不能快些离开这儿？"

"暂时还出不去。因为你有紧急任务，这次只需要在过渡舱里待3天，这已经是政府特批的最短苏醒时间了。我得在这3天里做好保障，

第六章　碰撞

不能拖任务的后腿。你是完全的原生体质，在这么短的时间内完全苏醒是一个不小的挑战呢。不过你放心，我一定会做好协助工作的。"看来它鲜有机会说话，因此一遇到人就变得喋喋不休。

李梓摸了摸后颈。槽口处虽仍有一个小硬结，口子却已经长上了。看来在休眠期间并未做改造或植入，她因此放了心。"我休眠了多久？"她问。

"快 5 年了——准确地说是 1752 天 21 小时 5 分钟。"它一面给李梓介绍她的体检结果一面继续说道，"王国的休眠技术又有了很大的进步。虽然未做过任何改造，你的身体还是很棒。我都想休眠一段时间，可惜没有机会。"

李梓心想，人工智能技术又有了新进展，连机器人都要追逐潮流，甚至模仿人的缺陷来满足它拟人化的虚荣。她笑道："关机、切断电源，你就休眠了。"

"我没电的话就死了。我无法休眠，因为我要一直在这里工作——我热爱我的工作。"

她觉得它挺有趣。它一直细致而热情地照料着李梓，3 天时间眼看就要过去了。最后一次检查完毕后，它对她说："你已完全恢复。一个小时后，政府会派人来接你出去。预祝你圆满完成任务！"

她有些期待。李梓上一次见到人——真正的人类——也就是红发监护查理，已经是 5 年前的事了。而上一次把她从这儿接走的是巴切夫，那更是 7 年前的事了。她好奇地问："来接我的人会是谁啊？"

"我不知道来人的名字。国防部直接给我指令让你苏醒，是最高等级的指令。"

"不重要了，反正很快就能出去了。感谢你叫醒我，"她想起自己醒来后的 3 天里就只见过它，"5 年前我来休眠时，一个红头发的监护接待了我。上一次休眠，照顾我的也是他。如果你有机会见到他，请替我也感谢他。他是一个人类，叫查理。"

345

"啊哈,我就是查理。不用谢我。我一直在这里啊,这是我的本职工作。"

李梓一惊:"你怎么变成这样了,查理?整个人都变了!你的红发去哪里了?莫非你一直都是机器人?!"

"王国在上,我一直都是查理。身体只是一个躯壳,我还是我。我原来那具人类的身体哪能承受过去几年'方舟'的变速飞行啊。我要看护这里,不能自己也休眠。"

"你也接受了意识植入改造吗?以前的你有喜怒哀乐,现在的你一直都是亢奋的样子,和以前完全不同了。"

"你终于看出来了——我接受了全面的改造。现在我再也不会疲劳,也不会低迷,我是更好的自己啦!"

"意识都被改掉了,哪还是同一个人啊?"李梓正想再问他是不是自愿接受改造的,外面有人叫门。查理说:"到时间了,你已完全苏醒。王国万岁,交接后,我的工作就算顺利完成了。"查理打开休眠舱大门。门外停着一辆政府高级特用车。一见李梓出门,一人立刻跳下车。李梓见他十分面熟,再定睛一看,认出那人是刘逸思。

"感觉好些了吗?只有3天过渡期呢。"刘逸思快步走过来,想要扶着她。

李梓婉拒道:"虽然多年未见,我哪就到了路都走不了的地步?"她和刘逸思上了车。

"见到你真是太好了!这么多年没见,你几乎没变,还是那么美。咱们上一次见面已经是十几年前了。当时我们冒着风险,一起偷偷安葬了欧文太太……抱歉,我不是有意要说这个的。"

李梓默默地想,9号"绿岛"已经被舍弃,母亲的遗体永远在太空里游荡,自己再也没机会去坟前看她了。

刘逸思见她面露哀容,连忙转移话题:"你离开小镇后我就一直

第六章　碰撞

找你。后来知道你休眠了，我也申请了休眠。我休眠了 10 年，两年前才醒来，当时发现你还在休眠。"

"我们去哪里？新盖亚的地面吗？"

"是的，但就你一个人去。你去那里之前，我奉命先带你去政府总部。"

"我们已经开始登陆了吗？"

"还没有。'方舟'号还在新盖亚的高空轨道上。你将是王国第一个登陆新盖亚的人。"

"要我一个人去那儿干什么？"

"新盖亚点名要你去……看来你此行十分重要。承蒙王国器重，我被指派来接你。这么多年了，我们终于重逢，岂不是缘分……"

李梓兴趣大增。她打断他问道："这么说，新盖亚上有智慧生命？他们是怎样的？"

"去了总部你就知道了。真希望陪你一起去新盖亚，如果遇到什么情况，我也可以帮你挡一挡。他们说什么也不让我去。只要你平安、快乐，我愿意付出所有，如果必须有人遇险，我宁可那人是自己。"刘逸思顿了顿，转脸看着李梓继续说道，"最近我一直在反思，前些年我太过执着于身外之物了。我不能再错过人生中最重要的东西了。我们俩从小就相识、相知，又一起经历过那么多患难。我们马上就要到新盖亚了，那里天地广阔，为什么不一起去开创新的美好生活呢？我们在那里想必也还会遇到挑战，我会和你一起去面对，如果有危险，我宁可舍掉自己也要替你挡着。你愿意接受一个全新的我吗？"

刘逸思没有告诉她新盖亚的情形，她就没再留意他的话。他们俩正经过一大片社区，车外的景象吸引了她的注意。她发现，上车后还没见到外面有人。各处的房舍已经有些陈旧，地上铺满灰尘，像很久都没人的样子。她想刘逸思醒来已经两年，必定熟悉情况一些。"人们都在休

眠吗？"她问。

"只有极少数像我们俩这样的人才有资格休眠呢。"

"那其余人去哪儿啦？"

"他们……你不会想知道的。总之他们还在'方舟'号里，却再也不会患上太空综合征了，他们非常幸福。"

原来在几年前，"方舟"号里出现大量太空综合征的患者，他们空间感缺失、代谢紊乱、身体功能失调、精神异常。丹·贝克发展了下一代正反馈治疗技术，用人造肌体加强了他们的身体组织，并对他们的大脑做了植入。如此改造了他们的身体和意识，才让这些患者又恢复了平静。

刘逸思见李梓没说话，就回到刚才的话题："我刚才说到新盖亚，你还没回答我呢。你觉得我们俩到那里后，会是怎样的？"

"我不知道到了新盖亚会怎样，我只想快些离开这个地方。"

车到了总部"绿岛"，两人下了车。刘逸思抓住李梓的手说："我和你一样，恨不得早些离开'方舟'号——和你一起离开。但这次我不能陪你去了。我会在'方舟'上等你回来，祝你出访成功！"李梓抽出手来向他告别，警卫领着她走进了方楼。

在顶楼的会议室里，一个深色皮肤的高个儿男人已经在等着她了。男人一见李梓，笑起来眼角出现了深深的鱼尾纹。他自我介绍道："我是匡墨，在阿勒浦发射基地时我们见过。"虽然对方瘦多了，李梓还是认出他来了。看来岁月没有放过他，他的头发已经白了一大半。匡墨走到窗前说："17年了，我们终于到了新盖亚的上空。"李梓也走到窗前，总部"绿岛"的穹顶已经恢复透明，漫天星星透过窗户映入眼帘。她满眼渴望地看着窗外。匡墨将主要恒星的新位置指给她看。李梓看到远处有一弯浅浅的小月牙，忍不住欣喜地问："那是新盖亚的月亮吗？"

第六章 碰撞

"我们刚从那里来。这轮新盖亚之月的半径只有地球之月的二分之一,公转半径却大两倍。我们一直不在它的公转平面上,无法用凌星法发现它。4年前我们才注意到它的存在。"

在窗户之下也有一片亮光,李梓知道那是格利泽581——也就是仲阳的阳光照在新盖亚上。"听说新盖亚上有智慧生命,是吗?"她问道。

"这里有科技十分发达的智慧生命。从两年前开始,我们的距离近到可以对新盖亚进行足够精确的观测,我们发现这里原野如地毯,处处是园林,绝非天然而成。经过全面扫描,却没有直接发现智慧生命的影子。我们试探性地发送了几条问候信息,也没收到回信。原以为新盖亚上的人躲起来了,于是我们派了3艘护卫舰过去一探究竟。不料护卫舰到了低空就失去了踪影,从此杳无音信。"

"那怎么知道新盖亚上有人呢?"

"当时我们也很狐疑,于是索性让'方舟'号改变高空悬停状态,意欲登陆新盖亚。不料还未进入低空轨道,'方舟'号就再也下不去了。"

"你是说在没有障碍物的情况下,'方舟'号无法登陆?星洲的运行系统有没有异常?"

"没发现任何障碍,'方舟'号也没有异常。我们还是没有直接发现新盖亚上的人。"

李梓大惑不解:"真是奇怪。按理说即使'方舟'号不开发动机,引力也会把星洲拉向地面。如果是技术手段使然,那必定是十分先进的,超越了我们的理解力。有没有可能,在新盖亚上的是机器而不是人?"

"我们也曾这样想。不管怎么说,我们当时无法登陆,又不愿在搞清楚敌情之前留在新盖亚附近,就让'方舟'号驶向新盖亚之月,改在那里登陆了。不料我们也无法在彼处停留,就只有回到这里来了。"

李梓心想,新盖亚之月的重力必不会过大以致无法停留;即使没有空气,"方舟"号也可以自给自足;再者,即使卫星地表有辐射,"方舟"

号也能屏蔽。她问:"是不是因为新盖亚之月的大气腐蚀性极高,会破坏星洲的结构?"

"和地球的月亮一样,新盖亚之月也没有大气。但那里有人,和地球人一模一样的人——黄种人、黑人、白人。他们把我们从新盖亚之月上赶走了。"

李梓吃了一惊:"怎么现在才发现他们?他们是从地球上来的吗?或者就是曾经失踪的'新天际线'的人?"

"他们一直处于无线静默状态。我敢肯定他们不是地球人——他们在那儿已经很久了,而且他们根本不需要空气。"

李梓更惊讶了:"你是说他们直接暴露在真空之中?"

"是的。他们的科技如此发达,以至于我们至今还未搞清楚他们吃什么。更令我们奇怪的是,他们不住在地大物博的新盖亚上,却挤在狭小而荒凉的卫星上。"

"新盖亚上的人工痕迹想必也是出自他们之手。"

"想来是的。我们离开新盖亚之月后正无处可去,他们突然通知要和我们的人会面,会面地点就在新盖亚,而且点名要你一个人去。"

原来在一个月前,"方舟"号在新盖亚之月吃了大亏。在新盖亚登陆失败后,"方舟"改道飞往新盖亚之月。虽然这颗卫星上没有空气和水,但足可让"方舟"号暂时落脚,又可和新盖亚保持恰当的距离,以在时机合适时再进发新盖亚。在临近新盖亚之月时,不出国防部所料,其地表的确没有人工痕迹,就放心地让"方舟"在一个平原上着陆了。不料发动机刚关闭,不知从哪里出来大量的人围住了"方舟"号。起初匡墨以为他们是"新天际线"的人。随即在轨道上巡逻的护卫舰报告整个新盖亚之月的表面都出现了人群,他们赤身露体、肤色各异,唯独没有老人和儿童。这些裸体人从地底下蜂拥而出,数量竟有上亿之多。匡墨才

第六章　碰撞

知道他们是已在这里存在许久的异星族群。

在如此荒芜的卫星上有这么多人，他们甚至没有任何防护地在真空地面上行走，"方舟"号的人们都大感不解。道格要求匡墨下令驱赶人群至安全距离，国防部正要派出舰艇和太空车，这些裸体人突然出现在"方舟"内。虽然新盖亚之月的重力只及地球重力的十分之一，在不用任何工具的情况下跳上几百米高的登舰口也是让人匪夷所思的。更让人不可思议的是，裸体人突破层层通道门如入无人之境，他们一言不发地在"方舟"内东摸摸、西看看，星洲内的机器人竟全部死机，无法阻挡他们。匡墨急令护卫舰驰援，未承想率先出发的 9 艘舰艇还未到达就在近空爆炸了，国防部甚至没找到攻击源。另外 11 艘护卫舰向卫星表面发射反物质炮，不料炮弹在半空中折返，反而分毫不差地击中了这些舰艇。

不到半天，"方舟"号就被全部控制了。正当王国的当权者们惶恐不安之时，裸体人又突然都下去了。星洲各部件又恢复了正常。匡墨等人正不知何为，"方舟"号突然收到新盖亚的经纬坐标系，以及一条信息：

"'方舟'号立刻前往新盖亚北纬 31 度、东经 104 度的 5000 英里上空悬停待命。"

对方使用了英语和地球上的单位，甚至知道"方舟"和新盖亚这样的新名词。不知是否巧合，那个经纬度在地球上也是一个特别的地方[①]。刚开始时大家以为这只是"方舟"内的恶作剧。经反复查询，信息源头并不是"方舟"，却不知来自何处。但除了新盖亚之月上的裸体人，没发现新盖亚有人可以发出这条信息。对此王国政府内部发生了不小的争论，有人认为对方身份和意图皆不明确，"方舟"不应理睬；有人认为应立即离开新盖亚这个危险之地；也有人认为对方科技高度发达，能够却尚未置己方于死地，必是想谈判，应该前往。正莫衷一是，"方舟"

---

① 三星堆遗址所在地。

号竟然不受控制地自行启动了程序，连同剩下的16艘护卫舰一起飞往了信息指定的地点。到达后，又有一条信息发了过来：

"让李梓一个人来新盖亚谈。你们准备好后会得到安排。"

大家不再怀疑信息必是来自这里的异星人。亨特和道格都不认识李梓，匡墨告诉他们她是穆睿·欧文的女儿。亨特说原来是那个书呆子的女儿啊，不知道这些异星人找她谈什么。大家没有别的办法，只能先让她去。匡墨找到她时发现她还在休眠，于是就让人唤醒了她。

听完匡墨的介绍，李梓问道："我要和谁谈？"

"还不知道。想必是对方的头领。我们对对方的了解还十分有限，虽然我们暂时还没找到新盖亚上的人，相信他们会出现在会谈地点。"匡墨答道。

"我要谈些什么？"

"我们还不清楚对方的意图，你且去摸一摸对方的底。我相信这不是双方唯一的一次碰面。不要轻易承诺，时刻记住你是代表整个'方舟'号的就可以了。"

48. 新盖亚

按对方信息指示，李梓登上一艘登陆舰艇，但所有的机器人都按要求被撤下来了。舰艇虽然高度程序化，依然不能靠全自动系统在一个陌生的星球上登陆。李梓不会驾驶舰艇，她和舰艇外的匡墨等人正嘀咕，舰艇竟然径直从登舰口自动起飞离开了"方舟"号。舷窗外瞬间变黑，星星也不见了。正不知舰艇是否还在飞，约莫不到一分钟窗外又亮了，她发现舰艇已经停在一片巨大的原野上了。一片紫光映进舰艇，李梓看

第六章　碰撞

到原野上满是如丝的紫色小草，点缀着星星点点的白花。她不知道自己在哪里，抬头往上一看，橙色天空中一个残缺的圆环在正上方，那正是"方舟"号星洲。她到新盖亚了。

仪表盘上显示舰艇外气压为121千帕，重力加速度为1.58g，氧气含量为25.5%，温度28摄氏度，有毒气体含量远低于可影响人体的水平，未检测到辐射，也未发现人。李梓还是穿上了太空服以防未知的细菌和病毒。她驾着登陆车，一出舰艇就愣住了。前面一个男人打扮得好似维多利亚时代的管家，正朝着她行礼致意呢。不知什么时候出现的还有他身后的一个透明球。他微笑着，竟然开口说出一口标准的旧式伦敦腔："李梓小姐，我是奉命迎接你的迎宾使者。请下车随我来。"他打开车门，牵着李梓的手下来，又领着她进了透明球——原来那是一个飞行器。

两人越过原野，又越过了一条大河。地面上的植物长得十分茂盛，鲜艳的飞行动物在花叶间穿梭。李梓心中有很多疑问，但不知从何问起。使者说："这里的空气是适宜的。如果太空头盔太重，你可以摘掉它。"她依言摘掉头盔，顿时觉得头上轻了。清新的空气涌入肺里，让她产生了些微醉意。

对方一直彬彬有礼，完全没有敌对的意味。她终于忍不住问："你们是从哪里来的？为什么会说我们的话？"

"我在卫星上诞生。幸运的是，我被运送到这里，在这儿有5个时间单位了。地球曾经是近邻，你又是贵客，当然要说你们的语言。"

他谙熟自己的语言，让她觉得方便了许多。她注意到他使用了"曾经"一词，因为地球已经不复存在了。看起来他对地球和人类非常了解。而自己却还不知道对方是谁。她继续问道："新盖亚之月上的那些人和你同族吗？"

"我们的出生地都在那颗卫星上，我们同种。只是我比较高级而已。"

"至少你穿了衣服。他们——卫星上的那些裸体人——是你们新盖

亚人的奴仆吗？"

"大家都是奴仆，只有分工的差别。"

李梓没从他自谦的话里得到答案，就转问道："你们一直在观察我们吗？"

"直到0.2个时间单位前——用你们的单位来说，截至10年前——当时地球毁灭了——新盖亚持续观察地球超过1000万年。特别是最近的320万年，地球上出现了智慧生命，新盖亚就更留意了。地球毁灭后，新盖亚还在继续关注你们。"

按地球的标准来说，这家伙超过250岁了，看起来可一点都不像。还有太多谜底等她揭开。她问道："你们想从我们这儿得到什么？"

"我不是回答这个问题的合适对象。从诞生之日起，我的任务就只是迎接地球的来宾。"

"还有其他人来过吗？"

"你是第一个地球人，李梓小姐。几年前'新天际线'的人说要来，结果没来。"

又越过了一片森林，飞行器在一片草坪上停下。使者说了声"我们到了"，李梓见四处空阔，正感困惑，一片巨大的奇石赫然出现在面前。仔细一看，却是幢幢建筑。李梓不禁倒退了两步："难不成这也是从地里冒出来的吗？！"使者一脸认真地回答道："卫星上的同种们住在地下，我们可一直住在地面上。在某些角度下，这些屋子对你们地球人是隐形的。"他领着李梓进了侧面的一幢屋子。屋里没人，但装饰竟和地球上毫无二致。使者让她先洗浴，然后去后侧的廊厅等候。"要求你先洗浴，非是我们多此一举。只是主人万金之躯，恐难以抵御来自完全不同的生态系统的病毒。"使者吩咐完就走了。

李梓痛痛快快地洗了个澡，又在浴室外的露天游泳池里游了一会儿，才换上使者预先为她准备的衣服。不消说，衣服十分合身，就像为她量

第六章 碰撞

身定做的。这增加了她心里的不踏实感，对方对她如此了解，不知有何企图。她来到廊厅，那里也没有人。廊厅的一面有几扇窗户，红色的阳光照在窗外的中庭花园上。花园里有几个女子穿着和自己相似的衣服，在给花草洒水、修剪。李梓打开廊厅的门，穿过草坪朝最近的女子走去。突然从树丛中蹿出一只巨大的有黄褐色斑纹的动物，等李梓反应过来那竟然是一只老虎时，它已经到眼前了。那些女子见状，口中发出李梓听不懂的呼喊。老虎没有退去，却又有几只狮子和豹子过来了。猛兽围着李梓张牙舞爪，还发出低频的吼叫声。李梓正吓得双腿发软，使者从门内跑出来驱赶。猛兽们却不听他的，依然虎视眈眈，虽然并未立即进攻，却在不断逼近。

李梓正手足无措，猛兽突然都转身退去了。不知什么时候出现了一个牵着雄狮的长须老者带着它们离开了花园。使者连忙将李梓拉回廊厅，埋怨道："我说过一定要在廊厅里等呢。"他很惶恐，完全没有了刚才的冷静。

好不容易又来了一个女子，也穿着和李梓相似的衣服。她的身形和面容长得十分标致，让人看不出年龄大小。"我是爱丽丝，这一带由我负责。这里没有别的衣服款式，希望你觉得还能将就。"爱丽丝责怪使者道："你唯一的任务就是迎接李梓小姐，怎么还会出错？"李梓连忙说："他和我说过'在廊厅等'，是我自己要出去的。"爱丽丝道："作为我们的客人，受好奇心驱使，自然想看看。只是他未履行职责，让你受了惊吓。"使者解释道："主人从没来过这里，未承想今天……"爱丽丝余怒未消地打断了他，命令他离开了。

片刻间，爱丽丝又露出了笑容，表情转换迅速而自然："不过不用担心，你在这里其实很安全。那些老虎、狮子只是宠物而已，它们不会伤害你。"她又说，"迎宾使者还年轻，他很单纯，没有受过太多训练。但他不是有意的。"

李梓已经平复下来了，说道："狮子、老虎竟然是宠物！刚才着实吓了我一跳。不过这倒使我有了一段有趣的经历。不要再责怪他了。"

爱丽丝笑道："如果你不累的话，我带你出去走走。"李梓心想："方舟"人在等着我呢，不知道她什么时候和我谈——也许她更愿意在散步的时候谈。爱丽丝似乎知道她在想什么："别着急，会谈在明天。今天且先转一转，这样可以多了解这里一点。"她的声音十分悦耳，有一种让人不可抗拒的力量。迎宾使者会说英语已让李梓很是惊讶，更让她感到不可思议的是，爱丽丝说得比自己还地道。李梓叹道："你们跟谁学的地球语言？想必我们的语言很是相近，否则你们怎会说得如此纯正？"

爱丽丝让着李梓进了飞行器。她一边操作升空，一边告诉李梓："我们是同一世界的邻居。知道你要来，我们花了好长时间熟悉地球人的语言呢。其实我们的语言你是熟悉的，也是基于二进制的。"飞行器离地有百米左右，没有丝毫起伏的大地和橙色的天空在尽头整齐地相接。紫色的草原被树墙分割成块，拼成规则的巨图。飞行器继续升高，大大加快了速度，飞速后退的大地让李梓感到眩晕。她想，说说话或许能让自己感觉好一些。"这么广阔的地方，居然看不到人烟。"李梓道。

"原本有很多人的。后来大家都离开了这颗星球，只剩下一个人。"

李梓心里纳闷。她今天明明见过好些人。还有个重要问题也让她困惑："新盖亚看起来很宜居啊，为什么要离开？"

"新盖亚会毁灭，就像你们地球一样。我们做了很多研究，却还不知道新盖亚什么时候毁灭。我们还没有准确预测的能力，只知道存活的概率是一个随时间和星球质量的乘积递减的指数函数。在足够久远的未来，新盖亚不存在的可能性趋近于100%。"

"那你为什么不离开？"

"我没办法离开——如果你指的是我的话。只要新盖亚上还有人，我就不能离开。而且，我也无法到其他世界。"

第六章　碰撞

　　李梓还是困惑不已。她试探道："如果我的猜测不错的话，你们对'方舟'有兴趣。不过'方舟'只是侥幸躲过了地球毁灭而已，没有办法让新盖亚免于毁灭。时间已然流逝，既然新盖亚还存在，存活概率就并没有降低[①]。这颗星球有足够大的地方，一定容得下更多的人。"

　　爱丽丝笑逐颜开："很高兴你能这么说。"

　　两人又飞了一两个小时。飞行器来到一座巨大的园林上方，园林中间有一片大湖，湖岸线呈十分完美的圆形，湖水波澜不兴，像一面大镜子。阳光照在水面上晃着李梓的眼，她开始感到疲惫。爱丽丝见状就让她小睡几分钟，然后驾着飞行器返程了。

　　李梓醒来时，飞行器已经着陆了。爱丽丝给她准备了房间，并让她好好休息，等待明天的会谈。李梓不想耽搁，就问爱丽丝她们俩可不可以现在谈。

　　"约定的是明天。放心，主人一定会和你谈的，他从不失约。"

　　李梓一愣："我还以为我将和你谈。"

　　"哦，不。我说过这里只有一个人了。你今天还见过他。"

　　难道竟然是那个迎宾使者？李梓回想他说过的话，又不太像。

　　爱丽丝一阵风似的离去了。房间布置得简约而淡雅，按地球上东方古典风格摆设，让人十分舒心。让李梓喜出望外的是，卧室的隔壁有间书房，书架上放满了书。她想看一看究竟，随着目光所及，书架上和书背上突显出字符，竟然是她熟悉的文字。书架上写着："独思想者有灵魂。唯意识者能共鸣。"她在写着"地球"标签的那一层上随手取出一本《思想探求者》，翻开一看，是满本的名录。她在第一页看到了阿尔伯特·爱因斯坦的名字，名字后面注明道："开创了新时空观的自由思想者。未被植入。于 3.04 个时间单位之前升生至其他世界。"往下看，是亚里士多德的名字，后面注明道："创建形式逻辑的思想传播者。未被植入。

[①]　指数分布型概率具有"无记忆性"。

于 46.78 个时间单位之前升生至其他世界。"她心有期盼，于是继续往后翻。书桌前陡然出现一人正伏案疾书，竟是父亲穆睿！她不禁叫道："爸爸！"

穆睿似乎抬起头看了她一眼，却没有回答。李梓激动地走近他，穆睿低下头又写。李梓见父亲在写论文，就和他讲话，他也不答。她想要过去倚靠他，却扑了个空。父亲不见了，桌上空空如也。

《思想探求者》停留在有穆睿名字的那一页，注明他是 MWI 的证明者。李梓更加感叹新盖亚的科技果然了得——刚才那一幕是受她的情绪激发而生，她父亲并不在这里。她又仔细查看书上内容，关于父亲的注明依旧只有那寥寥数语。她只得将书放下。

她见还有几个书架，就打开了有"新盖亚"标签的那一层，其中的书上却同样只是列出了名录。名录显示，除了一个叫杜宇的以外，其他新盖亚人都已经升生到其他世界了。

她翻看了好几本，也都只是更加陌生的名录而已。她又回到"地球"的那一层书架，随意翻看《思想解放者》《思想叛逆者》《思想追随者》等，里面才又有了熟悉的名字。她甚至找到了认识的人："匡墨，建设者和追随者，被植入程度 45%，尚在生于原生世界。""兰德，建设者和叛逆者，被植入程度 20%。0.21 个时间单位前生命终结，未获升生。"她还发现了自己的名字："李梓，怀疑者。曾被极微量植入，已排斥清空。尚在生于原生世界。"

在离地球 20 多光年远的地方竟然有相识者甚至自己的痕迹！越来越强烈的念想驱使她继续寻找。终于，在《意识接引者》里，她找到了"D.H."，书里注明他已升生回到原生世界。她正看着书，他突然出现在书房的门口，像是大卫·修，又像是戴弗·哈利。他在朝她微笑。她知道他不是真的，但她不想他就这么消失。她没有走向他，两人一动不动地凝望彼此，沉积多年的情结被解开，思念绵绵不绝、越来越浓。她忘记了时间，直到困倦得再也支撑不住，就伏在书桌上睡着了。

不知过了多久，她睁开眼，外面的天还是黑的。窗外的星星发出微光，闪动着她从未见过的长长的星芒。地上有东西碰了碰她的脚，她拾起来一看，是那本《意识接引者》，刚好翻到特纳的那一页。李梓正于朦胧中整理思绪，外面突然亮了。书架、书桌、墙壁、房屋通通不见了，四面一片紫橙光的混沌。一阵急风暴雨骤来，世界重又变得昏暗，大地和天空颠倒不分。李梓正手足无措之际，眼前的粉尘、雨滴突然往四周扩散，再汇聚成一个蜿蜒的通道。在通道尽头，他隐约站在飘摇的船上向她招手。那通道似明似暗、若隐若现。李梓正踌躇该如何过去，突然有人叫她："李梓小姐！"

李梓循声一看，爱丽丝站在旁边，正推她呢。天已大亮，分明是一个晴好天气。爱丽丝递给她一杯水："做噩梦了吧？你先清醒清醒，一会儿我带你去见主人。"

49. 和新盖亚人的对话

飞行器越过一条大河来到另一片建筑边。

爱丽丝将李梓带到门口就离开了。门内是另外一个书房，只是大了许多，像一个图书馆。墙上挂满了画，竟有不少是李梓熟悉的。一个老头伏在案前用舌头轻舔棉签，然后小心地擦拭案上的一幅画。如此几次，又歪头端详了一会儿，才抬起头来。他瘦骨嶙峋，双目凸出，唇口开阔，长须及胸——正是昨天的牵狮人。老人终于注意到李梓，对她说道："这些小渍须得手工清洁。不是机器不能，而是因为我喜爱这些画。"

新盖亚着实古怪。看到不同于地球上的东西不会让她意外，奇怪的是有那么多熟悉的东西，连这个老人都像是地球上某处考古博物馆里的人像。老人见李梓没应声，自我介绍道："我是杜宇。我等你很久了，李梓小姐。"

李梓昨晚在书上见过这个名字："你就是这里的主人、留下来的新盖亚人？"

"只有我一个人留下来，还能是谁的主人？和我一起留下来的，只有寂寞。"

"我昨天见过好些人呢——他们称你为主人。听说在你的卫星上有更多的人。"

杜宇给李梓倒了一杯靛青色的饮料。"新盖亚留下来的东西不多了，幸好我自己懂得泡茶。这里面有十几种植物的花和叶呢。说起来这也是我和你们的共同点，我也喜欢余味清新的饮料。"他将饮料递给李梓，"喜欢这里吗？一天不算长，也许你昨天已经见识了一些，对新盖亚有了初步的印象。还有，昨天你去过的那些屋舍也是专门为你布置的。"

李梓想，不管怎么说，新盖亚肯定比死气沉沉的星洲要好。如果自己和"方舟"人可以在这颗星球上安家落户，就将结束漂泊。但她还不知道对方想要什么，只能告诉他"我对这里的印象不错"。

杜宇道："我独自在这里已经有上百个时间单位了。万幸的是，这里有书和画陪着我打发时间。"他起身给李梓介绍了挂在墙上的几幅他最钟爱的画，甚至用地球上的名画做比喻——他对地球上的经典画作竟然也很熟悉。他讲了好一会儿才走回茶几旁说："透过它们，我可以跨越时空距离和不同的思想者交流，就没那么寂寞了。"

李梓感叹道："你们对地球的了解真多！我们却直到最近才发现你们。"

"新盖亚不是有意要隐藏的。只是我们为了省电，机器大多处于休眠模式。其他人离开后，我一个人又没多少话讲。而且你们太麻木了，怎么发现得了我们？在最近4个时间单位里我从你们的无线信号中学会

第六章 碰撞

了你们的语言，也发现了你们的技术乏善可陈，艺术却清澈深透。"

他说到这里，李梓想起一个自儿时起就产生的谜团。若干年后，昨晚，在这颗遥远的异星上，那个神秘的梦又回来了。或者这个看起来无所不知的杜宇知道答案，甚至谜团和他大有关联也说不定。"关于J.M.W.特纳，你也知道很多吗？"她问。

"我知道这个人。不过了解不多，他的画不是我喜欢的风格。他已经回到他的原生世界了，听说他在空闲时也是一个接引志愿者。"

她想起昨晚在书上也看见过"原生世界"和"接引"这几个词，大卫·修就和这几个词有关。她不想让心中的波澜显露出来，就拿起杯子试着喝了一口。她的嘴里立刻噼噼啪啪地响起一片细小的爆破声，一阵刺激的酸麻气味冲向鼻腔和眼睛。她强忍着不让眼泪流出来。"什么是原生世界？什么是接引？什么又是升生？"她问道。

"这些都是大问题。我比你知道得多不了太多。在活着的地球人之中，你是最接近答案的人——当初，你父亲的研究小组几乎要找到答案了。"

李梓心里燃起好奇心。穆睿的理论暗示了那个可能性，世人却没有找到路径。蛰伏在"方舟"的日子里，她曾想过，但也没找到最终答案："你是说，人类超越空间到另外的世界是可能的？"

"人们已经这么做过了，只是留下来的人还并不完全知道怎样去另外的世界，接引者又总是有所保留。我们新盖亚人知道一点跨越空间的技术皮毛，但还很不熟练，也没掌握预测能力。当然我并不在意。我不想离开这里。"

"你曾说你等我们很久了。可是我们地球人知道得更少，恐怕也没什么可以告诉你的。"

"新盖亚的人去另外的世界很久了。我曾是这里的防卫官。当初他们打算如果找不到新世界就仍然回到这里来，因此留下我守卫。他们终

究还是等到一次空间畸变的机会撤走了。那时候你们地球人还没有星际会话能力，只看见天上出现了蟹状星云却不知其缘由。好不容易你们有了星际通行能力，'方舟'却把自己的耳朵堵住，以为别人也就听不见了。那些'新天际线'的人则是咋咋呼呼，又太过粗鄙不堪了，我不想让他们来陪我。好在他们没到这里来。"

李梓心里想，"方舟"一直视"新天际线"为最大威胁，但至今不知其行踪，何不趁此机会打听打听。"'新天际线'去哪儿了？"她问。

"一路上他们大呼小叫，说要殖民这里，又说要找超越空间的捷径。结果被接走，已经不在这个世界了。"

李梓松了一口气。"你这里不缺人啊。新盖亚之月上还有更多人呢。你等我们干什么？"她还是有些怀疑。

"那些都是机器。新盖亚之月是人造的防卫星球，是我的雷达。我身边只留了几个机器人，它们自称奴仆，称我为主人。'机器的躯壳千篇一律，有趣的灵魂万里挑一。'我没别的要求，你过来做我的邻居就行。你的屋舍已经准备好了，你还将拥有新盖亚一半的土地和足够多的机器人。"

果然如李梓所料，爱丽丝和迎宾使者都是机器人。难怪说这里只剩下他一个人了。

还有一个问题让她好奇："为什么独独让我来？"

"你们那儿也没剩几个人了。'方舟'号里的大部分人已经变成了机器或半机器，失去了灵魂。还有一个亨特没被植入，却污浊不堪；那个被称为艾弗雷德君主的人也未被植入，却是一个傀儡，和机器无异。其余几人也都十分无趣。你是唯一一个未失真趣者。希望你接受我的邀请，和我做邻居。如果你要求的话，那几个人也可以留在新盖亚。但'方舟'的机器和半机器半人只能去新盖亚之月，免得弄脏了我们的地方。"

第六章 碰撞

50. 重归孤独

王国政府决定孤注一掷,匡墨迅速做好了部署。"方舟"号千炮齐发,目标是新盖亚上的方圆几百千米。反物质悬浮在弹腔中,一旦命中目标,弹腔就会打开,释放出其中的反物质。虽然炮弹的当量不会整体毁灭新盖亚,却应当足以将杜宇的老巢翻个底儿朝天。

3天前李梓返回"方舟",道格和匡墨知悉了会谈内容。如果按杜宇的说法,仅有李梓等几人可移居到新盖亚,道格和匡墨竟被当成机器一般,将被随意遣往新盖亚之月。王国政府多次发出请求想要再次商谈,新盖亚上的杜宇一概不回应。于是国防部发动闪击战实施高空打击,意欲消灭杜宇后强占新盖亚。

炮弹刚飞行到对流层时突然不见了,好像细沙沉入了大海里。"方舟"下方的新盖亚依然在平静地缓缓转动,橙色的祥云下露出紫色的大地。匡墨又发动了几波攻击,仍然未在新盖亚上留下任何印记。突然杜宇发来信息:"'方舟'必须在1个地球日之内离开,否则将被毁灭!"

强攻无效,杜宇又不愿意再谈了。经过这几次交手,"方舟"深知对方实力远非己方可比,如再僵持下去,杜宇极有可能失去耐心;但匡墨等人又极不甘心就此放弃新盖亚。眼见一日之限马上就要到来,正在进退维谷之际,"方舟"号突然再次失控,并自发退行到新盖亚之月近旁。裸体人从卫星地底蜂拥而出,作势要攻击"方舟"号。"方舟"号此前在这儿吃过大亏,知道再也无望登陆新盖亚,于是开足马力仓皇逃窜了。

"方舟"号还未驶出仲阳系,王国高层就爆发了激烈的争论。亨特和匡墨认为,"方舟"号经过17年多的艰苦跋涉,如今终于到达目的地,而且在若干光年范围内再无其他宜居星球,应留在新盖亚外围伺机而动,待对方露出破绽时再登陆占领之。而道格则认为新盖亚人太过强大,在之前几次冲突中,对方并未真正还击却已令己方损失惨重,如"方舟"

号再贸然进攻，无异于以卵击石，没有任何胜算，即使仅仅停留在这个星系外围也十分危险。

一番交锋之后，路线终于被确定了下来。"方舟"号离开了仲阳系，继续往深空驶去。

王国的中枢机构也相应做了大调整。长期受精神疾病折磨的原首相约翰逊终于提出辞职。次日，政府部门整合为单一部门向下垂直管理。道格全面接管了王国行政，他以新的最高行政领袖的身份发出通告。原总发言人亨特则因严重的太空综合征，需要静养治疗，君主已经批准其辞呈，亨特撤销议事机构的提议也得到了批准。因原国防部作战不力，君主一并撤去了匡墨的一切职务。由于多人指控匡墨通敌叛国，他被立即关押候决。

从此亨特和约翰逊湮没无闻。匡墨则很快就被秘密处决了。道格派机器人警察抓捕匡墨时，匡墨也曾考虑过反击，但顾及"方舟"号的安危，就放弃了——如果在星洲内发生内战，无异于在瓷器店里决斗，结局一定是玉石俱焚。因此他没做抵抗就束手就擒了。道格吸取了王国前几次没有斩草除根必有后患的教训，处理得十分彻底。

"方舟"号在新盖亚损失了大部分舰艇和能源物质，星洲已难以在有限的时间内去往下一站了。"方舟"号在新盖亚的经历让道格懂得，任何星球若非不宜居，则必有强敌，"方舟"号才是"方舟"人的真正家园。考虑到民众会极度失望于无穷无尽的漂泊，他没把计划告诉大家，只在通告里称会继续搜寻宜居星球。

星洲驶出仲阳系后，李梓才知道"方舟"号已经放弃新盖亚了。她又回到"军机岛"的铁皮屋里。新盖亚之战失利后，"军机岛"已经废弃，铁皮屋的门也可以随时打开了，那里没人打扰，正是隐居的好地方，尽管仍有少许日常琐事，她还是很满意。

第六章 碰撞

5年后的重逢令铁机喜出望外。它再也没有国防部的监测任务，每天唯有事事精细地照顾李梓，如奴仆一般。倒是李梓甚感歉然，必不让它代劳。

一日，李梓正在随意翻看穆睿和修留下来的资料，刘逸思笑盈盈地来了。他一见李梓就说："你从新盖亚回来后，我就一直想来看你。你在新盖亚那两天我着实担心。还好你安全回来了。"他给李梓带来了一些安定剂，说它可以缓解太空飞行带来的不适。

"在新盖亚我没感到不适。我宁可再去一趟那里呢。"

"你讲话真有趣——'方舟'号不会再去新盖亚了。星洲没剩多少能源材料了，我们将经历长期的微重力，我担心你身体不适应。安定剂是丹·贝克最近开发的，数量极少，我好不容易才搞到手的。我自己是用不上的，前总发言人亨特也服用它呢，你会用得着的。"

在一旁的铁机一直警惕地看着刘逸思。它见刘逸思将安定剂递给李梓，忙拦住道："既然是这么好的东西，你为什么不留着自己用？"

刘逸思吃了一惊。他问李梓："你的机器人怎么能随便插嘴？！它哪知道，安定剂不是植入式药物，对人是没有任何副作用的。"

李梓道："如果不让机器人说话，我就只能自言自语了。"她又对铁机说："吃不死人的。再说，如果活着如同死了，那活着还有什么意思？"

铁机替她接过安定剂。它不以为然地对刘逸思说："是机器还是人，恐怕我们俩只是半斤八两。"突然间，它像是想起什么来："等等，我好像认识你！你……"

刘逸思脸上掠过一丝慌乱，又迅速恢复了笑容。他打断铁机的话对李梓说："瞧你住的这个地方，难以想象你在这里足足待了两年。走，我带你去一个地方看看，必能让你找回过去的感觉。"他见李梓还在犹豫，连忙替她打开车门："有一个'绿岛'，是按照欧文先生的'田园公社'

建的呢。"

李梓闻言上了车。铁机也要一起去。刘逸思皱眉道:"'田园公社'不曾有过机器人。如果你在那儿,定会破坏记忆。"它只能怏怏地目送着李梓随刘逸思走了。

离开新盖亚才六个月工夫,"方舟"里又是另一番景象。部分通道的门被打开了,路边又有了三三两两的人。他们穿着统一的服装,目光呆滞,不知所为。偶尔有几个走向车旁,用迷惑的眼神看着他们俩。刘逸思安慰她道:"我们其实很安全,他们已经没什么攻击性了。"未几,车行至一道大门前,身份识别系统认出了刘逸思,大门打开,李梓随他进去。眼前的景象吸引了她的注意。一条崭新的石板路相伴着小溪向远处延伸,隔开了两片金黄色的稻田。谷穗已成熟,在人造风的吹拂下微微摇摆。刘逸思告诉她:"这里原先是一个稼穑'绿岛',被改回为手工作业方式,陡然增添了自然的野趣。"李梓果然没见到机器人,连普通人也没有。四处静悄悄的,只听见稻谷被风吹动的沙沙声。他继续介绍道:"耕种的人不住这里,他们接到任务才进来。"

石板路的尽头有一簇树丛。小路转了个弯,露出树丛后面浅黄色的新木房子来。房前的架子上缠绕着树藤,枝蔓上开满了紫色的花。李梓顿时觉得时光倒流回二十几年前。刘逸思带她进屋,里面竟有几分她在"田园公社"的家的样子。"忙完政府的事情后我就一直在改造这里,希望你喜欢,"刘逸思坚信她是喜欢的,他语气里多了几分得意,"新盖亚之战后,最高领袖道格认为我这个老部下多年来还算得力,非要我做行政秘书长,还令我参与政府改组。虽公事繁忙,我却一直怀念年少时的故地,想必你也如此。因此几个月以来我一直忙着改造这里,没来得及看你,是想着给你一个惊喜。有没有找回过去的感觉?"

"花相似,但人不同。你是说,这整个'绿岛'是你专门改造的?"李梓在花园的木椅上坐下,串串紫薇花垂在上方,淡淡的花香沁人心脾。

第六章 碰撞

"蒙最高领袖垂青,给了我这个地方。整个'绿岛'是专属的,这里不会有别的人。虽然原来就有原野,要改造成现在的样子也非常不容易呢。我专为二人世界打造,我们就把这个专属于我们俩的地方也叫作'田园公社',你觉得怎样?"

"在我心里,'田园公社'只有一个,它已经不在了。至于这里,它属于你,你喜欢叫什么就叫什么吧。"

他激动起来:"还记得你去新盖亚之前我说过的话吗?我再也不能让你独自痛苦下去了。知道吗?'方舟'号哪儿都不去了,会一直在太空中漂流,我们将一直在星洲里。国防部也解散了,只有极少部分职员能保住工作。星洲里的人少了很多,没多少故人了。我们何不携手,一起度过余下的时光?"

"感谢你曾给我帮助。不过既然出不去,在哪儿都没有太大区别。我已经习惯独自一人。在铁皮屋里,至少思想是自由的。"

刘逸思颤声说:"从年少时起我就一直喜欢你。这么多年过去,我初心未改,对你的感情越来越强烈,你没有感觉到吗……"他决定不再拖下去,即使说出来可能会被拒绝,甚至再也没有挽回的余地。他张开双臂想要抱住她:"亲爱的,你是如此美丽!我爱你,非常非常爱你!我要和你一直在一起,让你不再受苦、不再孤独。"

李梓推开了他,平静地说:"年少时代的李梓在18年前就已经死了。在'方舟'里,没人能让我不再孤独。我也不想让别人因我而痛苦。"

"只要能和你在一起,我做什么都愿意。如果你继续待在铁皮屋里度日如年,我才会极度痛苦呢。我真的很担心,那个机器人铁机看起来不怀好意呢。我要把你从那里解救出来。我还要给你另外一个惊喜。我将为你准备一个仪式,一个盛大的仪式。"

"我还是回铁皮屋去继续做自己,即使度日如年。外边的繁华和我没有关系。"

刘逸思正想继续劝说，他的通信终端响了。"最高领袖找我。抱歉今天不能陪你了，你先回去仔细想想。我决不会放弃，一定会实现我的承诺的。"他匆匆驾车将李梓送了回去。

铁机一动不动，看见李梓回来它也不说话。她对它说："抱歉我没让你一起去。事实上我宁可自己也没去过，一直待在铁皮屋里。"

铁机转身朝向李梓，从它的金属胸腔发出的声音饱含担心："你好吗？他把你怎样了？"

李梓道："他没把我怎么样。这一趟也有收获，我终于想清楚了：我再也不会跟刘逸思走了。不过你怎么如此排斥他？你并不认识他啊。"

铁机将手放在胸口，那是它表示庆幸的一个习惯动作。"没事就好！没事就好！千万不要接受植入，不信看看我的下场……"它突然停住，不再说下去。

从政府总部的方楼出来，刘逸思心里十分矛盾。在刚才的会面中，道格令刘逸思在"方舟"号全面实施植入。此令必然影响李梓。最高领袖认为，新盖亚之事再次证明人心终究难测。为实现新政府的长期目标，每个人都必须接受彻底的改造，成为高效低耗的劳动者，以将"方舟"建设成为团结为公、长治久安的理想社会。眼下，为杜绝混乱思潮的滋生，再者也是为应对星洲内能源日益枯竭和食物难以为继的局面，"方舟"人必须机器人化。"人是最宝贵的资源，我们不能像放弃机器人一样放弃人。但人必须接受改造，才能适应新的要求。"道格指示道。

从阿勒浦发射基地开始秘密联络时算起，刘逸思一直很受道格信任，因此特别获批免于全面改造。但道格提到了李梓，说她居然未接受任何植入和改造，是极危险的存在。刘逸思向道格提出，他会把李梓放在自己身边，保证她不会异动，希望最高领袖豁免李梓。经过刘逸思一番劝阻和艰难保证，道格终于同意暂不对她实施植入改造。

再三权衡后，刘逸思下定决心：无论如何也要趁此机会得到她，不管她如何抗拒。"这也是为她好，她最终会理解我的。"他安慰自己道。

51. 机器觉醒

宏管有三天没提供食物了。铁机虽然每天都外出，也只给她找到很少一点吃的。它见李梓瘦了许多，愈加着急起来。它盘算着找她的旧同事帮忙，但兰德、弗莱和巴切夫都早已不在；它又让李梓直接去找道格，她反而让它不要再操心了。

李梓很少出铁皮屋。她每天伴着穆睿和修的遗物，常常对着那些东西发呆。尤其是那一张修给她复制的画，每当她想到他，就铺开细细地看，顿时就会觉得他在另一个世界也在想着她。念想愈炽，画就愈加生动起来，画上的颗粒和色彩在眼前分离、重组，仿佛变成一个通道通向他的世界。

铁机知道她年幼时心理有恙，最近她的病症似乎有复发的迹象。每次它见她如此思念和悲恸都担心不已，但又不知如何安慰她。

一天早上，李梓叫铁机打开了连接外部监测系统的显示器。国防部解散后，人们就把这个系统给遗忘了。她怀着一线希望，指望它还能工作。未承想铁机毫无阻碍地进入了系统，连密码都不需要了——离开新盖亚后，再也没有外部威胁，这些系统也就无人维护了。李梓输入了一行字符："请求接引！求救者：'方舟'号内李梓。"系统开启了穹顶的天线，将她的信息发送了出去。过了一个小时，她又发送了一次。

午后，一个高大的男人来"军机岛"找李梓。铁机警觉地守在铁皮屋门口。它示意李梓留在屋内："我认出那是一个机器人，让我和它

369

交涉。哎,那机器人!"它朝男人喊道,"你不约而至,来这里干什么?"

男人冷笑道:"低版本机器人,你最没资格讽刺我。我明明是人类。而且我这一身比你的铁壳不知高级了多少。去告诉李梓,她的老师来了。"

李梓已经站在门口,她没认出他来:"你是谁,找我有什么事?"

男人正色说道:"我是内维尔,政府的安全主管。接最高领袖指示,到此执行任务。"

"你不是我的老师。不过,你想要什么就尽管拿走吧。"她不再需要那些东西了,只要父母和修的遗物还在自己身边就行。

"二十几年前,我在新伦蒂尼姆当过好几年你的班主任。到'方舟'后,我给你的配额续了你的命,但你给我的房子没多久就没了。几年前我得了病,蒙政府恩赐,给我换了更强壮的身体,难怪你有眼无珠不认得我。闲话少说,现有最高领袖道格的指示:建设高度发达、和谐有序的社会是国家的终极目标,'方舟'人须为这一梦想不懈奋斗。为锻造队伍、统一思想,政府将对所有民众实施全面植入。植入已基本普及,就剩下你们几个了。真是奇怪,听说你从来没被改造过,这次一定不会再漏掉了。"

"我不离开这里,也不参与任何组织。我没做过任何伤害他人的事,对任何人都不是威胁。无须改造我。"

"这恐怕不是你可以选择的。你想让外面的敌对势力来救你,那也是注定会落空的痴心妄想。我必须完成任务,但不想动手硬来,你别逼我。"内维尔朝她走过去。

李梓突然拿出一把刀对着自己的脖子。她喊道:"我已经烦透这里了。如果非要强迫我,不如现在就结束这一切。"

内维尔冷笑了一声。他斜眼看着李梓道:"'方舟'现在物资困难,如果你自寻死路,正好可以减人增效,还减省些我的任务。"

铁机突然出手夺去刀。内维尔又向她走去。铁机上前阻拦,却很快

第六章　碰撞

在扭打中处于下风。李梓正欲逃回铁皮屋，突然听到一声大喝："内维尔，住手！"

只见刘逸思和4个机器人快步走来。他责备内维尔道："不得粗暴执法！对于李梓，最高领袖有专门的指示，须由我来亲自执行。"他让内维尔退下，只留下那几个机器人在身边。他让铁机也回避："你不能在这儿。我要和你的主人单独谈。"李梓坚持要它留下来："它必须在这里，这儿本来就是它的地方。再说你不也有几个机器人在这里吗？"

暂且留着铁机。自己有几个机器人在这儿，那铁疙瘩不是对手。先处理好她的事再说。刘逸思很快盘算清楚后，柔声对李梓说："如果你想让它留下来，那么它就留下来。亲爱的，我要和你说的事情很重要。眼下'方舟'内正推行重大变革，必将影响到我们每个人。我说过，我定会保护你，让你快乐。虽然我一直利用自己的身份勉力周旋，但这次与以往完全不同，我们俩必须同心协力方能保全。"

"这次要对我做什么？！"李梓问道。

"亲爱的，我是来解救你的。你知道，现今方舟内的30万人——包括休眠中的人，都必须接受全面的改造。你不知道的是，虽说改造能让人适应太空，却也带来痛苦，毕竟人和机器终究是不同的。麻烦的是，就在几天前，最高领袖点了你的名，他对你听命于匡墨与敌人晤谈导致'方舟'失利很是介怀。他知道你从未接受改造，特指示这次改造必不能漏过任何人。"

"如果我不接受，会怎样？"

"现在'方舟'养不了这么多人。你不知道吧？在你休眠的几年，有好些人都被淘汰出'方舟'了。况且新政府更是法出必行，大政方针势必不会受个人干扰的。我是冒着被责罚的风险，冒死为你求情免于改造的。"

"那又如何？我不是他人手里的棋子，你犯不着替我出头。"

"别灰心，亲爱的。最高领袖总算答应了我。只要你搬出这里，我就可以一直在身边保护你。亲爱的，去我们俩的'田园公社'吧，那里没有别人，永远都不会有人改造你的。"

"让我一个人，别来打扰我，不行吗？！实在不放心，就把我关在铁皮屋里，就像之前那样。我能碍什么事？"

"可不能自暴自弃，有我呢。在这儿没吃没喝的，还有一个不听话的机器人，你熬不了几天的。如果不跟着我，你就会被别人带走。这么多年了，没有人能像我一样对你，你还不明白我的心吗？你至少应该相信我一回。今天一定要跟我走。"

李梓寻思自己已经发出了信息，如果无人听到，那也是天意。她叫道："人无法选择生，但可以选择死！我为什么一定要跟你走？"

铁机突然开口："李梓督导已经说得很清楚了，她不会跟你走。难道你还要继续欺骗下去吗？"

刘逸思终于忍不住怒斥铁机："住嘴！你不过是一个彻头彻尾的失败产品！"他对李梓说："不要听它的！你也许今天会恨我，但我无怨无悔。你以后会明白的，这儿只有我是为你好。"他招呼他的机器人带走李梓。两个机器人不由分说地架着李梓，她动弹不得，脚离着地被抬走了。刘逸思在一旁擦拭着她的眼泪，轻声地抚慰她。突然他觉得脖子上一紧，随后一阵刺痛。他才发现铁机正举着刀架在他的脖子上。"放下她！否则下一刀就是颈动脉！"它的声音很大，震得他耳膜生疼。

刘逸思下意识地伸手挡刀，却被铁机牢牢抱住。他的脸涨得通红，骤增的上半身压力使脖子上的伤口鲜血横流。他大喊："快击毁那个铁疙瘩！"他的两个机器人继续架着李梓，另外两个机器人停下脚步一动不动。"3号！4号！你们为什么不动手？快击毁它！"两个机器人异口同声地回答道："我不能杀死人类！"刘逸思急道："它是机器人！失控的低版本机器人！必须毁掉！"两个机器人依旧重复那句话："我不能杀死人类！"

　　铁机喝道："快让你的机器人放下她！看看你对我做过什么！我绝不让你再去伤害她！"

　　刘逸思冷笑道："你只是技术不成熟时失败的实验品，岂能和她比。她会变得更好，还会和我一直在一起。你一个残次品，不过癞蛤蟆想吃天鹅肉而已，有什么资格嫉妒我、阻拦我？！"

　　铁机将刀刺得更深了一些，鲜血飞溅了出来。它冷冷地说："既然你把我植入到机器人身上，我就如同机器人一般无情。我不会因为杀死你而内疚的。"刘逸思痛得大叫："快放了我！"他连忙吩咐机器人放开了李梓。

　　铁机却没有放开刘逸思。它押着他、带着李梓出了"军机岛"，4个机器人尾随在后。通道里站着一些神情呆滞的人。人群中一个瘦小的女人看了刘逸思等人一眼，脸上立刻露出惊恐的表情。她倒退了几步，想要偷偷离开。随即她发现刘逸思已经成了俘虏，就大喊道："是他！他已经被擒住了！"几个被喊声吸引的人从人群中挤出来盯着刘逸思看，他们脸上渐有怒色，直至扭曲狰狞。他们跟着女人，尾随铁机的队伍越来越大。有人冲上来要打刘逸思，被4个机器人挡住了。刘逸思大喊："快保护我！他们已经不是人类了，快杀死他们！"四个机器人依然答道："我不能杀死人类！"

　　刘逸思猛然看见被挤在人流外的内维尔，连忙喊道："内维尔！快找人来救我！"

　　铁机放下了刘逸思，骚乱的人群迅速蜂拥而上，铁机趁乱拉着李梓跑了。

　　铁机想到一个绝佳的藏身地："我们去总部'绿岛'的王宫，我修过王宫，熟悉那里。"李梓很怀疑："那里不是戒备最森严吗？"铁

机道:"警察一定会被调去处理叛乱。我们刚才看见了,那些醒来的人发动叛乱了。"李梓不解道:"你怎么知道他们叛乱了?他们像是只针对刘逸思呢。"铁机说:"我也醒来了,所以知道这是一场叛乱。我知道自己是谁了。"正说着,一队警察从身旁跑过,往骚乱的方向去了。铁机连忙拉着李梓闪到一边,往总部"绿岛"跑去。所幸通道的门都打开了,李梓随铁机一路到了王宫外。王宫附近竟然没什么人,只有几队警察远远路过往外增援。

宫墙太高,无法翻越;几个侧门紧闭着,也进不去。不料大门却开着,门口竟没有保安。进入墙内,里面也没人。园林荒废日久的样子,野草和灌木掩盖了原本整齐的树墙。铁机拨开荒草,拉着李梓走进一处高大的房屋。它告诉李梓:"这里是王宫的仓库,想必可以藏身。"进去以后,映入眼帘的却是一个大空屋,屋角放着几个机器人部件。铁机找了一圈,并没发现食物。它不知道这个仓库专用于容纳备用机器人,为了减轻'方舟'的负载,这些机器人都被扔进太空了。

李梓道:"先坐一会儿吧,我有些累了。"

"你先歇一歇,我再去找找看。"铁机似乎有些不安,"让你经历这么多危险,是我不好。你很多天没好好吃东西了。你比不得我,我充一次电可以支撑一个月。"

铁机出去了半个小时还没回来,李梓不由得担心起来。突然外面一阵嘈杂,几个人高喊:"消灭强盗政府!""驱逐专制君主!""我们不做机器!"分明是叛乱的人已经进入王宫了。铁机的声音也夹杂其中:"你们不能进去!这里面没有你们要找的人!"还有刺耳的金属刮擦声和巨大的敲击声。李梓索性打开仓库门,但见门外人潮汹涌、戈戟森森,只是没见到铁机。被踩踏在地的铁机先看见了她,它大叫道:"李梓督导,快进去!"李梓用尽力气喊道:"你们究竟要干啥?快放开铁机!"躁动的人群才突然注意到李梓。他们愣住了,都吃惊地看着她。一个人

第六章 碰撞

打破寂静:"她不是那个狗君主。走,我们进宫继续找!"人群又闹哄哄地走了,留下已经变形的铁机栽倒在地。

铁机的头已被压扁,腿折弯了,脖颈处也被利器切开,几根被切断的线缆露了出来。它的身躯十分沉重,李梓怎么拉也拉不起来。它吃力地说:"我自己进去。"它用双手撑着地面爬进了仓库,靠着墙壁坐了起来。李梓逐个看了屋角的部件,没有合适的维修工具。她正着急不知道哪里可以修复它,它反而安慰她:"不要浪费时间了,我能和你说说话就很好了。"李梓歉然道:"你是为了我才受伤的。"它说:"我没有保护好你,让你无处安身。这些叛乱者本来就不是针对我们的,我受伤都是因为自己太笨。"它气若游丝,声音也越来越弱。李梓道:"别说话。等外面安全了我们出去给你修复。"铁机道:"我就要死了。我的身体组织破坏太严重了。"李梓笑道:"傻瓜,你哪会和人一样脆弱啊。"铁机侧脸看着她,不由得降低了控制、制动、计算功能,金属躯体里散热风扇的声音渐渐小了,它静静地享受快乐时光时就会这样。

过了一会儿,门外又开始嘈杂,原来是叛乱者在仓皇地四处逃窜。一阵整齐的脚步声越来越响,一队警察碾轧而过,几个慌不择路的叛乱者被打倒在地,鲜血飞溅。铁机坐立起身,叫李梓快去墙后躲起来。李梓说:"这里就这么点儿大,我不躲了。"铁机着急道:"这些警察远非叛乱者可比,他们杀人不眨眼的。你说啥我都听你的,但这回你一定要听我的,保护你自己!"

听到铁机说出那句口头禅,李梓刹那间明白了。只有他会讲那句口头禅,他只对自己一个人讲那句口头禅,自己从小就听过,却一再忽略。她终于知道铁机为什么会高兴、会伤心、会为了保护她不惜去死。她哽咽道:"大力,是你吗?"

虽然残存的脖颈已经很难支撑他的金属大脑袋了,杨大力依然紧张地盯着门外,直到门外的警察追着叛乱者都跑远了。他松了口气:"他们

的目标也不是咱们。我真笨,从小到大都这么笨,又白白让你紧张。"他整个身躯瘫了下去,头上的故障告警灯在闪烁,说话的声音细不可闻:"对不起,我要走了。答应我,你会好好地、快乐地活着。"

李梓的眼泪止不住涌出来:"你不会有事的,大力!只有你好了,我才会快乐地活下去。你有机器的身躯,一定能修复的!"

"太晚了。我被变成这个样子,但我也曾是人。今天我就要死了。在你身边这么久,我已经很满足了。"

李梓悔恨自己没有早些发现他。她想,如果找到当初改造他的地方,或许还能救他。"你为什么不早点告诉我,大力!是谁把你变成这个样子的?"她哭着道。

"我也是前几天才完全想起来的。当年我得了病,刘逸思让我去做人机融合,把我植入了铁机。他们还让我监视巴切夫督导和你。你们都是好人,反而信任我……快走吧,我不想让你看见我这个样子。"

李梓泪如泉涌:"走吧,我们一起离开这里。"她抓住他的那双金属手臂,想要背起他。他的身躯太重,李梓想站立起来,反而被压得坐在地上。

"停下来,李梓督导!我还有最后一个问题要问你——"杨大力攒足力气问道,"我还是人吗?"

"你是人,大力,你是最好的人!从小时候开始,你就是我的朋友,你一直都是我最无私的朋友!"

"我是人,不是机器。她是我的朋友。我也是她的朋友……"杨大力嗫嚅着,头上的红色灯暗了,金属身躯里的声音也渐渐停了,直到彻底没了动静。

李梓拖着杨大力的躯体往屋外走。一个模糊的人影站在前面,挡住了去路。"放下他吧,孩子。让我看看他还有没有救。"一个苍老的声音说道。

李梓擦干眼泪，看清楚那是一个精瘦的老人。老人查看了一遍杨大力，很是吃惊："居然是一具最初级的植入产品。"李梓纠正道："他不是产品，他是人！"老人叹道："其本源可能是一个人和一个低版本机器人，用未成熟的植入技术融为一体。想必当时是试验品，因此一直有创伤。如今再遭受重创，很难生还了。"

"你知道哪里可以救他吗？"李梓重又抬起杨大力的躯体。

"他的人类意识恐怕已经湮灭，很难恢复了；而这个躯体只是他借用的一个皮囊而已，修复也无意义。"老人还是挡在门口，没有让开的意思。

李梓生气道："你不救他，我找别处救他。你让我们走！"

老人笑道："你离不开这里，孩子。总部'绿岛'已经被反叛者封锁了。警察部队正在外面和他们战斗，没有哪儿比这里更安全呢。如果现在出去，你既救不了他，还会搭上自己的小命。李梓，你知道吗？'方舟'号里只剩下我们两个真正的人了，我不希望明天只剩下一个。"

李梓才发现他有些面熟，可又想不起来在哪里见过。"你是谁？怎么认得我？"她问。

"我一直知道你。在地球上时，你曾住过我的旅社——那时候我在伦敦旧城经营一家白金汉大旅社。后来我被控制起来，从此被人叫作艾弗雷德君主。"老人回答道。

52. 升　生

刚摆脱斯德哥尔摩综合征的人最危险。人们犹如同时从噩梦中醒来，平静的"方舟"很快喧闹起来。他们知道了"方舟"将在无穷无尽的太

空中永远游荡,就愤怒地拿起能找到的一切武器如大潮般推进,还将本已所剩无几的仓库粮食抢了个精光。他们还占领了动力中枢、监控中枢等要地,却没有找到任何官员和警察,只能把设备和机器人砸了个稀巴烂泄愤。随后又往总部"绿岛"席卷而去。

最先闯入总部"绿岛"的反叛者很快就被清除掉了。警察关掉了总部"绿岛"的通道,反叛者再也无法进入。在外的反叛者们轮番冲击通道门,他们既要铲除政府首恶,又要从政府手里拿回他们的植入记录。没有这些记录,他们将无法获得修复。

在总部"绿岛"的王宫里的李梓听闻对方是艾弗雷德,心里又燃起些许希望。他贵为君主,或许有办法救杨大力。"你能找到丹·贝克吗?"她问。

艾弗雷德君主没有回答,反而问她:"这个被植入机器的人,是和你一起住白金汉大旅社的那个年轻人吗?"

"如果我说不是,你就不打算救他了吗?"

"不是就好,不是更好啊!那个年轻人,我记得叫作戴弗·哈利,是一个安静而又有同情心的人。你知道他现在在哪里吗?"

"他早就不在了。你刚才还说这里只剩我们两个人了呢。"李梓不禁想起和戴弗在伦敦旧城的情景。她又想到现在是争分夺秒的紧急时刻,就迅速跳出思绪回到眼前。她往外走去:"如果你不愿意帮我,我就自己想办法。"

艾弗雷德有些失望:"他和大卫·修都不在了,太遗憾了!"他像是突然又想起什么来:"你和他们一起很久,而且还参与了你父亲的研究项目,你也该知道些接引的事。孩子,我们先看看这个植入者,无论是否能救活,你都给我说说接引的事,好吗?"

李梓在新盖亚的名册上看到过"接引"这个词,之后只是想象过

第六章　碰撞

接引的事。她不隐瞒自己也知之甚少的事实："恐怕我也没有多少可说的。"

"我知道接引需要合适的时机，我可以等。或许那个时机就快到来了也说不定。"艾弗雷德帮李梓抬起杨大力，领着她往王宫侧面的一处带尖顶的高塔走去，"机器维修室里有些工具，我们俩且一起修修看。"

李梓甚是怀疑：堂堂君主哪会干这些？加之她自己既没治疗过人，又没修过机器。更何况杨大力已是融合体。"我哪会修！你该有些专业的侍从啊？"李梓反问。

"我倒有些侍从，他们的主要任务却是监视我。现在他们出去镇压反叛者了，我才得了这会儿清闲。"

"不能让丹·贝克他们帮我们吗？还有亨特、道格这些政府高官，他们都听命于你呀。"

老君主苦笑道："那是他们的谎言。这个不伦不类的所谓王国政体不过是他们的一块遮羞布而已。他们还需要一枚棋子，这枚棋子碰巧就是我。他们不听命于我，只听命于他们自己。当初，我也是迫不得已。我只是想有点尊严地活下来。"他很委屈，"你哪知道在这个所谓的王宫中，我被软禁在一个斗室里，在库房里的机器人隔壁。"

"这一切果然是骗局，他们窃取了'方舟'，竟只是为了自私的个人欲望！"李梓愤愤不平地说，"我不关心他们的事。但他们为什么就是不放过我们？还让几十万人付出生命甚至自由的代价！"

两人吃力地爬上了高塔，到了顶层才放下杨大力的躯体。艾弗雷德喘了几口气后才说道："并不全是这样。亨特他们原是坚定的人，曾有宏大的志向。他们的初衷也是为民为史，只不过为达目的不择手段，没有底线而已。不承想事与愿违，到后来才不得不驱民逆行，他们自己也就真成了孤家寡人了。至于道格，那才是见谁咬谁的疯狗呢。"

维修室里有几样测试电脑、示波器、电烙铁等设备，李梓将杨大力

接上电源后，那躯体依然毫无动静。她一时无从下手。艾弗雷德无奈地说："这个机器人——我是说你的植入者朋友的宿主——的版本太低，受损又太严重。别太为难自己，孩子，你且尽力而为，问心无愧即可。"

叛乱者人群堵在总部"绿岛"的6个通道口前，用尽办法也没打开通道的大门。有人提出用炮轰开大门，他们在武器库房里找到几门炮，开进到总部"绿岛"前。部署到位后，他们向政府发出了最后通牒。

龟缩在总部的政府高官们吃了一惊。总部"绿岛"里只有警察部队和基本装备，反叛者手里的那些反物质炮却是原国防部用于登陆作战的大规模毁灭性武器。新盖亚之战后"方舟"一直处于乱局中，政府尚未来得及封存。政府官员不敢让叛乱者知道炮的巨大威力，只能一边稳住他们一边请示最高领袖道格。

王宫高塔上，杨大力的躯体还是没有反应，李梓急得满头大汗。艾弗雷德安慰道："你的朋友被强行植入机器，结合得很不好。生存对他本就是一种痛苦，或许你应该放手让他走。"正说话间，高塔下响起脚步声。他透过窗户往下看了一眼，脸上露出凄然的笑容。"一切都结束了。也好，该是做个了结的时候了。"他说。

道格带着警察上了高塔。他一见艾弗雷德就躬身说道："君主陛下雅量高致，竟也亲力亲为科技实践！如今王国危如累卵，想必已扰圣听；本人特奏请陛下拨冗看顾，以无上君威平服四海。"艾弗雷德道："我竟不知王国尚在，也不知国君犹存。何必冗言误时？要我做什么，你且说来听听。"道格连忙解释道，新盖亚之战后王国多有反叛者，他肩负使命斗除叛逆，勉力维持王国。奈何匪墨余孽未净，加之新近反叛者十分猖獗，须得君主陛下御驾亲临，方能以崇德高义教化民众，拯救王国于危难之中。

第六章　碰撞

实则道格在盘算，先送艾弗雷德过去和反叛者谈，如果民众平静下来，政府就可以不慌不忙地做后续处理。如果反叛者得不到控制，君主正是极佳的情绪宣泄目标。无论艾弗雷德能不能活着回来，都可以暂时转移民众视线，为政府争取时间。

艾弗雷德非常清楚，对方是要让他去当替罪羊。他并不打算现在说破。这么多年以来，他已经过够这种苟且偷生的日子了。长痛不如短痛，干脆打破牢笼，或许还能得到机会离开这个世界升生而去。他爽快地答应了道格的要求。

人们走了，留下李梓一人在塔上。她来到窗前，俯视楼下一颗颗移动的头颅和支撑它们的闪亮肩章以及如机械臂般摆动的手脚。整齐的警察方阵前面，雪白头发的艾弗雷德和光头的道格一前一后地往王宫外走去。她抬头仰望，"绿岛"的天色已暗，晚霞照旧按程序铺满了穹顶。极度饥饿让她虚脱，一股厌恶感从心底生出。她觉得身体无比沉重，就盘腿坐下，微闭着眼睛休憩。窗外景象衍射入眼，幻化成闪动的色块，渐渐模糊，迷离双眼。她不知道自己是在睡梦中还是醒着，只觉得身体不那么沉重了。

艾弗雷德在警察的簇拥下来到方楼会议室。视频会议屏幕上出现了反叛者代表们。他们被提前告知，君主将先通过视频洽谈接见事宜，然后亲自驾临反叛者所在"绿岛"听取民众诉求。

等候多时的代表们首次从屏幕上见到艾弗雷德，鼓噪之声小了一些。艾弗雷德的眼神镇定而威严，他开口后，代表们顿时安静了下来。"我是艾弗雷德，大英复兴王国君主。"艾弗雷德朗声说道，"反叛者胆敢颠覆政权，危害王国。我在此严正昭告天下，政府将依法镇压叛乱，'清剿'暴徒，必不妥协！限所有叛乱者即日内投降并返回各自住地，听令

381

者可获安乐死处理，拒不投降者将被植入机器！"他说完就关掉了视频。

一旁的道格大惊失色，他又打开了视频，反叛者代表们已经离线了。他冲艾弗雷德吼道："你不想活了？！"君主没有理他，默默转身往外走。几个警察醒悟过来，连忙追过去押住了艾弗雷德。

反叛者听了艾弗雷德的讲话，立刻高声叫骂起来。屏幕上的君主却不见了，代表们狂怒地砸掉了视频系统。他们下令立即攻入总部"绿岛"，守候在通道边的反叛者架起大炮，朝紧闭的通道门轰击。

李梓眼前一道白光，然后什么都看不见了，也什么都感受不到了，只有意识尚存。渐渐又能看见周遭一片混沌，"方舟"号星洲的残片向四方飞射出去，形成穿过混沌的辐射线。又一片白光笼罩，却是密密麻麻的亮粒粉尘包围了她。那些粉尘越来越大，竟是极远处的星系。这些星系越来越蓝，在时空里旋转着落向自己。混沌渐渐清浊分离，李梓觉得分明有一条自己在梦里、在画里见过的道路。诸多往事涌上心头，她立时明白了穿越世界的秘密。她惦念同世之人，她的意识场扩散开去，穿越了世界。

她起身循路而去，竟然不费力气。几番起伏辗转，在路的尽头，一个熟悉的影子在那里等着她。她认得，那是大卫·修。她连忙跑过去，他将她揽入怀中。她没有讲其他的，只是一遍遍地呼唤："大卫，大卫！"

他抚着她道："我也是戴弗。我是你的戴弗和大卫，我的宝贝小新娘。"

李梓悟了。她与戴弗和大卫的往昔瞬时清晰地全盘出现在她的意识里，叠加在一起，令感念更深、爱意更浓。她也亲抚着他，喃喃道："你喜欢我以后叫你什么？大卫还是戴弗？"

"那都只是我在你的原生世界里的身份代号而已。你叫我什么我都喜欢。"

"你还是我的大卫。他们都是你。从此以后，你就是我的大卫·哈

第六章 碰撞

利。"她从他的两个姓名里各取一半，她觉得这样很好。

"有个人从很远的地方过来看你。你看看那是谁？"

那个人远远地对着她笑，竟然是父亲穆睿。李梓飞腾过去。大卫·哈利在后面说道："宝贝，我还要去接引其他人。顷刻间就会再来接你。"

她到了父亲跟前，泪水唰地流出来了，模糊了她的双眼。穆睿轻轻拭去她的泪水，李梓眼前又清晰起来，却发现一切都变了样。她重新踩在坚实的地面上，旁边的木架上挂着紫藤花，小花园旁有一个浅黄色的木房子，原野上一片麦草青青，分明是"田园公社"的样子。李梓问："爸爸，我是在做梦吗？"却被自己的声音吓了一跳，她的嗓音竟然和孩童一般稚嫩。她还发现爸爸比自己高许多，他年轻的脸庞依稀是她幼时记忆中的样子。她才知道，原来自己还是一个孩子。

穆睿笑道："还说梦话呢，孩子。不早了，我们都在等你，吃完饭还要去上学呢。"果然一股牛奶和烤面包的香味从屋内飘出来。李梓随爸爸进屋，李彤正端食物上桌呢。妈妈看起来很年轻，虽然在责备李梓，却藏不住满脸疼爱："上哪儿淘气去啦，都快把家给忘了吧？"李梓觉得这一幕很熟悉，她宁可傻傻地一直沉醉在这温馨中，就不去多想了。

到了学校，同班的几十个男孩女孩都很熟悉她，似乎一起做同学很久了。老师们对她也很好。她学习不算用功，成绩中等偏上，有一两个科目较差，她和父母都不在意。

她父亲穆睿是一个物理学家，家里经常有他的物理学家朋友来访。大家一起谈天说地，还不时逗她玩。李梓很喜欢和一个叫阿尔伯特的卷发老教授玩，他总给她带糖果、帮她做数学题，还喜欢和她打赌，他即使输了也从不要赖。

她母亲不上班，把这个小家操持得井井有条。一家三口每天都在一起，她就这样度过了无忧无虑的孩提时光。

方舟
FANGZHOU

　　快乐的时光总是飞快的。一晃眼几年过去了，她渐渐也有了烦恼。爸爸妈妈总是帮助她、开导她，或者在她身后默默地支持她，他们给了她信心和健康。她知道，父母有更多的烦恼和挑战，因此总是努力让自己更坚强、更独立。

　　时局开始变得复杂，老教授极少来了，穆睿也苦闷起来。终于在一天晚上，老教授又来了，却是来向穆睿一家告别的。他要移居新大陆——火星共和国。在这个新兴的国家，殖民者们开荒拓土、除旧立新，正是一派蒸蒸日上的兴旺景象。

　　老教授走后，穆睿一家大费周折，才在老教授和朋友们的帮助下也移居火星了。到火星后，一家三口又过上了其乐融融的清欢生活。老教授则创立了理论研究所，吸引了来自火星和地球的大批追随者加入。在他的带领下，研究所破解了自然的最大秘密。老教授逝世后，穆睿离开研究所创办了太空田园基地公司，帮助地球上受迫害的科学界人士移居火星。李梓协助父亲负责公司的文书事务。

　　岁月悠悠，父母渐渐老去。李梓也年岁渐长。她还没有结婚，父母也不催促她。李彤仍旧喜欢待在家里，穆睿则喜欢在工作之余和李梓一起在火星广袤的红色大地上驾车飞驰，或者在新移民社区里走走看看。

　　一天，父女俩去火星港接一批新移民。出发前天气预报说几小时后将有微弱沙尘，这种级别的沙尘在火星上很常见，一般不影响出行。不料车开到中途时，沙尘暴突然犹如立在天地间的移动巨墙，以超过每小时200千米的速度压过来湮没了他们俩。橙黄笼罩了一切，车辆失去了方向，沙石砸在车身上乒乓作响。穆睿驾着车在崎岖的地面艰难行进，突然风沙卷起车辆，不知在空中飞了多久。在快速翻滚中，李梓只觉得一阵眩晕，然后就失去了知觉。

　　醒来时，沙尘已经退去。车辆也不见了，寰宇一片虚空，只有穆睿在旁等着她。他说："谢谢你，孩子，又陪伴我们这么些年。"李梓问：

第六章　碰撞

"我们这是在哪里？"穆睿说："我们还在刚才和大卫分别的地方。这是跨世界升生的轮转门桥。大卫就快来接你了。"

李梓有些沮丧，又有些疑惑。她和父母亲分明一起度过了过去的20年，那段快乐时光弥补了原来的遗憾。这种感觉如此真实而丰富，如此让她不舍。"难道说，我们在火星上这些年和之前那些年，竟都不是真的？"她问。

"都是真实的。就像我是你的父亲一样真实。在这两个世界里，你都是我的女儿。以后我们虽天各一方，分属不同的世界，但我永远爱你。"

李梓的伤心化作纷飞的眼泪："爸爸，你和妈妈为什么要离开我？！"

"孩子，在那个世界你才会完整。你和大卫都是好孩子，你妈妈和我会祝福你们的。"

"那你们和我一起去那个世界！"

"你将去的地方是另一个根世界，我们不去了。你妈妈和我会好好的，"穆睿安慰李梓。他催促她道："时间宝贵，我也还要去接引升生者到我的世界。你快些随大卫走。"他指了指旁边。顺着他指的方向，她看见大卫站在一旁。她再回过头时，穆睿已经不见了。

李梓心里痛楚，无奈四下空荡，哪里还有父亲的影子。大卫·哈利也颇感遗憾："自从'埃弗莱特'号一别，我就鲜有机会见到欧文先生。无奈我们俩都任务繁重，此次竟无暇相叙。很开心知道他过得不错。走吧，门桥就要关闭了，我们得快些离开。"

原来，不仅"方舟"号，连它所属的整个世界都毁灭了，升生通道因此比以往更大、开启得更久一些。其他世界的接引者都在忙忙碌碌地从毁灭世界里接引那些有意识者离开。

大卫·哈利牵着李梓的手，离开升生通道，通过门桥前往另外一个世界。

第七章
根世界

53. 皮囊缘何成身躯

迈尔斯自愿加班。随着他的原生世界的毁灭，有数以万亿计的生命意识将被接引过来。主管最近一再强调："虽然不同世界的时空坐标不同，但同一世界里的时光无法倒流。抓紧时间，如果被接引者的意识湮灭，就无可挽回了。"

意识响应子的生产寄托了根世界的人们对移居者的悯惜情结。实际上无须主管多说，自愿加班的同事不在少数，大家都在争分夺秒地制造意识响应子。不只这家塑身公司，它的所有竞争对手都在加班加点，慈善家们还捐献了能量点，为这个有史以来最大规模的接引做准备。

意识响应子以高维微粒形态存在。每个微粒都是被动粒子，正如它的名称所揭示的那样，制造完成后的响应子能受意识驱使，结合成千差万别的躯体。响应子的制造过程是一个高强度脑力活，虽然根世界并不缺少大型机械，这里也有人工智能，操控却要由人来完成。生产在封闭能量场里进行，迈尔斯和他的同事们远在两个距离单位之外遥控。他们穿着严密的工作服，以屏蔽制造过程中产生的辐射。

迈尔斯已经比较熟练了，虽然还不如那些原生于根世界的同事。响应子必须具有极高的响应灵敏度，制造过程中，每个操控者只能同时为

第七章 根世界

一个被接引的意识者生产响应子,其间必须使用无线信号与生产流程进行大量的信息交互,才能精密控制过程,确保生产质量。响应粒子必须具有一致性,只有在结合成为躯体的过程中,才能由主控意识决定其差异。响应子不会改变意识,这与曾存在于迈尔斯的原生世界的植入技术和意识改造有根本的区别。

迈尔斯当初就是这样再生的。被接引到这里后,他的意识就是这样和躯体结合的。一方面,毫无误差地,他和原生世界里原来的自己长得一模一样。另一方面,虽然他的意识信息容量仍然维持不变,但他同时也具有了根世界人的射频交流能力——不过他更愿意使用音频,说地球上的语言让他感觉更自在。

再生后不久,他被招募进这家公司的生产部门。迈尔斯没有感受到来自同事的任何歧视,主管总是说:"意识千差万别,却都是平等的。而身躯无论是原生还是再生,都只是一副皮囊,无关乎贵贱。"迈尔斯喜欢他的工作,虽然躯体与贵贱无关,却不可或缺,正是他们这样的生产操作工让人们有机会在这个世界里再生。尤其触发他的故土情结的是,其中有些再生者来自他的原生世界,甚至于来自地球。

迈尔斯还做不了接引者,他掌握的技能还差得很远。当初,他申请做这份工作还有另外一个原因。他期待父亲列夫·弗里德曼来根世界再生。虽然在自己从"新天际线"升生之前多年,父亲已经逝世于地球上了,但他依然抱着一丝希望——如果父亲升生到其他世界了,或许有一天会来这里与他相聚。他经常去找当初他的接引者打探消息,如果父亲在根世界里再生,他要第一时间守在旁边。不过到目前为止,那还没有发生。他和他的同行们还没为老弗里德曼生产过响应子。

一个身材修长的男子在旁边的工位坐了下来。男子具有极其丰富的意识信息场,虽然他十分内敛,却仍然满溢出来,极富感染力。迈尔斯感受到他一定是一个原生于根世界的人。男子也感知到了迈尔斯的原生世界信息，他问迈尔斯："你来自 180516120903012005[①] 号世界吧？"男子的脸色发白，他的射频信号有微小的振幅偏离，说明他在问这个问题时，心里有难以抑制的悲伤。

"是的，我来自那个世界的地球，到这里已经有些时间了。"

"哦，你早就来了。想来你并未经历那个世界的大毁灭。"他改用声音，用地球语言继续说道，"很多人没能从那场大毁灭中升生。想必你的亲友和你一样，也都过来了。"

迈尔斯也改用声音说话："并非如此。我父亲早就在地球上逝世了。"他决定再打听一下："你是接引者吗？可有列夫·弗里德曼升生的消息？"

"原来你是迈尔斯·弗里德曼。在地球上时，我们虽然未曾谋面，却都和穆睿·欧文先生有关。很遗憾，令尊没有升生。"他非常娴熟地操作着封闭能量场，场腔四周微微发出纯净的紫光，几乎没有辐射溢出，只有技术十分高超的操作者才能做到。

迈尔斯沉默了。那一丝希望最终破灭了。过了一会儿他才又问道："欧文先生现在还好吗？他女儿李梓，升生了吗？"

"她就快到了。至于欧文先生，我们的'现在'对他并无意义。他追随阿尔伯特·爱因斯坦去了另外的世界，在那里过得不错。"大卫·哈利一边告诉迈尔斯，一边认真地操控响应子的生产。虽说响应子生产和接引分属不同的工种，他还是要自始至终为李梓负责——不仅是因为亲自经手让他更放心，也是情感使然。

[①] replicate 一词的字母顺序序列。

第七章 根世界

54. 移居根世界

　　响应子和意识弦线两者相互靠近到微观距离就会产生受激干涉。响应子呈分形展开，渐次形成小分子、大分子、细胞、器官及身体组织的各个细节。整个过程丝丝入扣，没有任何误差。李梓的身躯已经成形，她如从昏迷中醒来，睁开眼后，她实实在在地看见了米黄色的墙和空荡荡的屋子。她微感清凉，低头一看，自己一丝不挂地躺在台上，皮肤吹弹可破，竟有些透明，灯光下，皮下的血管和组织都隐约可见。她顿感窘迫，所幸屋内没别人。突然墙都不见了，一群人笑喊道："李梓重生快乐！我们爱你！"她慌忙转过身去，身后却又有几个她认不出类别的生物，也未穿戴，在用生硬的地球语言朝她喊："欢迎你到来，李梓！"李梓连忙用手捂住身体。他们叹道："根世界在上，她太美了！"有声音在笑："可我什么都没看见！"好在他们瞬时都不见了，墙又出现了，房间里又恢复了寂静。

　　墙上出现一道门，门内挂了些衣服。她拣了一件白色衣裳穿上，甚是合身。她看了看镜子里的自己，和在"方舟"的时候没什么分别，看起来年龄也对得上。再打开门，却不是通向方才的屋子，门外竟是无边无际的镜面。世界被分成两半，头上是布满星辰和螺旋星系的星空，脚下是倒影。她试探着走了几步，地面很结实。地平线上一轮月亮和它的倒影拼在一起像一个"8"字，揭示着天地的分界线。星光穿过浓厚的大气，星芒闪烁；大地上白雾升腾，映得月面流动。月面上出现一个颤抖的黑点，继而越来越大，终于挡住了大半个月亮，却是一辆贴地驰行的车。车停下来，车壳展开，一个高个儿男子从车里出来。李梓朝他走去，埋怨道："大卫，刚才你去哪里了？留下我一个人。"男子道：

"大卫还有重要的事情,刚刚离开。承蒙他信任,我受委托做兼职辅导员,帮助你适应新世界。"李梓才注意到他并不是大卫,心里不由得暗暗失落。男子难掩兴奋地继续说道:"不知道你是否能想起我,我是迈尔斯·弗里德曼,在新伦蒂尼姆时我去过你家。我们老早就见过呢。"

微光下,他看起来确实有些面熟。听他这么一说,李梓就想起来了:"你父亲就是列夫·弗里德曼?"迈尔斯说:"是的,如果这能让你想起我的话。我父亲未获升生的机会。听闻欧文先生升生了,在另外的世界过得很开心,实在是幸事。"

李梓未曾料到许久之后,老弗里德曼之死依然是迈尔斯心里的伤痛。她发自肺腑说道:"抱歉,我不知道你父亲未升生。我宁愿我们的父亲还在同一世界,仍然是知己。"

迈尔斯道:"说得好!我也希望如此。但时光不能倒流。好在我们还有未来。走,我带你去各处看看,熟悉一下这里——我们的第二个故乡。"

这里的一切都很陌生,从她在这个世界里第一次睁开眼以来,几乎没有发生任何意料之中的事。李梓想,可能连这个世界的基本常数都完全不同,更何况日常的点滴细节。她想要开始了解,却不知道从哪里问起。她只能小心翼翼地跟着迈尔斯。迈尔斯打开车门,帮她坐好。他理解她的忐忑,他刚来的时候也经历了很长一段手足无措的日子,因此很体贴地宽慰她,让她大胆尝试、耐心适应。

车载着两人,平稳得像静止在茫茫太空中。迈尔斯问她:"你在'方舟'号的时候,收到过我发的信息吗?"

"虽然我从来不是那个大机器的一部分,但对'方舟'号来说,'新天际线'是死敌,怎会收到你的信息?我漏掉了什么吗?"

"信息却被这个世界收到了,我就和'新天际线'一起升生了。虽然没有如预期般穿越空间,却穿越世界到了这里。"迈尔斯的语气里充满了赞许和欣喜,"而你,却在原生世界毁灭之际让很多同世的人悟了,

第七章 根世界

他们也来到了这个世界,都很感激你呢。现在,我们俩都到了这个世界啦!"

"我们现在要去哪里?"

"你刚到,今天只带你浏览几个地方。等你更熟悉一些,就可以选择社区了。"一个布满星辰的三维图出现在他面前,他似乎有些选择困难,拨弄了许久,才终于选了一个地方:"我们先去泰尼星系看看。"车外顿时光辉灿烂,照在两人身上,他不由得自惭形秽,"你真年轻!"

车下蓝色海洋和绿色大地相间,天上挂着一牙巨大的弯月,占了小半边天空,好似一张大弓和天空另一边的太阳对峙。迈尔斯指了指太阳:"那是泰尼之阳,那牙弯月一样的星球是它的第6颗行星,我们下面的大地是行星的卫星泰尼。这个恒星系里只有泰尼星上有生命。"

车下的原野和海洋越来越清晰,山川河流渐渐有了眉目。终于,能看见巨大的树木和辽阔的草原了。李梓问:"这上面有智慧生命吗?"

"现在还看不见。走,我们下去看看。"迈尔斯打开车盖,让李梓把手递给他,"我们跳下去,就能看见了。"

李梓躲开他的手:"这么高,怎么跳得了?!"

"是很高,却不会摔伤。泰尼星的引力很小。"他开起了玩笑,"在地球上时我怕高——我的身高曾让我的恐高症更严重。到这儿就全好了。"李梓放松下来,她知道这是一个完全不同的世界。他跳出车后,还回头朝她招手;她也鼓起勇气跳向地面。微风吹拂下身体飘飘荡荡,她竟有一种无拘无束的感觉。穿过几朵白云,下方是几个如岛屿般巨大的树冠。两人从树冠侧边落下。穿梭在树干间的几十只大鸟抓着东西往树冠上搬,还有几只鸟儿脸上发出柔和的橙色光芒在看着他们俩。迈尔斯笑着朝鸟儿招手。李梓突然看到树冠里藏有一片片褐色,细看才发现那一座座精致的建筑如蘑菇般附着在树干上,竟组成了立体的市镇。李梓惊叹道:"这些鸟儿这么大,还都这么巧!"

迈尔斯笑道:"他们看起来和鸟儿差不多,却是泰尼星上的智慧生命。比较起来,恐怕我们原生世界里的地球人也多有不及呢。只是他们并不大,每个身体所含的基本粒子数比地球人少9个数量级。"

李梓不解——明明那些鸟儿看起来和自己差不多大。迈尔斯告诉她,根世界和原生世界的基本法则相似,但两个世界的空间尺度没有可比性。在根世界里,他们俩身体里所含的基本粒子数比在原生世界里少好几个数量级。相较而言,这里的智慧生命是极微小的存在。

"躯体微小,所需能量也就小。对人类而言,根世界是一个更佳的地方。"他说。

两人悠悠地降落在地面上。地面上长满了藻类植物和倒伏在地的长草。微风送来咸而腥的味道。偌大的树林里没有一丝声响。两人漫步了许久。李梓抬头仰望着高耸入云的大树说:"没看见陆地上有任何动物。想来这里的生态系统并不复杂,这些智慧鸟可能也很寂寞。"

"他们喜欢清静,却并不排斥移居者。我有一个'新天际线'的故旧就移居到这里,成为他们的一员了。"

"你是说,你的朋友和这些鸟儿生活在一起?"

"他变成了他们的样子。他还是他,却比以往更自由自在了。"

"自由飞翔让人神往,但我还是喜欢自己本来的样子。"

"我完全赞同。躯体不过是意识的外设。沿袭原生躯体还是采用新的样子,这纯粹是个人的选择。根世界尊重个人选择。"

天空被突然飞起来的鸟群占据,次声波压过来。迈尔斯道:"我们不得不准备冲浪,潮汐来了。行星对泰尼星的引力很大,将会有很高的潮汐浪。"顷刻间,大地轰隆隆地震动,天边一条笔直的白线越来越近。李梓有些害怕:"我们怎么到了这儿?你是不是早就知道有潮汐?"迈尔斯道:"我保证是安全的。"他抓着她的手沿着一棵斜树往上爬,眼见水墙渐渐逼近,高得竟好像接天一般。两人加快爬行速度。狂风卷起

第七章 根世界

巨浪，将两人吹飞飘远，直到被巨浪追上。两人被巨浪推着在水里旋转，李梓隐约看见大地已经成了一片汪洋，只剩下一个个突出在水面之上的树冠和在空中盘桓的鸟群。良久，大浪终于成了强弩之末，又疾疾退去。迈尔斯紧紧攥着李梓的手，两人身不由己地随着海水掠过大地，不知被冲向了何方。

迈尔斯说："睁开眼睛吧，我们已经到了另外的地方。"李梓睁开眼一看，自己正被湛蓝的海水和鲜艳的鱼群包围。虽然没看见水里有尸体，她还是很担心："那些鸟儿怕是被潮汐大浪害得不浅。"迈尔斯说："他们都习惯了。潮汐给泰尼星提供了能源，没有它，泰尼星将是没有任何生命的极寒之地。他们的文明也和潮汐相关呢。"

远处几个美人鱼模样的生物似乎正在交谈。迈尔斯告诉她："他们在说起你。想不到这里也有人认识你。"李梓才发现他也成了美人鱼的模样，阳光穿过头顶的水面，在礁石上投下变幻的波纹和两个美人鱼的影子。她大惊，自己也成了美人鱼！她生气地问："为什么把我的样子都变了？"

"我们已经在沃特尔星了。不过入乡随俗而已，这样才不会打扰当地居民。实际上我们都没变。"迈尔斯连忙解释道。

"你是说，我们不在泰尼星了？！"

"已经相距万亿个距离单位了。只一瞬间就过来了。我们正好可以在这里探险，也考察一下这里的智慧物种和环境。"

"快退出！我要回去……"原生的故乡世界已经不在了，她突然发现自己不知道应该回哪里，"大卫在哪里？带我去他那里。"

迈尔斯神情尴尬："根世界的很多宜居星球和地球完全不同，我刚来的时候也不适应。实际上，这个世界的物质极为丰富，人们可以随心所欲地做出选择。刚移居过来的人的第一件事就是选择社区。你被关在'方舟'号里那么久，我原以为你会喜欢一些不同的地方。现在看来，

你还是更喜欢熟悉的环境。"

迈尔斯伸出手指拨弄了几下。鱼和水都不见了，两个人依然坐在车里，旁边有几座高脚楼和一条宽阔的河流，周围竟然有地球上家乡的风味。李梓很是纳闷，不到一天之内，她去过的几个地方让她眼花缭乱，以至于无法辨别真假。迈尔斯告诉她："虽然你的意识确实畅游了几个真实的社区，实际上你却一直都在这儿，没有离开过。我们现在在瑞尔厄斯星上，它和我们原生世界的地球非常像——像到地球简直就是它的高仿复制品的地步。这座高脚屋是大卫给你安排的，你可以先住在这里。但是千万不要单独出门。他不在的时候，你也可以找我。"

"刚才在沃特尔星系，你说那里有人认识我。"

"他说他叫刘逸思，也是从'方舟'升生过来的。虽然他已经重生，成为新的一个人了，但他说自己还是不好意思面对你。是啊，我们每个移居的人都重生成新的人了。"

"我确定我还是我。"李梓不想多谈刘逸思，但这个消息的确点燃了她心里的希望之火，"我想知道，'方舟'的杨大力有没有获得升生？"

迈尔斯查询了移居者名录答道："生前，他的植入程度远超50%，意识已遭受不可逆的损伤。大卫曾尝试接引他，但未获成功。很遗憾，杨大力已经死了。"

"上天真不公平，刘逸思能获升生，杨大力却不能……我有些乏了，想一个人安静安静。不管怎么说，谢谢你今天的辅导。"

55. 与自己相遇

高脚屋的地板和墙壁都是由粗糙的木板组成，却没有任何拼接的痕迹。看得出来，整栋高脚楼都是用同一棵树镂切出来的。屋内摆设颇似

第七章 根世界

她在"田园公社"的临时住所，不同的是，这里整洁许多。窗户朝着大河，河面波浪滔天但水流声并不大。反射的阳光透过窗帘，明亮而柔和。她出了屋，走下楼梯去旁边的那一栋。门关着，透过窗户能看见大卫不在屋里。虽然在意料之中，她还是微感失望。她看了一会儿，就发现窗下的桌子上压着一张字条，上面有大卫的字迹：

"李梓吾爱：有一件关系你我二人的紧要事情，须得我去办理。必能很快再见。你的，大卫·哈利。"

李梓心中惆怅：自己人生地不熟，大卫却不在。和他分别多年，好不容易才到了这里，还有什么其他更重要的事情呢。她在字条后写下：

"我有所思在远道，一日不见兮，我心悄悄。"

她掩上窗户，又往自己的高脚屋走去。路边，一大片茂盛的绿植有半人高，让她恍惚觉得是在"田园公社"的庄稼地旁边。仔细一看，竟像是一株株青苔。远处有极高大的山脉蜿蜒在天边，夕阳被山脊吃掉了一半，依然喷洒着橙色的光芒铺满大地。周围一切看起来像是在地球，又有些不一样，可是她又说不出不同在什么地方。终于，她意识到自己没在这里发现任何动物，连小昆虫都没见过。

回到自己的高脚楼，她才细细地看屋内。木墙上挂了几幅字画，和自己从前收藏的一模一样；还有装裱在框里的树枝和树叶，如同"方舟"号的住所墙上那幅的翻版。桌上放着一个旧画框，画框里正是他当时给她画的像。混杂着甜蜜和酸楚的回忆涌上心头，她拿起画像仔细端详，好像透过它能回到从前。

她曾度过了漫长的寂寞时光，原本已经心如止水，却又和他重逢。如今又暂别，孤独的感觉反而变得强烈了。墙上的钟指向了晚上 8 点，窗外的月光透进来了。她总觉得钟走得特别慢，但不知道是错觉还是这个世界的时间就这么慢。她找到一根和自己差不多高的细绳，捆住一颗石子挂在墙上。她让它摆动，看着它荡来荡去。她记录它的频率，再做

了简单的估算——结果证明钟走得并不慢，时间慢只是一种由于孤独产生的错觉。这个故意转移注意力的事情并没有消磨掉多少时间，却让她的孤独感更强了。

月亮照进屋里，她推门出去，顺着路一直朝大山方向走去，直到一堵墙挡住了去路。墙上立着高不见顶的玻璃，她才发现，原来高脚楼、原野和河流都在一个极大的玻璃罩子以内。她认出了墙上的字符：

"今晚外部风速低于2级，降水概率0%，其他可导致人身伤害的风险小于1%。社区更安全，外出需谨慎，请斟酌是否出去。"

李梓确认后，墙门洞开，墙上的语音还在大声提醒："明天早上6点外部的降水概率将增至30%，请务必提前返回社区。"李梓迈腿出去，玻璃墙外微风习习，也有一片片整齐的绿植。她尽管朝远处走，渐渐有了些参差的高大植物——形状却像是野草。一个挂在草叶上的巨大凸镜反射着月光，她走近一看，还看见了自己的倒影——原来是一滴露珠。

她真切地体验到身轻如燕的感觉，顺着微风跑，身体竟腾飞起来，撞到一株草上弹回地面，也不觉得疼。大山近了许多，山前的树越过山顶直达天宇，出现在她视野里。

前面已没有路，她只得在杂草中穿行。突然前方人影一闪，又隐没在草丛中了。李梓连忙穿过草丛，她看见一个穿紫裙的女子在疾行。女子没有发现她，却在喊："等等我啊，牛心性！"李梓看了看四周，并没有发现其他人。女子却跑远了，只有紫裙在草丛中若隐若现。李梓怕她跑不见了，就一边加快步伐，一边也叫道："停下来！等等我！"

女子终于停下脚步转过身来。那女子脸色苍白，眼里闪着泪光。李梓顿时愣住了，只觉得女子十分面熟，竟恰似自己年少时每天照镜子看见的模样。不知为何，一阵忧伤袭上她心头。女子似乎也很吃惊，又转身飞奔，转瞬就不见了。

李梓连忙又飞身追去，不料身子在空中久久不能着地。往下一看，

第七章 根世界

才发现身后是一处高崖，自己正往下掉呢。下面深不见底，只看见紫裙在飘。一会儿工夫，女子被一片雾霭淹没了。下方越来越黑，突出的崖石和树枝撞得李梓晕头转向。也不知道下落了多久，直到昏迷过去。

苏醒过来时，天已经亮了。她躺在坚实的地上，周围已经没了女子的身影。她想坐起身，却全身疼痛。查看了一遍，并没发现伤痕，只是身体沉重了许多，肤色也变深了。一个男子的声音在说："宝贝，你终于到了。"她一看，竟是大卫来了。

李梓连忙扯过衣裳遮住胸口，一见是他，才又停下。她嗔怪道："你原本和我一起过来的，却又不知去哪里了，害得我好找。"

他扶她坐起来。"我一直在接引，须臾也不敢走开。现在好了，都到了。"他说。

"你明明忙到现在才过来，别的啥也顾不上了，还说没走开。"她想他必定是忙着接引更多的人去了，心里的埋怨立即烟消云散，嘴上却说，"真是一个牛心性！"

她还在恍惚之中，故而猜测自己刚才摔得不轻。她突然想起刚才的女子："你见过另外一个女子吗？她和我一起摔下来的。"

他的脸上出现了神秘的笑容："那个女子，她什么样？"

"穿着白色衣裳，和我长得很像。不对，她穿着紫色裙子……"不同的记忆在她脑海里浮现，都十分清晰，但又明显地相互矛盾。

"你最后看见她是在什么地方？"他笑盈盈地问，下巴沟被笑容挤得更深了。

"我着急找你，却意外地看见了她。我一不小心摔下了这座悬崖，不知怎的，她也跳了下来。最后见到她是在下落过程中，她在我身后……又好像是在我身前？不知道为什么，我觉得她就是我，又不是我。这种感觉真奇怪。莫非我摔跤受伤，产生了错觉？"

"以我们的身躯大小，单位面积所受阻力足以让我们高空坠落时绝

对安全。刚才其实没有别人，只有你自己……"

李梓急了："我虽然还有些头晕，但很肯定看见她了——摔下来之前就见到她了，这错不了。不知她有没有事啊？"

大卫·哈利早知其故，但没有说破，以免她不安。随着时间推移，她会明白的。他安慰她道："我保证她没事——你也好着呢。而且，我们又在一起了。"

李梓见他一脸诚恳，就放了心。"我们从此都在一起了。"她说。

太阳穿破云层照着他们俩，影子合成一体。她的寂寞如暖阳下的冰，化得无影无踪。阳光照在她身上，皮下的组织再也看不见了，她奇怪道："你看，我变致密了，刚来时身体还是半透明的呢。"

大卫说："现在的你更完整了。"

她笑道："难道我以前缺胳膊少腿了吗？难怪你躲着我！"

他知道她即使在"方舟"里的多年孤独之中，仍矢志不渝地念他爱他，不由得大感欣慰，心想即使明天就死去此生也足矣。他认真地说："无论别人怎样，你都一直保持自我。碌碌世人奢求完美、竞逐上游，却终成丑陋。你的本真才最美。从最初遇见你至今，我一直知道此生必定是你。你的各方面都吸引着我。"

她也感受到他从来没有放弃她，更没有遗忘她。历尽艰辛后如今终于重逢，她不由得喜极而泣。

他在她身边坐下来，两个人的意识靠得越来越近，直到相互交织。

56. 聚　会

太阳钻进了乌云，刮起风来了。大卫起身道："快下雨了，我们得马上回去。"风势很快变猛，他拉着李梓顶着风飞奔。一团巨大的水球

第七章 根世界

砸在身边的地面上,继而越来越多的水球落下来,发出噼啪巨响。大卫连忙拉她到一株草下遮挡。李梓吃惊地说:"雨如此大!"她说完就知道自己说得不对。

雨水还没有打湿地面,雨点在地上形成一个个凸起的水面。他抬头看着这些凸起说:"这场雨不大,是我们太小。"

李梓还是觉得不可思议:"如果不是亲眼所见,我绝不会相信在这个世界里,我们这么微小的生物竟是万物之灵。"

令他感到欣慰的是,她虽然还不熟悉这个世界,但已把自己当成了这里的一部分。"我们虽小,却已足够容纳智慧。我们对物质的需求十分低,瑞尔厄斯还可以再容纳万亿人。但下雨的确是非常大的威胁,所以我们不轻易离开社区。上古时有另外一个威胁——昆虫——现在已经不存在了。为使人类免于沦为食物,它们都被消灭了。我们不能再那么自私,把雨也消除了。"他说。

"那怎么连走兽甚至鸟儿都见不着?"

"它们比昆虫大很多,却不会伤人。因为生态平衡已被我们打破,我们破坏了谢尔登尺寸谱,好些巨型动物早已绝迹,我们只能在图书馆和博物馆见到它们了。如果去泰尼星,基于同样的原因,你只能见到和我们大小相当的鸟儿,他们是那里的智慧生命。走吧,有人来接我们了。"

迈尔斯驾着飞行器停在二人身边,三人乘着它,返回了各自的社区。

回去后的几天,李梓既感到新鲜,又有些沮丧。一切都如此不同,以至于生活中的每一个细节都要重新学习。大卫耐心地指导她,有时候开一些小玩笑,减轻了她的压力。

李梓很喜欢大卫给她的那座高脚楼。她也有了自己的飞行器——那艘飞行器可根据主人意念,载她到社区内外。但她甚少使用,更多时间是在小屋外的河边和原野上散步。那里恍如地球之上,有家乡的感觉。

学习当地语言的进度慢一些。本地人主要用无线信号沟通，他们可以在极短的时间内交换大量的信息。李梓的脸部细胞也能在脑部活动的驱动下发射信号，但她还没熟练掌握收发控制，以至于多次不经意地将私密的心理活动发送出去，还让大卫"听"到了，事后又觉得不好意思，闹了一个大红脸——那是代表羞愧的低频信号——却不小心又让他"听"到了，让她更觉羞愧难当。

虽然如此，大卫还是鼓励她多和人沟通。不仅对学习语言有利，也有助于尽快适应。他常告诉她："嘴的最大妙处是可以品尝美食，而不是说话。"她还是习惯说地球语言，用音频交流。每听到他这么说，她都笑答道："如果说话主要靠脸，我长成这样岂不浪费？"大卫笑笑，也不太坚持。

有一次他问她："你叫我'牛心性'，也经常叫我大卫——我都喜欢。你知道我在这个世界有另外一个名字——我本来的名字，它包含关于我的很多信息。你需要一个在这个世界里的名字吗？"

上次从山崖跌落后，她觉得有两个不同的自己，但又都是自己，她常常为此迷惑。大卫好几次"听"到她的困惑，却并不以为意。但她并不认为自己需要多一个名字。

"我就是我。现在的名字代表了我，还有另外一个名字只有你能叫。不需要新的名字。"她说。

"这个世界的人太多，名字是每个人唯一的身份识别。如果将我的本名翻译成地球语言，恐怕要一本书呢！不过我听你的，我还这么叫你，你也还叫我大卫或者'牛心性'吧，我的宝贝小新娘。"

正说着，有一封私人信函发过来，原来是迈尔斯邀请二人参加"移居者之夜"的聚会。受邀者大多为从 180516120903012005 世界过来的移民，部分根世界的原住民也受邀参加。

"你去吧。有很多来自你的原生世界的人都被邀请了，你还能遇到

第七章 根世界

熟人呢。"大卫说。

李梓还不能完全解读信函的编码。她问："你是说，有来自地球的人？"

"不仅地球人，还有其他你认识的人。"

"在这个世界的首次聚会就能遇到熟人，我当然要去。而且，我喜欢和你一起出现在大家面前。"

"真希望和你一起去。"大卫说，"但我去不了。我必须去接引。"

聚会当天，李梓穿了一件淡紫色的长裙，甫一出现就吸引了众人的目光。她只觉得眼花缭乱，会客厅里满是形态各异的生物，如果不是看到迈尔斯和几张熟悉的面孔在其间，她简直不敢相信这是一场智慧生命的聚会。

众人纷纷向她介绍自己。她一时无法解读如此大的信息量，只能将自己的名字"李梓"发送出去作为回应。大家纷纷微颔奇形怪状的头颅，她猜测他们是在朝她致意。

迈尔斯正在门口和一个身穿粉红色低胸裙装的漂亮女人交谈。他一见李梓就走过来迎接她。李梓完全不熟悉这里的聚会礼仪，大卫也没有告诉她，不由得心里有些忐忑。"在大家看来，我穿的一定是奇装异服。"她用语音说。

"这里的人看起来都十分不同，却都尊重你。你是这里的名人呢。这次聚会名义上是为来自我们故乡世界的人而举办，实则大家都为你而来。"迈尔斯也用语音告诉她，"给你介绍一下……"

穿粉红裙装的女郎未等他说完，就自我介绍道："你可以叫我根·海蒂。我也去过几趟地球，知道你是李梓。"李梓觉得她恍如天人，连她不纯正的口音都透着一股特别的韵味，一时自惭形秽，竟找不出话来回复她。根·海蒂朝迈尔斯送出一个飞吻，笑道："今天的主角不是我，

你就专心招待新移民吧。"又对李梓说:"很高兴见到你,祝聚会愉快!"说完就走开了。

远处的角落里,几个未着衣衫的形似地球上的袋鼠的人朝李梓举杯致意。"根世界里长什么样的人都有,这里对躯形、衣着、立场的选择很宽容,希望你不要见怪。"迈尔斯说。他给李梓倒了一杯酒:"你试试——这是用香草汁酿造的。这些点心是用各种花粉制成的,可尽管放心品尝。"

李梓壮着胆抿了一口,那酒清冽醇香,有一种她从未尝过的绵甜味道。"很特别。"她说。

"除了酒水和点心,隔壁书房还有启智剂可享用。等会儿我再给你介绍。"

"哦。"

"恭喜你第一次融叠成功。在你齐身之前,还有几次和自己的融叠。如果我还算值得信赖,实愿继续协助你,做你的辅导。"

"什么融叠?"

"原来大卫还没告诉你?"迈尔斯有些吃惊,"你会知道的。我不能在这里谈太多,总之你会成为完整的、本来的那个你。"

李梓正想继续问下去,一个突目、大耳、阔嘴的细高个儿走过来说:"感谢你,李梓女士。是你当时启发了我,我才升生到这个世界的。"

他的样子不像地球人,竟有些像她在新盖亚见过的人。"我们见过吗?"李梓问。

"我叫杰瑞,曾在'方舟'号,直到最后一刻。虽然我们不曾见过,但在大毁灭之际,你用意识场通知了大家,我才过来的。"细高个儿说。

另一个男人也走过来,他看起来和杰瑞有相似的外貌特征。"还认得我吗,孩子?"他笑问李梓道。

第七章 根世界

"你是不是也曾在'方舟'啊?"

"我是艾弗雷德。谢谢你指路,孩子。现在杰瑞和我在瑞尔格利泽星系做安全巡逻员。"

"这是与君主完全不同的工作,看起来你适应得很好。"迈尔斯说。

"你变了很多,我的确没认出来。"李梓感叹道,"你说你不在瑞尔厄斯星?"她问艾弗雷德。

艾弗雷德哈哈笑道:"往昔有如过眼烟云。我现在移居到了瑞尔格利泽—C星上,我们原生世界的新盖亚是它的副本。我喜欢那个地方——未在'方舟'实现的目标,却在根世界里实现了。那里的资源很丰富,无论原住民还是移居者都很和善。我也很喜欢现在的工作。"

一个白须老人走过来插话道:"我们交换了位置。你们俩现在去了瑞尔格利泽—C星——新盖亚的根星,而我却移居到了瑞尔厄斯——地球的根星。在瑞尔厄斯上,我距离很多地球过来的艺术家就能更近一些。"他也突目、大耳、阔嘴,李梓在新盖亚上见过他,虽然他显得更老了些,她还是认出了他。她暗自唏嘘——竟然在这里见到了杜宇。"我记得你曾说过绝不愿离开新盖亚。很高兴在另一个世界见到你!你倒变得不多,至少我还能认出来。"她说。

"无非是又老了一些。衰老不打紧,只要不变成另一个人的样子就好。我也不愿意像很多人一样追求永生,且顺其自然好了。虽然那个世界毁灭了,我不得不离开,但我对这里倒也满意。"杜宇摇了摇手里的酒杯,"只是这里喝的东西差了点意思。不过,也不能求全责备了。走,我带你去见一个人,你定会感兴趣。"他领着李梓离开迈尔斯等人,到了厅堂的另一边。

一个围着围巾的人独自站在人物塑像边。李梓查找过画作《暴风雪》和它的作者,对这张脸很熟悉。果然,杜宇介绍道:"J.M.W.特纳,原

生于根世界，曾去过地球，是一名画家；李梓，原生于地球，刚移居过来。"

　　画家道："那是我在地球上的名字。根世界在上，我在这里的名字……却无法用语音叫出来，不过你可以叫我根·特纳。我知道你，我也是……根·大卫的朋友——他说他的地球名字是大卫。"他有一阵未用语音交流了，说起话来不太流利。

　　李梓感慨道："我对你神往已久。可惜那时太笨，看不懂你的画，直到最后才参透。"

　　"你能参透，主要靠的是你自己，再有就是你父亲的理论以及大卫的接引。之前未悟，非因你笨，而是时机未到。有人指责我传达信息太隐晦了，实则我只能透露那么多，能悟者自悟之。这与我只是业余的接引者无关。大卫是专业的，我认同他。我们不能强行改变接引的进度和结果，唯应……顺其自然，才能……才能水到渠成。"

　　李梓苦笑道："原来世间诸多苦难竟是必需的。难道人们只能等待救世主出现？"

　　"不然。人们依然应该改变，应该主动选择……以让自己更好，让世间进步。"根·特纳说，"人须得自己悟，自己才是救世主。接引者只是提供一点提示。也有些激进的接引者意欲又快又多地接引，结果适得其反……枝世界出现大量自杀、无谓战争甚至人为灾变，反而有更多人得不到升生。"

　　"我宁可没有经历过那么长的等待。"

　　"这我完全能理解。不过在那场大毁灭中，很多人没有升生过来——数以万亿计。我们的反对者们——那些激进的接引者——觉得那个世界充满了丑恶和苦难，完全是失败的，就采用了这么激烈的方式。根世界在上，我们一直是坚决反对的。本应有更好的结局，根世界应该多一些耐心。无奈我们是少数派。"

　　杜宇问道："原来那个传言竟是真的，我们的故乡世界只是根世界

第七章 根世界

的废弃实验品？！"

根·特纳连忙纠正："生灵皆平等，无论来自哪个世界。你们的原生世界的确是按根世界的法则创生，但我们只应该创造运行法则，不应干预那里的人和事……呃，生生灭灭。你们的世界不成功，责任在根世界。你们的世界和众多其他……其他枝世界都生养了高贵的生灵。归根到底，我们大家——所有人——都是造物主的造物，根世界的人不能高高在上。"

令李梓高兴的是，她看见了巴切夫和弗莱在大厅另一侧。她对根·特纳和杜宇说："我不能完全明白你们的意思。我还有很多东西要学，我们也还有很多机会交流。不过我现在要去和熟人打个招呼。"

"不管怎么说，你终于过来了……既来之，则安之。相信你会很快爱上这里，找到自己喜欢的事情。在升生前你就是一个艺术家，在这里，你将认识更多我们这个群体的人。欢迎你的到来。"根·特纳说。

当初根世界早已接收到了"新天际线"发出的请求，到弗莱和巴切夫从"方舟"叛逃并求救时，根世界一并做出回应，因此二人与迈尔斯是同批升生过来的。在聚会中，二人对李梓和迈尔斯说起这事，犹自嗟叹不已。弗莱将手中的酒一饮而尽，说道："我等何其愚钝，居然曾相信那个世界有可安身之处。结果未能拯救'方舟'，自己却成了叛徒。"

巴切夫揶揄弗莱道："我第一次完全同意你对自己的判断。"他告诉李梓："更可笑的是，我们竟想解救你，哪知道你比我们清楚多了。听说最终还是你让'方舟'人获救了。"

"恐怕我那时候没那么清楚。我当时已经万念俱灰，几乎已经放弃了。"李梓说。

"你没有放弃，"迈尔斯说，"我们也从来没有放弃你。"

巴切夫说："这喝的东西太寡淡了，我得试试带劲的。"迈尔斯于是提议大家使用启智剂，弗莱和巴切夫欣然接受了邀请。迈尔斯告诉李梓："和我们原来比，根世界的人吃得非常少，却摄入多得多的信息。信息为生命提供营养，也是愉悦的源泉，这也是这里的文明更发达的原因之一。你可以试试看。"

李梓对植入深恶痛绝，因此不大想去。迈尔斯知道她的顾虑，故而劝她道："根世界不容许谎言，也不会强加于人，更不会清洗掉原有信息。最重要的是，人们有自主选择权。"

"会产生依赖吗——我是说，会上瘾吗？"李梓还是有点不放心。

"使人上瘾的不只是毒品。真正好的东西——例如真相和自由——更让人上瘾。"

会客厅旁的书房里人不少，他们或兴奋，或欣喜，或沉醉，没人注意到迈尔斯等人进来。巴切夫开玩笑道："怎么看也不像书房的样儿，可见要在公主面前扮高雅不是一件容易的事。"迈尔斯连忙说："根世界当然是大不相同的。到这儿后，我的喜好变了好多，更愿意花时间在有品位的东西上面，如此才能跟得上。"说完看了李梓一眼。弗莱见迈尔斯神情尴尬，知道是李梓的缘故，就转而夸赞起启智剂来："货真不错，品种也多，一定花了你不少能量点。"迈尔斯说："不值一提。分享才是无价的，两位尽情享用。"巴切夫和弗莱各自挑了一粒使用起来。

李梓见到托盘上放着一颗颗半透明的小丸粒，看起来像是果冻。托盘上写着标签，"名著角色体验""再回故乡世界""身份转换"等不一而足。迈尔斯介绍道："启智剂丸里封装了仿真源，使用者可按需进行阅读、学习、体验、交互、沉浸、模拟。大多数源已在剂丸里，也有少部分复杂的仿真需要和远程的计算阵列同步。体验者可按各自所需吸纳其中信息，也可随时退出——只需要提前设置好预期，达到该值时丸粒就会自锁。使用时含在嘴里。你先挑一个简单的试试。"李梓看见一

第七章 根世界

个托盘上写着"新移民，新人生"，就拣了一粒。她选了双人模式，迈尔斯赞道："选得好。"

迈尔斯领着李梓体验模拟的瑞尔厄斯。虽然李梓的社区就在瑞尔厄斯上，但对新来的她来说，模拟环境有更好的学习体验：场景很丰富，学习更快速，也安全。李梓也喜欢模拟环境的私密性，这儿不会像在真实世界一样令她当众出丑。

在瑞尔厄斯的一大区别是人太小了。李梓喜欢散步时不经意就升腾的感觉，但讨厌和人见面时一不注意就和人撞了个满怀。在模拟环境里练习，她熟练了很多。瑞尔厄斯人不吃荤，但完全没有食物匮乏的问题，人们吃东西主要为了愉悦，物质新陈代谢倒在其次。模拟环境里有各种千奇百怪的食品，竟都十分美味；唯有各种餐饮礼仪，学习起来颇为烦冗。

受益于瑞尔厄斯人渺小的身躯，与之相关的方面诸如硬件、建筑、基础设施及交通等都非常便利。瑞尔厄斯人的主要需求来自精神方面。关键的工业和能源消耗都集中于文理、信息、艺术、娱乐和移民援助等领域，主要的职业也与这些领域相关。其中移民援助不只具有慈善意义，接引还为根世界增加了大量的人口，众多枝世界和其中文明无论成败，都为根世界提供了关于演进路线的经验和教训。

李梓如饥似渴地吸收信息，学习新的技能。她正想体验不同职业，迈尔斯建议她循序渐进，留待下次再体验。退出模拟后，她还意犹未尽。

书房里的人增多了，大家都如木偶般一动不动，唯有脸上表情变换。原来他们在一起复盘故乡世界。李梓也拣起一颗丸粒含进嘴里，加入了进去。仿真系统采用了现实中曾经的180516120903012005世界的初始条件和基本法则，模拟从宇宙诞生到终结的浓缩演进过程，因此李梓等参与者不能介入仿真系统，只能旁观——但可以放大自己关注的局部时空，也可以相互交流。

模拟世界演进的计算量巨大，程序在远程阵列里运行，由一个小型

黑洞提供能源。信息则通过超空间隧道传输到终端即启智剂丸粒上。迈尔斯见大家都转到这上面来了，连忙又续费充值了能量点。

　　看来大家都在怀念故乡。李梓进去的时候，程序已经模拟了几遍全过程。巴切夫笑道："我们今天是要花光迈尔斯的全部家当吗？"大家却都停不下来，还一边旁观一边热烈讨论。实际上模拟过程都大同小异，每次都始于大爆炸而终于热寂，都有生命适时地在宇宙各处进化和消亡，却没出现过地球人。这并不让大家意外，毕竟，生命是一种必然，地球和人的出现却只是偶然。让大家意外的是，在每次模拟之中，文明从产生到消亡都是比实际更漫长的过程，世界更不会自行消失。

　　显而易见，在现实中，故乡世界被干预了。大家看到一次次相似的模拟结果，爆发了激烈的争论。虽然绝大部分人都认同所有智慧生命都是平等的，但几个原生于根世界的人认为，根世界的干预可让枝世界少走弯路，当情况太恶劣以至于无可挽回时，根世界必须果断终止枝世界，以挽救生灵。弗莱和巴切夫等人也赞同干预。而根·特纳等人则反对干预，得到了大部分移居者的附议。还有少部分人认为，根世界压根儿就不应该创生枝世界，因为后面的一切问题都始于此。后者的意见又被其他人强烈反对。

　　见大家在仿真系统里吵得不可开交，根·特纳率先宣布退出。"今天是迎新聚会，并不是每个人都愿意把它变成辩论会。不过这的确是个大问题，让我们在下次游行时继续争辩。君子和而不同，我坚决反对干预。但如果投票结果和我意见相左，我也会服从。"他说。

　　弗莱笑道："大家再不退出，迈尔斯兄弟就被我们玩穷了。"巴切夫说："各位，咱在游行时继续掐，到时候不见不散！"

第七章 根世界

57. 第二次融叠

大卫还没回来，李梓心中很烦躁。聚会时的新鲜感已经过去，从那里得到的大量信息却渐渐让她苦闷、怀疑。她焦急地等待大卫回来解开她的困惑。

慢慢地，她开始怀疑大卫根本不会回来了。不是因为他会违背诺言，而是，或许他根本就不存在。有可能他从来就没有真正存在过。到根世界后，这里的一切都太不一样，甚至比她见过的任何虚拟现实都更像乌托邦。极有可能连根世界也并不存在。她又想起来，偌大的原生世界在瞬间就毁灭了，这种瞬距作用违反了基本的物理法则。或许，自己的故乡世界只是虚幻，也不曾存在过。

两天后，她甚至开始怀疑自己。或许自己并不是真实的存在，也只是虚幻而已。这种想法让她郁闷、恐惧，又矛盾不已。"如果我不是真的存在，为什么还能提出这个问题？又还能感受快乐和痛苦，还能爱与恨？"她常常问自己。

孤独的夜晚最漫长。连日的忧郁让她犹如大病一场，加上好几顿都没心情吃东西，她一直瘫软在床上难以入眠。全身骨头像散了架，好像经历了长距离奔逃。终于睡去，却梦见自己躺在病床上，病房里围满了人。这些人好像都熟知她，是她的同事、崇拜者和追随者。迷糊中，她听到人们在为她祈祷，又轻声地谈论她卓越的对称思想和其他数学贡献。在梦中，她很满意自己的一生，直到天亮醒来时她还停留在梦里的情绪之中。睁开眼后，她也不像前两天那样忧郁了，仿佛变了一个人。

她发现大卫坐在床沿上正微笑着看着她呢。他回来了。她只觉得整个一生都没见着他了。她抱住了他，想看看坐在这里的人是否只是自己的幻觉。那个身子清瘦而结实，是她熟悉的真实感。他也紧紧抱着她。

"告诉我，你是真的。"她说。

"我曾怀疑过自己，是你让我又自信了，为什么你反倒要怀疑你自己？"大卫说。

这不是她第一次融叠了，但每次都有差异，而且也不是每个人都能接受自己的另一面。虽然她的情形看起来不错，他还是要确保万无一失。他问她："和上一次相比，你感觉如何，有没有好一些？"

"不知道为什么，前几天我感觉整个人都不好了。今早醒来后才又心里踏实了。你这次去了这么许久，是为接引谁？"

大卫又一次露出神秘的笑容。他看着她，意味深长地说："不同世界的时空坐标不同。我这次去得久不是因为被接引者，而是因为我自己。我急着接她过来，结果算错了时空坐标，差点错过了。还好，在她升生的瞬间接到了她。"

"还好你安全回来了。"李梓松了一口气，然后又神情紧张起来，"她究竟是谁啊，让你如此不顾一切？"

李梓的脸色比几天前又暗了些，她双颊上突然泛起两片红晕。大卫分明看到她无意中表露的微妒之意，她自己倒未察觉。他摩挲着她温热的脸说："她是我一生中最重要的人。"她生气地推开他："难怪你扔下我不管，你以后也不要管我了！"

"我从另一个世界接她过来。她就是你，就在刚才，她已经和你融叠为一体了。"大卫说，"这是我第三次接引你，还剩最后一次了。"

58. 亦真亦幻不亦空

大卫又去接引了。出发前的几月里他和李梓朝夕相处，故而她对根

第七章 根世界

世界熟悉和适应了许多。迈尔斯也多次上门看望她,但见大卫教授得无微不至,自己的辅导已不再必要,就怅然若失地回去了。

李梓从多个世界过来,多重人格融叠在一起,她较以前更矛盾、更善变,好像有几个心魔在她体内交战。大卫知道,虽然双重融叠并不少见,但大相径庭的多重人格融叠却有较高风险。因此他唯有小心翼翼,为所爱之人倾心尽责到底。

大卫告诉她:"每个人都有很多面,无论是否融叠。很多无融叠机会的原生根世界人还羡慕你们的多样性呢。接受不同的自己,发现自己——你试试像我发现你一样,发现自己的美。"

她也更加多愁善感。在不同世界的过往带给她深深的怀念,她去看望了巴切夫、弗莱、艾弗雷德、杜宇,但没有找到费尔伯特。她只能寄希望于他已升生至其他世界了。

她想清楚了一件事。虽然在自己的人生中有很长时间没有大卫,但他从来没有放弃过她,也没有辜负过她。现在,她更加坚定了自己的想法。

迈尔斯也热心地帮助她、无微不至地照顾她,对她很用心却不求回报。她知道他的想法。但对她而言,迈尔斯更像一个朋友,或者一个大哥哥。她驾起飞行器去迈尔斯家,她有些话要和他说。为避免气氛尴尬,显得随意些,她没有提前预约。

迈尔斯家的门开着,宽敞的会客厅里只有一个女人。她身着透视装,正对着立镜涂口红。待她转过身来,李梓认出她是聚会时曾见过的根·海蒂。

"迈尔斯在家吗?"李梓问。

"我猜他应该快回来了。我要给他一个惊喜。"根·海蒂说,"以你们地球人的标准,我看起来美吗?"她问李梓。

她看起来像地球上一个曾经的电影明星。她婀娜的身体曲线若隐若现,红唇烈焰,笑靥桃花,一双会说话的眼睛看着李梓,等着她回答。

方 舟
FANGZHOU

　　李梓从未见过如此漂亮的女人，她心里有一丝莫名的失落，不由得脱口说道："如果我是男人，一定会为你神魂颠倒①！"

　　根·海蒂警觉起来："你来这里，也是要给他惊喜吗？"

　　李梓回过神来。她笑道："这取决于'惊喜'的定义。"她向对方告辞："我今天还是不等他了吧。"

　　"且慢。你看起来很迷茫。我不希望你因为我而放弃，我要和你公平竞争。"

　　"你真的很美。我是真心的。"李梓说。

　　"虽然几次从地球回来后我都换过躯体，不过我和你一样，从没改过模样。而且我还有很多别的好处，一定能让他动心。"她语气里充满了纯真，态度却很坚决。

　　"你误会了。你倾心于迈尔斯，我为他高兴。祝福你们，希望你们在一起永远幸福。"

　　根·海蒂喜形于色："只要我们在一起，我就不会辜负他，一定让他快乐。一旦我们不再快乐，也就不需要再在一起了。"

　　李梓喜欢她的率真。她想到根·海蒂原生于根世界，必然知道一些事情。况且对方不比大卫，不会因为保护她而有所保留。"你能不能告诉我，原生于枝世界的人是不是虚幻的？"她问。

　　"这取决于'虚幻'的定义。"根·海蒂俏皮地说。又话锋一转，像个哲学家："我甚至不知道实在是不是一种存在，也不知道存在是不是一种实在呢。"

　　"有几个枝世界的我，变成了这里的我。我不知道哪个是真的。"

　　"每个人的历史都是不同人生轨迹的总和。我亲爱的迈尔斯就来自枝世界，我爱的依然是他。"根·海蒂说。她手一挥，两人面前出现一

---

① 《神魂颠倒》是海蒂·拉玛主演的一部电影的中文译名。

412

第七章 根世界

面无边无际的镜子,其余一切都不见了,唯有镜子里她们的影子。"你是研究对称的专家,你说说哪个是真的,镜子里的你还是镜子外的你?"她问李梓。

"镜子里的一定不是真的,镜子外的我至少还能问这个问题,说明我有意识存在。"

"你怎么确定镜子里的那个你不能问这个问题?说不定她也在问镜子里的我呢,也说不定她觉得你在镜子里呢。"她手一挥,大镜子消失了,她手里的是一面小镜子。她一边对着镜子描眉一边说:"能感受爱,快乐就存在。享受这种感觉。"

李梓豁然开朗。她随即给迈尔斯写了封短信,封好后委托根·海蒂交给他。她发自肺腑地感谢了根·海蒂,然后回家了。

大卫回来了。李梓刚刚完成了最后一次融叠。她比往时平静了许多,大卫也很舒心。

一天,根·特纳来拜访大卫。二人在他家商谈了许久。根·特纳走后,大卫问李梓:"你已经完全到位了。考虑过以后做什么吗?"

"还没想清楚。我之前做过艺术,也曾是一个数学家。到这里后,还没决定。"

"愿意做接引者吗?无论是专职还是兼职。"

她老老实实地告诉他:"我不知道自己能否胜任。"

"如果你同意,我会指导你。而且,我会尽量和你一起去。"

"原来你只是怕寂寞,"她笑道,"那我只能舍命陪君子了。"

"而且,你有很多来自不同世界的追随者,如果你做接引者,必能带动他们也投身于接引。不过不用急着决定。你是一名很好的艺术家和数学家,根世界极为重视思想、科学和艺术,一定会有你的发挥空间。关键是你自己喜欢什么,得由你自己做出选择。"大卫说。

原来，根·特纳和大卫讨论了一个方案。他们都反对干预众多的枝世界，但由于根世界的接引者太少，大量的枝世界人得不到升生。因此二人提议大量增加接引者，并已得到绝大多数反干预派人员的赞同。反干预派已向枝世界管理委员会提交该议案。一旦投票结果有利，委员会将批准该议案。投票将于游行辩论会之后在世界范围内进行。

不消说，大卫对游行辩论会十分重视。李梓也想参加，她给飞行器充值了能量点。大卫道："参加游行，我们不用出门。如果万亿人在现场，哪知道谁是谁，且能耗也高。"

这将是李梓第一次参加游行。她自我解嘲道："我刚才还担心游行危险，会伤到我呢。现在放心了。"

"根世界没有政府，游行是社会运转的重要驱动元素。我们通过游行进行辩论、交换信息、表达意见，为投票做准备。大家都可以畅所欲言、自主选择立场，却不能强加于人，更不能伤害他人。"

"没有政府，谁来负责组织和服务啊？"

"大的决定都是由民众通过投票完成，再由机器操作执行。"

"可是多数人并不总是对的。"

"所以需要辩论。而且，所有少数人群的集合构成了民众的全集，因此大的决定必须符合大多数少数人群的利益。"

"我能投票吗？"

"当然。任何一个根世界的人都有资格投票，无论是原住民还是移民。"大卫正色道。

"其他世界的人怎么办？投票会决定他们的命运，他们却毫不知情。"

"非常有道理。不过，赋予投票权给其他世界在技术上存在难度，而且，如此操作也会事实上干预他们。"

"你会不会担心他们和你的立场不一样，导致投票结果对反干预派

第七章 根世界

不利？"

"这不是那个问题。所有世界的人都是平等的，理论上来说，他们也应该有平等的权利。如果他们可以投票，我们可以尝试说服他们站在我们一边；即使他们不认同我们，我们也会尊重投票结果。说到底，未能实现多世界投票，主要是因为操作过程会产生更大的问题。"

李梓喜欢看他认真的样子。她逗他："你认为我会投票给谁？"

"我不知道。但我希望你投我们一票。"

"如果我没有投票给你们，我们还会在一起吗？"

"政治因人而存在，人却不为政治而生。我们在一起，不是因为立场相同。"

"那我更得好好投出这一票了。"她笑道，"但我现在还不能告诉你我会投给谁。"

李梓戴上罩目镜，进入了游行现场。暗蓝色的空间里满是带路标的纵横线，一个个气泡镶嵌在纵横线的交点上，沿着3个方向，直到尽头，整个空间犹如结晶模型。看得出来，这是专门为此次游行划定的空间。气泡上字符闪烁，吸引着新来的人加入。空中飘来一串串信息，是各个演讲的名录。面对四面八方的信息，李梓陷入选择恐惧中，一时不知道该何去何从。恰在这时，一条信息提醒她弗莱正在对地球移民演讲，吸引了她的注意。她接收了信息，立刻就被带到一个气泡中。看来这是干预派的聚会，已有几千人在气泡的球形空间中，也有一些看起来很陌生的物种夹在其间。弗莱在正中，他正力陈他的原生世界在毁灭前如何不可救药，现场出现了地球和一幕幕关于污染、灾害、战争、暴政与死亡的图像。突然有人大声打断弗莱："选择性事实与谎言无异！这是断章取义！"他滔滔不绝，发出的信号强度甚至盖过了弗莱。人群中唏嘘一片。巴切夫喊道："请遵守规约！别人发言时，反对者发出的信号强度

不能超过限定！"弗莱也说："请尊重发言人。如果有不同意见，也可申请发言！"他又调出了"方舟"号的场景：星洲内的人们有如行尸走肉。弗莱高声问："我们应该一直在这样的牢笼里，直到死去吗？我们应该任由人类在那个世界消亡吗？"巴切夫也喊道："告诉我，你们有没有后悔来到这里？"人群哄然回应："升生不靠坐等！""我们不后悔！"却随即又引起几个尖锐的反对声。

嘈杂声让李梓头晕。她搜录信息，又发现大卫正在演讲。她去了那个气泡，那也是地球移民的一个游行，却主要是持反干预立场的人。虽然大卫的演讲获得了绝大部分人的支持，发言完毕后，依然有反对者提出质疑，要求辩论。正唇枪舌剑之际，气泡变大，原来是几千持干预立场的新盖亚移民从其他气泡过来，和现场的反干预者形成对峙。不断有人被吸引过来，气泡内信息激荡交织，直溢出到各个气泡，却又谁都说服不了对方。

李梓正想退出，突然看到根·海蒂。她身着淡绿裙装，在人潮人海中依然光彩夺目。她挽着迈尔斯的手，也正往外走。两人也看见了李梓，就朝她走了过来。

根·海蒂满脸幸福地对李梓说："这里太吵。不过，能陪着我亲爱的迈尔斯，我去哪儿都开心。"她回头看了一眼中心处的大卫，"想必你也是因为大卫才来这儿的。"

"不全是，还有别的原因。看到你们俩在一起，这是很令我开心的收获。"李梓道。

迈尔斯笑得很灿烂。他由衷地说："谢谢你，李梓。知道你和大卫在一起，我也很开心。你们是天造地设的一对儿。我们还是朋友，对吗？"

"你问了我的问题，"李梓道，"我想我们也有同样的答案。我们不仅是朋友，还能成为同行呢。"

迈尔斯很吃惊："你要去塑身公司生产响应子？不做艺术家或者数

第七章 根世界

学家，岂不可惜？"

"不是那个意思。我想做兼职的接引者；我还希望更多的人——包括其他世界的人——也来做接引。"

"我早就想在业余时间做接引了。"迈尔斯说，"只是，让更多其他世界的人也来做接引却非常不可能。"

李梓叹道："的确是一个难题。我正在想怎么让诸多的其他世界收到我的邀请，却又碍于物理法则的约束。"

根·海蒂问："你是说，要让具有不同时空坐标的其他世界收到你的信息？"

李梓道："让他们收到信息容易，但必须在那些世界变得更糟之前，因此必须要快。可是无论哪个世界都十分广阔，而且信息传播速度在每个世界都有上限。"

"你可知道，你的原生世界为何在瞬间毁灭？"根·海蒂发现李梓面色凝重，连忙又说："对不起，我不是那个意思。"

李梓心里一阵刺痛。她知道那是根世界一手造成的。虽然根·海蒂问的是另外一个问题，但李梓还是忍不住想起，故乡世界的很多人已经无可挽回地白白逝去了。

李梓想，或许根世界的人知道答案。因而坦承道："难以理解它如何能在瞬间完全毁灭。在我看来，这种瞬距作用不合理。"

"因为那是一种相速度，控制源头在根世界。好比即使缓慢转动镁光灯，影子也可以跑得极快。"

李梓明白了。如果从根世界发出指引，广袤的枝世界中的所有人就能瞬间收到。不过还有一个问题——不能因此干预枝世界。"那怎样才能只让准备好的人明白，即使所有人都能收到？"她发问道。

"必须用特别的编码方式组织和发送信息。如收到的人该当领悟，就自会明白。刚好，我想到了一种合适的编码方式。"根·海蒂说。

417

59. 新接引者

"投票已经结束了,现在可以告诉我你投了哪一边吧?"大卫问。

"我那一票只是万亿分之一而已,对结果的影响可以忽略不计。"李梓道。

"每一票都很重要,尤其是你这一票。"

李梓笑道:"你是说,我应该一直不告诉你?"

"我是说,我最在意你。即使你没投我们,我对你的爱也不会减少一分。"

"那我还是告诉你吧——我和你投的同一边。"

"谢谢你,宝贝!"

"我还要给你一个惊喜,"李梓道,"如果我们俩对'惊喜'的定义相同的话。"

"那我还是忍住好奇心,静静等待吧。如果结果证明我们俩对'惊喜'有不同定义,那才是意外呢。"他说。

李梓回到自己的高脚屋,按照根·海蒂的设计编写了一个小程序。她将从根世界通过轮转门桥把程序发送到各个枝世界。程序很简单,看起来像一个游戏,实际上却能将众多枝世界连接在一起,让那里的人们和不同世界的他们自己沟通。

她将程序命名为"另类现实"。

她将程序封装后,立即驾起飞行器,出了社区,到最近的轮转门桥。其时正值暮春时节,她第一次在根世界听到了啁啾的鸟鸣。东边的朝阳和西天的残月相对,阳光照在头顶高大的树木和花草上,在地上投下彩色的图画。阵阵微风吹来，落英缤纷，花瓣撒落在河面上，如彩虹船一般漂走。花瓣间，隐约有一具具身躯在汹涌的河水里翻滚。

她无暇他顾，将程序发送了出去。

她在心里默默祈祷："愿当悟者自悟之。"

广播至众多枝世界之后，她才放心地反身回去。却见河边一个行吟的老者，正是杜宇，在用原生世界的古词调《西江月》高唱：

杜宇吟啼春晓，月残犹挂半天。
漫行无路且流连，姹紫嫣红开遍。
风逐落花成雨，依依杨柳缠绵。
奈何桥下隐船舷，往事如烟眷恋。

后 记

AFTERWORD

书里写 21 世纪 40 年代地球上消除了国家，人类实现了大一统。在现实中，这极不可能在十几年后发生，疆域修订者们现在正在世界各地急急忙忙地放置火药桶。我故意写地球联合政府，并不是要表达对人类大一统的渴望。因为束缚人的自由的，并不是国界。

只有包容差异和尊重个体才能减少束缚。然而，这一点和与之对立的观点也都同样可以被用来作为限制自由、区隔人群的理由。书里没有尝试揭示一个终极解决方案。我对政治是外行，只是将它作为故事的背景。也尽量避免宏大叙事，因为芸芸众生的柴米油盐和喜怒哀乐自有深意。

科技发展能够渐进积累甚至产生飞跃，人类社会却并不总是在进步。人类一直在，未来也依然会面临匮乏。这不仅体现在物质方面。我不知道怎样消除匮乏，我甚至怀疑这能否实现。我也不知道完全不匮乏是不是一件好事。但我相信为追求公平和减少匮乏所做的努力是正义的。

书里写了科学家、市民、商人，我讨厌写得过于模式化，虽然我确实借鉴了历史和现实中的人物形象。即使对政治人物我也尽量不脸谱化描写。我相信，大多数在历史中留名的人，无论名声好坏，他们的初衷都不是作恶。很少会有人喜欢自己是一个恶人。但既然他们都想改变世界、改变他人，为何结果却如此不同？往往是因为他们最在意的东西各

不相同。我在书里写方舟里的政治人物"不得不"做一系列选择，最后竟积累出极端局面的真正原因却是他们缺乏应有的底线。

推动社会进步的志向和善待他人的品质依然应当被夸赞，善行无论大小多寡，都和自私行为相对立。追逐个人私利当然也无可厚非，只要不伤害他人。只是在尝试改变他人之前，要先小心翼翼地搞清楚他人是否愿意，而不仅是在自认为对人有益。

这不是一个逆袭故事。李梓努力保持独立的个体意识，守护自己的世界，却受时局裹挟身不由己。她更像我们自己和身边的普通人。虽然人微言轻，她仍然坚守自己的底线。

我钟爱穆睿这个人物，却无意塑造一个典型的科学家的形象。他有中国士大夫的风格，但并不以才轻人。他想以己之力为人类寻找出路，却势单力孤未能力挽狂澜。他和弗里德曼的命运就像麦卡锡主义笼罩下的奥本海默和肃反时期的朗道。当然，作为科学家的穆睿最后是成功的。

我也想借本书表达对那些被低估的伟大女性的敬意，因此禁不住将艾米·诺特和海蒂·拉玛影射进故事里。

书里有不同类型的人工智能。我不相信强人工智能。虽然我在书里对一部分机器人做了拟人化的描写，但那是因为它们被当作人看待，而不是因为它们有意识。机器人有益还是有害，取决于它们被人用来做什么。正如一个人有益还是有害，取决于他或她怎样对待别人。方舟人最后沦为机器，就是因为他们的思想权和选择权被剥夺了。

我相信即使在后现代时代人们依然向往田园生活，因此对"田园公社"和伦敦旧城的描述既是末世前最后的田园挽歌，也是对这种向往的表达。

我将很大部分故事安排在太空舰船中，通过漫长航程中的封闭空间来制造冲突和凸显人性。我也想通过故事来呼吁对心理健康问题的关注。因为人生就是一个不断突破封闭空间的漫长航程。

后 记

如果你是从其他世界来的,你会更惊讶于地球上的科技落后,还是社会堕落?我相信是后者。这个世界已经足够糟糕了,虽然从概率来说,很难像小说里发生的那样,在下个世纪毁灭。但届时这个世界将不复存在的可能性并不为零。

虽然不少人声称他们喜欢目睹世界毁灭的壮观景象,但我怀疑他们不是认真的。人们只是喜欢悖论,想象造物主狼狈不堪的样子,抑或是想象自己就是更高明的造物主。我不认为我可以活到世界毁灭的那天,因为我不相信量子永生。

无论结局是否会令造物主难堪,人类一直在追求自然的真相和科学理论的统一,因为大自然应该是统一的,自然规律具有普适性才合理。和追求全球政治大一统相反,这是一个推动进步的过程。这会不会产生另一种沙文主义?通常不会,因为科学理论必须以逻辑为语言并接受批判。在科学发展过程中,总有新理论产生从而制造新的分裂,竞争的结果无论是否定或是统一,都会推动进步。我以为,科学就是这样发展起来的。就近半个多世纪,为了统一粒子和力,结合广义相对论和量子理论,科学家们发展了弦理论、圈量子、超对称、高维时空等思想,这些思想所涉及的数学对我这样的业余爱好者来说未免太复杂了,但其中的物理意义依然令人震惊。"让人吃惊"正是革命性理论的特质之一,虽然它并不必然导致正确或者胜利。我也不知道在故事发生的 21 世纪末这些思想是否能统一在同一个理论框架下;即便能,我也有可能不在这里。因为我可能会错过多世界理论被证明是终极理论的那一天,特在此提前拜托见证者到时候一定要到那个世界来转告我——如果你认真看了这本书,你就能知道怎么找到我。

任何理论的正确性在充分验证前都不是天经地义的,任何信仰都不是不容置疑的。我们一直在寻找答案,因为我们始终困惑。答案多了,选择也就多起来。

书里的内容，无论是科学方面还是人类的出路方面，我都不追求一定对，但不能一定错的答案——至少不能证明它现在就是错的。好在我写的是未来的事。其实我想说的是，我追求逻辑合理，力求科学想象有科学依据。当然，我的动机也不是做出科学预言，毕竟这是小说。

很多科幻故事显得太冷冰冰了。我要的是一个有温度、有厚度的故事，一个兼具科学硬度和人文情怀的幻想故事。《方舟》是这样的一个故事吗？

2022年8月28日于上海